SUSAN WIGGS

UNA LUZ EN EL MAR

Editado por HARLEQUIN IBÉRICA, S.A.
Núñez de Balboa, 56
28001 Madrid

UNA LUZ EN EL MAR, Nº 163 - 1.11.13
Título original: The Lightkeeper
Publicada originalmente por Mira Books, Ontario, Canadá.
Traducido por Victoria Horrillo Ledesma

Editor responsable: Luis Pugni

I.S.B.N.: 978-84-687-3563-4
Depósito legal: M-19659-2013
Impresión: LIBERDÚPLEX
08791 Sant Llorenç d'Hortons (Barcelona)

Distribuidor para España: SGEL

Para Jay, otra vez y siempre: te llevo conmigo allá donde voy

Gracias en especial a Barbara Dawson Smith, Betty Gyenes, Christina Dodd y Joyce Bell por ejecutar increíbles contorsiones e-mailísticas a fin de leer y criticar el manuscrito.

Gracias también a Kristin por tener tormentas de ideas cuando yo solo tenía una débil llovizna, a Debbie por los almuerzos neuróticos, a Suzanne por sus magníficos consejos y a Palina Magnusdottir por las traducciones al islandés.

Por último, gracias a Robert Gottlieb y Helen Breitweiser, y a Diane Moggy y Amy Moore-Benson de MIRA Books.

Y el mar entregó a los muertos...

Apocalipsis, 20:13

CAPÍTULO 1

Territorio de Washington, 1876

El domingo arribó algo a la orilla.

La mañana había amanecido como todas: con una neblina gélida y, tras ella, un sol mortecino. Mar adentro, el oleaje hacía acopio de fuerzas y se arrojaba luego contra la maraña de afilados escollos de cabo Desengaño. La aurora semejaba una herida intentando abrirse paso entre las nubes.

Jesse Morgan contemplaba todo aquello desde la pasarela de lo alto del faro, adonde había subido con intención de apagar la lámpara de aceite de esperma de ballena y dar comienzo a la tarea diaria de cortar las mechas y limpiar las lentes.

La escena de la playa lo dejó en suspenso, sin embargo.

Ignoraba qué lo había impulsado a detenerse, a girarse y mirar atentamente. Siempre miraba hacia allí, suponía, pero rara vez prestaba atención. Si se demoraba demasiado mirando las olas de barba gris que lamían la fina arena marrón de la playa o rompían contra las rocas, corría el peligro de recordar lo que le había arrebatado el mar.

La mayoría de los días, no reparaba en nada. No pensaba. No sentía.

Ese día, sin embargo, sintió una perturbación en el aire,

como si la respiración de un forastero invisible soplara sobre su nuca. Estaba sacando su aceite de linaza y sus trapos de abrillantar, y un instante después se sorprendió a la intemperie, azotado por el áspero viento.

Mirando.

Lo había asaltado una sensación tan sutil que después nunca llegaría a entender qué le había hecho acercarse a la barandilla de hierro, agarrarse a ella con una mano e inclinarse sobre el borde para mirar más allá del espigón y de los acantilados cortados a pico, hacia la playa barrida por el temporal.

Un amasijo de algas. Mechones de sargazos pardo dorados que envolvían una forma alargada. Quizá no fuera más que una madeja de algas, o quizá una foca muerta, una foca vieja, de bigotes encanecidos, cuyos dientes hubieran perdido su filo.

Los animales, a diferencia de los humanos, sabían que era preferible no vivir demasiado.

Mientras observaba aquella forma tendida en la playa, sintió... algo. Una sorda punzada de... ¿qué? No de dolor. Ni de interés. De fatalidad. Un golpe del destino.

En el instante en que aquella idea absurda cruzaba su cabeza, sus pies enfundados en botas comenzaron a descender con estrépito por la escalera espiral de hierro. Dejó el faro y enfiló con paso enérgico la endeble pasarela.

No tuvo que fijarse en dónde pisaba mientras seguía el sendero pedregoso que conducía zigzagueando hasta la playa desolada. Había recorrido aquel corto trecho más de mil veces.

Lo que le sorprendió fue comprobar que iba corriendo.

Hacía años que Jesse Morgan no tenía prisa.

Su cuerpo, sin embargo, no había olvidado nunca la sensación, a medio camino entre el dolor y el placer, que acompañaba al movimiento enérgico de los muslos y a la hinchazón de los pulmones. Se paró en seco, sin embargo, tan pronto llegó junto al objeto varado en la playa. Inmóvil, asustado.

Hacía mucho tiempo que Jesse Morgan estaba asustado. Sentía miedo, aunque nadie lo habría adivinado al verlo.

Para los vecinos de Ilwaco, para las dos mil personas que vivían allí todo el año y los varios miles que emigraban a la costa para pasar el verano, Jesse Morgan era tan firme, tan agreste y taxativo como los acantilados sobre los que moraba, encastillado en su faro.

La gente lo creía fuerte y temerario. Pero les había engañado. Les había engañado a todos.

Tenía solo treinta y cuatro años, pero se sentía un anciano.

Allí parado, solo, un miedo abrasador se apoderó de él. No supo por qué, hasta que vio algo conocido entre el montón de algas que tenía delante.

¡Dios! ¡Ay, santo cielo! Cayó de rodillas y el frío de la arena empapada traspasó sus pantalones mientras sus manos intentaban decidir, sin consultar a su cabeza, por dónde empezar. Vaciló, torpe como un recién casado en su noche de boda, a punto de apartar el último velo que envolvía el dulce misterio de su novia. Los mechones de algas eran esponjosos y fríos al tacto. Se pegaban tercamente a...

¿A qué?

Encontró un trozo de madera de grano fino. Lisa, plana, barnizada. Parte de un barco. Un trozo de mástil o de bauprés, y atada a él una cuerda con los extremos embreados y deshilachados.

«Para», se dijo, presintiendo ya lo que iba a encontrar. El antiguo horror, todavía en carne viva después de tantos años, se agitó dentro de él.

«Para inmediatamente». Podía levantarse y dar media vuelta, podía subir por el sendero, atravesar el bosquecillo y despertar a Palina y Magnus. Mandar a investigar a los ayudantes del farero.

Pero sus manos, convertidas aún en las manos ávidas y obstinadas de un recién casado, siguieron escarbando y tirando de la fangosa mortaja, escarbando y tirando, hasta que desenterraron más y más tramo del mástil, su extremo roto y...

Un pie. Descalzo. Frío como el hielo. Las uñas como conchas diminutas.

Respiró hondo bruscamente. Sus manos siguieron moviéndose, frenéticas, obedeciendo al ritmo de su corazón desbocado.

Una pantorrilla delgada. No, esquelética. Esquelética y salpicada de pecas que destacaban sobre la piel marfileña y sin vida.

Comenzó a mascullar juramentos mientras rechinaba los dientes, improperios que escupía entre las mandíbulas apretadas. Antes solía hablarle a Dios. Ahora blasfemaba sin dirigirse a nadie en particular.

Cada segundo parecía aislado, cristalizado en el tiempo por la certeza de que llevaba años huyendo. Había ido hasta el mismo confín de la Tierra para escapar del pasado. Pero no podía escapar de él. No podía evitar pensar en él. En lo que le había arrebatado el mar.

Y en lo que le había llevado el mar ese día. Una mujer, por supuesto. Un colofón de cruel ironía.

Avanzó deprisa hasta destapar la cara. Y entonces casi deseó no haberlo hecho, pues al verla comprendió por qué se había sentido tan impelido a correr.

Esa mañana, un ángel había muerto en su playa. Poco importaba que su aureola estuviera formada por algas y por la infinita maraña de su cabello rojo oscuro. O que una constelación de pecas salpicara sus mejillas y su nariz.

Aquel rostro, aquella cara pálida con el arco morado de los labios era la que habían esculpido todos los artistas que habían intentado transformar en poesía el mármol. El rostro que veían los soñadores que, empujados por la esperanza, creían en milagros.

Pero estaba muerta, había regresado a la esfera de los ángeles, a la que pertenecía, de donde no habría tenido que salir nunca.

Jesse no quería tocarla, pero sus manos la tocaron. Sus manos de novio atolondrado. La agarraron por los hombros y tiraron de ella suavemente, moviendo al mismo tiempo el mástil al que seguía atada. De pronto la vio por completo, de la cabeza a los pies.

Estaba embarazada.

La ira lo atravesó como un rayo. No bastaba con que hubiera muerto una bella joven. El mar también había reclamado la dulce y redonda hinchazón de su vientre, aquel oscuro misterio que encerraba una promesa. Dos vidas apagadas por el soplo implacable del viento, por las olas del tamaño de murallas, por el mar indiferente.

Aquel era el principio, se dijo Jesse mientras desataba las cuerdas y la levantaba en brazos, de un viaje que no sentía deseo alguno de emprender.

El cadáver cayó hacia delante como una muñeca de trapo. Una mano fría se agarró al brazo de Jesse. Retrocedió bruscamente, dejándola de nuevo sobre la arena parda.

Ella gimió y tosió, escupiendo agua marina.

Jesse Morgan, que rara vez sonreía, sonrió de pronto de oreja a oreja.

—¡Que me aspen! —exclamó al tiempo que se quitaba el impermeable—. ¡Estás viva!

Cubrió sus hombros con su chaqueta de lana a cuadros y la tomó en brazos.

—Estoy... viva —repitió ella con voz débil—. Supongo que ya es algo —añadió, echando la cabeza hacia delante.

No dijo nada más, pero comenzó a temblar violenta e incontrolablemente. Parecía un pez enorme sacudiéndose en sus últimos estertores, y Jesse tuvo que hacer un enorme esfuerzo para sujetarla. Pero mientras acarreaba su carga por la empinada ladera, corriendo más deprisa que en toda su vida, supo con nítida y pavorosa lucidez que aquel día había llevado a su mundo algo nuevo, algo extraordinario, algo infinitamente fascinante y aterrador.

CAPÍTULO 2

El pánico se apoderó de él en enormes oleadas, provocándole náuseas. ¿Por qué él? ¿Por qué ahora? Tenía la vida de aquella mujer en sus manos, y sin embargo no estaba preparado para salvar a una desconocida y al hijo que llevaba en su vientre.

Sabía, sin embargo, que debía rescatarla. Doce años atrás, había consagrado su vida a vigilar los bajíos y a mantener la luz encendida. Había hecho un juramento como farero jefe. No tenía elección. No la tenía.

Corrió con todas sus fuerzas, remontando el sendero sinuoso que llevaba al puesto y sin dejar de correr bajó la ladera del promontorio y se adentró en la arboleda donde se hallaba la casa del farero. El peso muerto de la joven lastraba su avance. Subió los peldaños de dos en dos, cruzó el porche a toda prisa y abrió la puerta empujándola con el hombro.

Al entrar en la casa en penumbra, llevó a la mujer al cuarto que había junto a la cocina y la depositó sobre la cama. El colchón estaba mohoso por falta de uso, y el tejido de cutí de su funda se veía raído y amarillento. Jesse rebuscó en un armario alto y encontró dos colchas viejas y una manta de sarga que había conocido mejores tiempos.

Tapó a la mujer. No se movió. Jesse intentó que bebiera algo (agua, whisky), pero el líquido chorreaba por los lados de su boca y por su cuello. Estaba inconsciente.

Salió al porche para tocar la gran campana de bronce y avisar a Magnus Jonsson y a su esposa, Palina, que vivían en una casita a medio kilómetro por el sendero del bosque. Removió las brasas del fogón de la cocina y, tras llenar de agua la tetera, la puso al fuego. Después, armándose de valor para la tarea que lo aguardaba, regresó junto a la mujer.

Tenía que quitarle el vestido empapado. Tenía que tocarla. Con mucho cuidado, retiró las mantas. Le tembló un poco la mano cuando apartó un mechón de pelo mojado y buscó el botón de arriba de su vestido.

Desvestir a una mujer le pareció algo completamente ajeno a él. Y sin embargo, al mismo tiempo, insoportablemente familiar, como si volviera a ser aquel recién casado.

Apretó los dientes y desabrochó la hilera de botones. Ella yacía inconsciente, ajena a sus torpes movimientos cuando le quitó una manga y luego la otra y bajó la delgada prenda de lana por sus brazos y sus piernas, para tirarla a continuación al suelo.

Debajo del vestido llevaba una camisa sencilla que antaño había sido blanca. Sus pechos y su vientre se destacaban en blanco relieve bajo la fina tela. Con los dientes fuertemente apretados, Jesse se obligó a respetar su pudor y a cubrirla y le quitó la camisa a tientas. No necesitaba la vista, sin embargo, para advertir sus gráciles curvas, la tersa textura de su piel.

De su piel peligrosamente fría.

Desgarró la camisa al acabar de quitársela atropelladamente. La arrojó al montón de ropa que se había acumulado en el suelo, tapó bien a la mujer remetiendo las mantas y se levantó.

Estaba temblando de la cabeza a los pies.

Regresó a la cocina, llenó garrafas y botellas con agua caliente y las colocó alrededor de la joven, envuelta en las mantas. Hecho esto, se apoyó en la tosca pared de la habitación y cerró los ojos un momento.

Había acabado. Al menos esa fase había acabado. Pero aún quedaba lo más difícil por delante.

La casa del farero era menos un hogar que un refugio. La vi-

vienda, de planta y media y rodeada por un bosque de altísimos árboles, había bastado para Jesse, que necesitaba muy poco, más allá de sobrevivir de un momento al siguiente. Ahora, sin embargo, a la luz que, entrando por la ventana orientada al este, caía sobre la figura inmóvil tendida sobre la cama, de pronto le pareció pequeña, abarrotada. Sucia, incluso.

La habitación de socorro contigua a la cocina había sido diseñada con la idea de que el paciente que yaciera en la cama estuviera a mano, allí donde el corazón de la casa latía más fuerte. En los años que Jesse llevaba viviendo allí, nadie había ocupado aquel cuarto, ni aquella cama.

Hasta ahora.

La joven yacía inmóvil bajo las colchas y las mantas. Su cara pálida tenía una expresión serena. Su cabello, rojo oscuro, se extendía en sucias guedejas endurecidas por el salitre. Tenía una mano perfecta posada bajo la barbilla. Una redecilla de finas líneas azules cubría sus párpados delicados.

«Estoy viva. Supongo que ya es algo».

Las palabras que había pronunciado en voz baja en la playa cruzaron como un susurro la mente de Jesse. Le parecía haber advertido un acento extraño en ella, una inflexión difícil de identificar. Ella no había abierto los ojos. Jesse se descubrió preguntándose de qué color serían.

—¿Quién eres? —susurró con voz ronca—. ¿Quién diablos eres?

Era la Bella Durmiente del cuento. Su lecho debía ser una pérgola iluminada por el sol y repleta de rosas, no un tosco camastro con el colchón hundido. Al despertar, debía encontrar al Príncipe Azul, no a Jesse Kane Morgan.

Se obligó a apartarse. Hacía daño mirarla, del mismo modo que hacía daño mirar directamente al sol un día de verano. Sería mejor para todos que se la llevaran estando aún inconsciente. Que no se enterara nunca de quién la había sacado del mar.

Sentía, sin embargo, el impulso de hincarse de rodillas junto a ella, asirla de los hombros y suplicarle que viviera, que viviera.

Comenzó a pasearse de un lado a otro mientras se preguntaba por qué tardaban tanto los Jonsson. Procuró refrenar su ansiedad y observó su casa con nuevos ojos, intentando verla como la vería un desconocido. Burdos muebles de pino desbastados a mano. Un reloj de pared corriente, cuyo largo péndulo medía los instantes con inexorable precisión. Los postigos estaban abiertos al aire de la mañana. Palina se había ofrecido a hacerle unas cortinas, pero a Jesse le parecían innecesarias.

La pared más larga del cuarto de estar estaba forrada de libros. Novelas de Dumas, Flaubert y Dickens. Ensayos y cuentos de Emerson y Thoreau. Al dejar atrás el mundo, las únicas posesiones que Jesse había llevado consigo habían sido sus libros. Leía constantemente, con voracidad, para escapar a mundos imaginarios. Los primeros años después de la tragedia, se había aferrado a los libros como a un salvavidas. Las voces de los personajes de ficción habían sofocado el aullido del vacío que resonaba en su mente. Eran los libros los que impedían que se volviera loco.

En los estantes de la cocina, los botes, latas y ollas estaban pulcramente alineados y ordenados por alturas. De ese modo, siempre sabía dónde estaban las cosas. El fogón, marca Acme Royal, había estado en algún momento bien conservado, pero se había ido ennegreciendo con el paso de los años, desde que vivía allí.

Los años que había procurado no contar.

La impaciencia le hizo salir al porche para tocar de nuevo la campana. Dio un fuerte tirón a la cuerda, pero fue innecesario. Enseguida oyó llegar a Magnus y Palina.

Sus voces parecían sofocadas en medio de la extraña y verde espesura que rodeaba al faro de cabo Desengaño. El suelo del bosque, cubierto por una alfombra de agujas de pino pardas, amortiguaba sus pasos. Hablaban animadamente en su islandés nativo, como viejos amigos que acabaran de encontrarse tras una larga separación. A Jesse nunca dejaba de sorprenderle que hallaran aquel interés, aquel regocijo el uno en el otro, a pesar de llevar casi treinta años casados. Tenían un hijo mayor, Erik, con pocas luces pero al que sus padres adoraban. Fuerte como un joven buey, Erik se pasaba el día trabajando en silencio por los alrededores del faro.

Los Jonsson aparecieron tras doblar un recodo del sendero del bosque. El sol de la mañana, que se colaba entre las altas ramas de los cedros y los abetos gigantescos, acarició sus rostros envejecidos, dotándoles de un suave resplandor cuando sonrieron y lo saludaron con la mano, apretando el paso.

Magnus Jonsson tenía el pecho rotundo y los anchos hombros de los pescadores, resultado de las décadas que había pasado izando redes y haciendo girar la manivela. Había dejado el oficio después de perder la mano izquierda como consecuencia de una herida. La mayoría de los hombres se habrían dado por vencidos y se habrían dejado morir; Magnus, en cambio, se había recuperado por pura fuerza de voluntad.

Al lado de su amado y cariñoso marido, Palina tenía un aspecto delicado, a pesar de que era tan recia y fuerte como cualquier pionera en la flor de la vida. Tenía los ojos brillantes y dientes prominentes, y su semblante reflejaba una hondura inesperada, señal de una inteligencia aguda y serena y de una vívida imaginación.

—Buenos días, Jesse —dijo con un ligero canturreo—. Fíjate qué mañana tan hermosa nos ha dado Odín —abarcó el pequeño claro con un gesto del brazo, mostrando su chal de vivo color naranja.

Abajo, en la ladera, el prado donde pastaban los caballos brillaba al fulgor del sol.

—Y el soplo de Aegir ha ahuyentado las nubes y ha hecho que se disipe la niebla —añadió Magnus.

Jesse los saludó con una inclinación de cabeza. Se había acostumbrado a sus constantes referencias a las leyendas del mar. ¿Y quién era él para negarlas? Muchos de los cuentos antiguos que relataban sonaban tan ciertos que resultaban pavorosos.

—No es lo único que ha traído la mañana —dijo, haciéndoles señas de que subieran al porche.

Abrió la puerta y la sostuvo para que entraran. Lo siguieron por el cuarto de estar y la cocina y entraron en el cuarto de socorro.

Al ver a la mujer sobre la cama, se quedaron paralizados, con las manos unidas.

—*Hamingjan góoa* —dijo Magnus en voz baja—. ¿Qué es esto?

—Naufragó y las olas la han traído hasta la playa.

Sintiéndose extrañamente violento, Jesse se acordó de un momento de su infancia, cuando había recibido un regalo que no quería. ¿Qué se decía?

«Gracias».

Pero no se sentía agradecido, no de ese modo.

—Todavía está viva —dijo atropelladamente.

Palina ya se había inclinado sobre la mujer y había empezado a cloquear como una gallina junto a un pollito. Jesse se acercó.

—¿Verdad? —preguntó.

—Sí, sí. Está viva, pero casi congelada, *litla greyid*, la pobrecilla. Aviva el fuego de la cocina, Magnus —dijo por encima del hombro—. Ah, ya le has quitado el vestido mojado —no había censura en su tono. Estaba tan acostumbrada como él a dar calor a las víctimas de congelación.

—Necesita ropa seca, rápido —tomó una de las manos de la mujer y la apretó suavemente—. ¡Ah, bendito sea este día! Que yo sepa, es la primera vez que los dioses del mar hacen un regalo así a un hombre.

¿Un regalo?

Tonterías. Supersticiones.

Pero ¿de dónde demonios iba a sacar él ropa limpia y seca para una mujer? Solo tenía dos atuendos: uno de invierno y otro de verano. Pantalones de mezclilla, varias camisas y el uniforme oficial de farero. La ropa que no llevaba puesta, estaba en el caldero de la colada, lista para cocer en el fogón. Esa misma mañana había puesto a lavar su única camisa de dormir.

—Tendrás algo en casa que podamos ponerle, Palina —dijo.

—Ah, no. Ya está medio congelada. Búscale algo enseguida, ¡lo que sea!

—No hay na... —Jesse se interrumpió. A su pesar, miró hacia los pies de la cama, donde había un viejo arcón—. No hay nada —mintió con voz ronca—. Mira, puedo llegar a tu casa y estar de vuelta aquí en menos de diez mi...

—Necesito la ropa ahora —Palina clavó en él una mirada que parecía desafiarlo a llevarle la contraria—. La necesita ahora.

Jesse cerró los puños. «No». Le espantaba la idea de hurgar en su pasado. Después, sin embargo, moviéndose con la renuencia de un condenado, hizo algo que había jurado no hacer nunca.

Levantó la tapa del arcón y quitó la bandeja compartimentada que había encima. Un olor tan intenso y evocador que resultaba insoportable se alzó de su interior, y Jesse estuvo a punto de retroceder, tambaleándose. «Emily». Hundió la mano en los montones de ropa doblada, palpó la textura gruesa y suave de la franela, sacó el camisón y se lo lanzó a Palina. «Lo siento, Emily».

—Ahí tienes —dijo de mala gana—. Voy a ayudar a Magnus con el fuego.

Salió de la casa notando la ardiente curiosidad de Palina y bajó al jardín lateral para sacar su hacha del cobertizo de las herramientas.

Puso de pie un tronco grande, levantó el hacha con las dos manos y la bajó para romperlo de un solo tajo. El corazón de la madera se hizo visible, roto y desgarrado, aún fresco. Jesse siguió cortándolo una y otra vez, rítmicamente, con la amarga violencia que recorría su cuerpo.

Pero un simple derroche de energía no podía mantener alejados sus demonios. Eso lo había sabido ya antes de abrir el arcón, aquella caja de Pandora que había procurado mantener bien cerrada durante la mayor parte de su vida adulta.

Apenas había mirado el camisón de franela que le había dado a Palina, y sin embargo podía ver la tela hasta sus más ínfimos detalles: las hojitas verdes y las flores azules, la puntilla blanca que rodeaba el cuello y los puños. Pero lo peor de todo era el olor que aún conservaba la prenda.

El olor de su esposa, tan obsesivo como una melodía que le devolvía, oleada tras oleada, recuerdos inoportunos. Podía verla, podía oír el sonido de su risa y oler los jabones y los polvos con los que untaba su piel.

A pesar de los años transcurridos, seguía desangrándose por dentro cuando pensaba en ella. En ellos. En las ilusiones y los sueños que, de manera tan inconsciente, había hecho añicos.

Dio hachazo tras hachazo, una y otra vez, intentando vaciarse de todo sentimiento. Comenzaron a dolerle los hombros y el sudor que le corría por la cara se le metió en los ojos y se deslizó por su cuello y su pecho. Cuando salió Magnus, había a su alrededor un enorme montón de leña recién cortada.

Magnus se quedó mirando la madera.

—Más vale que entres ya —dijo.

En la casa hacía un calor casi agobiante. El vestido azul de la mujer estaba en el caldero de la colada, sobre el fogón. Jesse sintió una especie de repulsión al pensar que la ropa de aquella desconocida fuera a mezclarse con la suya en el caldero.

Palina estaba inclinada sobre la cama, ahuecando almohadas detrás de la mujer mientras cloqueaba sin cesar.

—Eres como una gallina clueca, Palina, igual de metomentodo —comentó Jesse. Le sorprendió que su voz sonara casi... normal.

—Y estoy orgullosa de ello —replicó Palina.

Si Jesse hubiera tenido por costumbre sonreír, habría sonreído en ese momento. Sentía un afecto sincero por Magnus y Palina, que sabían cuándo dejarlo solo y cuándo echarle una mano. Y en ese momento necesitaba su ayuda.

—¿Y bien? —preguntó Palina—. ¿No vas a preguntar si tu pequeña invitada está bien?

—¿Está bien?

Palina asintió con la cabeza mientras se alisaba el delantal blanco con las manos.

—Con muchos mimos y cuidados, ella y el pequeño estarán perfectamente.

Jesse casi dio un respingo al oír hablar del bebé, pero se obligó a mantener una expresión indiferente y adusta.

—Podemos usar la carreta para llevarla a vuestra casa —dijo.

—No —contestó Palina.

—Entonces la llevaré yo...

—No tan deprisa, amigo mío —Magnus levantó su mano buena—. La chica no va a venir con nosotros.

—Claro que sí. ¿Dónde si no...?

—Aquí —contestó Palina tajantemente—. Aquí mismo, donde puede recuperarse y recobrar fuerzas al cuidado del hombre que la ha encontrado. El hombre para quien era el regalo.

—Hemos de ser prácticos —añadió Magnus—. Tú tienes mucho espacio. Nosotros solo tenemos dos habitaciones abarrotadas y un altillo para Erik.

Jesse soltó una carcajada forzada.

—Eso es imposible. Por el amor de Dios, ni siquiera puedo ocuparme de un perro. ¿Cómo voy a ocuparme de una... de una...?

—De una mujer —concluyó Palina—. De una mujer que está embarazada. ¿Es que ni siquiera puedes decirlo? ¿No puedes decir la verdad teniéndola delante de las narices?

La angustia se agitó dentro de Jesse. Los Jonsson hablaban en serio. Esperaban de veras que alojara en su casa a aquella desconocida. Y no solo que la alojara, sino que se ocupara de todas sus necesidades, que la alimentara y la ayudara a curarse.

—Aquí no puede quedarse —intentó que su voz no sonara acerada—. Si no la atendéis vosotros, la llevaré al pueblo.

Magnus habló en islandés con su esposa, que asintió juiciosamente con la cabeza y se tocó el pulcro pañuelo que llevaba al cuello.

—Sería muy arriesgado trasladarla después de la conmoción que ha sufrido.

—Pero... —Jesse cerró la boca con tanta fuerza que le dolió la mandíbula. Se pellizcó el puente de la nariz como si intentara extraer de él una solución.

Si Palina estaba en lo cierto y algo le ocurría a la joven por trasladarla, se sentiría responsable.

Otra vez. Siempre.

—Es la ley del mar —afirmó Magnus, pasándose la curtida mano derecha por su pelo agreste—. Te la ha dado Dios.

Estaban ambos en pie delante del macizo fogón negro. Palina tiraba distraídamente de un hilillo de la manga blanca y vacía de Magnus, pero no apartó la mirada de Jesse, y él vio de nuevo una chispa de fe, obstinada y ancestral, en el fondo de sus ojos.

Fe.

—No creo en viejas leyendas marinas —dijo—. Nunca he creído en ellas.

—Da igual lo que creas. Sigue siendo verdad —repuso Magnus.

Palina puso los brazos en jarras.

—Hay cosas que nos envía la eternidad, cosas que no tenemos derecho a cuestionar. Como esta.

Todas las fibras nerviosas de Jesse Morgan parecieron tensarse al unísono, gritando una dolorosa negativa. No podía, no quería aceptar a aquella desconocida en su casa, en su mundo.

—No puede quedarse —el miedo convirtió su voz en un latigazo de ira—. No puedo darle nada. Ni ayuda, ni esperanza, ni atenciones. Aquí no hay nada para ella, ¿es que no lo entendéis? Le iría mejor en el infierno.

Pronunció aquellas palabras antes de darse cuenta de lo que estaba diciendo. Salieron de la oscuridad emponzoñada que tenía dentro y retumbaron, llenas de una verdad innegable.

Magnus y Palina intercambiaron una mirada y algunas palabras en voz baja. Luego, Palina ladeó la cabeza.

—Harás lo que debes hacer por el bien de esta mujer. De este bebé —sus ojos parecieron afilarse—. Hace doce años, el mar te quitó lo que más querías —sus palabras cayeron pesadamente en medio del silencio—. Puede que ahora te haya devuelto algo.

La pareja salió de la casa. A Jesse no le cabía duda de que Palina era consciente de lo que acababa de hacer. Había traspasado los límites de su amistad. En doce años, nadie se había atrevido a hablarle de lo ocurrido. Así era como había logrado salir adelante: no hablando con nadie de lo que se agitaba dentro de él cada vez que respiraba.

Salió al porche.

—¡Volved aquí, maldita sea! —gritó a través del jardín.

Nunca había gritado a aquellas personas, nunca les había dirigido un improperio. Pero su terca negativa a ayudarlo había disparado su cólera.

—Volved de una vez y ayudadme con esta... con esta...

Palina se volvió al llegar al recodo del camino.

—La palabra que buscas es «mujer», Jesse. Una mujer que espera un hijo.

—¿Te lo puedes crees, D'Artagnan? —preguntó Jesse, malhumorado.

Desmontó y ató el caballo a la barandilla de enfrente de Mercantil Ilwaco.

—Los Jonsson creen que tengo que quedarme con esa maldita mujer por no sé qué leyenda del mar. Nunca había oído nada tan absurdo. Es casi tan ridículo como...

—¿Como hablar con tu caballo? —preguntó alguien desde la acera, detrás de Jesse.

Se volvió, notando ya cómo se fruncía su ceño.

—D'Artagnan se pone nervioso en el pueblo, Judson.

Judson Espy, el oficial encargado del puerto, cruzó los brazos, se meció sobre los talones y asintió, muy serio.

—Yo también me pondría nervioso si me hubieran puesto el nombre de uno de esos franchutes.

—D'Artagnan es el protagonista de *Los tres mosqueteros*.

Judson pareció desconcertado.

—Es una novela.

—Ya. Bueno, pues si el pobre jamelgo es tan nervioso, deberías desembarazarte de él.

—Llevas diez años intentando comprarme este caballo.

—Y tú llevas diez años diciéndome que no.

—Me sorprende que todavía no te hayas dado por enterado —Jesse pasó la mano por el musculoso cuello del bayo.

D'Artagnan había llegado a su vida en un momento bajo, cuando estaba a punto de darse por vencido... por completo. Un comerciante chinuk le había vendido el potro a medio domar, y Jesse lo había criado hasta convertirlo en el mejor caballo que se había visto nunca en aquellos territorios. Con los años, había añadido tres caballos más al establo del faro: Athos, Porthos y Aramis, los mosqueteros al completo.

Se reunió con Judson en la acera de madera. Sus botas resonaron cuando pasaron junto a la tienda. La viuda Hestia Swann salió de ella, voluminosa como una barcaza de río. Tocándose el sombrero rebosante de flores, levantó una mano enguantada en la que sostenía un pañuelito de gasa entre el índice y el pulgar.

—Hola, señor Espy. Señor Morgan, qué sorpresa —se mantuvo apartada, guardando una distancia cortés.

Jesse no se ofendió por ello. Para la mayoría de los vecinos del pueblo, seguía siendo un extraño aun después de doce años. No les reprochaba que desconfiaran de él.

—Señora Swann —dijo, levantándose el sombrero de lona aceitada.

Ella esbozó una sonrisa forzada. Famosa por sus ínfulas sociales, la señora Swann era invariablemente amable con él... debido a que tenía familia en Pórtland.

Como si eso importara ya.

—¿Cómo está, señora? —preguntó Judson.

Jesse comenzó a alejarse.

Ella agitó lánguidamente el pañuelo delante de su cara.

—No muy bien, señor Espy, pero gracias por preguntar. Desde que Sherman desapareció en el mar, sufro de melancolía. Hace apenas dos años, pero me parece una eternidad.

—Lo lamento mucho, señora. Cuídese —Judson se volvió hacia Jesse y echaron a andar de nuevo—. ¿Qué es eso de que tienes una mujer en tu casa?

Había levantado la voz a propósito, Jesse estaba seguro. Hestia Swann, que había emprendido la marcha hacia su calesín Studebaker, se detuvo y se envaró como si de pronto alguien le hubiera metido el palo de la escoba por la espalda del vestido. Con un fuerte chasquido de ballenas de corsé, se giró y clavó la mirada en ellos.

—¿Qué? —preguntó—. ¿El señor Morgan tiene una mujer en la casa del faro?

Judson asintió con un gesto. Sus ojos tenían un brillo malicioso.

—Pues sí. Es lo que ha dicho. Acabo de oír cómo se lo decía a su caballo.

—¡Por amor de Dios! ¿Y por qué iba a hablar el señor Morgan con su caballo?

—Porque es Jesse Morgan.

—Y no está sordo —repuso Jesse, irritado.

—Usted cállese —le espetó la señora Swann—. Esto es un asunto muy serio, vivir con una mujer bajo su techo...

—No voy a vivir con ella...

—¡Ah! ¡Conque es cierto que hay una mujer! —exclamó la señora Swann.

—¿Qué ocurre? —Abner Cobb salió de la tienda con el delantal tintineando, lleno de tachuelas y puntas.

Jesse reprimió el impulso de subirse de un salto a D'Artagnan y poner rumbo a las colinas del sur de la ciudad.

—Jesse Morgan tiene una mujer en su casa —anunció Hestia Swann con su voz más aguda.

Abner sonrió y dio una palmada a Jesse en la espalda.

—Ya era hora, hombre. No has tenido compañía femenina desde que te conocemos.

—No es compañía —contestó Jesse, pero nadie le oyó.

Comenzó a oírse una algarabía a medida que otras personas salieron a la acera para enterarse del extraordinario suceso que había tenido lugar en el faro. La esposa de Abner se sumó a ellos, seguida casi enseguida por Bert Palais, editor del *Ilwaco Journal*.

—¿De dónde procede? —preguntó Bert mientras tomaba notas en una hoja de papel.

—La encontré en...

—Bien, imagino que será de la gran ciudad —proclamó la señora Swann, y su pecho prominente subió y bajó, lleno de soberbia—. ¿No es así, señor Morgan?

—La verdad es que...

—Quizá la conocía de Pórtland —decidió la viuda, y a continuación hizo un gesto de asentimiento dándose la razón a sí misma mientras otras personas se sumaban al grupo—. Sí, eso es. Jesse es de los Morgan de Pórtland —se inclinó sobre el hombro de Bert—. Su familia es propietaria de la Compañía de la Bahía de Shoalwater. Tienen contactos hasta en San Francisco, ¿sabía usted?

—Claro que sí —contestó el editor. Y, para no quedarse atrás, añadió—: El señor Horatio Morgan y su esposa emprendieron en abril un gran tour por Europa.

—Recuerdo que leí algo sobre un boda de sociedad hace un par de años, fue muy sonada —comentó la señora Cobb—. Annabelle Morgan y Granger Clapp, ¿no es eso?

La papada de Hestia Swann osciló como el moco de un pavo cuando asintió enérgicamente.

—La hermana de Jesse. Fue la boda de la década, decía la gente. Me pregunto si esa mujer no será una amiga de Anna...

Jesse no esperó a oír más. Se alejó, sintiéndose como un cadáver picoteado por los buitres. Normalmente solventaba sus recados en la ciudad en el menor tiempo posible y se marchaba de allí procurando no llamar la atención. Nadie pareció notar que se había alejado del gentío, excepto Judson, que corrió para alcanzarlo.

—¡Lo que hay que aguantar! —dijo Jesse entre dientes, y tomó un callejón que partía de la calle mayor.

—¿Adónde vas? —preguntó Judson.

—A buscar a la doctora MacEwan.

—¿La mujer necesita un médico?

—Ajá.

—Entonces, ¿está enferma o algo así?

—O algo así.

Judson arrugó el ceño, exasperado.

—Bueno, ¿qué demonios le pasa, entonces?

—Está embarazada.

Judson se dio una palmada en la frente y se tambaleó hacia atrás.

—¡Vaya! ¡Que me...! ¡Eres un demonio, Jesse!

—Si dices una sola palabra de esto —le advirtió Jesse—, te...

Pero ya era demasiado tarde. Judson dio media vuelta y dobló la esquina a todo correr.

—¡Eh, oíd todos! —gritó a la multitud reunida en la acera—. ¿Sabéis qué?

Jesse agarró el pomo de bronce de la puerta de la consulta del médico. Se quedó allí un momento, preguntándose qué le había sucedido a su pacífica y solitaria existencia. Luego golpeó la puerta con la frente una, dos, tres veces.

Pero no sirvió de nada.

La doctora MacEwan disfrutaba siendo el origen de continuas controversias. Defensora de teorías médicas radicales, cosechadas en una elegante facultad del Este, era al mismo tiempo agresiva, piadosa, franca y dueña de una habilidad incuestionable.

Aun así, muchos vecinos de Ilwaco miraban con profundo recelo a la doctora Fiona MacEwan. Quizá por eso Jesse sentía una grata y difusa afinidad con ella.

Esperó en la cocina mientras Fiona examinaba a la desconocida a la que el mar había arrojado a la playa. A pesar de la ajetreada mañana que había pasado en el pueblo, se permitió relajarse un poco. Tras amenazar con los puños al oficial a cargo del puerto, había logrado que le hiciera caso. Le había dicho a Judson que comprobara sus registros en busca de un barco cuya llegada se esperara en aquella zona. Pronto conocerían la identidad de la mujer.

Y ahora la doctora estaba allí. Muy pronto le quitaría a aquella desconocida de encima y su vida volvería a la normalidad.

A la normalidad... A su infernal soledad de siempre.

Rechinó los dientes para no sentir nada, porque los sentimientos habían sido su perdición. Aquella vida apartada, su exilio, eran su destino.

Miró por la ancha ventana delantera de la casa. Los días empezaban a alargarse, así que no tendría que preocuparse de encender el faro hasta varias horas después.

Entonces comenzaría su solitaria vigilia.

Al oír pasos tras él, se volvió y vio salir del cuarto a la doctora MacEwan. Fiona tenía la cara ancha y las manos tan recias y curtidas como las de una granjera. Solía llevar el espeso y canoso pelo recogido en un moño descuidado, sujeto con un lápiz, o una aguja de calceta o cualquier cosa que tuviera a mano. Ese día, el objeto elegido parecía ser una aguja de ganchillo.

—¿Y bien? —preguntó Jesse.

—Está semiinconsciente.

—¿Y eso qué significa?

—Que despierta solo a ratos —Fiona se quitó el estetoscopio y lo guardó en su funda de terciopelo negro—. ¿Te has fijado en que no lleva anillo de casada?

—No todo el mundo lo lleva.

—Eso abre posibilidades interesantes —comentó ella—. Podría ser viuda...

—O una mujer caída en desgracia —era más fácil pensar lo peor de ella.

—¿Por qué es siempre la mujer la que cae en desgracia? —se preguntó Fiona en voz alta—. ¿Y no el hombre?

—Bueno, puede que el hombre haya caído... pero al mar, así que ha salido ganando ella.

—Cierto —Fiona se sacó el impecable delantal blanco por la cabeza y lo dobló parsimoniosamente—. He conseguido que bebiera un poco de agua y que orinara. Pero ha sufrido una conmoción terrible y aún no está fuera de peligro.

—¿Está... herida? —Jesse se dijo que quería saberlo porque estaba deseando que se recuperara para perderla de vista.

Cuanto antes, mejor.

—Creo que tiene magullada la clavícula, así que tendrás que tener cuidado.

—¿Yo? —un miedo conocido comenzó a subirle por el pecho como una araña.

—Sí. Esa parte parece la más delicada —sin pedir permiso, Fiona se acercó a la despensa y se sirvió un dedo de brandy de la botella que había sobre el estante—. En el lado derecho.

—Me parece que deberías hablar con la gente que va a hacerse cargo de ella —mientras hablaba, Jesse comenzó a sentir la sombra de una sospecha.

Fiona apuró el brandy de un trago y cerró los ojos mientras una expresión de placer se difundía por su rostro fuerte y hermoso. Luego abrió los ojos.

—Va a quedarse aquí. Contigo. Jesse, tú la has salvado. Es responsabilidad tuya.

—No —entró en la cocina, puso las manos sobre la mesa y se inclinó hacia delante, clavando la mirada en la doctora—. Maldita sea, Fiona, no voy a permitir que...

—«No voy a permitir» —dijo ella, burlona—. Siempre se trata de ti, ¿verdad, Jesse Morgan? Solo piensas en lo que te conviene a ti.

—¿Y en qué si no voy a pensar?

—¡En esa pobre criatura de ahí dentro, grandísimo bruto! —Fiona se sirvió más brandy—. He dicho que no tiene heridas visibles, aparte de arañazos y magulladuras de poca importancia. Pero eso no quiere decir que pueda sostenerse en pie, hombre. Está muy mal, no vayas a creer lo contrario.

—Tienes que llevártela de aquí —dijo Jesse con voz ronca.

—No voy a hacer nada parecido.

—No puede quedarse en esta casa.

—El año pasado tuviste aquí a ese marinero mexicano un mes y medio.

—Eso era distinto —Jesse había rescatado al marinero de un bote salvavidas, en medio del oleaje—. Dormía en el establo y pudo mandar un telegrama pidiendo ayuda.

—Y no hablaba inglés —repuso Fiona como si eso fuera culpa suya—. Así que no se entrometía en tu soledad.

—¿Desde cuándo es un crimen querer estar solo?

—Es un crimen cuando pones a una persona en peligro porque te da miedo tenerla bajo tu techo.

Aquel reproche le heló la sangre.

—Eso ha sido un golpe bajo, Fiona.

Ella bebió un sorbo de brandy.

—Lo sé. Aprendí a pelear sucio en la facultad de Medicina. Y nunca me han vencido. Y menos aún un hombre.

Jesse se apartó de la mesa.

—¿Y su reputación? Seguramente es una mujer honrada y temerosa de Dios. Es probable que la señora Swann ya esté difundiendo mentiras sobre ella por todo el pueblo. No está bien que una mujer viva bajo el mismo techo que un hombre sin estar casada con él.

—En cuanto les explique el estado en que está, solo los más mezquinos se atreverán a pensar que hay algo indecente entre vosotros.

—Tienes mucha fe en el prójimo —repuso Jesse—. La harán trizas con sus habladurías.

—¿Y desde cuándo le importan las habladurías a Jesse Morgan? —preguntó Fiona. Apuró su brandy y echó el cierre a su gran maletín de cuero marrón—. Me pasaré por aquí para ver cómo está. Si intenta hablar, averigua dónde está su familia, cómo podemos contactar con ellos.

Jesse la siguió hasta la puerta.

—No me hagas esto, Fiona. No me dejes con ella.

Él pudo ver que a ella se le agotaba la paciencia. La doctora lo miró con un destello de rabia.

—Vas a cuidar de esa mujer, Jesse Morgan, y vas a atenderla bien, te juro que vas a hacerlo. Está embarazada, por si no lo has notado.

—Lo he notado.

—El embarazo es siempre una situación de riesgo, incluso para una mujer que no haya sufrido una tremenda conmoción. Si ha perdido a su familia en el naufragio, solo le quedará ese bebé. Debemos hacer todo lo posible por asegurarnos de que ese bebé venga al mundo, para lo que, si no me equivoco, quedan cuatro meses.

Después de que se marchara, Jesse estuvo largo tiempo escuchando cómo marcaba los segundos el reloj de péndulo. Y en el cuarto contiguo a la cocina, la bella desconocida siguió durmiendo.

CAPÍTULO 3

Oscuridad. El sonido rasposo de su propia respiración. Imágenes y fogonazos de cosas ocurridas antes. La cara de un desconocido. La sensación de unos brazos fuertes rodeándola. La bola de la vergüenza en su vientre a la que no podía evitar amar.

Fue el pensar en el bebé lo que la espabiló por completo. La cama sobre la que estaba acostada era extrañamente mullida, un lujo delicioso después de las incomodidades y las apreturas del barco.

«Vaya, ¿qué tenemos aquí? ¿Una polizona? Tendré que informar al patrón de que está aquí esta escoria».

Estremecida por aquel recuerdo, parpadeó lentamente, hasta que comenzó a distinguir las formas difusas y oscuras de la habitación. El pequeño cuadrado de una ventana con los postigos cerrados. Un aguamanil y un arcón. Un mueble alto, una especie de armario.

Un olor fuerte pero agradable impregnaba el aire. Jabón de sosa, quizá. Y café, aunque no reciente.

A salvo. Allí se sentía a salvo. Ignoraba dónde estaba, pero sentía en la atmósfera una cosa viva que la protegía y la rodeaba. Segura, al fin. Pero cualquier lugar le habría parecido seguro comparado con el infierno del que había huido.

Tan pronto aquella idea cruzó su mente la alejó de sí. No

estaba lista aún para pensar en eso. No debía hacerlo. Tal vez hubiera algún modo de no volver a pensar en el pasado.

Posó la mano sobre la suave hinchazón de su vientre.

No. No había forma de olvidar.

—¿Hola? —susurró en la oscuridad.

No hubo respuesta. Solo un gruñido constante y bajo, a lo lejos.

Levantó con cuidado las mantas y el dolor que notó en el hombro le hizo torcer el gesto. Llevaba puesto un camisón precioso, de esos de gruesa franela que tan bien le habrían venido cuando era niña y tiritaba en el altillo de la casa de labranza de su familia, deseando que el fuego de turba calentara un poco más.

Avanzó a tientas, siguiendo la pared hasta la puerta, que estaba ligeramente entornada. Una astilla de madera se le clavó en la mano, pero apenas dio un respingo. Después de todo lo que le había pasado, una astilla era muy poca cosa.

A diferencia de la áspera puerta, el suelo estaba suave y desgastado, como si alguien se hubiera paseado por él años y años. Se detuvo en el umbral, intentando orientarse.

Era el mar lo que oía, la llamada gutural de las olas en la orilla. Había vivido junto al mar toda su vida, y aquel sonido recio la reconfortó. Ni siquiera el naufragio le había amargado ese placer, la sensación de que, pasara lo que pasase, el mar nunca dejaría de moverse, aquel sonido no cesaría jamás.

El enorme fogón que dominaba la cocina despedía un suave calor. La cocina daba a una estancia más amplia, un cuarto de estar o un salón. Abrió la portezuela del fogón para que las ascuas le dieran un poco de luz. Su cálido resplandor anaranjado pintó los toscos muebles y una angosta escalera. Subió el tramo de peldaños y miró a través de una puerta abierta. Distinguió entre las sombras una cama grande cuyos cuatros postes resaltaban, huesudos, en la penumbra.

La cama estaba vacía.

¿Qué clase de lugar era aquel?

A pesar de que cada movimiento provocaba en ella una oleada de aturdimiento, sentía la necesidad de seguir adelante, de hallar respuesta a las preguntas que se agolpaban en su cabeza. Bajó tambaleándose la escalera, salió al exterior y se descubrió en una veranda con barandilla que rodeaba por completo la parte delantera de la casa.

Las olas retumbaban tan rítmicamente como el latido de un corazón. A lo lejos refulgían nubes altas. Una luz extraña plateaba sus panzas, de modo que semejaban gruesos salmones nadando por el cielo.

Aquella luz... Sacudió la cabeza y se agarró a la barandilla del porche. De pronto tenía ganas de vomitar. Le dolía el hombro herido. Distinguió un pequeño cobertizo junto a unas matas de lilas. ¿El retrete? Sí. Se alegraba de haberlo encontrado. Cuando cruzó el césped, la tierra le pareció húmeda y helada bajo los pies descalzos. Cuando acabó y regresó a la casa, reparó en que la hierba estaba bien cortada.

Aquella luz plateada volvió a atraer su atención. Subió lentamente por una cuesta cubierta de hierba esponjosa, hasta lo alto del jardín. Más allá de un tupida y alta arboleda una silueta majestuosa se recortaba en el firmamento. Eso era, entonces. Un faro.

De pronto la asaltó un recuerdo. La espantosa sacudida del casco del barco en los bajíos. El gruñido y el estrépito de los tablones al romperse. Un marinero gritándole con voz ronca, echándole una cuerda. La soledad de un mástil o de la verga de una vela desprendiéndose del barco hundido, flotando. Había usado la cuerda para amarrarse. Recordaba haber levantado la vista y escrutado el horizonte.

Mientras el mar engullía el barco de cuatro palos (*Ciego azar*, se llamaba) como una serpiente hambrienta, haciendo un espantoso ruido de succión, había atisbado aquella luz. Había sabido enseguida que no era una estrella, pues estaba muy baja en el horizonte. Había seguido la luz pataleando hacia ella durante horas, o eso le había parecido. El agua, aunque fría, podía soportarse. Con un ritmo constante como el de una melodía, la luz giratoria del faro la había atraído hacia ella, cada vez más cerca: un parpadeo largo y reflexivo, seguido por un segundo o dos de oscuridad.

Cuando el alba había comenzado a teñir el cielo, el agotamiento se había apoderado de ella. Recordaba haber pensado que, si aquello era lo último que iba a ver antes de morir, era precioso.

Ahora la asombraba haber sobrevivido.

Pero ¿y el hombre que la había rescatado?

Se preguntó si debía ir en su busca. Parada a la sombra de un árbol enorme, sintió la tierra húmeda y primaveral bajo sus pies mientras intentaba decidirse.

Fue entonces cuando lo vio.

Su primer impulso fue correr a esconderse, pero sin duda era innecesario. Él no podía verla.

Estaba de pie en la pasarela de lo alto del faro, de cara al mar. Vio que tenía el pelo largo, pues cuando la luz giraba hacia la izquierda iluminaba una melena oscura y enmarañada por el viento. Había algo en él que la dejó en suspenso. Tenía las manos metidas en los bolsillos y los hombros encorvados, como si tuviera frío.

Pero no hacía frío. Fresco sí, pero hacía una noche preciosa.

Parecía poseído por una completa inmovilidad. Como si estuviera labrado en piedra, tan inmóvil como la torre sobre la que se erguía. Había algo de sobrecogedor en el modo en que la luz pasaba sobre él al girar en una dirección y luego en otra.

La luz se movía, pero él no.

Estuvo mirándolo largo rato, o eso le pareció. Pero fue ella y no el desconocido quien se movió primero. Fatigada, regresó despacio a la casa y volvió a meterse en la cama. Llegó a ella a duras penas; estaba más débil de lo que pensaba.

Unos instantes después volvió a dormirse. Se quedó dormida y, por primera vez en mucho tiempo, no sintió ningún miedo.

Era hora de decir adiós a la noche.

Jesse siempre saboreaba los largos instantes que mediaban

entre la noche y la aurora. El olor de la tierra mojada y los árboles se mezclaba en el aire. Los cormoranes que anidaban en los acantilados dejaban oír a lo lejos su quejumbrosa llamada. En aquel breve lapso de tiempo, gris y pasajero, el mundo parecía detenerse. La noche se iba y comenzaba un nuevo día. Pero por ahora estaba solo.

Eso era lo que más amaba. El silencio. La quietud.

El nuevo día no encerraba promesa alguna, lo mismo que el anterior y que el siguiente, más allá de la embotada conciencia de sí mismo. Aquella sensación nunca era tan aguda como en aquellos instantes, cuando el horizonte se iluminaba como un estanque de tinta negra inundado de pronto por el agua, y los colores de lacerante intensidad teñían el cielo por el Este.

Ese día, sin embargo, había una diferencia, se dijo al abrir la puerta de la casa y entrar. Por culpa de ella.

Había cambiado de postura. Lo notó enseguida al asomarse a la habitación donde dormía. Observó a la luz cada vez más intensa cómo yacía sobre la cama en cómodo abandono, relajada como una niña, el sueño imperturbable. Una de las colchas se había caído y yacía amontonada en el suelo.

Recorrió el cuarto con la mirada. La jofaina y el aguamanil estaban como siempre. Pero las mantas estaban sospechosamente retorcidas. Se inclinó para mirarlas más detenidamente.

Un piececito descalzo, tan delicado que casi parecía irreal, asomaba bajo las sábanas. Tenía unas cuantas agujas de pino pegadas a la planta.

Se incorporó tan rápidamente que se golpeó la cabeza con una viga baja del techo. Apretó los dientes, pero aun así se le escapó un improperio. Era espeluznante pensar que aquella desconocida hubiera estado rondando por la casa. Por su casa. Viendo las cosas que componían su vida. Invadiendo el mundo que se había labrado.

Mirándolo. Juzgándolo.

Intentó sacudirse esa idea. La mujer estaba enferma. ¿Por qué iba a interesarse por él? Seguramente había dado algunos pasos tambaleándose, aturdida, buscando quizás al marido al que había perdido en el naufragio.

Sí, eso era. No tendría ningún interés por un farero, ningún motivo para husmear en su vida. En cuanto se recuperara, se marcharía, iría a reunirse con su familia.

Y así debía ser.

Jesse se quedó allí unos segundos más. El amanecer fue iluminando la habitación. Se dijo que debía dejarla sola, pero aun así aguardó, presa de una especie de horrorizada fascinación.

Fiona había expuesto la situación con toda claridad. ¿Acaso la doctora no veía lo extraordinario que era aquello? ¿No se daba cuenta de que tenía que hacer todo lo posible por impedir que aquello ocurriera, por no llegar a conocer a aquella mujer?

La delicada belleza de la desconocida era como una provocación. Una prueba. Para ver si era lo bastante fuerte para resistirse a una cara angelical y a un cuerpo tan atrayente como la fruta más dulce del vergel.

—Maldita sea —masculló—, ¿por qué no puedes tener la cara de un bacalao?

Lo más extraño era que sabía que no habría importado. Si aquella mujer hubiera llegado llevando una brida o hubiera tenido tres brazos, él se habría sentido igual. Atrapado en el embrujo de su misterio. Su belleza solo añadía un toque extra de ironía.

La luz del día brillaba cada vez más fuerte entre las rendijas de los postigos. Ella suspiró en sueños y se volvió, levantó las rodillas y bajó el brazo como para proteger su vientre.

Fiona calculaba que estaba de cinco meses, más o menos. El bebé había empezado a manifestarse. La madre podría sentir sus movimientos. Fiona había sonreído al contarle aquello, como si él tuviera que alegrarse de la noticia.

Un largo mechón de pelo caía sobre el rostro de la mujer, que resopló al sentir su cosquilleo en la nariz. Jesse se quedó mirando su pelo. Un rayo de sol tocó el mechón, trocando su color rojo oscuro en un tono rubí. Era el color del fuego. Mientras aquella idea cruzaba su mente, se inclinó para retirar suavemente el mechón de su cara. Su suavidad, su tacto sedoso, fueron tan inesperados que casi gritó de sorpresa.

Retrocedió rápidamente, espantado de sí mismo. La había tocado. Era una desconocida. La esposa de otro hombre. O una viuda. Poco importaba. Jesse Morgan no tenía derecho a tocarla.

Salió del cuarto y entornó la puerta para poder oírla si volvía a levantarse. Luego subió a su habitación, se quitó las botas y se dejó caer en la cama con un bronco suspiro.

Pero no durmió. No pudo pegar ojo. Porque sentía su presencia en la casa, la cálida y seductora melodía de un canto de sirena. La tentación de un tesoro que no podía ser suyo.

—Me alegro de verlo, señor Jones —dijo el portero con una sonrisa obsequiosa.

Granger inclinó la cabeza secamente. El portero de cara lustrosa sabía muy bien que Jones era un apellido falso, y se complacía en pronunciarlo acompañándolo de un guiño y un codazo.

Pero aquel no era un buen día para guiños y codazos. No era un buen día para nada. El lunes por la mañana, al llegar a su oficina de San Francisco, había descubierto que uno de los barcos de la compañía no había llegado a Pórtland. El martes, los empleados de la empresa comenzaron a prepararse para avisar a la aseguradora, pues era muy probable que el navío hubiera naufragado. Que se hubiera ido a pique en la barrera del Columbia, al igual que muchos otros.

Se preguntaba qué había ocurrido. El patrón era uno de los mejores, llevaba mucho tiempo empleado al servicio de la compañía. ¿Había ocultado la niebla los bancos de arena, incluso a ojos de aquel viejo lobo de mar? ¿Había faltado a su deber el farero? Granger sabía muy bien las calamidades que podía causar aquello. Él mismo las había provocado, cobrándose mortífera venganza de su peor enemigo: Jesse Kane Morgan. Su mejor amigo, su socio, su rival, el hombre que se lo había robado todo.

Incluso ahora, tantos años después, Granger sentía aún el escozor del rechazo. La mujer a la que amaba lo había rechazado, había preferido a Jesse, se había casado con él. Emily y Jesse, la pareja dorada, la flor y nata de Pórtland y San Francisco por igual. El hecho de que Granger lo hubiera destruido todo no aliviaba el escozor. Quizá no hubiera ido lo bastante lejos. Quizá pudiera hacer algo más.

Pasó rozando al portero y cruzó el vestíbulo embaldosado del edificio Esperson. Era el mejor inmueble de San Francisco, al «señor Jones» le estaba costando una fortuna.

¡Ah, pero qué dulce era la recompensa! Mientras subía por la escalera con un ramo de rosas frescas en la mano, hundió la nariz entre las flores y aspiró su olor pensando en el suave roce de la mano de ella sobre su frente, en el arrobo con que lo miraba. Ella era su refugio en medio de la tormenta, el lugar al que acudía cuando todos los demás se volvían en su contra. Sus insidiosos padres, su decepcionante esposa, sus acreedores furiosos... Cuando llegaba allí, lo dejaba todo atrás.

Tendría que dejar pronto la casa, sin embargo. Ahora que había obtenido lo que quería de la muchacha, podía trasladarla a una morada más modesta. Cuando la había conocido (mísera, casi muerta de hambre y pese a todo enloquecedoramente atractiva), había tenido que engatusarla. Que alimentar sus ansias de sentirse protegida y a salvo. La había instalado en un lujoso apartamento del Esperson y allí iba a visitarla cada vez que encontraba tiempo.

Lo encontraba a menudo, y pronto obtendría su recompensa. Hacía unos meses, ella le había anunciado que estaba embarazada. Lo había mirado con ojos rebosantes de esperanza y había dicho:

—Ahora tenemos que casarnos, para que el pequeñín lleve el nombre de su papá.

Granger no debería haberse reído de ella, pero no había podido evitarlo. Quería que tuviera a su hijo: de eso se trataba. El niño llevaría, en efecto, su nombre tan pronto naciera y la madre renunciara a él para dejarlo a su cargo. Pero había sido un error de cálculo por su parte contarle su plan. Debería habérselo callado hasta el último momento. Había subestimado el instinto maternal de la chica.

Ella se había mostrado espantada, horrorizada, había agarrado un espejo de mano y había estado a punto de lanzárselo. Granger había intentado calmarla, le había hablado en susurros mientras se acercaba a ella.

—No tengas miedo. No quiero tener que hacerte daño...

Durante las semanas siguientes, ella se había calmado, en efecto, hasta tal punto que Granger comenzó a confiar en que se hubiera resignado a sus planes. Quería que su hijo tuviera todos los privilegios que él podía darle al heredero de su fortuna: los mejores colegios, los mejores médicos, lo más selecto de la sociedad de San Francisco y Pórtland.

Se pondría contenta al ver las flores, quizás incluso se aviniera a sonreír. Granger se quedó un momento junto a la puerta para recobrar el aliento después de subir la escalera. La idea del hijo lo asaltó sin previo aviso y sintió un anhelo tan grande que estuvo a punto de gritar. Un niño, un heredero. Alguien a quien educar, alguien que lo observara, que lo reverenciara, que aprendiera a su lado. Alguien a quien querer como nunca lo habían querido a él.

Giró el pomo de cristal de la puerta y entró. Siempre se las arreglaba para pisar la única tabla del suelo que crujía, y esta vez chirrió estrepitosamente en medio del silencio del apartamento.

—¡Soy yo! —gritó—. Te traigo una cosa.

Silencio.

Quizás estuviera durmiendo. Granger había oído decir que las mujeres en su estado dormían mucho. Pero la cama estaba vacía. Tan pulcramente hecha como siempre.

Un gélido presentimiento se apoderó de él, pero logró dominarse. Recorrió metódicamente el elegante apartamento, palmo a palmo. No faltaba nada: ni un tenedor de plata, ni una lámpara, ni uno solo de los vestidos o las joyas que le había regalado. Faltaba, sin embargo, lo único importante: la chica.

Se dijo que debía conservar la calma y esperar. Habría salido de compras, o a tomar el aire. Sí, eso era. Pero más tarde, tras interrogar al portero y descubrir que se había marchado la semana anterior y desde entonces no habían vuelto a verla por allí, no tuvo más remedio que reconocer que se había marchado.

Miró con cierta sorpresa las flores que le había llevado. Ni siquiera se había acordado de que aún las llevaba en la mano. Las había estrujado hasta dejarlas irreconocibles: rotas y aplastadas, todas y cada una de ellas.

Jesse fijó la mirada en las toscas vigas del techo y se quedó escuchando el reloj de péndulo. Luego, pasado un largo rato, volvió a ponerse las botas y fue a atender a los caballos.

Camino del establo se encontró con Erik Magnusson. El joven, que medía casi dos metros de altura, se movía con el bamboleo de un gigante, parsimonioso y ajeno a las presiones del mundo. El viento agitaba el cabello liso y pajizo que caía sobre su frente.

—Buenos días, capitán —dijo. Erik siempre lo llamaba «capitán»: era el cargo que le correspondía como farero jefe—. ¿Se ha despertado la señora del mar?

—No.

—Mi padre me ha dicho que hoy vamos a calafatear el fondo de los botes —Erik pasaba siempre de un tema a otro como un colibrí de flor en flor. Jesse le tenía simpatía, pero nunca sabía qué decirle.

—Eso está muy bien, Erik —dijo—. Hay que mantener los botes en buen estado.

—Usted nunca los saca —repuso Erik, poniendo los brazos en jarras—. ¿Por qué nunca saca los botes?

«Porque soy un cobarde», pensó Jesse.

—¿Por qué, capitán? —insistió Erik.

—Los botes son para labores de rescate y no deben pasar del rompiente —contestó, y comenzó a alejarse—. Me voy al establo.

Sacó a los cuatro potros al prado de la ladera. Cantó el gallo de Palina, pero su canto quedó amortiguado por la distancia y por la fina bruma que impregnaba el aire matinal.

Jesse bajó por la larga senda que conducía a la playa. Veinticuatro horas antes había estado en aquel mismo camino, llevando en los brazos una carga extraordinaria e inoportuna. Durante años había conseguido que la gente lo dejara en paz, pero con aquella mujer pelirroja era distinto. No podía deshacerse de ella.

¿Por qué era tan reacio a ayudarla? Había llegado al faro con ese propósito: salvar a víctimas del mar, auxiliar a los barcos que navegaban por los peligrosos bajíos de la desembocadura del Columbia. Era la vida que se había labrado. Era su penitencia.

Recorrió el camino sinuoso y cruzó la arena húmeda y apelmazada. Su mirada recorrió mecánicamente la zona, buscando más restos del barco naufragado. Pero solo vio la infinita franja de arena, salpicada aquí y allá por algas o trozos de madera. La brisa soplaba entre las dunas, haciendo repiquetear los juncos como huesos resecos.

Un sonido bronco, semejante a un ladrido, le llegó desde la isla de Sand, en medio del enorme estuario. Leones marinos. A veces iban al cabo, pero Jesse los espantaba. Los pescadores tenían por costumbre disparar a las focas para que no se comieran los salmones y las truchas.

Mientras caminaba, se llenó los pulmones de denso aire con olor a salitre y procuró dejar la mente en blanco. Pero no pudo dejar de pensar en ella, en la mujer con cara de duende que había invadido su casa, su vida. Lo último que quería era tener compañía. Eso nadie parecía entenderlo. La gente de Ilwaco consideraba la llegada de ella una gran aventura. Palina decía que era «un regalo del cielo». Fiona la describía como «un reto». Jesse intentaba decirse que no era distinta a otras mujeres. Había adiestrado bien su mente, se había castigado con eficacia por pura fuerza de voluntad. Las mujeres no causaban ninguna impresión en él, no encendían la chispa del deseo, no despertaban ningún anhelo en su interior.

Aquella desconocida, sin embargo, era distinta de un modo que no acertaba a explicar. Ni siquiera conocía su nombre, pero su profunda desconfianza lo había convencido ya de que representaba un peligro para la vida que llevaba allí.

Dio la espalda al mar y miró su mundo, como un rey solitario contemplando un reino desierto. El faro era el lugar más tranquilo y remoto sobre la faz de la Tierra. Había huido allí pensando que era el lugar que le correspondía, el fin del mundo.

Al parecer, sin embargo, no había huido lo bastante lejos.

Con movimientos lentos y premeditados, sacó un taburete bajo y lo colocó justo debajo de la trampilla del desván. Hacía siglos que no necesitaba sacar nada del trastero del tejado. Ahora, en cambio, le hacía falta una cosa. Confiaba en que aún estuviera en buen uso. De pie sobre el taburete, metió el brazo por el agujero y buscó a tientas entre las telarañas y el serrín. Por fin encontró una caja abultada y oblonga y los tres palos de madera que la acompañaban.

Puso la caja sobre la arañada mesa de la cocina y estuvo mirándola largo rato. Hacía años que no usaba la cámara, desde... desde hacía mucho tiempo. Ni siquiera sabía si aún funcionaba.

Subió los cierres y levantó la tapa. El extraño artilugio, con su hocico de latón, sus placas de cristal y sus paños de seda negra, estaba igual que cuando lo había guardado , pero los frascos de productos químicos tenían los tapones corroídos y los papeles a la albúmina estaban moteados de manchas rojas.

La fotografía era una tarea engorrosa: había que lavar la placa, cubrirla con algodón pólvora impregnado de alcohol y remojarla en nitrato de plata. La exposición debía reforzarse mediante un fogonazo, y a continuación había que revelar la placa con ácido y otros productos químicos. Era fácil cometer un error. Lo había descubierto cuando...

Atajó aquella idea y maldijo los recuerdos que seguían asediando su conciencia a la espera de que los dejara entrar. Se había ido a vivir al faro para olvidar, y ahora la presencia de aquella mujer le estaba haciendo recordar otra época, otra vida. Rechinando los dientes, recogió todo lo que necesitaba: los productos químicos y las placas, el trípode y la funda de seda negra. Entró en la habitación sin hacer ruido.

Ella estaba durmiendo, laxos los miembros y la respiración firme y tranquila. Su cabello se extendía en una maraña roja y dorada por la almohada. Su cuerpo se curvaba sobre sí mismo, protegiendo el vientre hinchado.

Jesse intentó no mirar. Intentó no pensar. Se obligó a concentrarse en la tarea que tenía entre manos. Quería que se marchara de allí. Y el mejor modo de conseguirlo era encontrar a su pariente más próximo. Tenía que hacerle una fotografía y hacerla circular, mandar que se publicara.

Sí, esa era la solución. Tal vez la familia vendría a buscarla, agradecida, antes de que despertara. Antes de que Jesse llegara a saber algo de ella.

Colocó el trípode al pie de la cama. Después situó la cámara sobre él y dirigió el objetivo hacia la mujer.

Y de pronto afloraron los recuerdos que había mantenido encerrados dentro de sí y el pasado se apoderó de su mente como un vendaval. Lo sintió como un golpe físico, oyó la risa de una mujer muerta hacía tiempo y se vio a sí mismo, mucho más joven, riendo con ella.

—Estate quieta, cariño. Solo será un minuto.

—¡Ay, Jesse, tardas una eternidad! —una mano delicada, enfundada en un guante de blonda alisó su frente, apartando de sus ojos un terco mechón de pelo. Unos labios teñidos de rosa le sonrieron—. Haz la fotografía de una vez y vámonos a comer —la mano enguantada

señaló la suculenta merienda extendida sobre una manta con flecos, en medio de un prado tachonado de flores—. ¿No estás muerto de hambre?

Entonces él había abandonado la cámara y, acercándose a ella en tres pasos, la había tomado entre sus brazos. La merienda y la fotografía habían quedado olvidadas hasta mucho después, cuando las sombras frescas habían comenzado a extenderse por el prado.

—No va a haber luz suficiente para un foto, Jesse.

Él había pasado la mano por la seda enmarañada de su pelo.

—Tenemos todo el tiempo del mundo, amor mío.

Sofocando un gemido, se libró de aquel recuerdo casi con violencia, como un herido que se arrancara el cuchillo clavado en la carne.

Maldición. Ya había empezado. La desconocida, con su rostro sereno y su aire de misterio, le estaba haciendo pensar, le estaba haciendo recordar, le estaba haciendo sentir.

Cuanto antes se desembarazara de ella, mejor.

Con férrea determinación acabó de montar la cámara. Luego miró a la mujer. Yacía como una muñeca de trapo, el pelo tapándole la cara y los brazos y las piernas flojos. Nadie la reconocería en ese estado.

Tenía que tocarla. No había otra manera. Se acercó y la agarró de los hombros, con cuidado de no hacerle daño en la clavícula. Ella dejó escapar un sonido a medio camino entre un suspiro y un sollozo y Jesse se quedó paralizado. Dios, si se despertaba ahora, le daría un susto de muerte.

Casi tanto como ella a él.

Su cabeza cayó hacia un lado y volvió a sumirse en un sueño profundo. Jesse la sujetó por los hombros. Fue entonces cuando lo notó. Su calor. Calaba en él como los rayos directos del sol. Aquella energía viva traspasó sus dedos y se difundió por su interior. Cobró dolorosa conciencia de su carne suave y flexible y de la frágil estructura ósea que se adivinaba debajo. La sensación de abrazar a otro ser humano fue tan avasalladora que no supo qué hacer.

Ella olía a mar, a viento y a mujer, y Jesse cerró los ojos un momento y procuró dominarse mientras sus sentidos zozobraban.

El calvario duró unos minutos, pero se le hicieron eternos. La apoyó contra la almohada, enderezándole la cabeza un poco. Luego, como no sabía qué hacer con sus brazos flojos, se los cruzó sobre la colcha. Pero en cuanto acabó de colocarle las manos, la cabeza se le cayó hacia un lado. Dobló la almohada formando una trinchera. Luego ella se estiró lánguidamente y sus manos se soltaron.

Jesse comenzó a maldecir entre dientes. ¿Cómo se las arreglaban los enterradores? Por fin logró colocarla de modo que tuviera la cabeza derecha, el pelo apartado de la cara y las manos pudorosamente cruzadas.

—Quédate así —susurró—. Quédate así un minuto. Solo necesito un minuto.

Volvió al trípode caminando de puntillas, como si la mujer fuera un castillo de naipes que pudiera derrumbarse en cualquier momento. Se pasó el paño por encima de la cabeza y se inclinó hacia la cámara. Con la otra mano sostuvo la cubeta con la pólvora para el fogonazo.

—Uno —susurró entre dientes—, dos, tres.

Expuso la placa de golpe y un destello de magnesio estalló en la habitación, acompañado por un estampido. La mujer se echó hacia delante como un fantasma despertado de su sueño eterno. Jesse temió que se pusiera a gritar, pero ella agarró la jarra que había junto a la cama y se la arrojó al tiempo que gritaba:

—¡Por los clavos de Cristo!

CAPÍTULO 4

Se acurrucó contra el cabecero de la cama, con el largo camisón arrebujado, y echó mano de la lámpara de aceite que había sobre la mesa.

Tan pronto se dio cuenta de lo que se proponía, Jesse reaccionó como un rayo. ¡La muy necia! Podía hacerse daño. O, peor aún, prender fuego a la casa.

—No la toques —dijo con los dientes apretados mientras cruzaba el cuarto en dos zancadas.

Sus botas aplastaron los trozos de la jarra rota. Agarró la lámpara, la puso fuera de su alcance, sobre un estante, y la miró con furia por entre el humo amarillo grisáceo del magnesio.

Tenía las mejillas coloradas y sus cálidos ojos castaños brillaban, no de gratitud, sino de rabia. Jesse se sobresaltó al comprobar que estaba tan furiosa como él.

—Ya has causado bastantes desperfectos —refunfuñó.

—¿Y qué iba a hacer, si no? —replicó ella—. Me despierto y me encuentro en medio de un tiroteo ¿y crees que voy a rendirme así, sin más? Si tú me disparas, muchacho, te la devuelvo, no te quepa duda.

«¿Muchacho?». Jesse estaba seguro de que era la primera vez en su vida que lo llamaban «muchacho».

—No te estaba disparando —dijo.

—Ha habido una explosión. Y huele a pólvora —entornó

los párpados y arrugó la nariz, una naricilla perfecta, salpicada de pecas.

Jesse ignoraba por qué se había fijado en sus pecas.

—Eres irlandesa —dijo tontamente, porque fue lo primero que se le ocurrió.

—Y tú tienes muchas cosas que explicar —se inclinó hacia un lado para mirar más allá de él—. ¿Qué clase de cañón es ese?

—No es un cañón. Es una cámara.

Ella puso unos ojos como platos. Se pasó una mano por el pelo alborotado.

—Conque una cámara, ¿eh?

—Sí.

Se puso otra vez colorada, y en su piel pálida aparecieron intensas manchas de color púrpura.

—¿Y se puede saber por qué, en nombre del cielo, estás disparando una cámara aquí?

Jesse perdió la paciencia.

—Te estaba haciendo una fotografía, mujer. ¿Tú qué crees?

Hizo la señal de la cruz y se apretó contra el cabecero, tapándose con las mantas hasta la barbilla.

—¡Pervertido!

Jesse rechinó los dientes y cerró los puños para no hacer algo de lo que más tarde pudiera arrepentirse. Por eso precisamente vivía allí, en el faro, solo. No tenía paciencia con los demás, y menos aún con una irlandesa deslenguada que no mostraba ninguna gratitud por que la hubiera rescatado.

—Señora —dijo—, me parece que su desgracia le ha trastornado el seso. Ha estado inconsciente. Me ha parecido conveniente buscar a su pariente más próximo, por eso le he hecho una fotografía. Tenía intención de hacerla llegar a las oficinas de telégrafos y a los periódicos para que sus amigos y familiares sepan que ha sobrevivido.

Se acercó a la puerta con la cámara en la mano y el trípode en la otra. Luego se detuvo y dijo:

—Confío en que alguien se alegre de que esté usted viva.

Ella se arrojó de la cama rápidamente, pero con torpeza. Al ver que iba a pisar los trozos de la jarra rota, Jesse no tuvo elección: soltó el trípode y la levantó en brazos. Ella dejó escapar un gritito de sorpresa y pataleó en el aire.

—No lo hagas, muchacho.

Él la miró con enfado. Su cabeza estaba a la altura de la barbilla. Sintió el calor que emanaba de su cuerpo. Era una sensación tan extraña que estuvo a punto de soltarla. Pero la depositó sobre la cama y retrocedió rápidamente, como si se hubiera acercado a un fogón caliente.

—¿Disculpe? —preguntó.

—Disculpado —movió un poco la cabeza.

—Quiero decir que no la entiendo, señora. ¿Me está pidiendo que no salga de la habitación?

—Sí, eso.

—¿Puedo preguntar por qué?

—Porque no quiero que salga ninguna fotografía mía en los periódicos.

Ah, era supersticiosa, entonces. Muchos inmigrantes llevaban consigo las creencias de su país natal. Palina y Magnus eran buena prueba de ello. Muchos pensaban que traía mala suerte o incluso que era un sacrilegio producir imágenes artificiales de uno mismo.

—Naturalmente, ahora que está despierta, no será preciso. Puede sencillamente decirme su nombre y adónde se dirigía. Informaré a... —se interrumpió y la miró con el ceño fruncido—. Señorita... digo, señora, ¿le ocurre algo?

Había empezado a mecerse adelante y atrás y sus ojos se habían empañado.

—De pronto me siento... rara. Estoy mareada —dijo con voz ronca y baja—. ¿Podría...? Necesito... —se interrumpió y cayó hacia un lado.

Jesse soltó la cámara, hizo una mueca al oír cómo se rompía la lente y, sin detenerse, saltó a la cama y la agarró de los hombros.

—Señora —dijo—, ¿se encuentra... se encuentra bien?

No respondió. Había vuelto a desmayarse.

Jesse soltó un suspiro de exasperación. Tras depositarla sobre las almohadas, dudó un momento. En contra de su voluntad, algo parecía impulsarlo a inclinarse hacia ella, a tenderle los brazos. Apenas podía creer la impresión que causaba en él sentir su cuerpo cálido apretado contra el suyo, el cosquilleo de su cabello rozándole la cara y el olor de su cuerpo, prohibido y evocador.

—Maldita sea —mascullό.

Aquella mujer era todo cuanto ansiaba evitar.

Remetió las mantas en torno a la mujer inconsciente, con gesto lento y delicado. Le sorprendió, sin embargo, que quedara dentro de él un poco de ternura.

Cuanto antes se librara de ella, mejor. Mandaría a buscar a la doctora MacEwan enseguida para asegurarse de que aquella recaída no era grave.

Por extraño que pareciera, la placa de la fotografía había quedado intacta. Cuando revelase la imagen, tendría un retrato de la desconocida. Los tonos sepia de la imagen no plasmarían el intenso color rojo de su pelo, ni el tono rosado y claro de su piel, por no hablar de sus pecas. Y sin embargo el parecido sería razonable.

La Bella Durmiente, pensó.

Al diablo con sus supersticiones. Si no se mantenía despierta y le decía quién era, publicaría su fotografía y pondría en marcha la investigación.

Sus botas aplastaron los trozos de barro de la jarra rota. En todos los años que llevaba viviendo allí, nunca había habido tal barahúnda.

Y eso que solo había pasado cinco minutos despierta.

—¡Cobre! —exclamó Palina, escupiendo la palabra como si fuera un insulto—. ¡Es la cruz de mi vida!

Jesse se encaramó a lo alto de la escalerilla que llevaba a la cúspide del faro. En el cuarto de la lámpara, Palina y Magnus estaban atareados con sus faenas diarias. Palina estaba sacando brillo al cobre del compresor central y maldiciéndolo, como de costumbre.

—¿Por qué tienen que hacerlo todo de cobre? —masculló mientras frotaba enérgicamente con un paño los herrajes de detrás del reflector.

Magnus, que había metido el brazo bueno dentro de uno de los canalones picudos de debajo de los aleros, le guiñó un ojo.

—Para que puedas ver tu preciosa cara cada vez que te giras.

—¡Bah! —repuso Palina, pero el cobre que estaba lustrando reflejó su sonrojo y su sonrisa.

Siguió restregando unos segundos y luego se detuvo para saludar con la mano a Erik, que cruzó el espigón hacia el prado de los caballos.

La vida en el faro convenía a la perfección a Palina y Magnus, porque disfrutaban de su mutua compañía más que de la de ninguna otra persona. Erik encajaba fácilmente en su mundo. Aceptaban la dolencia de su hijo con una paciencia y una resignación que Jesse no entendería nunca. Y el muchacho, que había cumplido diecisiete años, parecía bastante feliz.

—Buenos días —les dijo Jesse.

—Buenos días, Jesse —contestó Palina—. ¿Cómo está hoy nuestra pequeña invitada?

Jesse tomó una lata de aceite y la acercó a la luz para comprobar su pureza. Las mechas consumían casi mil litros de aceite al mes, y el aceite tenía que ser muy puro.

—Bueno, eso depende —respondió.

—¿Está despierta?

—Se ha despertado.

Palina y Magnus dejaron de hacer lo que estaban haciendo.

—¿Y? —insistió Magnus.

—Pues me ha maldecido y luego me ha tirado una jarra a la cabeza.

Palina apartó rápidamente la mirada.

—Debe de estar aturdida, la pobrecilla.

—Esa mujer es un peligro.

—Bueno, ¿qué te ha dicho de sí misma?

—Casi nada. Me ha acusado de dispararle, aunque solo estaba haciéndole una fotografía para publicarla en el periódico.

—Vaya, has asustado a la pobre niña —comentó Palina—. Está en un lugar extraño, completamente sola, vete tú a saber a quién habrá perdido en ese naufragio, y cuando se despierta le están haciendo una fotografía.

—A mí no me ha parecido tan desvalida.

—Se habrá asustado —dijo Magnus, metiendo la mano en la linterna para empezar a recortar las mechas. Sacudió la cabeza y el espeso cabello gris le cayó sobre la frente. Las facetas de cristal de la enorme lente Fresnel distorsionaron su brazo bueno, haciéndolo aparecer enorme y descoyuntado—. Seguramente perdió a su marido en el naufragio.

Jesse sintió un nudo de mala conciencia en la garganta. Debería haberse mostrado más paciente con ella.

—Le dije al oficial del puerto que averiguara el nombre del barco hundido. Creo que lo sabremos hoy mismo.

Odiaba aquella parte de su trabajo, la aborrecía con una vehemencia que le hacía luchar con más ímpetu aún contra el mar para salvar a sus víctimas. La espera siempre lo sacaba de quicio. Detestaba el curso de los acontecimientos. El oficial del puerto revisaría los horarios y los manifiestos de los barcos. ¿A qué navío se esperaba en aquella zona? ¿A qué hora debía arribar a puerto? ¿Llegaba con retraso? Después vendría la lista de la tripulación y los pasajeros. Y con cada fase aumentaría el sufrimiento.

—¿No te ha dicho cómo se llamaba su barco? —preguntó Magnus.

—Ni siquiera me ha dicho cómo se llama ella —Jesse dejó la lata de aceite y se sentó en el suelo, apoyando los pies en el travesaño de la escalera de mano que llevaba al entresuelo—.

Casi no hemos tenido tiempo de hablar. Enseguida se ha... Supongo que se ha esforzado demasiado. Se ha mareado y ha tenido que volver a la cama.

Magnus lo miró entre tal cantidad de reflejos que costaba saber cuál era el verdadero Magnus.

—¿Que se ha esforzado demasiado? ¿Qué quieres decir con eso?

La sensación de mala conciencia se agudizó. El enemigo era el mar, no una mujer indefensa. Debía hacer todo cuanto pudiera por ayudarla y, aunque su presencia hubiera removido dentro de él sentimientos olvidados hacía mucho tiempo, nada de eso era culpa suya.

—Se ha enfadado —dijo.

—¿Y eso por qué? —preguntó Palina.

—El fogonazo de la cámara la ha asustado. Y tiene mal genio.

—Ah —el tono de Palina hablaba por sí solo.

—Así que, en cuestión de malas pulgas, no te llevas la palma —añadió Magnus.

—Yo no tengo malas pulgas —respondió Jesse.

Palina puso los ojos en blanco.

—Palina... —comenzó a decir Jesse.

Ella se rio. Era una de las pocas personas que se atrevía a reírse de él.

—Capitán Guardián Jefe, tú pierdes la paciencia solo con que una hoja caiga en tu camino. Y esa joven es mucho más que una hoja...

—Eso es —contestó él, levantándose—. Por eso voy a llevarla a vuestra casa hoy mismo. Vosotros podéis cuidar de ella. Está claro que a mí me falta el temperamento adecuado para ocuparme de nuestra delicada y joven invitada.

—No —respondió Magnus—. Tienes que quedarte con ella. Cuando un hombre salva la vida de otra persona, está obligado a asegurarse de que sobrevive. Has de darle lo que necesite. Debes procurarle lo que sea necesario para que se recupere. No hacerlo sería terrible para los dos...

—Para todos —añadió Palina.

—Como no puedes ni imaginar —concluyó Magnus.

—Eso son tonterías supersticiosas y lo sabéis —repuso Jesse.

—Es la ley del mar y no voy a ser yo quien la quebrante —insistió Magnus—. ¿Tú sí? ¿Correrías ese riesgo? ¿Te arriesgarías a perderla? ¿Solo para recuperar tu vida de antes?

—Puede que sí.

—Puede que no —dijo Palina, sacando la barbilla con gesto tenaz y, tras mojar su paño de bruñir, atacó el siguiente panel con ímpetu feroz—. ¿Y si la mueves y se muere, eh? ¿Cómo te sentirás entonces? Esa mujer es un regalo, Jesse Morgan. Tú sabes por qué ha venido. No le hagas un feo al destino negándolo.

Una fría punzada de aprensión atravesó a Jesse. Contempló el horizonte azul grisáceo y miró luego las olas que batían al pie del faro. Su espuma blanqueaba, bullendo, las rocas.

Le sobresaltó un silbido. Era Judson Espy, el oficial del puerto, montado en una yegua gris moteada de aspecto nada airoso.

—El mar no me ha regalado nada —gruñó Jesse—, excepto un incordio hasta que descubramos quién es esa mujer —bajó la espiral de hierro de la escalera.

Quizá Judson tuviera la respuesta que esperaba.

El oficial del puerto se encontró con él en la explanada entre el faro y el bosque. Agitó un fajo de papeles.

—Una ironía interesante.

—¿Qué es eso? —preguntó Jesse, desconfiado, preguntándose qué mala noticia iba a oír.

—Había una goleta de cuatro palos con destino a la bahía de Shoalwater, donde debía recoger un cargamento de ostras. Salió de San Francisco con algo de mercancía y debía hacer escala en Pórtland. Pero no ha llegado.

Jesse cruzó los brazos, preparándose para lo que iba a oír. Se volvió para mirar el mar, infinito en su generosidad... y en su poder de destrucción.

Era una historia muy corriente. Las fauces hambrientas del río Columbia engullían barcos con enorme frecuencia y escupían sus restos como esqueletos indigestos a lo largo de las playas.

—¿Tienes la lista de los pasajeros y la tripulación?

—Ajá —Jason le pasó la lista—. Ha llegado por telégrafo.

Jesse buscó sus gafas en el bolsillo de su camisa. Se las puso y observó la lista. Cada vez que hacía algo así, revivía el día en que, estando en el muelle del río, había leído frenéticamente el manifiesto de un barco con la vana esperanza de que hubiera habido un error, y había sentido estallar el mundo al leer el nombre de su esposa.

—¿Estás bien? —preguntó Judson.

Tragó saliva y miró a través de sus gafas.

—Solo tripulación. ¿No había pasajeros?

—No. Es la lista completa.

Jesse releyó la lista, buscando algún apellido irlandés como O'Malley o Flanagan.

—¿Crees que podría ser la esposa de alguno de los marineros y que hayan olvidado...?

—Nunca olvidan esas cosas. Mira el nombre del barco. Y la compañía naviera.

Fijó la mirada en la parte inferior de la página y sintió que el nudo de una soga se cerraba alrededor de su garganta. El nudo de un pasado que quería olvidar.

—Era el *Ciego azar*.

—Te acuerdas de él, ¿verdad?

—Es un barco de línea de la Compañía de la Bahía de Shoalwater.

—Tu empresa, Jesse. Nunca cometen errores en el manifiesto de los barcos.

—No es mi empresa —contestó lentamente.

—Ya no, supongo —Judson le quitó la lista—. Pero no ha cambiado mucho desde que te fuiste. Ese socio tuyo lo tiene todo en perfecto estado de revista. ¿Cómo se llamaba? ¿Flapp?

—Clapp. Granger Clapp —hacía años que Jesse no pensaba en Clapp. Claro que hacía años que no pensaba en nada. Ni en

Granger, ni en su hermana, que se había casado con él, ni en sus padres, que habían emprendido un viaje de dos años por Europa. Ni en nadie.

—Bueno —dijo Judson, mirándolo inquisitivamente—, ¿qué crees tú que significa?

—Que o bien estaba a bordo sin autorización...

—¡Una polizona! —Judson chasqueó los dedos—. Ahora empezamos a entendernos.

—O bien no iba en el *Ciego azar.*

—Tenía que ir en ese barco —Judson le enseñó otra página—. Mira, el farero de cabo Meares anotó que había visto las luces de popa del barco a la una y veinte de la madrugada del domingo. A las cuatro cuarenta lo vieron en el faro de Tillamook. ¿Y a qué hora encontraste a la mujer, a las seis? ¿A las siete?

—Aproximadamente.

—Iba en ese barco. En el *Ciego azar.* No hay otra explicación. Y era un polizona —Judson cambió de postura, pasando el peso del cuerpo de un pie a otro—. Caray, es una historia de narices.

Jesse se quitó las gafas.

—Entonces lo mejor será que los periódicos le saquen partido. Le he hecho una fotografía. Voy a decirle a Bert Palais que la haga circular. Y a mandarla en el siguiente correo a Pórtland y San Francisco.

«No lo hagas, muchacho».

Oyó la voz de la mujer dentro de su cabeza, una voz estremecida por la superstición. Estaba trastornada, se dijo. No pensaba con claridad, o se daría cuenta de que lo más lógico era publicar su fotografía. Era probable que su familia estuviera loca de preocupación, esperando noticias suyas.

Difundir su fotografía era el mejor modo de hacer correr la noticia. Jesse la sacó del bolsillo de su pechera, donde la había llevado pegada al corazón. Le tembló ligeramente la mano al dársela a Judson, pero fingió que era solo el viento.

Judson estuvo un buen rato mirando la fotografía. Luego soltó un suave silbido.

—Madre mía, parece una princesa de cuento de hadas. Ya sabes, esa que se pincha el dedo...

—Yo no leo cuentos de hadas.

Judson se guardó la placa fotográfica en el bolsillo.

—Menuda pesca.

—No lo sabes tú bien —masculló Jesse mientras acompañaba a Judson de vuelta a su caballo.

Pasó todo ese día atormentado por la noticia que acababa de recibir y por sus viejos recuerdos. Por lo general mantenía el pasado en un rincón oscuro de su corazón, donde no podía verlo ni sentirlo. Pero de alguna manera la llegada de la mujer había encendido una vela en aquel lugar en sombras y arrojado luz sobre cosas que había mantenido ocultas durante años.

Hallaba un extraño consuelo en el hecho de que aquella desconocida hubiera llegado a su vida gracias al *Ciego azar*. Con los ojos de la imaginación podía ver la goleta como el día en que la habían bautizado, catorce años antes. En aquel momento no lo sabía, pero su futuro se había decidido aquel día. Cerró los ojos y dejó entrar el recuerdo...

El elegante casco del navío relucía, la pintura aún fresca, los herrajes metálicos bien bruñidos y las barandillas de madera de teca sedosas al tacto. El olor del oleaje saturaba el aire.

—*Ciego azar* —había bromeado Emily, tirándole de la manga—, ¿qué clase de nombre es ese para un barco? —estaba tan fresca y perfecta como el barco, envuelta en encajes y volantes, con un sombrerito que protegía del sol su cara de porcelana.

Pero Emily no solo era rubia, linda y sonrosada. Poseía, además, una vena traviesa que encandilaba y un encanto ligero y chispeante del que Jesse sabía que nunca se cansaría.

—Ha sido idea de Granger. Se empeñó en ponerle nombre, ya que yo se lo había puesto al *Tridente*.

—Bueno, ese sí es un nombre original —su risa puso un contrapunto alegre a la melodía que tocaba la banda en la cubierta de popa.

Aquel día todo relucía con el brillo de un diamante. Las jarcias del barco estaban adornadas con filas de banderines y las cubiertas festoneadas con grandes guirnaldas de flores. A lo largo del muelle se habían colocado mesas cargadas de dulces y aperitivos. Los oficiales y los marineros de la compañía naviera se habían sumado a los festejos, acompañados por sus familias. El barco, se dijo Jesse, era un microcosmos de su mundo: amigos, familiares y socios reunidos por el comercio. Observó la escena que se desarrollaba a su alrededor con entera satisfacción.

—Estás sonriendo como el gato de Cheshire —dijo Emily mientras seguía el ritmo de la música con el pie, enfundado en un botín de cabritilla.

—¿Y por qué no iba a sonreír? Soy el hombre más afortunado de la creación, así que creo que tengo derecho.

Emily se inclinó hacia él (discreta como siempre, pues si algo era Emily era una perfecta dama) y dijo:

—¿Crees que se sorprenderán cuando les demos la noticia?

—No veo por qué. Salta a la vista que la adoro a usted, señorita Leighton.

—¡Ay, Jesse! —una brisa procedente de la bahía se llevó su suspiro—. Va a ser perfecto. Seremos tan felices juntos... —miró hacia la cubierta central, donde comenzaban a arremolinarse las señoras girando sus sombrillas con volantes.

Más de una miró hacia la barandilla donde estaban Jesse y Emily.

—Pero es una lástima —añadió Emily.

—¿Qué es una lástima?

—Cuando demos la noticia, esa cubierta se llenará de corazones rotos.

Jesse sonrió.

—Exageras, cariño.

—¡Santo cielo, no finjas que no lo sabes! La mitad de mis

compañeras de clase en Saint Albans duermen con un recuerdo tuyo bajo la almohada.

—¿Y tú con qué duermes, Em?

Ella le guiñó un ojo.

—Yo solo con mis sueños, Jesse. Solo con mis sueños.

Estuvieron contemplando el espectáculo en apacible silencio y saludaron con la mano a los padres de Emily cuando llegaron. Los caballeros, ataviados con trajes de sirsaca, se reunieron con las damas y comenzó el baile.

—Es a los hombres a los que se les va a partir el corazón, Em —comentó Jesse.

Vio a Granger en el castillo de popa del barco. Juntos, él y Granger se harían cargo del timón y conducirían a la Compañía de la Bahía de Shoalwater hacia el porvenir.

En ese momento, su socio estaba sentado sobre un cajón puesto del revés, con la cabeza rubia agachada y una gruesa soga entre las manos, haciendo nudos marineros ante un grupo de niños que lo miraban extasiados.

—Se diga lo que se diga de Granger, no hay duda de que le encantan los niños —comentó Emily al ver dónde había fijado Jesse su mirada—. Siempre he pensado que sería el primero de nosotros en casarse.

Un instante después, Granger dejó a los niños practicando nudos y bajó a cubierta. Annabelle, la hermana pequeña de Jesse, estaba allí, tímida y juguetona, agarrada a la mano de su madre mientras recibían a los invitados. Granger hizo una vistosa reverencia ante la niña de diez años y la invitó a bailar. A pesar de la distancia, Jesse vio que su hermana se sonrojaba, llena de orgullo y regocijo.

El estruendo de la bocina del barco interrumpió el baile. El padre de Jesse les indicó con un gesto que bajaran al muelle. Thomas Clapp, el padre de Granger, anunció por un megáfono que había llegado el momento de bautizar el barco. El gentío se agolpó a lo largo del muelle, bullendo de expectación.

Los fotógrafos, con sus cámaras montadas en trípodes, compitieron por encontrar el mejor puesto durante los breves discursos de Morgan y Clapp. Granger se inclinó y besó galantemente la mano de Emily.

—Espero que me hayas reservado un baile —murmuró.

Ella se sonrojó, pero antes de que pudiera responder terminaron los discursos. Jesse y Granger empuñaron sendas botellas de Dom Perignon, adornadas con cintas rojas, y se acercaron a la proa del barco.

—Santo Dios —se quejó Granger alegremente—, ¡qué desperdicio de champán! —pegó los labios a la botella en un beso apasionado y la multitud rugió de euforia.

Su sonrisa tenía un filo levemente cortante, afilado (Jesse lo sabía) por las exigencias, estridentes y continuas, de sus padres.

—¿Listo, amigo mío? —preguntó Granger.

—Nada de eso —el corazón de Jesse se llenó de emoción.

Qué momento tan perfecto, qué día tan extraordinario para anunciar la noticia. Retrocedió ostensiblemente para entregar a Emily la botella.

—Es un honor que corresponde a Emily Leighton, mi futura esposa.

Durante una fracción de segundo se hizo un silencio cargado de asombro, roto solo por el crujido de las jarcias y el chapaleo del agua al chocar contra el casco. En ese instante, Jesse lo observó todo: la sonrisa resplandeciente de Emily, el gemido de sorpresa de su madre, seguido por un estallido de lágrimas, la fría mirada que cruzaron el señor y la señora Clapp antes de componer sendas sonrisas. Pero, por encima de todo, vio a Granger. Más claramente que nunca. Fue solo un instante, pero vio que algo ardía en sus ojos y se apagaba luego.

También él estaba enamorado de Emily.

—¡Enhorabuena, hijo! —exclamó su padre, y el sentido aplauso que siguió disipó el mal presentimiento que había tenido Jesse al mirar a Granger.

—Os deseo lo mejor —dijo Thomas Clapp con entusiasmo. Luego dio una palmada en la espalda a su hijo, un poco más fuerte de lo que exigía la campechanía—. ¿Qué te parece, eh? Tu socio ha vuelto a tomarte la delantera. Más vale que te busques una novia y me des nietos a los que consentir.

Granger se puso colorado hasta la punta de las orejas.

—Todo a su debido tiempo, padre —masculló.

Aquel día había cambiado algo. Jesse no se había dado cuenta entonces, pero se había operado un cambio sutil en la relación de los tres amigos, como si el eje del mundo se hubiera ladeado de pronto y no hubiera vuelto a enderezarse. Jesse, Granger y Emily. Siempre habían formado un trío alegre. Iban juntos a las fiestas y de vacaciones; asistían a la ópera, donde Emily contemplaba absorta la función mientras Granger y Jesse bebían a escondidas de una petaca y procuraban no carcajearse de las poses que veían sobre el escenario; practicaban el juego del béisbol, que acababa de ponerse de moda, y Emily fingía entenderlo.

Después de aquel día, sin embargo, el aire pareció escarcharse entre ellos. Granger se mostró cada vez más distante. Prefería pasar las veladas de los viernes en la Mansión del Pecado de madame Fanshaw, en lugar de reunirse con ellos, y nunca más volvieron a sentirse a gusto los tres juntos.

Emily había sido la primera en recobrarse del insensible comentario de Thomas Clapp. Se había echado a reír, envolviendo aquel instante con humor, y había dicho:

—¡Si no acabamos de una vez con esto, voy a descorchar la botella y a bebérmela yo sola!

Lo último que recordaba Jesse de aquel día, aquel día radiante que había cambiado el curso de su vida, era la imagen de las dos botellas verdes volando por el aire y deteniéndose ligeramente en lo alto de la parábola, donde el sol brilló a través del vidrio verde. Después, se hicieron añicos contra el casco y estallaron en un millón de trozos de esmeralda relumbrantes de sol.

Estaba atrapada en el sueño y no encontraba la salida. Era como si le hubieran dado una droga que inmovilizaba sus miembros y su cabeza al tiempo que la obligaban a ver y a sentir cosas en contra de su voluntad.

La puerta. Una puerta corriente, con cuatro paneles de madera y pomo de cristal. Estaba sentada en una silla frente a ella, mirando, esperando.

La puerta se abrió. Despacio. Oyó pasos y el crujido del suelo de madera, siempre la misma tabla, siempre la misma nota. Sus días habían adquirido una rutina que resultaba casi reconfortante, en su insulso aburrimiento.

Hoy, sin embargo, era distinto. Hoy tenía algo que decirle. Algo que le haría feliz. La levantaría en brazos y la haría girar, y ella olvidaría todos sus desaires pasados, todas las pequeñas crueldades que él había cometido sin saberlo. Ahora sería importante para él. Tenía algo que deseaba. Con desesperación.

Una rendija de luz entró por la puerta abierta. Una figura masculina, alta y ancha, se acercó a ella. Esperó para ver su rostro apuesto, el pelo pulcramente peinado y recubierto por una fina capa de fijador, la sonrisa que hacía aletear su corazón.

Se descubrió mirando a un desconocido. Más alto, más ancho de espaldas incluso que él. Y también infinitamente más aterrador.

La luz le daba desde atrás, de modo que solo vio su silueta, pero bastó con ello para que se estremeciera. Tenía los hombros muy anchos y unos brazos poderosos que dejaban al descubierto las mangas enrolladas de su camisa. Su pelo, largo y agreste, se agitaba como una crin al menor movimiento.

Era el hombre que le había disparado. Intentando olvidarse del dolor que sentía en el hombro derecho, hizo la señal de la cruz.

—Jesús, María y José, socorredme.

Oyó el arañar de un fósforo y un instante después una lámpara de aceite se encendió sobre un estante colgado de la pared. Durante un segundo, un resplandor dorado bañó la cara de su carcelero y pudo verla con exquisito detalle, como si estuviera contemplando un cuadro en la iglesia.

Un retrato del Ángel Caído. Sus ojos azules poseían una gélida pureza que hizo que se le helara la sangre. Tenía la frente alta y noble y las cejas anchas. La forma de su boca era tan perfecta que sintió el impulso de trazarla con el dedo.

Entonces el Ángel Caído se dio la vuelta y habló:

—¿Está despierta?

Ella se hundió entre las mantas, tapándose hasta la barbilla.

—¿Quién lo pregunta?

El hombre se quedó mirándola como si de pronto le hubieran salido antenas.

—¿Le doy miedo?

Aquellas palabras la retrotrajeron en el tiempo, devolviéndola a un lugar del que había escapado a riesgo de su vida. «No tengas miedo. No quiero tener que hacerte daño...».

Gimiendo, se metió bajo las mantas y pegó las rodillas al pecho. Hacía calor allí, y no debía estar tiritando, pero no podía evitarlo. ¡Qué mala jugada del destino! ¡Qué horrible, qué odiosa jugada! Había llegado a un punto en que ya solo quería una cosa: sentirse a salvo.

—¿Señora? —preguntó el desconocido con voz baja y vacilante y una nota de fastidio.

Nadie la había llamado nunca «señora», como si fuera una dama de categoría. El muy zoquete, pensó, dejando que su mente vagara como un trozo de madera, oscilando entre las olas. ¿Acaso no tenía ojos en la cara?

Sintiéndose como un idiota, Jesse se irguió con la lámpara en una mano y acercó la otra al tembloroso montículo de la cama. ¡Maldita mujer! ¿No podía decidir de una vez si quedarse dormida o despierta?

Esa noche, Erik se estaba ocupando del faro. Cada cuatro horas, sin falta, como Jesse le había enseñado, el chico hacía girar los engranajes. Pero Jesse solo le permitía quedarse vigilando si el tiempo no amenazaba tormenta.

Esa tarde, a última hora, Jesse había ido hasta el borde de la colina y se había quedado allí largo rato, sintiendo el viento y disfrutando del aire mientras contemplaba la carrera de las nubes entre el fulgor del atardecer.

La gente decía que su instinto para predecir el mal tiempo era un don sobrenatural, pero Jesse sabía que se trataba únicamente de una habilidad nacida de la práctica. Había aprendido a interpretar el humor del mar y las nubes. La primera premisa del arte de la guerra era conocer al adversario. Y Jesse había estudiado al suyo a fondo. En la sala de la planta baja del faro tenía una colección de instrumentos que habría sido la envidia de cualquier científico: cuadrantes y astrolabios, barómetros y medidores de todo tipo.

Llevaba un registro exhaustivo de las incidencias, lo que le había valido la concesión de varias menciones de honor por parte del inspector del distrito, en virtud de su atención por los detalles. Aunque, naturalmente, Jesse no hacía nada de aquello para conseguir condecoraciones.

Al principio, lo había hecho para redimirse. Después de doce años, sin embargo, había dejado de hacerse ilusiones al respecto. Ahora lo hacía simplemente para sobrevivir.

Colocó con cuidado la lámpara en el estante y se quedó mirando el bulto de colchas y mantas. Aquella era la única noche de la semana en que podía dormir, y allí estaba, despierto y nervioso, mirando con rencor a aquella mujer a la que el mar había llevado hasta su puerta.

Unas horas antes, Palina había llevado una colcha limpia y un tarro de caldo bien fuerte. Jesse, que había calentado un poco del caldo, dejó un cuenco sobre la mesilla de noche.

—¿Señora? —dijo suavemente—. Debería intentar comer.

No obtuvo respuesta. Apretó los dientes y apartó torpemente las mantas hasta dejar al descubierto una maraña de pelo y una mejilla colorada.

—¿Señora? —repitió con voz más crispada e impaciente.

Ella gimió y se estremeció otra vez. Luego giró la cabeza sin abrir los ojos. Había vuelto a sumirse en aquel estado de semiinconsciencia.

—Necia mujer —masculló Jesse—. No va a recuperarse si no come algo —desdobló la colcha que había llevado Palina y tapó con ella a la mujer.

Ella se removió y un piececillo asomó por debajo de las mantas. Cuando se inclinó para volver a taparlo, a Jesse le sorprendió la suavidad de su piel.

Se preguntó, en un oscuro rincón de su corazón, si iba a morirse, como se moría todo cuanto tocaba.

La mujer dejó escapar un suspiro de contento y se sumió aún más en su sopor. La colcha parecía haberla serenado. Palina, siempre tan imaginativa, había representado en la tela alguno de sus mitos islandeses preferidos. Mostraba a una bella sirena saliendo del mar, arrastrada sobre la cresta de las olas.

Palina y sus leyendas... Las usaba para explicarlo todo, en lugar de servirse del sentido común.

Jesse arrugó el ceño. El sentido común servía de poco en aquel caso. A decir verdad, era muy fácil ver a la irlandesa como a un ser mitológico. Había aparecido sola, surgida del mar. Estaba envuelta en misterio. Nadie había ido en su busca. No llevaba anillo de casada, pero estaba encinta. Y su acento extranjero realzaba esa mística que la envolvía como el fulgor dorado de una lámpara.

Respiró hondo, trémula, y Jesse se sobresaltó. Odiaba sobresaltarse. Confiaba en que pronto se difundiera la noticia de que estaba allí. Bert Palais le había prometido hacer circular su fotografía y su descripción hasta donde alcanzaran sus contactos en la prensa.

«Que se den prisa», pensó Jesse mientras apagaba la lámpara y salía silenciosamente de la habitación. «Que se den prisa y la saquen de aquí».

Pensó en una ocasión, muchos años antes, en que había salido a navegar con unos amigos. Había sido en los años de la despreocupada juventud, antes del miedo y la oscuridad. Un clavo de amarre se le había clavado accidentalmente en la parte carnosa de la mano. Se había quedado paralizado un momento, mirando la punta de acero que salía de su palma. Después había agarrado una botella de whisky y la había apurado de un trago. Y les había dicho aquello mismo a sus amigos del yate.

«Daos prisa. Daos prisa en sacármelo. Antes de que sienta el dolor».

Cuanto antes la encontrara, mejor.

Se hallaba en un salón que apestaba a linimento, a tabaco caro, a riquezas y privilegios. Fuera, el tráfico de Pórtland discurría crujiendo y traqueteando con su reconfortante estruendo de siempre. Sobre la mesa, delante de él, descansaban los periódicos de la mañana.

La noticia que había llamado su atención estaba en la parte de debajo de la última página, entre anuncios de crecepelo y herramientas agrícolas. Una fotografía borrosa y un pequeño recuadro de texto:

Ilwaco, T. W. El pasado domingo, el farero jefe de cabo Desengaño rescató a la única superviviente de un naufragio. El capitán Jesse Kane Morgan, oriundo de Pórtland, sacó del mar a una joven señorita cuyo nombre y procedencia se desconocen. Según el oficial del puerto, Judson Espy, el único navío comercial que ha faltado hasta el momento es el Ciego azar*, un barco ostrero perteneciente a la Compañía de la Bahía de Shoalwater. Cualquier persona que conozca la identidad de la joven debe dirigirse al faro...*

Una mano fuerte, de uñas bien cuidadas y cepilladas hasta sacarles lustre, agarró el periódico y estrujó la página con furia repentina.

¿Sería posible...? Debía averiguarlo. Tendría que ser discreto, desde luego. Pero tenía que averiguarlo. Y también debía descubrir otra cosa: cuáles eran los derechos de un hombre respecto a un hijo natural.

Ya era suficiente ofensa que la muchacha se hubiera escapado. Que una irlandesa analfabeta con mugre bajo las uñas le hubiera tomado el pelo. Pero que además la hubiera rescatado Jesse Morgan era el colmo de la ironía.

—¿Granger? —una voz femenina, vacilante, respetuosa y educada, como a él le gustaba, lo llamó desde la puerta.

—¿Sí, Annabelle?

—Voy... voy a salir. A visitar a los Gibson.

La miró desde el otro extremo de la habitación. Su perfecta esposa. Todos los rubios tirabuzones en su sitio. Los pliegues y las puntillas de su vestido de mañana alineados con toda exactitud. La sombrilla y el bolsito a juego. ¡Ah, cuánto le favorecía tenerla por esposa!

Granger sonrió y cruzó la habitación. Ella no se inmutó cuando se inclinó para besarla con ternura. Amorosamente.

—Que tengas un buen día, Annabelle, querida.

—Lo tendré, Granger —dio un paso hacia atrás, hacia la puerta, y luego otro.

¡Qué magnífica estampa la suya, arreglada para tomar Pórtland por asalto con su encanto y su belleza! Sí, Granger era la envidia de sus iguales.

De pie junto a la ventana, la vio marchar. Solo después de que un lacayo la ayudara a subir al alto faetón, frente a la casa, miró Granger lo que tenía en la mano. El periódico arrugado. Arrojó la bola de papel a la papelera de debajo de la mesa. Cuando levantó la mirada, el faetón estaba doblando la esquina de Lassiter Way. Los peatones volvían la cabeza para mirar a la hermosa señora Clapp.

Su perfecta esposa. En todos los sentidos, menos en uno.

Era estéril.

CAPÍTULO 5

La despertaron la luz del sol, el dolor y la desconcertante impresión de haber soñado con el bebé. Vagas e informes, aquellas imágenes semejantes a espectros la siguieron cuando despertó. La luz había penetrado el sueño. Y los colores del arcoíris, los colores de la esperanza y la alegría, atravesaban la luz.

Permaneció quieta, escuchando, y se preguntó por el dolor sordo que sentía en el hombro. ¿Cómo se había hecho daño? Tenía algo que ver con el naufragio. Recordaba borrosamente haberse agarrado a una barandilla, sentir que la madera se retorcía y oír su chasquido al romperse. Los gritos de los marineros y el bramido del mar resonaban en sus oídos. El recuerdo de aquella noche negra y violenta, de las aguas tumultuosas, debería haber bastado para sumirla en el pánico. Pero pensó en el faro. En aquella luz que lanzaba intermitentemente un mensaje de esperanza mientras intentaba llegar a la orilla.

Apoyando el brazo bueno tras ella, se incorporó, pero no pudo volver a moverse hasta que pasó la primera oleada de aturdimiento. Santa madre de Dios, sí que estaba enferma. Un gritito de alarma salió de su garganta, y posó una mano sobre su estómago.

—¿Sigues ahí, bebé? ¿Has sobrevivido a todo esto conmigo? —susurró. Sintió el bulto pequeño y duro y respiró más tranquila. Seguía allí. Seguía formando parte de ella.

Había fracasado en todo lo que había intentado, pero no quería fracasar como madre.

Se quedó un rato inmóvil, esperando. Por fin el bebé se movió. Lo había sentido por primera vez una semana antes: un temblor, como el movimiento de las alas de un hada. Un pequeño y precioso milagro crecía dentro de ella.

Agarrándose al recio bastidor de la cama, se levantó. Salió al retrete y no vio a nadie por el camino. Solo oyó el canto matutino de los pájaros de principios del verano y los suspiros susurrantes del viento entre los árboles. Al volver se detuvo en la explanada. Nunca había visto árboles tan altos, tan grandes. Parecían hechizados, todos envueltos en líquenes y enjaezados con largas barbas de musgo verde. Sus copas se mecían con la brisa, como si bailaran al son de una música que solo ellos podían oír. Sin duda el bosque majestuoso podría hablarle si ella supiera cómo escuchar. Podría decirle qué clase de sitio era aquel, qué podía esperar allí, si estaba a salvo con aquel desconocido misterioso y gruñón.

Deslizó la mirada por la ancha franja de césped, hasta un prado donde pastaban caballos. Vio un establo y, en un rincón soleado, un huerto vallado para impedir el paso de conejos y ciervos. La casa en su conjunto tenía un aire ordenado e impersonal, como si allí no viviera nadie en realidad.

Pero sí vivía alguien, claro.

Un alguien muy desconcertante.

El faro quedaba al Oeste, en lo alto de un acantilado. El centinela de piedra, pintado de blanco con tres bandas rojas, se erguía al viento y al sol, orgulloso y dominante. El destello intermitente de su lámpara había sido la estrella que la había guiado después del naufragio. Apenas podía mirar el faro sin sentir en la garganta el áspero escozor de las lágrimas de agradecimiento.

La debilidad se apoderó de ella. Mareada, regresó a la casa. Un porche con barandilla, orientado al Oeste. Postigos verdes y vigas blanqueadas en las paredes, una chimenea hecha de piedras lisas y redondeadas. La fachada debía de haber estado adornada en otro tiempo con lechos de flores, pues a lo largo del sendero de grava distinguió algunos escaramujos que pugnaban por abrirse paso entre los helechos y las malas hierbas. Escondidas cerca del suelo había matas de alhelíes y consueldas que florecían, desafiantes, a la espera del inminente verano.

«Una pena lo de las flores», pensó. Animarían mucho el lugar.

Al entrar, se agarró al respaldo de una silla y dejó que sus ojos se acostumbraran a la penumbra. Había libros por todas partes, amontonados sobre las mesas y las estanterías. El interior de la casa estaba extremadamente limpio, desde el cubo de madera que había junto al fogón a los víveres perfectamente alineados, como soldaditos de plomo, sobre los estantes de la despensa.

«A mamá le habría gustado», se dijo, dejándose embargar por una cálida oleada de dulces recuerdos. A su madre le gustaban las cocinas bien limpias. Pero los recuerdos refluyeron como la marea ante otro impulso mucho más fuerte y urgente: estaba muerta de hambre.

En el aparador encontró una jarra de leche fresca con la nata todavía encima. Bebió directamente de la jarra hasta saciar su sed. Sus manos debilitadas la sostuvieron con torpeza y vertieron un poco sobre la pechera de su camisón y en el suelo. Como Ricitos de Oro en el cuento, se sirvió de toda la comida que encontró: galletas de una lata, y un tarro de compota de manzana tan deliciosa que se le hizo la boca agua.

—¿Mejor así, bebé? —acarició su vientre y, por primera vez desde que el mar la había empujado hasta la playa, sonrió. ¡Ah, sí! ¡Sentaba tan bien sonreír!

Se sacudió las migas del espléndido camisón que llevaba puesto y regresó al bonito cuartito contiguo a la cocina. El sol entraba a raudales por los cristales cuadrados de la ventana y retozaba en el suelo, fluyendo como un río de oro. Seguramente no eran los árboles lo único que estaba encantado. Todo aquel sitio, aquella casa, aquel extraño y agreste paraje... Todo parecía envuelto en un suave y verde encantamiento.

Y pensar que casi había dejado de creer en la magia...

Qué boba. Su madre decía siempre que la magia aparecía cuando más la necesitaba una. Y así había sido. Ella había necesitado un milagro, y allí estaba, en un lugar lejano, sintiéndose indeciblemente a salvo. A pesar de que había sobrevivido a duras penas, de que no llevaba nada consigo, salvo el bebé alojado en su vientre, sintió un arrebato de esperanza.

Tomó una de las colchas de la cama. Era preciosa, con una sirena y un mar de color zafiro. Ahora que se encontraba mejor, tenía ganas de curiosear. Quería asegurarse de que su bebé y ella estaban por fin a salvo. Pero no podía ir por ahí vestida con un camisón de franela. Tal vez hubiera un vestido o una bata en alguna parte.

En el alto ropero, encontró algunas piezas de tela de hilo, de algodón y de muselina. Algunas estaban cortadas pero no cosidas, como si la costurera hubiera visto interrumpida su labor hacía mucho tiempo. Debajo de la ropa encontró un montón de mudas, como las habría llamado su madre. Tenían profundas arrugas a lo largo de los pliegues: saltaba a la vista que hacía años que no se desdoblaban. Eligió un par de pololos finísimos. Eran de holanda, un auténtico primor.

Hurgó un poco más en el armario y, muy al fondo, encontró un vestido colgado de una percha. Dejó escapar un largo y sentido suspiro. ¡Qué bonito era, de muselina con ramitos de color verde y oro y mangas de las de «pata de cordero», abullonadas en la parte del hombro y estrechas en los brazos. Un precioso cinturón ancho rodeaba la cintura. Detrás del vestido colgaba una larga camisa blanca. También de holanda.

¿Estaba casado? ¿De quién era aquella ropa?

Las prendas no eran nuevas y, a juzgar por lo que había visto en San Francisco, el vestido estaba muy pasado de moda: la falda tenía demasiado vuelo. Pero la tela olía a saquitos de lavanda, y se sentía mejor llevando puesto un auténtico vestido. Le dolió el hombro cuando estiró el brazo para abrocharse los botones de atrás, así que se limitó a atar el cinturón. Apenas tenía cintura, pero el vestido, cortado para llevar debajo una anticuada crinolina, se le ajustaba bastante bien al talle.

Se tocó el pelo y frunció el ceño al notar lo enredado que estaba. Fue en busca de un cepillo y lo encontró en otra parte de la casa, el minúsculo tocador de caballero que había junto al dormitorio de arriba. El aire olía deliciosamente a jabón de afeitar. Se asomó al dormitorio y vio la gran cama. El cabecero estaba profusamente labrado, pero solo se veía una almohada más bien delgada. Una manta de lana de color verde oliva, raída por los bordes, cubría el colchón. No había cobertor.

Sintió un leve estremecimiento de aprensión al imaginarse al hombre de ojos turbulentos que le había hecho una fotografía. Era allí donde vivía. Donde dormía. Donde soñaba sus sueños.

No sabía nada de él, excepto que le había salvado la vida. Y eso le bastaba para creer que estaba a salvo con él.

De no ser por la fotografía.

Las pasadas del cepillo se volvieron nerviosas, agitadas. Tenía que acordarse de decirle que no podía bajo ningún concepto publicar su fotografía. El miedo, su constante compañero desde que huyera, le subió como una araña por la espalda. Debía decidir qué podía contarle a su anfitrión, pero lo pensaría más tarde.

Lo más sensato, seguramente, sería mentirle.

Poniéndose de puntillas, se vio en un espejito de afeitar redondo sujeto a la pared, encima del palanganero. Estaba pálida como la muerte. Pero estaba viva, gracias a Dios, estaba viva y el bebé también, y le daban ganas de ponerse a cantar de puro asombro.

De alegría por sentirse segura, segura al fin.

—¿Qué demonios hace ahí? —preguntó un voz malhumorada.

Se giró bruscamente y vio chiribitas un momento. Giraban como un halo alrededor de la cabeza del ángel caído. Estaba en lo alto de la escalera, con una de sus manazas apoyada en el bolo de la barandilla.

Al ver su expresión, el miedo volvió a apoderarse de ella y se llamó necia mil veces por haber creído que estaba a salvo.

—¿Y bien? —preguntó él.

Ah, esa voz. Era como el bramido de un vendaval. Pero ella había campeado temporales mucho mayores que aquel y había vivido para contarlo, así que enderezó los hombros y parpadeó hasta que se apagaron las chiribitas. Aquel era el hombre que le había salvado la vida. ¿Por qué iba a hacerle daño ahora, después de devolverle la vida?

—Me estaba cepillando el pelo —respondió.

Dejó con cuidado el cepillo sobre el anaquel donde lo había encontrado y salió del estrecho tocador. Pasó a su lado y bajó la escalera. El hombre la siguió y se detuvo en medio del cuarto de estar, justo donde una alfombra ovalada habría puesto el toque perfecto de calidez. Pero allí no había calidez alguna. El hombre era tan alto, tan grande, que parecía llenar por completo el espacio. La miraba con enfado; sus ojos parecían llamas azules detrás de una capa de hielo.

—¿De dónde diablos ha sacado ese vestido?

Ella tocó el vestido levantando un poco la falda y admiró el bonito estampado de la tela verde y dorada.

—Pues lo dejó usted en mi cuarto, así que me imaginé que era para...

—Yo no lo dejé ahí —contestó él—. Nadie lo ha dejado ahí.

Aunque no había alzado la voz, ella sintió que su rabia chisporroteaba como un rayo de calor atravesando el aire. ¿Qué había inflamado su furia? ¿No se alegraba de que se hubiera recuperado?

Durante las semanas anteriores, había aprendido a ocultar su miedo. Lo miró fijamente.

—He sacado unas cuantas cosas del ropero —un rizo rojo cayó sobre su cara, y lo apartó—. Usted no necesita el vestido para nada, ¿no? —se llevó la mano a la garganta al asaltarla de pronto una idea turbadora—. Santo cielo. Entonces, ¿esta ropa es de su esposa?

Las gélidas llamaradas de sus ojos parecieron inflamarse aún más. Aquel hombre irradiaba de la cabeza a los pies una fortaleza amenazadora. Su expresión de desprecio debería haberla alarmado, pero se limitó a mirarlo y sintió que la curiosidad disipaba su miedo.

—Yo no tengo esposa —contestó él.

Una afirmación bastante sencilla, pero ella advirtió turbulencias bajo la superficie dura como una roca. ¿Qué encontraría en el interior de aquel hombre si se atrevía a indagar en él?

—Entonces ¿de quién es esta ropa? —preguntó.

—De nadie —respondió él—. Ya no.

Su tono la disuadió de insistir. Se quedó allí parada, sin mostrar reacción alguna más allá de una educada expectación. Él se llevó las manos a la cabeza y se pasó los dedos por el pelo largo.

—Más vale que se siente. No quiero que vuelva a desmayárseme —añadió ásperamente.

Se sentó en una silla de madera que miraba hacia la pequeña chimenea. El hogar de piedra estaba barrido y limpio. No notó ni una mota de ceniza al tocar los tablones del suelo con los pies descalzos.

—Le aseguro que no pienso volver a desmayarme. Creo que era por el hambre. Me he servido algo de comer.

—Ya lo he notado.

Ella miró con expresión culpable por la puerta abierta de la cocina. El tarro de la compota había desaparecido. La jarra de leche estaba de nuevo en su sitio, recién lavada, y en la mesa no quedaban migas de galleta. Confiando en ponerlo de mejor humor, sonrió.

—Es la compota de manzana más rica que he probado nunca.

El hombre se sentó en un taburete, frente a ella. Su rostro era tan inexpresivo que podría haber estado tallado en mármol.

—Es de la cosecha del año pasado. Hay unos cuantos manzanos en el puesto.

Qué hombre tan raro, llamar a su casa «el puesto».

Ella respiró hondo.

—Hay una cosa que tengo que decirle...

—Tengo que preguntarle una cosa... —dijo él al mismo tiempo.

Se miraron un instante, azorados. Luego, ella se echó a reír.

—Hemos hablado al mismo tiempo.

—Necesito saber su nombre —añadió él, molesto por su risa—. Para que podamos contactar con su familia.

Su sonrisa se borró al instante. Se enderezó en la silla y se obligó a mirarlo a los ojos.

—Me llamo Mary Dare y no tengo familia.

¡Ah, cuánto dolía decirlo! Él nunca sabría cuánto. No tener familia. Era como reconocer que uno no tenía corazón, ni alma.

—Mary Dare —el hombre se inclinó ante ella, esbozando de mala gana una reverencia. Era interesante advertir que tuviera aquel pequeño remanente de buenos modales—. ¿Es su verdadero nombre? —inquirió.

La ira y la mala conciencia disiparon su tristeza.

—¿Y usted quién es? —preguntó, a la defensiva.

—Jesse Kane Morgan, capitán del faro.

—Es un honor conocerlo, capitán, pero confieso que me lleva usted ventaja. ¿Puedo preguntarle dónde está este «faro»?

—En cabo Desengaño.

—Qué nombre tan terrible para un sitio tan bonito —comentó ella.

—A los marineros que intentan atravesar la barrera no les parece tan bonito. Estamos en la desembocadura del Columbia, en el Territorio de Washington.

El Territorio de Washington. «Imagínate». Había viajado a una nueva región y acababa de enterarse.

—¿Iba usted en el *Ciego azar*? —preguntó él—. Que yo sepa, es el único navío que se perdió en esta zona el domingo.

El domingo. Mary pensó de pronto que ni siquiera sabía qué día era. Tampoco sabía qué clase de hombre era Jesse Kane Morgan, aquel hosco desconocido, ni lo que le deparaba el destino. Las noticias que acababa de recibir comenzaron a agitarse como una fiebre dentro de su cabeza. El domingo... el Territorio de Washington... el *Ciego azar*... Y, entre todo ello, la luz del faro que la había guiado hasta allí. Dejando escapar un ronco gemido, se levantó de la silla y cayó de rodillas frente a él, asiendo sus manos. Su pose era la de un suplicante ante su salvador.

—Capitán Morgan, he olvidado mis buenos modales. Me ha salvado usted la vida. La vida de los dos. La mía y la del bebé. Eso es lo que debería estar diciéndole. ¿Cómo podré darle las gracias?

Él se desasió y se puso en pie. Mary oyó que mascullaba un juramento.

—Lo siento —dijo—. No quería sobresaltarlo.

—No me gusta que me toquen —todas sus palabras sonaban medidas, como si tuviera una provisión muy escasa de ellas. Se alejó de ella.

—Esa es la cosa más triste que he oído en mi vida —lo siguió hasta el ventanal de delante, donde se había puesto a mirar la playa lejana, de espaldas a ella.

—Eso poco importa —contestó con brusquedad—. Necesito saber varias cosas acerca de usted, señora Dare.

—Lo primero que debe saber es que... —respiró hondo—. No soy la señora Dare —ya estaba. Ya lo había dicho. Había pensado mentirle desde el principio, decirle que era viuda. Y sin embargo se le había escapado la verdad.

Él no se movió, no reaccionó.

—Señorita Dare, entonces, ¿no es así?

—Mary. Mary a secas.

—¿Tenía familiares o amigos en el *Ciego azar*?

—No —las comisuras de su boca esbozaron una sonrisa irónica—. Ni siquiera tenía billete.

Él se volvió entonces y la miró con recelo. Dios, qué guapo era, y eso que no tenía idea de serlo. De hecho, parecía no preocuparse en absoluto por su apariencia. Sencillamente, se limitaba a ser. Mary sintió el impulso de peinar su pelo, de recortárselo.

—Imaginaba que era usted una polizona.

Al recordar el calvario que había soportado, se sintió de pronto sin fuerzas. El hombro herido comenzó a dolerle, y se lo tocó con cuidado.

—La doctora MacEwan cree que tiene la clavícula fracturada.

—¿Ha venido un médico a verme?

—Sí. ¿No se acuerda?

—Me temo que... no —intentó sofocar un bostezo, pero no le dio tiempo. El aturdimiento comenzaba a apoderarse de ella. Sintió que sus ojos se ponían en blanco, que sus párpados se cerraban.

—Debería echarse a descansar —dijo él.

Mary asintió con la cabeza. La voz de Jesse Morgan tenía de pronto un tono distinto. Seguía teniendo aquella sutil nota de impaciencia, pero sonaba en cierto modo más tierna.

—Gracias. Creo que voy a hacerlo —alargó el brazo como si se dispusiera a tocar su mano, pero se detuvo.

«No me gusta que me toquen».

Sí, era lo más triste que había oído nunca.

—Gracias otra vez, capitán Morgan.

—Jesse.

—¿Qué?

—Llámeme Jesse —cruzó la habitación hacia la puerta—. Ahora, vaya a descansar.

Tuvo que hacer un ímprobo esfuerzo para no echarse a correr al salir de la casa. Y eso, quizá, era lo que más detestaba de aquella absurda situación: que la presencia de aquella desconocida, de aquella tal Mary Dare (qué extraño que se llamara igual que un barco naufragado) pudiera echarlo de su propia casa, de su refugio contra el mundo exterior.

Cruzó el claro camino del establo. Silbó con fuerza, tres silbidos cortos, y ni siquiera miró para ver si D'Artagnan le obedecía. El caballo acudía siempre cuando lo llamaba. Era lo primero que le había enseñado Jesse.

Unos minutos después, lo había ensillado y avanzaba por el sinuoso sendero que bajaba a la playa. El caballo siempre estaba listo para darse una carrera, y en cuanto llegaron a la ancha franja de arena marrón, Jesse le dio rienda suelta.

Durante un rato sintió algo semejante a la euforia. El viento corría a través de su pelo y tiraba de su camisa, pegando la tela a su pecho y haciendo que las mangas se hincharan alrededor de sus hombros. Los cascos del animal levantaban arena mojada y agua salada. El caballo y su jinete eran como los picotijeras: volaban a lo largo de la orilla a toda velocidad, rumbo a ninguna parte.

Por el rabillo del ojo vio la isla de Sand y, después, el vasto vacío azul que se extendía más allá del gigantesco estuario. Aquel era su mundo, su vida. Su lugar. Solo, eternamente.

Tenía que librarse de Mary Dare, y cuanto antes.

Porque, de algún modo, su presencia le recordaba que su mundo era insoportablemente vasto y vacío.

Dios... Al verla con aquel vestido había estado a punto de caer de rodillas. El recuerdo lo había atravesado como un puñal: como si hubiera sido ayer, había visto a Emily girando bajo la araña del vestíbulo de su mansión de Pórtland, riendo mientras su falda se hinchaba encima del suelo de parqué...

—Me lo he puesto solo para ti, Jesse. Solo para ti.

—Ay, Em. Preferiría que te lo quitaras para mí.

Ella se rio y se puso colorada.

—Eso ya llegará, amor mío. Habrá tiempo de sobra, después.

Jesse clavó los talones y el caballo apretó el paso.

Hizo detenerse bruscamente a D'Artagnan junto al cobertizo de los botes, en una pequeña cala bien resguardada, al pie de la colina de Scarborough. El endeble cobertizo albergaba la chalupa del práctico. Ahora que abundaban los remolcadores, la chalupa ya apenas se utilizaba para guiar a los grandes navíos hasta mar abierto, pero Jesse la mantenía en perfectas condiciones, barnizaba la madera, calafateaba las junturas y mantenía las velas en buen estado y las lámparas siempre llenas de aceite. Ocuparse de aquel barco era una obsesión enfermiza.

Porque, tras el accidente de Emily, Jesse no había vuelto a salir al mar. Nunca saldría. Le daba demasiado miedo.

Asqueado de sí mismo, regresó al faro. Qué vista tan impresionante aquella: la torre encalada irguiéndose altiva sobre la atalaya del acantilado. Y sin embargo qué insignificante parecía, empequeñecida por los árboles gigantescos de detrás y las olas que se rizaban sobre las negras rocas, llegando casi hasta su base.

Cuando llegó a lo alto del sendero, oyó un «¡So!» musical.

Puso a D'Artagnan al trote y fue a saludar a la recién llegada. La doctora Fiona MacEwan bajó de su calesa levantándose las faldas azul marino por encima de sus bastos y prácticos zapatos.

—Buenos días, Jesse. He venido a ver cómo está nuestra paciente.

Jesse desmontó y llevó su caballo hacia la cerca del establo.

—Se ha despertado —dijo inexpresivamente.

—¿Ah, sí? —Fiona sonrió y estiró los brazos para colocarse una de las agujas de calceta que sujetaban su moño—. ¿Y está bien? ¿Te ha dicho cómo se llama?

Jesse quitó la silla y los arreos y limpió la arena de los cascos y el pelaje del caballo.

—Dice que se llama Mary Dare y que no tiene familia —decidió no decirle que era una polizona. Tenía que hacer averiguaciones antes de difundir aquella noticia. Porque, que él supiera, podía haber dado cobijo a una ladrona, o a una asesina.

O a una mujer indefensa que huía de algo que no se atrevía a nombrar.

—Será duro para ella, entonces, estar sola en el mundo —comentó Fiona.

Jesse llevó a D'Artagnan hacia el prado.

—¿Tú crees?

—¿Tú no?

—Vamos, Fiona.

Ella lo recorrió con la mirada de la cabeza a los pies.

—Algunas personas prefieren la compañía de los humanos. La ansían, incluso. Supongo que tú no puedes entenderlo —sin mostrar la menor compasión, Fiona le dio unas enérgicas palmadas en la mejilla—. ¿Te han dicho alguna vez que eres el hombre más guapo de este Territorio, Jesse Morgan?

—No —arrugó el ceño, enfadado.

Fiona sonrió.

—A algunas mujeres les importan esas cosas.

—Pero a ti no.

Ella le hizo un guiño malicioso.

—Qué va.

Ese era uno de los motivos por los que Jesse la soportaba. No había nada que Fiona quisiera de él.

Caminaron juntos hacia la casa.

—Dice que no tiene familia. Supongo que eso significa que no tiene marido —insistió la doctora.

—Eso es lo que ha dicho.

—Umm —la voz de Fiona estaba desprovista por completo de censura.

A Jesse le gustaba también por eso.

—Más duro, entonces.

—Ahora que puede caminar, podrás llevártela al pueblo. Que se instale allí y...

—No debemos precipitarnos —entró delante de él en la casa y dejó su maletín sobre la mesa de la cocina.

Entraron juntos en el pequeño dormitorio. Jesse se quedó sin respiración, el aire se atascó dolorosamente en su pecho. Mary Dare dormía al sol, sobre las colchas de Palina. Llevaba aún el vestido verde y amarillo.

«Luego, Jesse. Luego me lo quitaré para ti. Tenemos tiempo de sobra», le susurró al oído su difunta esposa, y él sacudió la cabeza y se obligó a mirar a Mary Dare.

La luz se reflejaba en su pelo y pintaba su delicada tez de

porcelana. Debajo de los ojos, el cansancio había oscurecido su frágil piel. A pesar de que había comido, parecía débil y demacrada.

—Está débil como un gatito —susurró Fiona—. No pienso llevarla por la costa hasta el pueblo en este estado.

Jesse carraspeó.

—Pero...

—Va a quedarse aquí —Fiona puso los brazos en jarras y sacó la barbilla—. ¿Tienes algo que decir al respecto?

—Sí.

—Pues olvídalo, Jesse. Por una vez en tu vida, piensa en alguien aparte de ti.

Mary Dare dio un respingo, dormida.

—Perdón —masculló Fiona—. Eres un incordio de hombre, Jesse Morgan.

—Cuidaré de ella hasta que acabe esta semana —dijo él, y las palabras le dejaron un regusto amargo en la boca—. Ni un minuto más.

Azuzado por la sonrisa triunfal de Fiona, salió de la habitación.

—¿Cómo se encuentra esta mañana? —preguntó Jesse.

Su voz le sonó oxidada incluso a él, como la bisagra de una puerta sin uso.

Comparado con la sonrisa de Mary Dare, el brillo del sol parecía mortecino.

—Tengo hambre —confesó al entrar en la cocina.

El vestido verde tenía la espalda arrugada y su cabello estaba revuelto; sus gruesas ondas le caían sobre los hombros.

—Hay tocino —dijo Jesse—. Y pan de cardamomo, de Palina. ¿Quiere café?

—Prefiero un vaso de leche si hay.

—Leche hay siempre. Los Jonsson tienen una vaca.

—Qué maravilla. ¿Y cuándo voy a conocer a los Jonsson?

—Pronto. Ahora están trabajando en el faro.

—¿Qué hacen allí? Yo no veo ni pizca de niebla.

—Están limpiando la maquinaria. Acabarán dentro de un rato.

La vio comer y beber. Se comió el tocino y el pan con rapidez y apetito, aunque sin glotonería. Las embarazadas tenían que comer bastante, necesitaban alimentos frescos. Se lo había dicho Fiona. Pero, naturalmente, no era la primera vez que lo oía.

—¡Jesse, cariño, tengo una noticia maravillosa!

Emily había entrado en su despacho como una exhalación: preciosa con su vestido de puntillas blancas que contrastaba con el fondo de cuero y nogal de su librería.

—¡Vengo del médico y me lo ha confirmado! ¡Vas a ser padre!

Se sacudió aquel recuerdo y esperó pacientemente a que acabara Mary. Ese día tenía mejor aspecto. De hecho, parecía mejorar por momentos. Estaba menos pálida. Sus ojos brillaban casi con avidez y sus ojeras habían empezado a desvanecerse.

«Excelente», pensó. Que se recuperara lo suficiente para poder ir al pueblo, y así se libraría de ella. Sería libre. Volvería a estar solo. Era lo único que quería.

—¿Quiere que le prepare una infusión? —preguntó—. La doctora MacEwan dejó una que supuestamente ayuda a hacer la digestión.

—Creo que hago perfectamente la digestión —comentó ella con un guiño.

Esa sonrisa. Era brutal en su belleza sencilla y deslumbrante. Golpeaba a Jesse como un puñetazo.

Cuando ella acabó de desayunar, Jesse retiró los platos y los fregó en la pila. Dijo por encima del hombro:

—¿Necesita ir a su cuarto a descansar?

—Me gustaría dar un paseo.

—Se cansará.

—Un paseíto, nada más. El aire fresco me sentará bien, ¿no le parece?

Jesse se aferró a esa idea. Cualquier cosa con tal de que se recuperara. Con tal de librarse de ella. Mary Dare ignoraba hasta qué punto le turbaba cada instante que pasaba en su presencia.

—Iremos a la playa —se volvió hacia ella—. Hay un camino que no es muy empinado.

Su sonrisa volvió a atravesarlo como un rayo de sol que deshelara dolorosamente la carne congelada.

—Me encantaría, Jesse —dijo.

Lo hacía por ella, se dijo Jesse al ponerle uno de los chales tejidos por Palina alrededor de los hombros. Se lo ató torpemente por delante mientras Mary permanecía quieta como una niña dócil, mirándolo. Confiaba en él.

El aire fresco le sentaría bien, y cuando se encontrara mejor podría marcharse. Por eso lo hacía.

Cuando iban bajando por el sendero pedregoso, ella lo llamó. Jesse se detuvo y se volvió.

—¿Está cansada? —preguntó, un poco asustado. ¿Y si tenía que volver a llevarla en brazos? ¿Apretarla contra sí y sentir su calor y el latido de su corazón?—. ¿Quiere que volvamos?

—No, no es eso. Jesse...

—¿Qué?

—Ha sido muy amable conmigo y no soy quién para criticarlo, pero ¿me permite decirle una cosita?

—¿Qué?

—Estaba pensando que no está acostumbrado a caminar con un acompañante.

Él soltó un bufido.

—Menuda ton...

—Es cierto. Marcha como un mariscal en un desfile. Cuando dos personas van juntas, suelen ir al lado.

—Nosotros no vamos juntos —repuso él—. Ha dicho que quería dar un paseo y eso estamos haciendo, caminar.

Mary suspiró, exasperada, y se acercó a él, caminando torpemente con las botas de caucho que le había prestado él.

—Un paseo no consiste solo en caminar —dijo—. También consiste en hablar y en contarse cosas.

—Yo no hago esas cosas —se volvió y siguió avanzando colina abajo.

Cruzaron las dunas cubiertas de hierba y llegaron a una playa de arena. Jesse se volvió y la miró mientras caminaba hacia atrás.

—Mire, lamento que se sienta sola, pero si espera que le haga compañía, va a llevarse una desilusión.

—Hace falta mucho más que eso para desilusionarme —repuso ella.

Su afirmación picó la curiosidad de Jesse, pero él prefirió ignorarlo. No quería saber qué la había desilusionado en el pasado. Ni qué soñaba para el futuro.

—Vivo solo por elección —dijo hoscamente—. No quiero compañía.

Ella lo miró con sorpresa, pero asintió con la cabeza.

—Usted no pidió salvarme. Sin duda, si hubiera tenido elección, no habría bajado a la playa el día que me encontró.

Maldición. ¿Era lo mismo desear perderla de vista y desear no haberla encontrado?

—Mary...

Ella levantó una mano.

—Lo entiendo. Ahora, sigamos nuestro paseo —echó la cabeza hacia atrás y dejó que el viento agitara su pelo—. Hace frío aquí.

—Tenga mi chaqueta.

Ella sacudió la cabeza.

—Me basta con el chal. Pero voy a quitarme las botas. Me encanta notar la arena bajo los pies —antes de que él pudiera protestar, se quitó las botas.

—Vuelva a ponérselas —ordenó Jesse—. Van a helársele los pies y tendré que cargar con usted todavía más tiempo.

—Un destino peor que la muerte, sin duda —sus lindos pies apenas dejaban huellas sobre la arena endurecida.

Sin saber por qué, Jesse se descubrió caminando a su lado.

Qué mujer tan terca. Debería estar ansiosa por librarse de él. En el pasado, su malhumor siempre había logrado mantener a raya a las mujeres. Pero aquella no parecía sentir respeto alguno por su talante feroz.

—Este sitio es verdaderamente el fin del mundo —comentó Mary, y con un gesto espontáneo enlazó a Jesse del brazo.

Aquel contacto produjo en él una conmoción semejante a la de un golpe físico. Sus músculos se volvieron de piedra. Ella pareció notar su turbación, pues se puso colorada.

—¿Ocurre algo?

Jesse miró su mano con enfado.

—No...

—Lo olvidaba —retiró el brazo—. No le gusta que le toquen —se dirigió hacia el Norte, por la playa, con la cara vuelta hacia la brisa del mar.

El viento que se precipitaba desde los altos acantilados boscosos hizo que le lagrimearan los ojos. Jesse pensó en ofrecerle un pañuelo, pero se refrenó. Mary lo miró de reojo. Su hermosa melena roja se agitaba al viento. Avergonzado por que ella lo hubiera sorprendido observándola, Jesse se encorvó y se caló bien el sombrero sobre la frente.

Mary se detuvo al llegar junto a un gran trozo de madera retorcida que el mar había arrojado a la playa. Lo observó un momento, fijándose en las espirales de la madera, en sus profundas grietas y en los agujeros abiertos por los gusanos. Sin decir palabra, siguió adelante. A pocos pasos del madero había un montón de conchas rotas y aplastadas, algunas con viscosas algas adheridas. Jesse la vio temblar y ella apretó el paso.

¿En qué estaría pensando?, se recordó Jesse. ¿Estaría acordándose del naufragio? ¿Del padre del bebé? Tenía tantas preguntas que hacerle... Y sin embargo no quería hacérselas. No quería conocer qué esperanzas y qué sueños ocupaban la cabeza de Mary Dare.

Porque, cuanto más la conocía, más real era para él. Lo único que quería saber era cuándo podría llevarla a otro lugar que no fuera su casa.

Ella se detuvo de nuevo al llegar junto al cadáver de una gaviota. Estaba descarnado a picotazos; los huesos parecían el esqueleto de un pollo. Las alas, todavía intactas, estaban estiradas como si el pájaro hubiera sido torturado.

Mary dio media vuelta y miró el mar, la larga línea blanca de las olas que se precipitaban sin descanso hacia la orilla. Jesse siguió mirándola mientras se preguntaba qué sucedía detrás de aquellos ojos atormentados. No estaba seguro de cómo dirigirse a ella. Hacía mucho tiempo que no hablaba largo y tendido con nadie.

El silencio se prolongó, cada vez más violento. Jesse se aclaró la garganta. Por fin ella dijo:

—Todo lo que el mar arrastra hasta la playa está dañado.

Aquella afirmación golpeó a Jesse como un puñetazo, fuerte e inesperado. Durante unos instantes no supo qué decir, cómo reaccionar. Se quedó mirándola. Estaba preciosa, con el pelo flotando tras ella, la cara levantada hacia el viento y aquellos grandes ojos que parecían verlo todo.

—El mar todo lo maltrata —contestó con voz ronca, apartando la mirada de ella.

—Sí.

Parecía tan desanimada, tan melancólica, tan distinta... Su estado de ánimo no debía importarle, pero le importaba. No podía remediarlo.

—Algunas veces aparece un tesoro en la playa —sus palabras sonaron torpes, ineptas.

Ella soltó un suspiro y echó a andar otra vez.

—Yo nunca he visto uno.

Jesse la observó mientras se alejaba.

—Yo sí.

Mary pareció no oírlo. Jesse notó por la tensión de sus hombros que estaba atenazada por las dudas, por la mala conciencia y por otras cosas por las que no tenía derecho a preguntarle. Y que no le creía. Eso fue lo que más le molestó.

Recogió un trozo de madera y lo volteó en sus manos. Luego apretó al paso para alcanzarla. Para caminar a su lado. Exactamente como ella quería.

—A veces, las cosas estropeadas son tesoros a su modo —dijo—. Un trozo de madera posee un belleza singular. Una concha rota se convierte en una joya. Un pez muerto alimenta a los carroñeros.

Mary sacudió la cabeza. Jesse notó que no creía ni una palabra. Y sintió que su conversación no versaba sobre maderos ni sobre peces muertos, sino sobre Mary Dare, a la que el mar había llevado hasta la playa. Mary Dare, que se creía dañada.

Jesse echó el brazo hacia atrás y lanzó el trozo de madera tan lejos como pudo, sin mirar dónde caía.

—Supongo que algunas cosas es mejor dejarlas para que se las coman los carroñeros —dijo ella.

CAPÍTULO 6

—Madre mía, no había dormido tanto en toda mi vida —masculló Mary al apartar las mantas y salir de la cama.

Miró por la ventana. Se estaba poniendo el sol y grandes frondas de luz rosada atravesaban los árboles y cruzaban el horizonte lejano.

—Me he pasado el día durmiendo.

Se acercó al palanganero para lavarse la cara. Luego, alisando las arrugas de su vestido prestado, fue a la cocina. Jesse Morgan estaba allí preparando la cena.

Mary se quedó en la puerta y lo observó un momento. Se movía con la tranquila premeditación de un anciano, y sin embargo no era viejo en absoluto. Era joven y fuerte. ¿Qué le hacía parecer anciano?

«No me gusta que me toquen».

Tenía mil preguntas que hacerle a su hosco anfitrión. Y sabía que no estaría dispuesto a contestarlas. Aún no, al menos.

Carraspeó. Él se detuvo cuando estaba levantando la tapa de una olla de hierro colocada sobre el fogón. Volvió a poner la tapa y se giró hacia ella.

—La cena está lista.

—Huele de maravilla —se acercó a la mesa—. ¿Dónde está el jarro con las flores que recogí?

Jesse arrugó el ceño.

—Lo puse en el porche.

Sin decir palabra, Mary salió y vio el jarro en los peldaños del porche. Las margaritas le hicieron sentir que sostenía el sol en sus manos. Su perfume caldeó sus sentidos. Con aire casi desafiante, dejó el jarro en medio de la mesa. Un leve polvo amarillo se depositó sobre el tablero.

—Lo ensucian todo —dijo Jesse.

—Después limpiaré la mesa.

—Dentro de un par de días estarán muertas.

—Recogeré más.

Jesse miró hacia el techo un momento; luego sacudió la cabeza como si quisiera despejarse.

—¿Ha dormido bien?

—Sí, demasiado, incluso. El paseo debió de agotarme más de lo que pensaba —vaciló, pensando en la conversación que habían tenido en la playa, horas antes.

«A veces, las cosas estropeadas son tesoros a su modo», había dicho Jesse. Se preguntó qué habría querido decir. ¿Le estaba tomando cariño? ¿Empezaba a importarle?

Casi se rio de sí misma. Estaba claro que aquel hombre llevaba años esforzándose por que nadie le importara. Pasar unos cuantos días con ella no cambiaría eso. Y ella era una necia por desear que cambiara.

Pero lo deseaba.

—Entonces, ¿corto el pan? —preguntó.

Jesse titubeó; luego asintió con un gesto.

Mientras él servía el estofado en dos cuencos de loza, Mary eligió al azar un cuchillo del aparador y se puso a cortar la hogaza.

—Ese cuchillo es para filetear pescado —dijo él.

—¿Ah, sí? —colocó las rebanadas de pan sobre una servilleta y las llevó a la mesa.

Jesse quitó el corcho a una botella de cerveza y llenó una jarra. Mary miró con anhelo la fresquera forrada de hojalata que había en el rincón.

—Últimamente me apetece muchísimo la leche —dijo.

Las orejas de Jesse se sonrojaron cuando le sirvió un vaso. Mary no pudo evitar sonreír. Su madre decía siempre que los hombres no sabían cómo comportarse con una mujer embarazada. Era como si no quisieran reconocer relación alguna entre el acto sexual y la aparición de un bebé en el vientre de una mujer.

Se sentó a la mesa. Él empuñó su cuchara. Mary hizo la señal de la cruz, agachó la cabeza y murmuró una plegaria de agradecimiento. Cuando levantó la vista, Jesse la estaba mirando con una expresión extraña.

—Es por costumbre —reconoció ella—. Y por fe. ¿Usted no da las gracias, capitán Morgan?

—¿Por qué?

—Por los frutos de la tierra y el mar. Por la vida y la salud.

—No.

A su madre le habría dado un soponcio si hubiera sabido que la trotamundos de su hija había ido a parar a la casa de un pagano como Jesse Morgan.

—También le estoy agradecida a usted —dijo antes de probar el estofado—. Es gracias a usted por lo que estoy aquí comiendo esta comida tan rica y... —luchó por no echarse a reír— disfrutando de su chispeante compañía.

La frente de Jesse se oscureció como un nubarrón.

—Me alegro de que sobreviviera al naufragio, no crea que no —dijo de mala gana—. Pero vivo solo por elección. No estoy acostumbrado a compartir mi casa.

—No tenía ni idea —murmuró ella. Luego añadió, contrita—: El estofado está buenísimo. Y hoy he pasado un día de lo más agradable —era cierto, se dio cuenta nada más decirlo.

No hacía mucho tiempo, había estado convencida de que disfrutar de un hermoso día en compañía de un amigo era un sueño que jamás volvería a hacerse realidad. Jesse Morgan no era exactamente un amigo, claro, pero había disfrutado de su compañía. Había disfrutado del día. Había algo de eterno y de maravilloso en las costas, donde se encontraban la tierra y el mar. Siempre lo había sentido, antes en Irlanda y ahora allí, en aquel remoto lugar.

—Cada hora que pasa está más fuerte —comentó él.

A Mary le dieron ganas de arrojarle los brazos al cuello.

—Gracias a usted.

—La llevaré al pueblo, donde podrá recuperarse como es debido —añadió él—. Mañana...

—Aquí me estoy recuperando perfectamente —replicó ella, dolida.

Así que por eso estaba tan empeñado en darle de comer y en cuidarla. No porque le importara, sino porque quería librarse de ella cuanto antes.

—No puede quedarse aquí —Jesse agarró su jarra de cerveza y bebió un largo trago.

Mary había perdido el apetito. Dejó la cuchara y empujó su plato.

—¿Y quién quiere quedarse aquí, a ver? Dígame. No he dejado de sentirme una intrusa desde que me desperté en esa habitación.

Contuvo la respiración y se tapó la boca con la mano. ¡Ah, aquel genio suyo! Su madre siempre le decía que la metería en líos. Se quitó la mano de la boca.

—Lo siento, he dicho una tontería. Me salvó usted la vida. ¿Qué derecho tengo a esperar algo más de usted?

Jesse apretó los dientes. ¿Por qué dotaba la naturaleza a un hombre de una belleza tan extraordinaria y luego le hacía desear ocultarse del mundo?, se preguntó Mary no por primera vez.

—En Ilwaco hay un buen hotel y varias pensiones —dijo él—. En el pueblo estará más cerca del médico.

¿Cómo podía explicárselo? ¿Podía decirle que iba huyendo? Huyendo. Había llegado al mismísimo fin del mundo, y ahora aquel hombre quería hacerla volver... pero ¿volver a qué? Sintió una oleada de náuseas, pero logró sofocarla por pura fuerza de voluntad. No había llegado hasta allí para dejarse vencer por el terror.

Intentando no temblar, siguió con el dedo el contorno de un nudo de la madera.

—¿Sabe usted, Jesse Morgan, lo que es no ser dueño de nada, ni siquiera de la ropa que llevas puesta?

Él la miró inexpresivamente.

—No.

—Es extraordinario. Liberador, si quiere. Y absolutamente aterrador.

—Puedo prestarle dinero hasta que encuentre algún empleo aceptable.

—Ah. ¿Y existe tal empleo en ese pueblo llamado Ilwaco? ¿Aceptarán a una irlandesa soltera y embarazada?

—¿Por qué no iban a aceptarla? —preguntó él.

Se quedó mirándolo, perpleja al oír semejante ingenuidad de labios de un hombre que, evidentemente, conocía el lado más oscuro de la naturaleza humana.

—La gente tiene la mente muy estrecha y el corazón muy pequeño, muy estrecho y muy frío.

—Eso no es problema mío —gruñó él.

—Dios no quiera que lo sea —replicó ella—. Dios no quiera que tenga que ocuparse de otro ser humano.

Sorprendida consigo misma, se levantó y se alejó de él. ¿Qué tenía aquel hombre que sacaba lo peor de ella?, se preguntó.

Jesse también se levantó y la siguió hasta el cuarto de estar.

—Yo no pedí que apareciera en mi playa.

Mary se volvió para mirarlo y se sorprendió al encontrarlo tan cerca que podía sentir el calor de su cuerpo.

—Entonces le pido mil disculpas por haberlo hecho.

Se miraron, enojados, sacando la barbilla como si se desafiaran mutuamente a decir algo más. Mary sintió un hormigueo en el pecho, en la garganta. Luego, de pronto, brotó la risa. Tan inoportuna como un verano indio, surgió de ella a borbotones y ninguna de las miradas furiosas de Jesse logró detenerla. Se rio hasta que se le saltaron las lágrimas. Luego, se limpió los ojos con la manga del vestido.

Jesse Morgan parecía muy molesto.

—Se está poniendo histérica. Debería irse a descansar.

—Llevo todo el día descansando. No he hecho otra cosa que descansar desde el domingo. Y no me estaba riendo de usted, sino de... de.. No sé. De toda esta situación. No hay ninguna razón en el mundo por la que tuviera que sobrevivir, pero aquí estoy.

—Hay un motivo... —se interrumpió y dio media vuelta. Se acercó a la puerta principal y apoyó el puño en el dintel mientras miraba fuera.

—¿Qué quiere decir? —preguntó ella con suavidad, observándolo, siempre observándolo. ¿Por qué la fascinaba tanto? ¿Por qué la atraía, por qué le daban ganas de poner a prueba su mal genio, de arriesgarse a convertirse en el objeto de sus insultos?

—Nada. Lo que de verdad quiero saber es por qué dice que no tiene parientes, ni amigos, ni nadie en el mundo.

Mary tragó saliva.

—Porque es la verdad.

—Todo el mundo tiene a alguien.

—¿Hasta usted, Jesse? ¿Usted tiene a alguien?

Se volvió para mirarla.

—A mis padres, pero están de viaje por el extranjero. Y una hermana —añadió con voz crispada—. Hace mucho tiempo que no la veo.

—¿Cómo se llama?

—Annabelle —respondió—. Y está... —se interrumpió y apoyó el brazo en el marco de la puerta—. Estamos hablando de usted, no de mí. Quiero mandar una carta o un telegrama. Tiene que haber alguien que...

—¡No hay nadie, maldita sea! —estalló ella—. ¡Nadie! ¡Nadie! —sabía lo que vendría después: sabía que iba a preguntarle quién la había dejado embarazada.

Sin darle tiempo a hablar, pasó a su lado y salió de la casa. Cegada por las lágrimas, cruzó la explanada hasta el sendero que llevaba al faro. La lámpara no estaba encendida aún, y la torre se destacaba contra el cielo en llamas: una luz de esperanza, un centinela solitario.

Oyó los pasos amortiguados de Jesse por el sendero, a su espalda, y se volvió para mirarlo. Limpiándose furiosamente las mejillas, dijo:

—Cuando me encontró, estaba huyendo. Quería huir tan lejos que no me importaba si llegaba al fin del mundo y me caía. ¿Es que no puede entenderlo?

La miró solemnemente.

—Curiosamente sí, lo entiendo.

—Entonces sabrá cómo me siento —observó la silueta del faro, erguido sobre las rocas—. La gente que huye suele alejarse de las cosas de las que huye, no acercarse a ellas. Si acabé aquí, en el borde del mundo, no fue por accidente.

—Mucha gente acaba aquí por accidente —repuso él—. Aquí, en la barrera del Columbia, hay más naufragios que en cualquier otro lugar de la costa.

—No estaba hablando de naufragios —alargó el brazo y, antes de que él pudiera apartarse, asió su mano—. No me haga esto, Jesse. No me entregue ahora.

—¿Entregarla? —se quedó mirando sus manos unidas.

Mary esperaba que se apartara, pero no lo hizo. Dio un paso hacia ella.

—Dígame en qué clase de problemas está metida. ¿Robó algo? ¿Mató a alguien?

—Desde luego que no. Y usted lo sabe. En el fondo, sabe que no soy una delincuente.

Se arriesgó sabiendo de antemano que era un error, pero fue incapaz de detenerse. Posó la mano de Jesse sobre su vientre, donde crecía su bebé.

—¿No salta a la vista cuál es mi problema?

Él se apartó como si hubiera tocado un hierro al rojo vivo.

—¡Santo cielo, mujer!

—¿Qué? Solo quería...

—Yo solo quiero que me dejen en paz. Apártese de mí, Mary. Apártese de mí —echó a andar colina arriba, hacia el faro.

Ella lo siguió con la mirada. Su largo cuerpo y su sombra, aún más larga, se movían con fluidez por el sendero soleado. No volvería a verlo hasta la mañana siguiente, pues iba a pasar toda la noche atendiendo el faro.

Qué existencia tan extraña y melancólica debía de ser aquella, mantener la linterna encendida toda la noche, viendo pasar a los barcos. ¿Se preguntaba alguna vez quiénes eran los pasajeros, adónde iban? ¿Pensaba alguna vez en dejar aquel lugar?

Era un hombre con hondos secretos. Había algo oculto en su pasado que le hacía dar la espalda al presente. Mary pasó la mano por el vestido que llevaba puesto, por la fina muselina estampada que olía a saquitos de lavanda.

No era asunto suyo, se dijo, y sin embargo sabía que debía intentar conocer más profundamente a Jesse Morgan. El mundo lo había abandonado.

«Hay un motivo...».

Ella se había salvado de la muerte cuando todos los demás tripulantes del *Ciego azar* se habían ahogado. Jesse no quería decirle por qué creía que había sucedido así. Mary se quedó mirando el faro y vio encenderse la lámpara. En un momento de distracción, Jesse había dicho «hay un motivo».

Y Mary sabía cuál era.

Había seguido su luz después del naufragio. Su luz la había ayudado a sobrevivir. El hombre que la había mantenido encendida no podía saberlo, pero era la razón de que hubiera sobrevivido.

Decía que no quería tener nada que ver con ella. Pero eso poco importaba. Ella podía ayudarlo. Quizá pudieran ayudarse mutuamente. Al igual que él la había guiado hasta sacarla del mar enfurecido, Mary sabía que debía atraerlo hacia su luz y despertar al hombre que se ocultaba tras aquellos ojos de un azul glacial.

Ni siquiera estaba segura de querer hacerlo. Solo sabía que lo necesitaba. Aunque trémula, dolorida y enfadada, no le quedaba otro remedio, no tenía otro lugar adonde ir.

Sintió una racha de aire refrescante procedente del mar. Las nubes empezaban a arremolinarse en el horizonte. Se avecinaba una tormenta.

—Eres una tonta, chiquilla —dijo en voz alta—. Ese hombre es un bruto con muy malas pulgas. Está claro que no soporta ni verte —posó la mano sobre su vientre—. Deberías saber que no hay que fiarse de un hombre tan guapo.

Mientras la aurora se abría paso entre enormes nubarrones grises, Jesse repartía su atención entre la tormenta inminente y el diario del faro. Como farero jefe, le correspondía llevar el registro de las incidencias diarias. Sus informes eran áridos y escuetos: «Mar brava y viento del Suroeste. Borrasca con rachas de lluvia».

La entrada relativa al domingo decía lo siguiente: «Rescatada una superviviente del naufragio del ostrero *Ciego azar*».

No podía anotar el hecho de que fuera bella como un ángel y desvalida como un corderito. Ni que esperaba un hijo. Esas cosas lo obligarían a considerarla una persona, no un simple deber. Y no estaba listo para eso. Nunca lo estaría.

Acabó de escribir la entrada de ese día y limpió la punta de la pluma. La tormenta estallaría al alba y debía prepararse. Sentía un vínculo casi místico con el cielo y el mar. Mucho antes de que otros hombres vieran acercarse una tormenta, Jesse lo notaba en los huesos. No era una sensación agradable, sino más bien un malestar difuso que le revolvía el estómago. En ese instante, lo notaba intensamente. Bebió una taza de té tibio. Se lavó la cara y recortó las mechas de la linterna grande. Luego contempló el cielo plomizo y el mar turbulento.

El agua de color gris hierro chocaba con los tiznados nubarrones. Pero de momento el horizonte permanecía limpio, salvo por la línea aserrada de las olas que se hinchaban y rompían a lo lejos.

De pie en el faro, miró y escuchó. El viento, cada vez más veloz, golpeaba los cristales de la cabina y silbaba, insidioso, colándose por las ranuras. Detrás del faro, los grandes árboles inclinaban la cabeza ante el poder de la tormenta inminente. La hierba de las dunas de la isla de Sand se pegaba al suelo como si buscara refugio. Una bandada de gaviotas se apiñaba con las cabezas metidas bajo las alas, cada una de ellas con una pata levantada.

Jesse consultó la hora. Casi había terminado su turno. Faltaba poco para que Magnus fuera a relevarlo y diera comienzo a las labores diarias. A diferencia de los pájaros, los árboles y el mundo que lo rodeaba, no se molestó en buscar refugio. Levantó la cara al viento y dejó que las ráfagas de lluvia lo castigaran, afiladas como agujas.

Permaneció agarrado a la barandilla como el capitán de un gran navío que no iba a ninguna parte.

Y entonces lo vio. Primero, un destello en el oleaje. Un centelleo débil como la luz vacilante de una vela. Después, el casco de un barco remontando la hinchazón de una ola. En cuanto apareció, otra ola se alzó para tragárselo.

Había alguien allí, intentando llegar a la costa.

Jesse se apartó de la barandilla y entró. Hizo sonar la sirena de niebla y bajó corriendo las escaleras.

Corrió al establo, montó en D'Artagnan sin ensillarlo para no perder tiempo y partió al galope por el sendero de la playa. «Aguantad, aguantad, aguantad». Su corazón bombeaba rítmicamente aquella orden a cada miembro de su cuerpo.

El barco seguía allí fuera, zarandeado por la marejada, cada vez más cerca de las negras rocas que yacían bajo el cabo. Jesse ignoraba si había tripulantes en la pequeña embarcación. Pero pronto lo averiguaría.

Galopó cien metros en dirección norte, hasta donde las dunas descendían suavemente hacia la playa de arena. Luego, dando un fuerte tirón a las riendas, condujo al caballo hacia el oleaje. Había pasado años enseñando a los caballos aquella maniobra y D'Artagnan obedeció sin una sola protesta.

Las olas se arrojaron bramando hacia él. Se agachó sobre el cuello del caballo y cabalgó derecho hacia ellas. Los cascos del animal se hundieron en los dientes que enseñaba el mar.

Dio comienzo la batalla.

Para Jesse, era la esencia de la vida. La única cosa que le hacía sentirse vivo. Una energía descarnada ardía en su interior. La lucha contra el mar poseía una cadencia propia, era un constante tira y afloja en el que ninguno de los contendientes se daba por vencido.

Jamás saldría al mar abierto (el horror del pasado se había asegurado de ello), pero allí, en la rompiente, donde se encontraban tierra y mar, estaba en su elemento. El caballo medio cabalgaba medio nadaba hacia la pequeña barca. Era el bote de un barco. Jesse vio su casco redondeado entre las rachas de lluvia. Una ola del tamaño de una casa se alzó, cortándole el paso hacia la pequeña embarcación. Pegó las piernas a los costados del caballo cuando D'Artagnan se encabritó. El agua se precipitó sobre ellos en una inmensa cascada que parecía no tener fin.

El tiempo se detuvo. Ante sus ojos abiertos pasaban velozmente burbujas de plata. No, burbujas no. Estrellas. Veía estrellas. Sus pulmones estaban a punto de estallar. Todo acabaría en unos instantes.

El caballo y él surgieron bruscamente del fondo de la ola y se lanzaron hacia delante como si el mar mismo los hubiera dado a luz. Y allí, solo a unos metros de distancia, el bote se agitaba sobre el oleaje.

Distinguió una fila de caracteres cirílicos en la pintura descascarillada del casco. Estaba claro que los rusos habían naufragado en alguna parte y abandonado el barco.

Un par de hombres intentaban remar en vano. En la proa, un marinero vio a Jesse y gritó, asustado. Jesse tensó los labios en una mueca. Sin duda creían que era uno de los jinetes del Apocalipsis, que llegaba para llevárselos al infierno.

Otro hombre le arrojó el extremo embreado de un cabo. Ah, sí, aquel tipo tenía mucho más sentido común que sus compañeros. Mejor lanzarle un cabo al diablo que confiarse a Dios.

Cubierta de la cabeza a los pies con impermeables prestados, Mary esperaba en la playa junto a Palina, observando el drama que se desarrollaba entre el oleaje.

La había despertado la sirena de niebla y había visto a Erik y a Magnus pasar corriendo a caballo, camino de la playa. Había llegado a la orilla justo a tiempo de ver cómo una ola gigantesca se tragaba a Jesse y a su caballo. Su alma había comenzado a abrasarse. Jesse había pasado mucho tiempo bajo el agua. Después, cuando parecía hora de abandonar toda esperanza, el caballo y él habían surgido del agua gris metálica como si el mar los hubiera escupido.

Jesse había atado el cabo del bote a su caballo y el animal pugnaba ahora contra el oleaje, camino de la playa. El viento soplaba tan fuerte que Mary y Palina se agarraban la una a la otra para mantenerse en pie.

Magnus y Erik salieron al encuentro de Jesse cuando el bote encalló en la arena. Lanzando gritos incoherentes, los seis marineros se aferraron a los hombres, a los caballos y a las cuerdas, a todo lo que pudieron asirse, y se dejaron arrastrar hasta la playa.

—Vamos, tenemos que ayudar con los heridos —dijo Palina, tomando a Mary de la mano.

Mary corrió a la orilla, donde el mar mordía la arena. Al estirar los brazos hacia uno de los heridos, que se tambaleaba hacia ella, miró un instante a Jesse. Esperaba ver en su rostro la adusta determinación de un hombre que batalla con los elementos para salvar su vida. Pero lo que vio la llenó de asombro.

Lo que vio fue un gozo puro y descarnado, temible en su intensidad.

CAPÍTULO 7

—Va a pillar un resfriado de muerte —dijo Mary desde la puerta del establo mientras miraba a Jesse con los caballos—. No ha parado para descansar, ni para secarse o comer desde que ocurrió.

—Si cayera enfermo cada vez que me mojo, hace tiempo que estaría muerto —contestó él sin mirarla. Cepilló a D'Artagnan y le dijo algo en voz baja.

—¿Habla a menudo con su caballo? —preguntó Mary.

—Él no me replica.

Mary dio un respingo. Jesse había hablado con toda seriedad, así que tardó un momento en darse cuenta de que aquello era lo que él entendía por una broma.

—Muy gracioso —dijo mientras entraba en el establo. Sus botas de goma Goodyear, demasiado grandes para ella, resonaron sobre el suelo cubierto de paja—. ¿Qué puedo hacer?

Jesse no la miró.

—Dele a cada uno una paletada de avena dulce.

Mientras buscaba el barril y la pala, dijo por encima del hombro:

—¿Qué van a hacer los marineros?

—Como no hay ninguno herido, pueden ir directamente a la oficina de telégrafos del pueblo. Tendrán que avisar a su compañía naviera y esperar a que zarpe un barco con destino a Rusia.

—¿Alguna vez se queda la gente que ha sobrevivido a un naufragio?

Jesse no interrumpió su tarea, pero su mano vaciló mientras cepillaba la cruz del animal.

—No, nunca se quedan.

Mary no le creyó. Mientras echaba avena en los pesebres de los caballos, mantuvo los ojos fijos en Jesse. Estaba empapado hasta los huesos, los pantalones se le ceñían a los muslos y las caderas y sus botas hacían un ruido de chapoteo cuando se movía. La camisa de cuadros, pegada a los hombros y al pecho, resaltaba su musculatura. Mary no debería haberse fijado en aquel detalle, pero lo hizo.

—¿Pasa algo? —preguntó él.

Ella se sonrojó.

—Palina me ha dicho que los fareros tienen que ir de uniforme cuando están de guardia.

—Tomaré nota de ello —tenía otra vez aquella expresión solemne, pero sus labios se tensaron con una nota de ironía.

Esta vez, Mary se rio.

—Es usted un caso, Jesse Morgan.

—¿Verdad que sí?

Mary se apoyó contra la puerta de una caballeriza. Qué hombre tan extraño y fascinante: ahora agrio y desagradable, y un instante después agrio y extrañamente divertido. Deseó que le sonriera, aunque fuera solo una vez.

—¿Alguna vez se ríe, Jesse?

Frunció el ceño mientras desenredaba la crin del caballo.

—¿Qué clase de pregunta es esa?

—Una pregunta perfectamente razonable. Me estaba preguntando qué le hace reír.

—Muy pocas cosas. Y menos aún cuando he estado toda la noche de guardia y me he pasado la mañana batallando contra las olas.

—A usted le encanta batallar contra las olas.

Esta vez interrumpió lo que estaba haciendo y la miró.

—Eso no es verdad.

—No hace falta que se enfade. Solo era una observación.

—Una observación errónea —desató a D'Artagnan, lo llevó a su caballeriza y le quitó la brida.

El bayo hundió de inmediato el morro en el pesebre y empezó a comer avena.

—Vaya a la casa y póngase ropa seca.

—¿Me está despachando, entonces?

—No sé cómo decírselo más claro.

Ella resopló, dio media vuelta y salió del establo hecha una furia. Al llegar a la cuesta que cruzaba el prado y llevaba a la casa, se volvió una sola vez para ver si Jesse estaba mirándola. Pensaba que seguramente estaría observándola y pensando que quizás se había comportado con rudeza.

Pero no. Seguía trabajando como si ella no hubiera pasado por allí. Mientras Mary lo observaba, se agachó a recoger algo del suelo. Luego se quitó la camisa y la escurrió. Mary perdió la noción del tiempo mientras lo miraba en medio de la luz gris y brumosa del día lluvioso. Su pecho era ancho y fuerte, mucho más musculoso de lo que había imaginado.

Se vertió encima agua del cubo y se echó una manta sobre los hombros. Luego cerró la puerta de la cuadra de su caballo e hizo algo extraordinario: pasó un brazo alrededor del cuello del animal y se quedó así, tan agotado de pronto que Mary estuvo a punto de correr hacia él. Había una infinita ternura en el modo en que acarició al animal y apoyó la frente contra la suya. Después lo soltó por fin y se alejó.

Mary tenía un nudo en la garganta cuando regresó a la casa.

Jesse durmió una larga siesta en el establo. Era la primera vez que se tumbaba en el heno; que extendía la vieja manta de pelo de búfalo y dormía allí. Resultaba extrañamente reconfortante estar en compañía de las bestias, en un lugar que olía a paja, a caballos y a avena endulzada con melaza.

Pero cuando despertó se sintió molesto. Era ella quien lo mantenía alejado de su casa.

Mascullando en voz baja, se puso la camisa húmeda. Maldijo cuando la tela se le pegó a la espalda y al pecho. Era todo culpa de aquella mujer, que había puesto su vida patas arriba y lo llenaba de amargura.

Era hora de que se fuera. Ya se encontraba bastante bien. ¿Acaso no había pasado toda la mañana ayudando a los temblorosos marineros rusos a llegar a casa de los Jonsson, a secar sus ropas y a darles de comer como si llevara años haciendo aquel trabajo?

¿No le había dedicado al más joven una sonrisa tan radiante que el muchacho se había llevado la mano al pecho y se había dejado caer en la arena, fingiendo que un dardo de Cupido le había atravesado el corazón?

Aquella mujer era una fuente de problemas, de eso no había duda.

Le diría que se marchara. Se lo diría inmediatamente.

Subió a la casa, abrió la puerta de un tirón y se quedó de piedra.

Durante unos instantes, ni Mary ni él se movieron. El húmedo calor de la bañera impregnaba el aire, y el olor a jabón llenaba por completo la habitación. Jesse se bebió la escena con los ojos, como si su mirada estuviera muerta de sed y la visión de Mary en la cocina fuera un trago de agua purísima.

Al principio, se sorprendió tanto al encontrarla en aquel estado que por un instante no entendió qué estaba viendo. Luego, sin embargo, lo entendió demasiado bien.

Mary Dare estaba de pie en la desportillada tina de zinc, delante del fogón. La había sorprendido cuando alargaba el brazo para recoger la toalla. Caldeada por el resplandor de la lámpara de la mesa, su piel parecía pura y tersa y su cabello rojo oscuro caía en húmedos mechones sobre su espalda. Jesse siguió con la mirada los rizos pegados a su piel, hasta las nalgas más perfectas y redondeadas que había visto nunca. Tuvo que hacer un esfuerzo para sofocar un gemido de pura lujuria animal.

Ella ahogó un grito de sorpresa y agarró la toalla colgada de una silla. A pesar de la velocidad con que se movió, Jesse pudo ver la curva de su pecho, tan dulce que le hizo sufrir. La hinchazón de su vientre reproducía como un suave eco la forma de sus pechos.

Fue entonces cuando volvió en sí.

Y también Mary. Se cubrió con la toalla y chilló su nombre:

—¡Jesse! No esperaba que volviera tan pronto —dijo, con las mejillas de color escarlata.

Los pensamientos de Jesse eran de aquel mismo color. Tras la máscara de la indignación, soltó una ristra de maldiciones, dio media vuelta y salió.

Se quedó en el porche, a la luz oblicua del atardecer, echó la cabeza hacia atrás y apretó los dientes. Tenía ganas de gritar. Contó muy despacio hasta diez. Y luego hasta veinte. Pero no sirvió de nada. Su cuerpo entero estaba en llamas. Sentía en cada célula el ardor de la pasión.

—Maldita sea —dijo entre dientes—. Maldita, maldita sea —había olvidado lo poderoso que era el deseo. O quizá nunca lo había sabido. Hacía tanto tiempo que no se permitía sentirlo... No había querido volver a experimentar aquella sensación. Y allí estaba ella, exhibiéndose ante él, retirando la dura coraza de su obcecación y haciéndole recordar lo que llevaba años tratando de olvidar: que era un hombre y que tenía los deseos propios de un hombre.

Unos instantes después, la puerta mosquitera se abrió con un chirrido.

—¿Jesse? —lo llamó ella suavemente—. Lo siento. No quería... Quiero decir que pensaba que... Ay, fíjese, no sé ni lo que digo. Entre. La cena está lista.

Él siguió dándole la espalda.

—¿Jesse? —parecía trémula, y sin embargo su voz encerraba una nota de buen humor.

—Ya voy —se obligó a contestar.

—Está bien. No tarde —la puerta golpeó suavemente contra su marco.

Sintiéndose como un tonto por evitar su propia casa, Jesse entró. No miró a derecha ni a izquierda, se fue derecho a su cuarto, se puso ropa seca y regresó a la cocina. No pudo evitar fijarse en que Mary se había vestido a toda prisa y tenía desabrochados un par de botones de la parte de atrás del vestido.

Pensó un instante en decírselo, en ayudarla. Se imaginó levantando los mechones húmedos de su pelo. Olería a jabón y a lavanda, y su piel sería cálida y húmeda al tacto... Descartó aquella idea, asqueado de sí mismo.

Ajena a sus pensamientos, ella levantó la tapa de una gran olla. Un vapor con olor a tocino y repollo saturó el aire.

—Colcannon —dijo—. Receta de mi madre. Siéntese, Jesse.

No estaba acostumbrado a aquello. No estaba acostumbrado a que otra persona se moviera por su casa y le preparara la comida. Inclinando escuetamente la cabeza, apartó una silla y se sentó. Mary le sirvió un plato grande de colcannon. Jesse nunca había oído hablar de aquel plato y habría querido rechazarlo, pero estaba hambriento. El guiso de patatas, cebollas, repollo, tocino y mantequilla era demasiado tentador. Engulló varias cucharadas antes de detenerse para beber un largo trago de cerveza.

Mary lo observaba desde el otro lado de la mesa.

—Entonces, ¿le gusta?

—Tenía hambre. Ha sido un día muy largo —miró por la ventana—. Ya casi ha oscurecido. Alguien debería haberme despertado.

Haciendo caso omiso de su malhumor, Mary comió con delicadeza y bebió un sorbo de leche.

—Bajé al establo a ver por qué tardaba tanto. Cuando vi que estaba profundamente dormido, lo arropé y salí de puntillas.

—Un día perdido —masculló él. Pero la comida y la cerveza lo estaban ablandando, y su turbación por haberla sorprendido bañándose empezaba a disiparse.

—¿Perdido? —Mary levantó una ceja—. ¿Y quién, si no, ha salvado seis vidas hoy?

Jesse se encogió de hombros y se encorvó sobre su plato.

—Es mi trabajo, nada más. Es lo que juré cuando firmé mi contrato como farero jefe.

—¿Por qué le gusta tanto, Jesse?

Él se detuvo con el tenedor en el aire y la miró con enfado.

—No me gusta. Lo hago, eso es todo.

—No, lo he visto. Cuanto mayor era el peligro, más parecía disfrutar. Esa ola que cayó sobre el caballo podría haberlo matado. Pero usted disfrutó.

—Es la idea más absurda que he oído en toda mi vida. Un bote cargado de hombres estaba a punto de estrellarse contra las rocas. Tenía que impedirlo. No se trataba de disfrutar de nada.

—Como quiera, entonces —tomó una cucharada y masticó lentamente.

Justo cuando Jesse empezaba a disfrutar del agradable silencio, ella volvió a romperlo.

—¿Cómo consigue que el caballo haga eso? —preguntó—. ¿Que avance entre esas olas?

—Con entrenamiento —rebañó su plato hasta dejarlo limpio.

Sin preguntarle si quería repetir, Mary se levantó y le sirvió otro plato.

—Entonces, ¿ha entrenado usted mismo al caballo?

—Sí.

Volvió a sentarse y se puso a juguetear con su comida. Saltaba a la vista que estaba esperando a que él le explicara sus técnicas de entrenamiento. Jesse comenzó a comerse hoscamente el segundo plato de colcannon sin decir nada.

—Vaya —Mary sonrió, radiante—. Me siento como una reina, comiendo una comida tan sencilla con cubiertos de plata. ¿De dónde han salido? —siguió con el pulgar el dibujo en forma de caracola—. ¿Qué iniciales son estas?

Jesse intentó refrenar su exasperación. Ella parecía empeñada en hacerle hablar.

—No lo sé. Son de un barco que naufragó en la barrera hace nueve años. No hubo supervivientes, pero el mar arrastró muchas cosas hasta la playa. Encontré una caja de cubiertos de plata.

—¡Qué extraño! —dijo ella con un suspiro soñador.

—Sí —gruñó él—, pensar que esa gente murió hace mucho y que nosotros estamos aquí sentados, usando sus cosas.

Ella sonrió de pronto.

—Es una idea preciosa, ¿verdad? Que salvara algo de una gran tragedia y que estemos aquí, compartiendo una buena comida como amigos y usando sus cubiertos.

Que lo ahorcaran si no era la mujer más rara que había conocido nunca. Engulló el resto de su comida y se levantó para fregar antes de que pudiera hacerlo ella. Mientras fregaba, Mary se acercó a la puerta y miró fuera.

—Deberíamos ir a casa de los Jonsson a ver cómo están los marineros.

—Si hubiera algún problema, nos habrían avisado.

—No me refiero a un problema —dijo puntillosamente, y descolgó un impermeable de la percha que había junto a la puerta—. Si no quiere venir, iré yo sola.

—Está demasiado oscuro —gritó él por encima del hombro—. Se va a...

La puerta se cerró de golpe.

—Necia mujer —masculló. Se puso su trenca y su gorro, agarró una linterna y la siguió—. Se va a perder en la oscuridad.

—No, si me alumbra usted el camino —contestó, desafiante.

Maldita fuera, le estaba forzando, forzándole a salir al mundo, y él no quería ir. No quería que le obligaran. Pero sabía que tenía que seguirla. Antes de emprender el camino, sin embargo, miró hacia la costa para comprobar que en el faro todo estaba en orden. Erik estaba de guardia.

Sosteniendo a un lado la linterna, distinguió una sombra que bajaba por el camino. Apretó el paso hacia ella.

—Debo decir —comentó con sorna— que su pronta recuperación me resulta muy grata.

—A mí también —repuso Mary.

El resplandor de la linterna realzaba sus facciones y, a pesar de sí mismo, Jesse se sintió impresionado. Imaginaba que en algún lugar del mundo debía de haber un rostro más bello, pero él, desde luego, no lo había visto.

Hasta hacía muy poco tiempo, no se había considerado un hombre que se fijara en exceso en la apariencia de una mujer, pero Mary tenía algo, una especie de sabiduría ancestral que daba sentido y profundidad a su belleza. Le asustaba pensar así respecto a una mujer. Era aún más peligroso que desearla. Y se sentía culpable por ambas cosas.

—Me es grata porque eso significa que puede marcharse —afirmó—. ¿Ha decidido adónde irá?

Ella pisó con fuerza el camino y partió una ramita.

—¿Acaso le importa?

Jesse quiso contestar que no. Pero para sorpresa suya, no pudo.

—Es un tema que me causa cierta inquietud.

—¡Vaya, qué derroche de elocuencia esta noche! —exclamó ella, burlona. Levantó la cara hacia el cielo nocturno.

Las estrellas empezaban a titilar entre las esbeltas y altas ramas de las gigantescas coníferas. Un par de horas después, aparecería la luna. Sin previo aviso, Mary deslizó la mano en la de Jesse.

—No tiene nada de malo preocuparse por los demás.

Jesse apartó la mano.

—Tampoco tiene nada de bueno.

Con un bufido de indignación, Mary siguió marchando con paso enérgico por el camino. Poco después vieron la luz de las ventanas entre los árboles. Mary se detuvo ante la verja.

—¿Ocurre algo? —preguntó Jesse.

—Escuche. Escuche.

Los ruidos procedentes de la casa de madera eran tan cálidos y acogedores como el resplandor de las ventanas. Jesse oyó risas de hombre y luego la voz de Palina cantando. Alguien estaba tocando la armónica y se oía el golpeteo de los pies sobre el suelo de madera.

Mary le sonrió.

—Qué maravilla debe de ser para ellos saber que están a salvo.

Jesse no supo qué decir. Con Mary, rara vez lo sabía. Ella abrió la verja y subió al porche. Thorvald, el spaniel de Erik, levantó la cabeza y saludó con un ladrido. Magnus salió con una jarra en su mano buena.

—¡Bienvenidos! ¡Bienvenidos! —exclamó jovialmente—. Acabamos de abrir una botella del licor de moras de Palina.

Mary sonrió, radiante, al entrar. A Jesse le sorprendió que fuera una de esas personas que florecían en compañía de otros: parecía necesitar a la gente como una planta necesitaba el sol. Pero por suerte iba a marcharse, porque compañía era lo último que podía ofrecerle Jesse.

Mary saludó a los rusos uno por uno, riendo al trabarse con sus nombres. Dio la mano a todos y se las estrechó con delicadeza.

—Es una maravilla que estén aquí, y a salvo —dijo.

Jesse vio con sorpresa que tenía lágrimas en los ojos, pero Mary parpadeó para disiparlas. Uno de los hombres se levantó y lo agarró por los hombros. Era corpulento, con la cara tostada por la intemperie y una sonrisa que dejaba al descubierto sus dientes oscurecidos por el tabaco.

—Soy Dmitri Spartak —dijo con fuerte acento extranjero—, del pesquero *Natalya*. Gracias por salvarnos.

El ruso tiró de él y le dio un fuerte beso en cada mejilla.

—*¡Nostrovia!* —exclamaron los otros levantando sus vasos y jarras hacia Jesse.

¡Qué ironía, que el primer beso que había recibido Jesse en doce años se lo hubiera dado un hombre con los dientes amarillentos y barba de varios días! Apretó los labios, avergonzado, casi sonriendo. El hombre que tocaba la armónica atacó una alegre tonada al tiempo que marcaba el ritmo con el pie. Los otros se levantaron y comenzaron a bailar. Mary y los Jonsson se unieron a ellos, riendo de pura alegría de estar vivos.

Jesse los observó. Tenían las caras sofocadas y echaban la cabeza hacia atrás con indolencia. Oyó la extraña algarabía de ruso, islandés e inglés con acento irlandés y sintió de pronto que una sonrisa sincera brotaba dentro de él. Hacía tanto tiempo que no sonreía que al principio no reconoció aquella calidez en la garganta, la sensación de que su boca se curvaba hacia arriba. Mary dejó de bailar y se acercó a él.

—Qué guapo estás cuando sonríes, Jesse Morgan.

Él torció el gesto, frunciendo el ceño como de costumbre.

Siguieron bailando y bebiendo hasta que el licor de moras y los acontecimientos del día hicieron mella en ellos. Uno de los rusos (el que miraba a Mary con ojos de cordero) se acurrucó en el suelo y se tapó con una manta. Los otros se sentaron en torno a la mesa y siguieron entonando lentas baladas, pero se les trababa la lengua.

Jesse notó que Mary parecía cansada, tenía las mejillas pálidas y levantó la mano para sofocar un bostezo. Maldición. Lo último que le hacía falta era que tuviera una recaída.

—Será mejor que nos vayamos —dijo, y recogió su gorro de la percha de la puerta.

Arrastrando los pies, Mary agarró su chaqueta y se acercó a él. Dmitri levantó su vaso una última vez.

—Es usted el hombre más afortunado del mundo, Jess— Morgan —dijo—. ¡Qué mujer tiene! Es tan bella como la luna —guiñó un ojo—. ¡Y el bebé! Seguro que va a tener un niño bien fuerte.

Jesse dio un paso hacia la puerta. Sintió que sus orejas se enrojecían.

—Yo no... quiero decir que no es... no...

—Buenas noches a todos —dijo Mary, agarrando la linterna y empujando a Jesse hacia el porche—. Muchísima suerte para todos y que Dios les bendiga.

—¡Buenas noches! —exclamaron, y el sonido de sus voces fue apagándose cuando Mary y Jesse echaron a andar hacia la casa.

—No vaya a enfadarse ahora conmigo —dijo Mary cuando la miró con reproche—. Era más fácil dejarles creer que somos marido y mujer.

—Umm —tenía razón, pero Jesse jamás lo admitiría.

Caminaron en silencio un rato, escuchando el fragor del mar a lo lejos y el suspiro del viento entre los árboles. El olor de las yemas de los árboles llenaba el aire. Mary caminaba torpemente con sus botas prestadas, y cuando se tropezó Jesse la agarró. Ella se apoyó un momento contra su pecho.

—Gracias.

—No quería que dejara caer la linterna —dijo él de mala gana. Pero siguió sosteniéndola firmemente un momento. Se dijo que seguramente era un truco de ella, hacerse la indefensa. Pero no le importaba. Respiró hondo, inhaló el olor de su pelo y sintió su cercanía, su calor, la suavidad de su cuerpo apretado contra el suyo. Dios, era tan delicioso...

Jesse agarró la linterna y la apartó de sí.

—Tenga cuidado —dijo—. Hay muchas piedras en el camino.

—Lo tendré —ella metió la mano bajo su chaqueta y Jesse se la imaginó tocando el redondeado vientre donde estaba su bebé. Pero no era solo su bebé. Hacían falta dos para hacer un hijo.

El frío rayo de la sospecha atravesó de pronto a Jesse. ¿Había sido una chica de la calle que vendía su cuerpo a desconocidos? ¿O la había forzado alguien, sujetándola para...?

Cerró su mente a aquella imagen.

—¿Por qué nunca habla del padre de su hijo?

Mary siguió caminando como si no le hubiera oído. Guardó silencio hasta que llegaron al porche de la casa. Jesse dejó la linterna en el suelo y ella apoyó las manos en la barandilla y contempló el cielo. Cada cinco segundos, la luz del faro de cabo Desengaño barría la costa como un rayo de luna.

—No significa nada para mí —dijo por fin—. Excepto un estúpido error.

Jesse advirtió en su tono que mentía. Aún sentía algo por aquel hombre misterioso. De pronto lo asaltó el recuerdo de Mary de pie en la bañera. Lo recordaba con dolorosa claridad. Haberla visto así lo obligaba a contemplarla no como a la víctima de un naufragio, sino como a una mujer que podía inspirar pasión, deseo y quizás incluso amor.

No, «quizás» no. Mary Dare estaba hecha para ser amada. De eso no le cabía duda. Pero, si buscaba amor allí, se había equivocado de sitio.

Se la imaginó con otro hombre. Un tipo guapo y joven, de sonrisa rápida e ingenio aún más rápido. La idea de que un hombre la abrazara y acariciara el hermoso cuerpo desnudo que había visto esa tarde lo llenó de furia. No tenía derecho a sentir celos, pero así era. Contra toda lógica, así era.

—Ya apenas pienso en él —afirmó Mary.

—¿Cómo es posible? —preguntó él bruscamente—. Tiene algo que debe de recordárselo todos los días.

Ella contuvo la respiración. Jesse vio que agarraba con más fuerza la barandilla, hasta que se le transparentaron los nudillos.

—Es usted muy cruel, Jesse Morgan. ¿Dónde aprendió a ser tan cruel?

Él agarró su barbilla y le levantó la cara para que tuviera que mirarlo y ver por sí misma que no había nada allí que ella pudiera redimir.

—¿No lo ha adivinado aún? —preguntó con aspereza—. Lo aprendí de una mujer.

CAPÍTULO 8

Mary se puso a trabajar en la mesa de la cocina, cortando y cosiendo un montón de retales que había encontrado en el alto aparador azul. Aquella tarea le hizo recordar tiempos más agradables, cuando vivía en Irlanda y su madre y ella trabajaban codo con codo.

El presente, sin embargo, se inmiscuía constantemente en sus recuerdos.

Por más que lo intentaba, no podía dejar de revivir el instante en que Jesse había entrado en la casa y la había visto bañándose. Incluso ahora, al recordarlo, le temblaban las manos y se le aceleraba el corazón. Se sentía muy avergonzada, claro, pero había también otra cosa: una sensación que era demasiado sincera para ignorar. En aquel momento terrible y maravilloso, cuando él la había mirado fijamente mientras permanecía paralizada, entre ellos había fluido una corriente eléctrica.

Deseo. Asombro. Y ansia. Esas tres cosas y más. Por vez primera, al mirarla, Jesse la había visto como una mujer, no como un estorbo o una carga.

Esa impresión solo había durado un segundo, naturalmente. Tiempo suficiente, sin embargo, para que Mary se convenciera de que no convivía con un maniquí de sastre, sino con un hombre de carne y hueso.

Era una idea al mismo tiempo temible y estimulante. Después de todo lo que había soportado, debía saber que era un error mirar a un hombre con otra cosa que no fuera desprecio y desconfianza, pero Jesse Morgan era distinto. Era un hombre singular, un hombre que desafiaba todas las advertencias que resonaban en su cabeza. Un hombre que contradecía todo lo que el pasado le había enseñado a ella.

Se alegraba de que ese día la casa estuviera vacía. Así tenía tiempo de reflexionar sobre aquella cuestión. Jesse Morgan era un majadero de primer orden. Le importaba un bledo lo que los demás pensaran de él. Sentían una intensa antipatía el uno por el otro. Era la única cosa en la que estaban de acuerdo. Y era una pena, se dijo, porque había tomado una decisión importantísima: iba a quedarse allí, con él.

Tenía que hacerlo. Era el único lugar donde se sentía a salvo. El faro estaba en un lugar remoto, oculto, protegido. El hogar perfecto para su hijo y ella. Sabía cómo iba a reaccionar Jesse: con horror, negándose en redondo. Le ordenaría que saliera inmediatamente de su casa, de su vida. Y volverían a discutir.

A Mary le desagradaba discutir, así que decidió no informarle de su plan. Jesse no tardaría en darse cuenta de que no pensaba ir a ninguna parte.

—Buenos días —dijo alguien desde la puerta.

Mary sonrió a Palina.

—¡Pasa! Hay café en el fogón.

La señora se sirvió una taza y la llevó a la mesa.

—Estás haciendo unas cortinas, ¿no?

—Sí —levantó un retal de algodón de un bonito color amarillo que había encontrado en el armario—. Esta casa está pidiendo un toque de color.

—No sabes cuánto, sirenita —repuso Palina—. No sabes cuánto. Esta casa necesita color y risas y muchas otras cosas más.

—Por desgracia, yo solo puedo darle color —Mary clavó la aguja en un pellizco de tela, haciendo una tabla en la cortina. Se preguntó qué pensaría Palina de su decisión de quedarse allí en contra de la voluntad de Jesse—. Ahora que me encuentro mejor —dijo, vacilante—, Jesse querrá que me marche.

—No debes permitirlo.

Mary sonrió. Quizá no fuera una idea tan descabellada, después de todo. Aun así necesitaba asegurarse, así que dijo:

—No es decente que me quede aquí. Una mujer embarazada y un hombre soltero. A la gente del pueblo no le gustará.

—Jesse Morgan no es un hombre que se preocupe por lo que es decente y lo que no. Y le importa muy poco lo que piensen los demás —contestó Palina—. Debes quedarte. Es la ley del mar.

Mary ladeó la cabeza, divertida.

—No estoy segura de qué es lo que quieres decir, Palina.

—Estás aquí gracias a que un poder mucho mayor que nosotros ha querido que así fuera. Jesse te encontró porque ese era su destino. Si te vas ahora, el círculo no se completará jamás.

Mary sintió un escalofrío.

—¿Qué quieres decir con que era su destino encontrarme?

Palina acabó de beberse su café. Tomó una funda de cojín que había hecho Mary y la puso sobre uno de los cojines mohosos del sofá.

—Eso tiene que contártelo él.

—Él no me cuenta nada —Mary metió una fina vara de madera por el hueco de la cortina que acababa de terminar. Juntas, Palina y ella la colocaron sobre la ventana delantera.

—Te lo explicará a su debido tiempo. A su manera. Yo solo puedo decirte que el mar le arrebató algo muy querido para él —Palina puso la mano bajo la barbilla de Mary. Era un gesto tan familiar, tan maternal, que Mary pensó en su madre y de pronto sintió ganas de llorar.

—Ahora el mar te ha traído hasta él. Incumplir ese pacto os traería muy mala suerte a los dos.

Mary se frotó los riñones, cansada.

—¿Estás incómoda? —preguntó Palina—. ¿Es el bebé?

Sonrió, fatigada.

—Me dan pinchazos y a veces me pica la tripa. ¿Es... normal?

—Claro que sí —Palina la abrazó—. Te traeré un ungüento para el picor. Todo saldrá bien, ya lo verás —retrocedió y sonrió al contemplar las cortinas nuevas—. Sencillamente precioso. Gracias por el café.

Después de que se marchara Palina, Mary se sintió embargada por una especie de energía nerviosa. Trabajó con denuedo en la casa, sin descanso: acabó de adornar las ventanas con cortinas, hizo fundas nuevas para los cojines del sofá y varios paños para las mesas. Con aire casi desafiante, engalanó las habitaciones con jarros llenos de flores silvestres que colocó sobre las mesas, los repechos de las ventanas y la repisa de la chimenea, y por último sobre los estantes del cabecero labrado de la cama de Jesse.

Se demoró en el dormitorio, mirando a su alrededor e intentando encontrar alguna pista del misterioso pasado del que Palina le había hablado solo con insinuaciones. Pero, aparte de la gran cama, era tan austero como la celda de un monje. Encima del palanganero colgaba un espejito ovalado. A su lado, sobre una repisa, había un suavizador de navajas y, junto a él, un peine, una pequeña bacía de afeitar y una brocha. Detrás de la puerta colgaban tres mudas de ropa y el uniforme de capitán del faro: americana y gorra con la insignia del faro.

Mary tocó la gruesa manga de lana de la chaqueta y apoyó la mejilla en ella. Olía a mar y a Jesse. Cerró los ojos y pensó en él, en su compañía sombría y hosca y al mismo tiempo fulgurante, y en las cosas de las que no hablaba y que lo atormentaban.

—Como decía mamá, un problema compartido es un problema resuelto —murmuró.

Lo que le había dicho Palina acerca de un pacto con el mar había fortalecido su decisión de quedarse. Era lo correcto. Le parecía su única alternativa.

Pero para cuando el sol tocó el horizonte y se quedó allí un rato posado, como una gigantesca yema de huevo, antes de hundirse detrás de la línea del mar, Mary había empezado a tener dudas. Jesse nunca había tardado tanto en volver. ¿Le habría presionado demasiado, hasta el punto de hacerle huir de ella?

Suspirando, fue al porche y se sentó en un banco bajo de madera. Magnus apareció en la cresta del acantilado, camino del faro, donde esa noche estaba de guardia. Mary levantó la mano para saludarlo, pero él estaba muy lejos y no la vio.

Después, se puso a cantar una canción irlandesa mientras se frotaba distraídamente la clavícula. Se había pasado todo el día trabajando y le dolía un poco. Pero era un dolor agradable. Se lo había ganado con puro trabajo y sabía que la magulladura se estaba curando.

—Ah, ¿qué será de nosotros? —se preguntó, tocándose el vientre—. He huido hasta que ya no queda ningún sitio donde esconderme, y ahora no sé adónde ir.

—Entonces quizá deba decirme de qué está huyendo —dijo una voz desde las sombras.

Mary sofocó un gemido de sorpresa y se levantó de un salto.

—¡Jesse! Me ha asustado.

Él salió de un hueco entre los árboles, al borde de la explanada. Al principio, Mary solo distinguió la forma de su cabello, que agitaba la brisa, y sus anchos hombros. Después llegó al porche y ella vio que llevaba algo en las manos.

—¿Dónde ha estado? —preguntó, recelosa y avergonzada. No había querido que él la escuchara lamentarse.

Jesse ignoró su pregunta, dejó el paquete que llevaba en las manos y rodeó la casa. Mary oyó el chirrido de la bomba de agua. Después, él regresó con un cubo y un cepillo de raíz. Se detuvo bajo la ventana de la cocina y respiró hondo.

—Santo cielo, mujer, ¿qué ha hecho esta noche?

—Salmón asado con patatas.

—¿Dónde aprendió a cocinar así?

—Soy hija de un pescador —contestó. Podría haberle contado muchas más cosas. Podría haberle hablado de los ojos chispeantes de su padre y de cómo se escondía caracolas en los bolsillos para que ella las encontrara. Podría haberle hablado de sus bulliciosos hermanos y de la limpia cocina de su madre, y de la casita en el condado de Kerry, y de muchas otras cosas. Pero lo reservaría todo para otro momento.

—El salmón del Atlántico no es muy distinto de la variedad del Pacífico —miró el saco que él tenía a sus pies—. ¿Qué ha encontrado?

—Esto ha aparecido en la playa —se inclinó sobre el saco de arpillera y quitó un amasijo de algas y limo.

Mary se sentó en los peldaños del porche, rodeándose las rodillas con los brazos. Jesse se sirvió de su navaja para abrir el saco. La soga era vieja y estaba hinchada por el agua, y había también una especie de malla que envolvía un objeto duro y redondo. Jesse quitó la malla puso su hallazgo en el cubo y comenzó a restregarlo con el cepillo. Mary lo observaba en silencio. Le gustaba observarlo. La fortaleza de sus hombros y sus brazos le producía una cálida sensación de seguridad.

—¿No va a decirme qué es? —preguntó cuando no pudo soportarlo más.

—Sí —por fin lo sacó del cubo.

Mary dejó escapar un gemido de asombro. Era una esfera perfecta hecha de cristal de color agua. Tenía el tamaño de una col grande y refulgía, verde azulada, a la luz difusa del atardecer. Era como la vidriera de una iglesia, tan llena de color que Mary se convenció enseguida de que se trataba de una joya de valor incalculable.

—Un flotador de red de pesca —dijo Jesse—. A veces el mar los arrastra hasta aquí desde Japón.

Mary pasó la mano por la curva del globo de cristal. Dentro había minúsculas burbujas de aire, congeladas allí para toda la eternidad.

—Ha estado todo el día buscando esto.

Jesse dio la vuelta al cubo y colocó el flotador sobre él para que ella pudiera ver el destello del sol a través del cristal de color aguamarina. Su reflejo proyectaba haces irisados sobre la pared de la casa.

—Es para usted —dijo.

Lo había dicho en voz tan baja que Mary pensó que había oído mal.

—¿Para mí? ¿Un regalo?

—He dicho que era para usted —su voz se volvió hosca.

Ella se levantó despacio y se quedó en el escalón de abajo para que sus ojos quedaran al mismo nivel. Mientras lo miraba, se preguntó qué demonios lo había impulsado a pasarse todo el día buscando un regalo que llevarle.

—No es más que un despojo del mar —dijo Jesse. Saltaba a la vista que ya había empezado a arrepentirse de su gesto.

Dentro de Mary surgió una sensación. Fue como una ola que cobrara fuerza a varias millas mar adentro y que avanzara desde el mismo centro de su ser, tomándola absolutamente por sorpresa. Había creído que nunca volvería a sentir aquella alegría pura y sencilla. Y la última persona que creía que podía inspirársela era Jesse Morgan.

Aquella oleada de felicidad se difundió por su rostro. Lo sintió, sintió cómo se formaba la sonrisa, cómo se encendía una chispa en sus ojos al mirarlo.

—Es la cosa más bonita que he visto nunca.

Él levantó un lado de la boca. Mary contuvo la respiración un instante, creyendo que iba a sonreír. Luego la sorprendió tocándola, solo con un dedo que pasó por su mejilla. Tenía una expresión absolutamente solemne.

—No todo lo que el mar empuja a la orilla está dañado.

La alegría que embargó a Mary era demasiado intensa para refrenarla. Le echó los brazos al cuello y le dio un largo y fuerte beso en la boca. Jesse dejó escapar un gemido de sorpresa. El asalto de Mary lo desequilibrio ligeramente. Ella sintió que daba un paso atrás, tambaleándose. Jesse puso las manos en su cintura para sujetarse. Su boca era más suave de lo que parecía, más suave de lo que había imaginado Mary. Sabía a aire salobre.

Fue el beso más dulce que había conocido Mary Dare. Y él ni siquiera se lo devolvió.

Se recobró con decepcionante velocidad y la apartó de sí. Una mirada de asombro suavizó sus facciones, pero fue solo un instante.

—Por Dios —dijo, y aquella mirada glacial volvió a sus ojos.

—Solo quería darte las gracias —susurró ella.

Él masculló algo incoherente y entró en la casa, cerrando de un portazo.

—Algún día, Jesse Morgan —gritó ella en tono desafiante—, serás tú quien me bese.

Le oyó dar exactamente dos pasos; luego debió de notar los cambios que ella había hecho en la casa. Lo siguiente que dijo era perfectamente coherente, y tan malsonante que Mary dio un respingo al oírlo.

Jesse estaba en medio del cuarto de estar. Con los brazos en jarras, se mordió la lengua para no decir algo peor. ¿Qué demonios se creía aquella mujer?

Lo había beso. ¡Besado! Le había echado los brazos al cuello con el descaro de una golfilla de Seattle y lo había besado en la boca. Nadie besaba a Jesse Morgan. Esas cosas no iban con él. ¿Acaso no se daba cuenta aquella necia mujer?

«Algún día, Jesse Morgan, serás tú quien me bese».

«Ni en sueños, querida niña».

Aquel beso no significaba nada. Debía olvidarlo, como se había olvidado del mosquito que le había picado esa mañana.

Ah, pero su cuerpo traidor se acordaba de cada gesto que había hecho Mary, de cada matiz de su rostro, de su sabor y su olor, y de la pecaminosa suavidad de su cuerpo.

Había pasado el día obsesionado por el recuerdo de ella en el baño, mientras el vaho se alzaba en líricas espirales, envolviendo la impactante sensualidad de su cuerpo. Todo en él intentaba negar el deseo que sentía. Era ridículo desear a una mujer embarazada de otro hombre.

«Algún día, Jesse Morgan, serás tú quien me bese».

Aquellas palabras parecían mofarse de él en un susurro persistente y seductor. Sacudiendo la cabeza, ahuyentó sus demonios invisibles como un gran oso acosado por las avispas y procuró olvidarse del beso. Se obligó a encarar un nuevo problema: lo que Mary Dare había hecho con su casa.

Ya ni siquiera parecía su casa.

Su mirada saltó desdeñosamente del fuego que ardía alegremente en la chimenea a los jarrones de flores silvestres, cuyos intensos colores hacían daño a la vista, y de allí a las horribles cortinas de algodón estampado, a los cojines con flecos y a los tapetes de encaje que había por todas partes.

No, ya no parecía su casa. Parecía un hogar.

Y le repugnaba.

Se giró para enfrentarse a ella cuando entró en la casa. Llevaba entre los brazos el flotador de cristal como si fuera un tesoro.

Jesse hizo una mueca de desprecio dirigida hacia sí mismo. Había recorrido varios kilómetros de playa para buscarle algo sin un solo defecto, con el único propósito de demostrarle que tenía razón. Y entre tanto ella había estado allí, en su casa, donde no debía estar, reordenando su vida sin pedirle siquiera permiso.

—He trabajado todo el día —dijo ella en voz baja.

La esfera de cristal brillaba con vida propia. La luz del atardecer que entraba por la puerta, tras ella, bruñía cada cabello de su cabeza.

—¿Te gusta? —preguntó.

—No —respondió con aspereza, y prefirió ignorar que ella parecía haberse ensimismado. Si su mal genio la lastimaba, era problema suyo—. Me gustaba más antes —cruzó la habitación, agarró la cortina de la ventana grande y la arrancó de un tirón, desgarrándola—. Si quisiera tener encaje colgando de las ventanas, lo habría puesto hace años.

Mary se mordió el labio. Jesse pensó horrorizado que iba a echarse a llorar. Pero Mary Dare no lloraba. Dejó con cuidado la esfera de cristal sobre la repisa de la chimenea, se acercó a Jesse con las manos en las caderas y lo miró desafiante.

La mirada errante de Jesse se posó en su boca. Hacía unos instantes, ella lo había besado. Por muy enfadado que estuviera, no podía dejar de pensar en ello. El suelo parecía haberse hundido bajo sus pies, inclinándose como la cubierta de un barco en una tormenta.

Doce años. Hacía doce largos años que no besaba a una mujer...

—Dame un beso de despedida, Emily. Dame un beso y antes de que te des cuenta volveremos a estar juntos.

—¡Ay, Jesse! No quiero ir.

—Tienes que ir, amor mío. Tu madrastra te está esperando —Jesse esquivó su mirada franca. ¿Lo sabía ella? ¿Podía ver, al mirarlo, cómo la había traicionado?

—Esta casa es fría y horrible —afirmó Mary—. Necesita que alguien la anime un poco.

—Yo no quiero animarme.

—Precisamente ese es tu problema, Jesse Morgan —dijo ella, clavándole un dedo en el pecho—. Que vives... no, que existes como un condenado. Para ti nada es real, como no sean las historias de esos libros que siempre estás leyendo —señaló con el puño cerrado las estanterías llenas de libros.

—Da la casualidad de que esas historias me interesan.

—Porque les suceden a otras personas y tú solo tienes que mirar —replicó ella—. Llevas tu soledad como un escudo. En cuanto viene alguien y abre una ventanita en ese escudo, te pones hecho una furia, empiezas a maldecir y a arrancar las cortinas, e intentas echarme. Pues no pienso soportarlo, ¿me oyes? No pienso soportarlo.

—Muy bien. Entonces, márchate. Yo solo quiero recuperar mi vida. Puedes encontrar otro sitio donde empezar de cero.

—¿Y qué tiene de malo empezar aquí, si se puede saber?

—¿Qué? —balbució él—. Yo te diré qué tiene de malo. Que yo no te lo he pedido.

—¡Muy bien! —dio media vuelta, indignada, en medio de un revuelo de faldas—. La cena está lista.

A pesar de su enfado, Jesse estaba hambriento. Quitó hoscamente el jarrón de flores y el tapete de la mesa. Mary y él se miraron fijamente.

—Vuelve a ponerlo —dijo ella entre dientes.

—No —contestó Jesse con sencillez.

Ella se quedó mirándolo un momento más; luego resopló como si no mereciera la pena molestarse por él.

—Como quieras, entonces, *bodach*.

—¿Qué significa *bodach*? —preguntó él, trabándose un poco al repetir aquella expresión extranjera.

Mary resopló otra vez.

—Es la versión gaélica de lo que me has llamado tú cuando has visto las cortinas.

Sintiéndose inexplicablemente mejor, Jesse se aseó mientras ella servía el salmón con patatas y manzanas asadas. Hubo unos instantes de embarazoso silencio mientras Mary bendecía la mesa y luego Jesse se puso a comer con ansia.

—Te agradezco que hayas hecho la cena —dijo después de engullir la mitad del salmón, y a modo de disculpa añadió—: Está delicioso.

Mary se quedó mirándolo mientras comía un par de bocados.

—Palina ha venido a verme esta mañana. Dijo que sería un error que me marchara. Que debía quedarme, que era la ley del mar.

—Palina no dice más que... pamplinas.

—¿No crees en las leyendas del mar? —un destello apareció en su mirada—. ¿No crees en el destino?

—No creo en nada en absoluto.

—¡Ah, Jesse! —regó con nata líquida su manzana asada—. ¿Qué te ha pasado? ¿Por qué eres así?

¡Maldita fuera!

—Seguramente la chismosa de Palina ya te lo habrá contado.

—Me dijo que el mar te había quitado algo. Pero que tenías que contármelo tú. ¿Era algo que amabas, Jesse? ¿Perdiste a alguien en un accidente en el mar? ¿O en un...?

—Eso no es asunto tuyo —sintió de pronto la garganta seca y bebió un largo trago de su jarra de cerveza—. Mañana Magnus te llevará al pueblo para que busques un buen sitio donde alojarte.

Como si no lo hubiera oído, ella miró la esfera de cristal de la repisa de la chimenea. Las llamas se reflejaban en su panza. Mary sonrió melancólicamente.

—¿Sabes?, es la cosa más extraordinaria que me han regalado nunca.

—Solo quería probar que tenía razón —contestó él con hosquedad.

—Aun así, gracias —se apartó de la mesa y llevó sus platos al fregadero—. De pronto me siento muy cansada. Creo que me voy a la cama.

Jesse notó, incómodo, que no había accedido a irse al pueblo. La vio salir de la cocina y cerrar la puerta de su habitación. Vio sus pies descalzos por la rendija de debajo de la puerta. Oyó un golpe sordo y suave cuando se apoyó contra la puerta. Le pareció oír un suave suspiro. Se la imaginó recostada en la puerta, con los ojos cerrados y el hermoso rostro irlandés crispado por el cansancio.

¿Y cómo no iba a estar cansada si se había pasado todo el día destrozando doce años de soledad? ¿Y por qué demonios se arrepentía él de hacerla sentirse una intrusa inútil e insignificante?

Debería haber sentido una profunda satisfacción por hacerle comprender la verdad al fin. Y sin embargo se sentía como si acabara de pisotear a un cachorro.

—¿Qué diablos haces aquí todavía? —preguntó la tarde siguiente.

Mary estaba en lo alto de la explanada, donde el camino viraba hacia la casa del faro. Había ido a esperar allí a que Jesse acabara su trabajo. Esa noche estaba de guardia y tendría poco tiempo para cenar.

—Sí, aquí estoy todavía —contestó, procurando sofocar una punzada de mala conciencia. Tenía que quedarse. Él no lo entendería, pero tenía que quedarse.

—Se suponía que Magnus tenía que llevarte a Ilwaco —dijo Jesse.

Ella escrutó su cara, intentando adivinar qué estaba pensando. Sus ojos eran zafiros encerrados en hielo; su boca tenía una expresión adusta. Le resultó imposible descubrir qué sucedía dentro de la cabeza de aquel hombre.

—La carretera está bloqueada. Íbamos de camino en el carro, pero tuvimos que dar la vuelta. Ha caído un árbol muy grande en la carretera.

«Y que Dios me perdone», añadió para sus adentros. Había sido ella quien esa mañana se había tropezado con el árbol dañado por la tormenta. Había visto que se inclinaba precariamente sobre el camino. Y le había pedido a Eric que le diera un par de empujones para hacerlo caer. Era un pecado, sin duda, pero no podía ir al pueblo. No podía marcharse de aquel lugar, donde estaba oculta y a salvo.

—Magnus dijo que había sido la tormenta —explicó, aunque sospechaba que Magnus también estaba al tanto de su engaño—. Los rusos pudieron saltar por encima y seguir a pie hasta el pueblo, pero Magnus no quiso que yo lo intentara, en mi estado. No podía pasar con el carro, ni rodear el árbol. Seguramente fue voluntad de Dios.

—Ya veo —Jesse echó a andar hacia la casa—. ¿Y se ha pasado el día despejando el camino?

Mary lo siguió, dando dos pasos por cada uno que daba él. Santo cielo, qué piernas tan largas tenía aquel hombre.

—No exactamente. Dijo que habría que hacer venir a unos leñadores del pueblo para que lo cortasen. Es enorme. Un abeto Douglas.

Jesse se paró en seco.

—Está bien, entonces dime una cosa, ¿qué habéis estado tramando Magnus y tú todo el santo día?

Su voz sonó cargada de sospechas.

—¿Por qué crees que hemos estado tramando algo? —replicó.

Por segunda vez en otros tantos días, pensó que Jesse estaba a punto de sonreír. Pero sus labios solo se tensaron, estiró un brazo y pasó un dedo con precisión de cirujano por su mejilla.

—Porque tus pensamientos son tan claros como un flotador de cristal, corazón mío.

Su caricia fue extrañamente seductora, aunque Mary estaba segura de que no pretendía serlo.

—¿Tan transparente soy?

—Sí, tan transparente eres.

Mary agarró su mano y se la apretó con fuerza para que no pudiera retirarla.

—Me has descubierto. Ven, te lo enseñaré.

—Me muero de ganas —refunfuñó él.

La luz del sol relumbraba en el césped cuando lo llevó por el camino, tirando de su mano. Sentía su reticencia en cómo se inclinaba hacia atrás y en cómo se refrenaba para no apartar la mano de la suya. No le habría sorprendido que hincara los talones en el suelo y se negara en redondo a seguir.

—Algún día tengo que hablarte de Mulligan —dijo, mirando hacia atrás.

—¿Quién es Mulligan?

—La mula que teníamos en Kerry. Era tan terca que mi padre solía amenazarla con usarla de cebo para pescar cangrejos —tiró con firmeza del brazo de Jesse—. Acabo de acordarme de ella, no sé por qué.

Jesse caminó a su lado con menos desgana.

—Entiendo.

Ella le apretó la mano.

—Ya me parecía.

Un viento recio barría la costa. Las yemas de los árboles tintineaban como campanillas. Mary respiró hondo y sintió el olor siempre presente del mar y el verdor de la primavera.

—¡Qué bien se está aquí! —dijo—. Sobre todo, ahora.

—¿Por qué ahora?

Le hizo doblar un recodo del camino y entraron en el jardincillo de la casa.

—Por esto.

—Mierda —se quedó allí parado, mirando la fachada de la casa.

—Podría ser usted un poco más entusiasta en sus halagos, capitán Morgan —comentó ella, intentando no sentirse dolida.

—Has plantado flores.

—Pues sí.

—Por todas partes.

—Ajá.

—No me gustan. Quítalas.

—No. Las flores son preciosas. ¿Es que no quieres tener cosas bellas en tu vida?

—No —contestó tajantemente.

Ella dio un respingo.

—Pues lo siento por ti —se sintió tentada de lanzarle un sermón, pero se contuvo—. Hoy he disfrutado mucho, Jesse. Ha sido un día mágico y encantador. He salido y he ido a casa de Palina a buscar las flores. Las consueldas son preciosas, tan azules, y las prímulas parecen caritas sonrientes. Y también he encontrado las rosas.

—¿Las rosas? —preguntó él con voz ahogada. Cruzó el césped y miró con enfado un arbusto de tiernos capullos rosados—. ¿Cómo diablos...?

—Han estado aquí siempre, solo que no te has fijado. No sabías que las tenías. Debió de plantarlas alguien hace años, y luego las descuidaron —se inclinó y dio unas palmaditas en la tierra suave, mezclada con corteza, que había empleado para rellenar el parterre principal—. Hasta los rosales abandonados luchan por sobrevivir, Jesse. Estos llevan años luchando, a pesar de tu descuido.

Miró pensativamente el jardín lleno de color. Acarició con la mano su vientre hinchado.

—Una rosa pertenece a quien la cuida, no a quien la plantó y luego la dejó abandonada.

Notó que él contenía bruscamente la respiración, como si hubiera recibido un golpe. Por un instante, un intenso e inesperado anhelo inundó su rostro. Mary lo había encontrado por fin: una muesca en la armadura.

—Me pregunto por qué han seguido luchando las rosas aunque nadie les prestaba atención —dijo—. Parece mucho más sencillo secarse y morir —caminó entre los lechos que Magnus había cavado pacientemente, inclinándose de vez en cuando para tocar un capullo o apelmazar la tierra alrededor de las raíces—. Las rosas que se cuidan con amor florecen, ya verás. Cuando llegue el otoño, las habrá a montones.

—Cuando llegue el otoño —contestó Jesse en voz baja—, estarán otra vez descuidadas, porque tú no estarás aquí para cuidarlas.

CAPÍTULO 9

Jesse se preguntaba si Mary había adivinado lo cerca que había estado de derrotarlo. Durante las primeras horas de su guardia nocturna, intentó no pensar, no sentir. Pero por más que se esforzaba por no pensar en Mary, aquel estallido de emociones recién agitadas no lo dejaba en paz.

Ella no lo dejaba en paz.

¡Que el diablo se la llevara! ¡Que se la llevara, con su entrometimiento y sus ganas de arreglar su vida! ¿Qué le pasaba? ¿Por qué creía que tenía que consagrarse a la tarea de hacerle la vida imposible? Se lo había dejado bien claro, ¿qué más podía decirle? ¿Cómo podía hacerle entender que aquel no era sitio para ella?

Él era un cascarón vacío. Un ermitaño escondido del mundo, y quería seguir siéndolo. No tenía nada que ofrecerle a una mujer como Mary Dare.

Moviéndose con la precisión automática de la costumbre, bajó al entresuelo del faro a dar cuerda a la maquinaria. Había que hacerlo cada cuatro horas. La maquinaria hacía girar la luz del faro. A un ritmo tan regular como el latido de un corazón, el haz de luz recorría el horizonte de un extremo a otro, toda la noche, sin faltar una sola.

A menudo, el faro era lo único que se interponía entre los barcos que llegaban a la barrera y el desastre total. El número de navíos hundidos era la prueba de sus imperfecciones, pero los traicioneros bajíos causaban menos accidentes desde que se había construido el faro, hacía unos veinte años.

Jesse mantenía el faro encendido con tesón casi obsesivo. Desde que desempeñaba aquel puesto, la lámpara no se había apagado ni una sola vez, ni siquiera había parpadeado. Doce años antes, cuando el barco que llevaba a Emily había intentado cruzar la barra de Columbia, el faro estaba apagado y ello había causado su naufragio.

Había habido una investigación, desde luego. El farero estaba destrozado: aseguraba que un caballero de Pórtland le había dado demasiado de beber y lo había invitado a jugar una partida de cartas amistosa. Distraído por el whisky y el juego, se había olvidado del faro.

Las trágicas consecuencias de su error habían llevado a Jesse a aquella costa lejana donde cumplía una condena de por vida, decidido a no vacilar en su deber. Se imaginaba haciendo aquello el resto de sus días. Envejecer y morir allí, en aquel lugar abandonado, pero solo después de que acabara su turno de guardia.

Se acercó al pequeño escritorio en un cuartito del entresuelo y subió la llama de su bujía. Abrió el diario del faro, eligió una pluma del cajón del escritorio y desenroscó el tapón del tintero. Una racha de brisa que entró por la ventana agitó las páginas. Durante unos instantes pasaron todas ante él, un sombrío registro de sus días allí, crujiendo como hojas muertas que el viento arrastraba por el suelo.

Por algún motivo aquella idea le deprimió más de lo que estaba dispuesto a admitir. Sintió el impulso fugaz de salir a dar un paseo por la costa, pero decidió quedarse en la torre. Era su último refugio desde que la llegada de Mary había puesto su vida patas arriba. Al menos allí, en el faro, su presencia no le molestaba.

—¡Yuju!

Dio un brinco tan repentino que la tinta se salió del bote y salpicó su mano en chorretones como de sangre negra.

—Maldita sea —mascullό entre dientes.

—¿Estás ahí, Jesse? —gritó alguien al pie de la escalera.

—¡No!

Su risa subió por la torre como un ráfaga de brisa. Luego, Jesse oyó el extraño y musical clong de sus pasos sobre los peldaños de rejilla. Mientras el ruido iba creciendo, Jesse masculló una sarta de juramentos en voz baja, empapó un trapo en aceite de linaza y se limpió la tinta de las manos.

Y del escritorio.

Y de los tablones que cubrían el suelo.

Ni siquiera se molestó en intentar quitar las manchas de la pernera de sus pantalones.

Cuando su alegre mata de rizos apareció en la puerta del entresuelo (la penúltima habitación antes de la sala de la linterna), Jesse tenía preparadas varias reprimendas que lanzarle. Pero Mary le sonrió, y se olvidó de todo. De todo salvo de la predicción que ella había hecho el día anterior: «Algún día, Jesse Morgan, serás tú quien me bese».

«¿Será hoy ese día?», se preguntó.

—Hola —dijo Mary. A la luz de la bujía del escritorio, brillaba como un reluciente penique de cobre. Dejó en el suelo un cubo de hojalata—. Te he traído un refrigerio.

Cansado, así estaba Jesse. Cansado de defenderse de sus intromisiones infatigables, alegres, inconmovibles. Decidió rendirse, solo por esa noche. Era menos agotador que ofrecer resistencia.

—Qué bien —dijo, resignado.

Ella se detuvo cuando estaba sacando la tetera.

—¿Qué has dicho?

Jesse le quitó la tetera de la mano y la puso sobre la mesita redonda que había en medio de la habitación.

—He dicho que qué bien. Gracias. Es... muy considerado por tu parte —aquellas palabras amables le supieron extrañas como frutas exóticas.

Mary se inclinó hacia él. Jesse sintió el impulso de apartarse antes de que lo besara otra vez, pero ella no lo besó. Olfateó delicadamente el aire.

—¿Qué estás haciendo? —preguntó él.

—Quería ver si habías estado bebiendo.

—Yo no bebo cuando estoy de guardia. ¿A qué viene eso?

—A que has sido amable conmigo. Educado. No es propio de ti.

—Señora, no me conoce lo suficiente para saber cómo soy.

Ella desenvolvió una servilleta y dejó al descubierto unas rebanadas de pan todavía caliente. Una sonrisa sutil curvó su boca.

—Claro que sí. Pero no me gusta que me llamen «señora», muchísimas gracias. Esto es pan irlandés. ¿Lo has probado alguna vez?

—No.

—Pues está buenísimo con té —se atareó en torno a la mesa, sacando el pan y sirviendo el té.

Jesse la dejó hacer. Su intuición había sido acertada: era menos extenuante dejar que se saliera con la suya. Resistirse a ella lo estaba dejando sin fuerzas. Una inesperada sensación de contento lo embargó cuando probó un sorbo de té. Estaba delicioso: cálido, innegablemente fuerte y solo un poquitín dulce.

Igual que Mary.

Se quedó mirando la taza con el ceño fruncido mientras intentaba refrenar sus pensamientos, con la esperanza de que ella no adivinara sus pensamientos tan fácilmente como él los suyos. Mary se paseó por el cuartito octogonal, inspeccionando los instrumentos meteorológicos.

—¿Qué es esto? —preguntó.

—Un termómetro. Ahora mismo hay once grados centígrados —dijo él.

—¿Cómo lo sabe?

—La temperatura relativa del aire crea una presión que empuja el mercurio líquido hacia arriba por el tubo de cristal —no pudo evitar que su voz adquiriera una nota de condescendencia. Sin duda los instrumentos meteorológicos y astronómicos quedaban muy lejos del alcance de su comprensión.

Mary tocó con un dedo la ampolla de cristal del extremo del tubo y vio cómo subía ligeramente la columna de mercurio.

—Caray, parece magia.

—Es ciencia.

—Ah —asintió sagazmente con la cabeza—. ¿Y la ciencia explica también por qué la Estrella del Norte no está al Norte? —señaló un anticuado sextante que había junto a la ventana y apuntó hacia la Estrella Polar—. Tu brújula indica el Norte hacia un lado, y la estrella señala hacia el otro.

Escarmentado, Jesse se sirvió una rebanada de pan.

—La brújula se ve atraída magnéticamente hacia un punto que no es el Norte real.

—Es un imán, ¿no?

—Un imán, no magia —la vio dejar el sextante—. La mayoría de la gente ni siquiera sabe que son cosas distintas.

—Creo que le asombraría a usted todo lo que sé, capitán Morgan —subió por la escalerilla hasta la sala de la linterna y, pegando la nariz al cristal, miró maravillada hacia fuera.

—Es maravilloso —dijo, y su aliento empañó el cristal—. ¿Cómo puedes soportar ver tanta belleza sin explotar?

—Procuro refrenarme —contestó él.

—Mira cómo se mueve el rayo de la linterna, como un pájaro hecho de luz perseguido por las sombras.

—Supongo que sí.

Mary tocó el tirador de la puerta.

—¿Puedo?

Como había poco viento y la noche estaba perfectamente despejada, Jesse asintió.

—Pero agárrate a la barandilla. Hay mucho trecho hasta abajo.

Salió ansiosamente y Jesse fue con ella, diciéndose que tenía que vigilarla para que no se cayera. Mary se agarró a la barandilla y contempló la vasta noche. La brisa levantó el pelo de su cuello y, al pasar el rayo de luz, Jesse pudo ver lo delicada y pálida que era allí su piel.

Lo asaltó de pronto un ansia que no sentía desde hacía siglos. El ansia de saborear la piel recién bañada de una mujer hermosa. No era un deseo fugaz, sino un bosque que ardía dentro de él, cada vez más caliente, más incontrolable. No podía evitar desearla, imaginar cómo sería sentir su piel aterciopelada pegada a la suya, preguntarse si habría algo más dulce que los labios ansiosos de Mary.

Apartó con esfuerzo la mirada de ella.

—¿Te gusta? —preguntó con voz crispada.

—Sí. Hace una noche preciosa. ¡Cuántas estrellas! Parecen copos de nieve, y en aquella franja de allí se arremolinan como una gran neblina blanca.

—La Vía Láctea —le dijo él.

—Una galaxia en espiral. Antiguamente la llamaban un archipiélago de estrellas.

Jesse se quedó mirándola.

Ella también lo miró.

—Me sorprendes —dijo él.

Mary esbozó una sonrisa.

—¿Verdad que sí?

—Las cosas que sabes son... —se interrumpió, sintiéndose violento. Costaba imaginar que en otro tiempo se había desenvuelto con total tranquilidad en cualquier contexto, que había sido un conversador admirado, un favorito de los anfitriones más exigentes de Pórtland y San Francisco. Los años de soledad lo habían despojado de aquella capacidad, como de tantas otras cosas—. Son...

—La clase de cosas que no esperas que sepa una irlandesa ignorante como yo —concluyó Mary en su lugar—. No hace falta que te andes por las ramas. Bien sabe Dios que me he encontrado con muchos prejuicios contra los irlandeses. Sobre todo, en Nueva York —hizo una mueca—. Había montones de gordos funcionarios de inmigración y empleados del puerto que voceaban: «Ni perros, ni irlandeses».

Jesse se había dicho que no le interesaba su pasado, pero aquello picó su curiosidad.

—¿Has estado en Nueva York?

—Solo me quedé una semana. Después me fui a San Francisco —se volvió hacia el horizonte—. Por eso me gusta tanto estar aquí, en el fin del mundo. Tú no me has juzgado, Jesse Morgan. Bueno, no demasiado, al menos. Nunca has dicho: «Ni perros, ni irlandeses». ¿Te he dado ya las gracias por ello?

«Con el primer beso que me ha dado una mujer en doce años», pensó él.

—Significa mucho para mí que no tengas prejuicios contra mí.

—No soy el más indicado para tenerlos, ni contra ti ni contra nadie —contestó él con más amargura de la que pretendía.

—Ah, eso requiere una explicación —repuso ella.

—Eres una entrometida, Mary Dare.

Su risa fluyó como un río de luz a través del aire. En un arrebato de fantasía impropio de él, Jesse creyó ver cómo su alegría iluminaba un camino a través de la oscuridad, como el rayo del faro. Luego, Mary se puso un poco seria mientras seguía con la mirada el arco de la luz.

—Esta fue la estrella que me guió, ¿lo sabías? —preguntó en voz baja—. Cuando estaba perdida, después de que se partiera el barco, fue esta la luz que vi. De no ser por el faro, me habría ahogado como todos los demás.

«Me alegro de que no te ahogaras». No podía decir aquellas palabras en voz alta, pero su corazón las dijo por él. No con alegría, sino con una firme convicción que hacía años que no sentía.

Ajena al tumulto que se agitaba dentro de él, Mary siguió contemplando el océano, la cara iluminada por una expresión de asombro y aceptación. Mary no veía lo mismo que él. Jesse veía a un enemigo al que odiaba. Veía la cosa que había convertido su vida en una lúgubre e infinita sucesión de días grises.

Ella, que había sido su víctima, amaba el mar.

Él se había convencido de que no quería conocer a aquella mujer. Cuanto menos supiera de ella, más fácil sería sustraerse a su presencia. Pero había cosas que tenía que preguntarle. Cosas que tenía que saber.

Por motivos oficiales, se dijo.

—¿Puedes hablar de ello ahora? —preguntó—. ¿Puedes hablarme del naufragio?

La mirada de Mary siguió fija en las facetas de cristal de la enorme lente, a través de la ventana.

—No quiero parecer reservada.

—Soy consciente de ello.

—Sé que debes considerarme una redomada ladrona —parecía hipnotizada por las lentas revoluciones de la lente. Su voz sonó sofocada—. No me descubrieron hasta que empezó a haber problemas. Un incendio en la cocina me hizo salir de mi escondite, y menos mal que salí. Confieso que se sorprendieron un poco al verme.

Seguro que se quedaba muy corta, pensó Jesse.

—Antes de que pudieran decidir qué hacían conmigo, estalló el temporal.

—¿Quiénes?

—El cocinero del barco y el inútil de su ayudante. Estaba intentando apagar un fuego de grasa en la cocina y no me quedó más remedio que salir a ayudarlo. Debería haber sabido que no se usa grasa de ternera para freír patatas. Por favor... —dijo, indignada—. El muy bruto daba de comer fatal a los marineros. Tuve que contenerme para no hacerme cargo de la cocina y ponerlo en su sitio.

Jesse podía imaginárselo. Mary era una mandona, y tan descarada como para querer que las cosas se hicieran siempre a su modo.

—Yo era mejor cocinera de lo que habría sido nunca ese tipo —añadió ella—. Así fue como me gané el pasaje a San Francisco.

—¿Cocinando?

Mary sonrió.

—Era cocinera de barco. Así es como doblé el cabo desde Nueva York.

—El cabo de Hornos. Doblaste el cabo de Hornos.

—Era un barco de Buenos Aires. Parece usted sorprendido, capitán Morgan.

Estaba más que sorprendido, pero no podía decírselo, no podía hablarle de la emoción que atenazaba su pecho. Al pensar en correr una aventura semejante, se apoderó de él un intenso anhelo. ¡Cuán estimulante había de ser navegar por aquellas tumultuosas latitudes, atravesando la gélida puerta entre los dos mayores océanos del mundo!

Él, Jesse Morgan, jamás conocería aquella emoción. Y sin embargo oír a Mary hablar de ello le hacía desear ir allí, sentir cómo se inclinaba la cubierta del barco bajo sus pies y el viento frío y cortante en la cara.

Imposible.

Al principio, después de la muerte de Emily, había intentado salir a navegar. No le daba miedo la costa, a pesar de que la lógica le decía que era mucho más traicionera que el mar abierto. Pero el terror que sentía no atendía a razones. En cuando ponía pie a bordo de un barco, el miedo se apoderaba de él invariablemente, atenazándolo con las fuertes garras del remordimiento, echándolo hacia atrás y devolviéndolo al lugar donde se encontraban tierra y mar, donde estaba destinado a permanecer para siempre.

—Había leído la ley, pero nunca había ejercido —estaba diciendo Mary.

Su voz viva y enérgica lo devolvió bruscamente al presente.

—¿Qué? —preguntó, sacudiendo la cabeza con impaciencia—. No he oído lo que decías.

—Te estaba hablando del señor Stevenson. Todo un caballero, a pesar de ser escocés y de tener costumbres un tanto extrañas. Malcolm, se empeñaba en que lo llamara. Estaba en el barco con el que doblé el cabo. Iba a un lugar de los mares del Sur. A las islas Sándwich, aunque él las llamaba por su nombre nativo: Hawái. Estaba muy enfermo, el pobrecillo, aunque nunca se quejaba. La tisis, creo. Y a pesar de todo adoraba la aventura.

—¿Y ese tal señor Stevenson era... tu amigo? —Jesse no pudo refrenarse: posó la mirada en su vientre.

—No te atrevas a insinuar tal cosa —le espetó ella con más fuerza de la que Jesse la creía capaz—. Malcolm Stevenson era un hombre de honor y tenía una esposa encantadora. No te atrevas a pensar ni por un segundo que Malcolm... que yo... que nosotros...

Jesse carraspeó.

—Si viniste aquí esperando buenos modales, te has equivocado de sitio.

Ella escondió la cara entre las manos. Sus hombros se agitaron. Parecía tan pequeña y perdida que Jesse sintió un extraño impulso: el impulso de tocarla.

Se contuvo.

Cuando Mary levantó la cara para mirarlo otra vez, tenía las mejillas pálidas, pero parecía haberse dominado.

—Malcolm era mi amigo y un gran profesor. Fue él quien me enseñó cosas del tiempo y de las estrellas. Hay tantas cosas en el mundo que no sé... —suspiró y una vida de remordimientos resonó suavemente en aquel suspiro.

Posó la mano sobre su vientre.

—A veces, cuando lo pienso, me parece tan extraño... Dicen que la travesía alrededor de cabo de Hornos es la más peligrosa del mundo. Y sin embargo fue aquí donde me encontré el mayor peligro de todos.

Se levantó el viento y pegó la tela del vestido a sus piernas, subrayando el abultamiento que Jesse no quería ver y que sin embargo no podía evitar mirar. Abrió la puerta de cristal y se apartó.

—Entremos. El té se está enfriando.

Sin pensarlo siquiera, le tendió la mano para ayudarla. Mary lo miró con sorpresa. Después esbozó una sonrisa y puso la mano sobre la suya. Tenía los dedos frescos y ligeramente húmedos por la brisa del mar. Jesse procuró no sentir la extraña energía que los atravesó a ambos cuando cruzaron el umbral desde la pasarela y entraron en la sala de la linterna. Se preguntó si ella también lo sentía.

—Gracias —dijo Mary.

Volvieron al cuartito de abajo, donde esperaba el té. Guardaron los dos un cómodo silencio. El sonido del viento y el mar hacía aún más acogedor el interior del faro. Mary tenía una mirada melancólica cuando se acercó al escritorio y comenzó a hojear distraídamente el diario del faro.

—Iba a enseñarme a leer y escribir —dijo.

—¿Quién?

—Malcolm. Sabía las ganas que tenía de aprender. Pero cuando el barco atracó en San Francisco... decidí que era mejor quedarme allí.

Jesse advirtió una nota de ansiedad en su voz cuando mencionó San Francisco.

—¿Qué hay en este libro? —preguntó ella.

—Anotaciones. Es como el diario de a bordo de un barco. Todos los fareros deben llevar un registro de las incidencias diarias.

La cara de Mary se iluminó.

—¿Quieres decir que aquí anotas lo que te pasa cada día? ¿Todos los días?

—Desde que llegué aquí —señaló los volúmenes amontonados bajo el escritorio—. Estos son de los fareros anteriores.

—Todos los días —dijo ella lentamente—. Qué cosa tan extrañar, tener un diario así —colocó el diario sobre la mesa, delante de él—. Léeme lo que escribiste el día que me salvaste.

Jesse sintió que se le enrojecían las orejas. Pasó una página y puso el dedo sobre la fecha del domingo. Mary comenzó a dar brincos, emocionada.

—Léeme lo que dice, Jesse. Es la primera vez que alguien escribe sobre mí.

Él carraspeó.

—Domingo, dos de junio de 1876. Seis y dos minutos de la mañana. Rescatada una superviviente del naufragio del ostrero *Ciego azar* —cerró el libro.

Mary se quedó mirándolo. El brillo de asombro de sus ojos surtió un curioso efecto sobre él. No estaba acostumbrado a que lo adularan. Y menos alguien como ella. Lo miraba como si acabara de regalarle la luna en una bandeja de planta. ¡Cómo debía de admirarlo por haber escrito sobre ella en el diario!

—¿A eso lo llamas tú una historia? —preguntó ella por fin.

Jesse pestañeó.

—No, lo llamo una anotación en un diario de incidencias —se dio cuenta entonces de que su mirada de estupor no se debía a que estuviera maravillada, sino a la perplejidad y el desagrado—. ¿Qué esperabas? —preguntó, ligeramente molesto—. ¿*Robinson Crusoe*?

—¿Quién?

—Es igual.

Mary se levantó y, apoyando las palmas en la mesa, se inclinó hacia él y lo miró con fiereza.

—«Una superviviente». ¿Eso es lo único que se te ocurre?

—Es exactamente lo que ocurrió...

—Ignoraba que un acontecimiento que ha cambiado el curso de mi vida pudiera reducirse a una anotación tan seca y escueta.

Jesse la miró con enfado.

—Esto no es un melodrama de tres al cuarto, es un diario oficial de incidencias.

—¿Y quién ha dicho que lo oficial tenga que ser estúpidamente aburrido?

Jesse se quedó desconcertado.

Mary sacó un volumen al azar de debajo del escritorio. Su rostro se iluminó al ver largas anotaciones escritas con florida caligrafía.

—¿Este está escrito en el mismo estilo que el tuyo?

Jesse leyó por encima la página. El farero anterior había sido mucho más indulgente con la pluma que él. Había escrito toda una saga acerca de una tempestad, trufada con dramáticos ruegos a Dios.

—Entra un poco más en detalle.

—Muy bien —dijo ella, apartando el viejo y mohoso libro—. Entonces tendremos que reescribir tu anotación.

—¿Tendremos?

—Acabo de decirte que no sé leer ni escribir, así que yo te dictaré y tú anotarás lo que te diga.

A Jesse se le vino a los labios una protesta, pero vaciló, sopesando sus alternativas. Podía negarse y ella se quedaría allí toda la noche, discutiendo con él. O podía acceder y escribir alguna estupidez en el diario de incidencias. El inspector de zona casi nunca se pasaba por cabo Desengaño, y aunque se pasara rara vez revisaba el diario atentamente. Resignado, Jesse mojó su pluma y pasó las páginas hasta llegar a una en blanco.

—Muy bien. ¿Qué quieres que escriba?

Mary cerró los ojos y se concentró profundamente unos instantes.

—Bueno, ¿estás lista?

La tinta de la punta de su pluma se estaba secando.

—Sí, estoy lista —cruzó las manos y se las llevó teatralmente al pecho—. Recio soplaba el viento aquella noche. Aullaba como el gran espectro de Dunglow que roba las almas frías y temblorosas de los niños nonatos. En lo más hondo de la noche, mientras se fraguaba la más negra de las tormentas y ninguno de los tripulantes del barco podía imaginar lo que se avecinaba... ¿Lo has escrito ya?

Jesse, que escribía a toda prisa, intentando seguir el ritmo de su absurda narración, asintió con la cabeza.

—Fue entonces cuando estalló la tempestad. ¡Que Dios nos ampare! El pobre *Ciego azar*, que se mecía como un corcho en un cubo, se topó con los más mortíferos bajíos del mar entero. ¡Crac!

Jesse se sobresaltó cuando dio una palmada sobre la mesa.

—Juro por lo más sagrado —continuó ella alzando la voz— que el barco se rompió con un crujido de madera que sonó como todos los horrores del infierno —cerró los ojos y se agarró el pecho, transportada por la exuberancia de su propio relato—. Y entonces, como el mismísimo brazo de Cuchulain el Gigante, una gran ola atrapó a nuestra valerosa heroína entre sus frías y húmedas garras y la arrojó por la borda —se levantó y comenzó a menearse de un lado a otro, imitando los hechos del relato—. Era como una bola rodando por la pista de bolos —se detuvo—. Me ha quedado bastante bien esa frase, ¿verdad?

Jesse sintió que sus hombros comenzaban a sacudirse. Le picaban los ojos y notaba algo en la garganta, pero era una sensación tan desacostumbrada en él que no se dio cuenta de lo que se trataba hasta que se le escapó una ronca carcajada. Por suerte, Mary tampoco se dio cuenta de lo que era.

—Lo sé, querido Jesse —dijo con voz tranquilizadora—, fue muy angustioso y es normal que llores por mí, pero como puedes ver estoy bien, así que no te aflijas.

—Intentaré dominarme —logró decir él, escribiendo cada vez con más descuido.

—Ella sabía que su destino eterno estaba en manos del Todopoderoso. Se lanzó frenéticamente hacia el mástil cuando pasó flotando por su lado. Las grandes fauces del mar se tragaron el *Ciego azar* en unos minutos, con todo lo que llevaba dentro, incluidos todos sus tripulantes, a los que Dios tenga en su gloria. Solo nuestra intrépida heroína vivió para contarlo...

Continuó hablando, absorta en su historia como si fuera *Moby Dick*, de Melville. La letra de Jesse fue llenando página tras página del diario de incidencias. Mientras tanto, apenas lograba contener la risa. Mary dictaba tan seriamente, con tanta espontaneidad, absolutamente convencida de que su fantasiosa versión de la aventura debía quedar inscrita en los anales para la posteridad...

—Y él corrió a la playa como un gran héroe de leyenda. Era

moreno, con el pelo sedoso como el ala de un cuervo y ojos de zafiro. Tomó a la pobre mujer en sus fornidos brazos y depositó un beso mágico y dulcísimo en sus labios de color cereza...

—Espera un momento —dejó de escribir—. ¿De quién estamos hablando?

Mary lo miró con inocencia.

—Pues de ti, claro. De cuando me encontraste. Moja otra vez la pluma, eso es. Bueno, ¿por dónde iba? Léeme lo último.

Jesse lo intentó. Intentó de veras ponerse serio y solemne.

—«Tomó a la pobre mujer en sus... fornidos brazos y depositó un beso mágico y dulcísimo... en sus labios de color cereza...» —incapaz de continuar, dejó la pluma, apoyó los codos sobre la mesa, se tapó la cara con las manos y comenzó a sacudirse. Un momento después, sintió la mano de Mary sobre su hombro.

—Ea, ea —susurró ella—. Sé que es un relato conmovedor, pero intenta contener el llanto...

Jesse, que no se reía desde hacía doce años, echó la cabeza hacia atrás y soltó la más ruidosa y larga carcajada de toda su vida. Fue como si dentro de él hubiera una fiesta. Luchó por dominarse, y luego, finalmente, se atrevió a mirar a Mary. Ella había estado paseándose de un lado a otro y gesticulando mientras hablaba, pero se había parado y lo miraba fijamente, como si estuviera loco.

—¡Ah, Mary! —exclamó él—. No debería haberme reído, pero... —posó la mirada en las palabras «fornidos brazos» y estuvo a punto de romper a reír otra vez—. Te... te pido disculpas —intentó ponerse serio, pero era como un borracho que sabía que no tenía esperanza alguna de dominar su embriaguez.

Los labios de Mary se tensaron y de pronto ella también sonrió. Su cara era tan radiante como el sol naciente.

—Tienes suerte, muchacho, de que tenga tanto sentido del humor —tocó su mano—. Jesse...

Él la miró.

—¿Sí?

—Nunca te había visto así. Es la primera vez que te oigo reír.

Jesse puso su mano libre sobre la suya.

—No me río muy a menudo, Mary Dare.

—Pues deberías. Mi madre solía decir que la risa es una canción sin letra —Mary se volvió.

La esquina de su chal tiró al suelo la pluma. Se agacharon los dos para recogerla, estirando los brazos al mismo tiempo. Se levantaron despacio, mirándose a los ojos, con la pluma olvidada entre los dos.

—Mary... —su nombre salió de la garganta de Jesse como un susurro torturado—. Dios mío... —no dijo más, pero soltó la pluma y metió la mano entre su abundante cabello, a la altura de la nuca.

Dentro de él se había desbocado una especie de ansia. Era tan incapaz de controlar aquel impulso como de seguir sofocando la risa.

La besó con ímpetu, y la ardiente intimidad de su abrazo se apoderó de él por entero. Se zambulló en ella, saboreó su calor y sintió que una nueva percepción se desplegaba dentro de él como un despertar doloroso. Aquel instante cobró una extraña viveza, una intensa y afilada sensación de realidad. Todo lo vivo, todo lo vital que había estado intentando evitar durante años, lo asaltó de pronto con todas sus fuerzas.

No supo cuánto duró el abrazo. El mundo entero pareció girar alrededor de aquel beso. Oyó el bramido del océano y el susurro de su propio corazón; oyó la respiración entrecortada de Mary, aferrada a él. Sus pequeños puños se clavaban en la franela de su camisa.

Tuvo la turbadora sensación de que besar a Mary era el único modo de pasar de un momento al siguiente. Pero aquella idea era más propia de Mary, que creía en la magia y no tenía reparo en verter su alma en un documento público, que de él. Lo necesitaba, sin embargo: necesitaba dejarse embargar por su sabor, por su alma, por su tacto. Quería desaparecer dentro de ella, llenarse de ella, recordar lo que era volver a sentir.

Mary estaba salvando una parte de su ser que él ni siquiera había sido consciente de que necesitara salvación. Del mismo modo que él la había rescatado del gélido oleaje tirando de ella, ella tiraba de él hacia su vívido fulgor. El calor que sentía dentro era cada vez más intenso, un horno alimentado sin cesar.

Solo cuando oyó el chirrido metálico de la maquinaria volvió al presente. Se apartó de ella con brusquedad. Dios, se había olvidado de todo, se había ahogado en el dulce olvido del beso.

—La maquinaria —masculló, dando un paso atrás.

—No entiendo.

Jesse ya había empezado a bajar por las escaleras para hacer girar los engranajes. Concluyó su tarea sin perder un instante. Cuando regresó, Mary estaba de pie, con el pelo revuelto y los labios (sus «labios de cereza») hinchados y brillantes.

«Algún día», le había dicho, «serás tú quien me bese». ¿Cómo lo había sabido?

—Hay que dar cuerda a la maquinaria cada cuatro horas. En todo el tiempo que llevo aquí, no he dejado de hacerlo ni una sola vez durante mi turno.

—Eres muy cumplidor, entonces.

—Es mi deber, ni más, ni menos.

Qué ceremonioso parecía de pronto. Por un instante de lujuria en brazos de una mujer a la que apenas conocía había estado a punto de olvidar sus muchos años de adiestramiento, de trastornar su rutina. Mary estaba embarazada, se recordó con frialdad. Se negaba a hablar de cómo había quedado encinta y de por qué estaba sola. Él debía mantener las distancias. Mary Dare no era asunto de su incumbencia. En cuanto los leñadores despejaran la carretera, se vería libre de ella. Libre...

—Es tarde —dijo—. Deberías irte a la cama.

Mary lo miró un momento, un momento que podía medirse en latidos de corazón y en deseo silenciado.

—Me voy, entonces —se acercó a la escalera y puso la mano sobre la barandilla—. ¿Jesse?

—¿Qué?

Una sonrisa agridulce suavizó su rostro.

—No he acabado mi historia.

—Quizá... podamos acabarla en otro momento.

—Quizá —bajó dos peldaños y luego miró hacia atrás.

¡Qué hermosa era! Tan hermosa que rompía el corazón. ¡Y cuán desperdiciada aquella belleza con un hombre como él!

—Pero, Jesse... —insistió.

—¿Sí?

—Aún no sé cómo termina.

CAPÍTULO 10

Por la mañana, cuando Mary se despertó, ya tarde, su cuerpo seguía conservando una difusa somnolencia. Se quedó en la cama un rato más, mirando con los párpados entornados el sol brillante que entraba por las rendijas de los postigos. Sonrió al pensar que el claro y luminoso calor del sol era exactamente lo mismo que sentía dentro del corazón.

Gracias a Jesse.

La noche anterior había ocurrido algo. Algo mágico y extraordinario, algo que Malcolm Stevenson habría atribuido al destino.

En sus momentos de mayor abatimiento, mientras se recuperaba de su calvario, Mary se había preguntado a menudo por qué no había muerto ahogada cuando el resto de los ocupantes del *Ciego azar* habían perecido engullidos por el mar. Había pensado que tal vez era por el bebé, pero ahora sabía que se trataba de algo más.

Había sobrevivido porque Jesse la necesitaba. Estaba segura de ello.

No le correspondía a ella cuestionarse tales cosas, desde luego. ¿Quién era ella para intentar escudriñar el funcionamiento de los poderes más elevados del universo? Poco importaba que fuera por las leyendas del mar de las que hablaba Palina, o por la suerte de los irlandeses, o por obra de Dios. Estaba allí por Jesse.

Se lavó y se vistió, y luego se cepilló el pelo hasta que sus largos rizos rojos chisporrotearon bajo las enérgicas pasadas de su cepillo. Salió al retrete y al volver se detuvo a arrancar una rosa que empezaba a abrirse. Cuando entró en la cocina, Jesse estaba allí, echando mano de la cafetera esmaltada que había sobre el fogón.

—¡Buenos días! —exclamó.

Él agarró el asa de la cafetera.

—¡Au! —gritó, dando un salto hacia atrás y sacudiendo la mano—. ¡Au, maldita sea!

Mary soltó la rosa, corrió hacia él, lo agarró por la muñeca y metió su mano en el cubo de agua limpia que había en la pila.

—¿Se puede saber por qué has hecho eso? —preguntó.

—No lo he hecho a propósito —levantó la mano y miró ceñudo la ampolla que había empezado a formarse en la punta de uno de sus dedos. El pelo, revuelto y castaño a la luz de la mañana, le caía sobre la frente—. No he dormido bien esta noche —refunfuñó.

Mary agachó la cabeza para disimular una sonrisa.

—Pues yo sí. Debe de ser un esfuerzo horroroso estar despierto toda la noche, de guardia en el faro.

Él se tapó la mano con un paño de cocina, agarró la cafetera y se sirvió una taza. Luego la llevó a la mesa. Mary carraspeó. Jesse miró la taza y se la tendió.

—¿Café?

—Gracias —dijo ella, tomándola—. Me sentará bien —iba a enseñar a aquel hombre a vivir con otra persona aunque fuera lo último que hiciera (o que hicieran ambos).

Dejando a un lado su café, recogió la rosa, la puso en un jarro con agua y lo colocó sobre la mesa. Jesse se sirvió otra taza y se sentó. Miró malhumorado la rosa y apartó el jarro hasta un extremo de la mesa. Sin decir palabra, Mary volvió a colocarlo en su sitio. Él estiró el brazo otra vez. Mary le clavó una mirada.

—No si te ocurra, muchacho —dijo. Aunque hablaba suavemente, su voz tenía una inconfundible nota de autoridad. Había sido su madre quien la había enseñado a hablar así.

Jesse no dijo nada, pero a partir de ese instante hizo como si no viera la rosa. Mary contempló el hermoso capullo, lleno de todos los colores del amanecer. Los pétalos se abrazaban tímidamente, escondidos todavía. Al día siguiente se habrían abierto. Una sonrisa rosada y franca le daría la bienvenida por la mañana.

Estuvo pensando en compartir sus caprichosos pensamientos con Jesse, pero parecía tan hosco como un oso sentado delante de ella, con la barba oscura y rasposa en las mejillas y la barbilla, y los ojos glaciales mirando por la ventana.

—Un día tierno —dijo.

—¿Qué?

—El día. En Irlanda lo llamamos «tierno». Significa que hay una ligera niebla en el aire por la que se cuela el sol. Un día de arcoíris. A veces también lo llamamos así.

Jesse contestó con un ambiguo gruñido. Ella consiguió que la mirara a los ojos.

—Jesse...

—Mary...

Habían hablado los dos a la vez.

Ella se echó a reír.

—¡Qué torpes estamos esta mañana! ¿Qué ibas a decir?

Jesse se aclaró la garganta y bebió un sorbo de café.

—Siento lo de anoche.

—¿Sí? —no pensaba ponérselo fácil—. Me temo que tendrás que ser un poco más concreto. Verás, soy muy dura de mollera.

Él se quedó mirándola un momento. Su boca pareció suavizarse y Mary pensó por un instante, ilusionada, que iba a sonreír. «Ah, sí, por favor», pensó. ¡Qué milagro había sido esa noche, cuando su risa había resonado en aquel solitario paraje de cabo Desengaño, tan inesperada como el sol en invierno! No se había propuesto hacerle reír, pero su risa la había llenado de esperanza. Esa mañana, sin embargo, su semblante volvía a reflejar la amargura de costumbre.

—Así que si está usted pidiéndome perdón, capitán Morgan —dijo con despreocupación—, y estoy dispuesta a concedérselo, primero he de saber qué falta ha cometido.

—No debería haberme tomado libertades con... —se interrumpió. Las puntas de sus orejas se sonrojaron sospechosamente.

Mary puso los ojos como platos, puso una cucharadita de azúcar en su café, lo removió y se quedó mirándolo, expectante. Jesse respiró hondo, expulsó el aire y añadió:

—Fue muy descortés por mi parte... propasarme así.

—¿Sí?

—Un hombre no puede forzar así a una mujer.

—No recuerdo que nadie me forzara anoche —repuso ella con suave candidez.

—Entonces nos equivocamos los dos.

—¿Sí? ¿Y eso por qué? —su indulgencia se iba derritiendo rápidamente, como el chocolate dejado al sol.

Jesse Morgan era el hombre más cabezota que había conocido nunca. Intentó refrenar su mal genio, pero sintió que el resentimiento se agitaba en un rincón de su mente. La ira había empezado a invadirla como una marea.

—¿Hicimos algún mal a alguien? —preguntó—. ¿Tiene algo de malo que dos personas solitarias se tiendan los brazos la una a la otra? Dímelo, Jesse Morgan. ¿Nos hizo mal a alguno de los dos?

—¡No! —estalló él—. Pero no debió ocurrir —se levantó de la mesa de repente y prácticamente lanzó la taza vacía al fregadero.

Apoyó las manos en la encimera y agachó la cabeza. Mary lo miró mientras él intentaba dominar su ira. Cuando se volvió hacia ella, su rostro carecía de expresión. Se puso a su lado, bajó la mano y deslizó suavemente un dedo por un lado de su cuello.

—Más vale que lo olvidemos, porque solo puede traernos problemas —dijo—. Quería decirte eso, nada más.

Sin decir nada más, salió camino del establo. Mary siguió largo rato sentada, bebiendo café y mirando los rayos de sol que entraban por la ventana que había limpiado... ¿cuándo? ¿Ayer?

Sí, allí estaba la perfecta esfera de cristal que le había llevado Jesse. Un regalo. Un presente que contradecía cada desaire que le hacía. «Más vale que lo olvidemos» no era precisamente una declaración de amor, pero a su modo de ver aquellas palabras encerraban una promesa que necesitaba oír.

Se frotó distraídamente la tripa, dentro de la cual crecía el bebé. Había visto a un hombre guapo hincarse de rodillas y jurarle amor eterno y había sido tan tonta como para creer sus zalamerías. Se había obligado a sí misma a confiar en un hombre que le regalaba pendientes de perlas y paseos en carruaje a medianoche. Sabía, porque había escarmentado, que no debía creer en lindas promesas y falsas declaraciones de amor. Una sola mirada de Jesse Morgan significaba más que mil promesas vanas de un hombre guapo con el bigote encerado y un elegante carruaje.

—Todo va a salir bien —le susurró al bebé.

Era la primera vez que lo creía de veras desde que había empaquetado sus escasas pertenencias en San Francisco y, cargada con su mortificante vergüenza, había subido a hurtadillas a bordo del *Ciego azar*.

Y como tenía de pronto nuevas ilusiones, comenzó a imaginarse al bebé. Un niño, pues todo el mundo sabía que el primogénito debía ser un varón. Ella había tenido tres hermanos: Riordan, Alois y Padriac.

Suspiró. Rory, Ali y Paddy habían muerto hacía tiempo, pero apenas le costaba esfuerzo verlos a los tres, con su fiero cabello rojo, inclinados junto a su padre, remendando las redes para salir a faenar al día siguiente frente a las costas de Ballinskelligs. Su hijo, nacido a partes iguales de la esperanza y el remordimiento, se parecería a ellos, pensó con convicción.

Sí, una buena mata de pelo rojo y un montón de pecas en la nariz. «Besos de ángel», solía decirle su madre cuando Mary llegaba llorando de la iglesia porque las gemelas Costello se habían burlado de sus pecas.

Su niño llevaría aquellos besos de ángel con orgullo, porque sabría que eran una herencia de su orgullosa familia irlandesa.

Una familia que ya no lo era.

Una terrible oleada de tristeza amenazó con embargarla. Enderezó la espalda y se negó a detenerse en el pasado. ¿Qué nombre le pondría al niño? Mientras fregaba los platos del desayuno, se acordó de los bellos nombres irlandeses que conocía, pero al mismo tiempo no dejaba de pensar «Jesse». En el Antiguo Testamento, la historia de Jesé era un extraordinario relato de fe. Y el Jesé bíblico le había puesto a su hijo David.

Sonrió mientras colgaba las tazas en sus ganchos y ponía la tapadera al tarro de los granos de café. David era el nombre más bonito que podía imaginar.

Pasó las primeras horas de la mañana remendando el visillo que Jesse había roto en un arrebato de rabia. Estaba tan empeñado en comportarse como un oso rabioso que hacía trizas todo lo que había a su alrededor... Pero, aunque todavía no se hubiera dado cuenta, había dado con la horma de su zapato.

Llevaba demasiado tiempo solo. El mundo, en su crueldad, se había desentendido de él. Palina, Magnus y Erik eran muy amables, pero formaban una familia y respetaban demasiado su deseo de estar solo. Ella, en cambio, no lo respetaba tanto. Llenaría los días de Jesse como el sol inundaba su solitaria casa en la colina y, antes de que se diera cuenta, volvería a sonreír y a reír a carcajadas.

Era lo menos que podía hacer por el hombre que la había salvado. El hombre al que ella había hecho reír con sus palabras. El hombre que la había tomado en sus brazos y la había besado como si su vida dependiera de ello.

Un sombrío recuerdo nubló su cabeza. Se acordó de pronto de los abrazos, de los besos de otro hombre. ¿Alguna vez se vería libre del pasado?

Haciendo a un lado aquella idea perturbadora, decidió limpiar a fondo la casa. Había dedicado el día anterior a cavar en el jardín. Esa mañana habría zafarrancho de limpieza. Se puso a cantar mientras limpiaba, usando jabón de sosa y grandes cubos de agua del pozo artesiano del jardín para fregar los suelos, las paredes y las ventanas. Refregó la cocina palmo a palmo. No estaba sucia, ni mucho menos. Al contrario, estaba muy limpia. Pero todo tenía cierto aire de abandono.

Como si la casa no tuviera alma.

Limpiando, llegó hasta la escalera y subió a la habitación de Jesse. Otro lugar sin alma. Podría haber sido el cuarto de una pensión, sin dueño concreto.

Se estremeció. En San Francisco había vivido en un lugar mucho más lujoso que aquel, con gruesas cortinas rojas adornadas con borlas doradas, pero la atmósfera que se respiraba en él era la misma que reinaba en la habitación de Jesse. La morada de un extraño que procuraba no dejar ningún rastro tras de sí. La diferencia estribaba en que Jesse llevaba allí doce años y aún no había hecho suya aquella habitación.

Alegró la cortina con un luminoso retal de algodón amarillo que le había sobrado de las cortinas de abajo. La cama estaba hecha al estilo militar: con una manta de lana áspera y la almohada aplanada y sin vida. Fue a su cuarto a buscar una de las colchas de Palina y la extendió con esmero sobre la cama de Jesse.

La intimidad de aquel gesto le produjo una profunda y secreta emoción. Había elegido la colcha de la sirena. Aunque no estaba representada con detalle, la sirena estaba desnuda de cintura para arriba. Sí, que durmiera bajo ella cada noche, a ver si conseguía mantener la castidad de sus pensamientos.

Al inclinarse para ahuecar la almohada, frunció el ceño. Era muy delgada. Seguro que encontraba otra en alguna parte. Abrió un alto ropero de pino y miró dentro. Encontró un rifle, unas cajas de balas y un cuchillo largo, de los que usaban los curtidores. Vio otra almohada arriba, en un estante. Poniéndose de puntillas, tiró de la esquina, pero se atascó con algo. Mary tiró más fuerte. Se oyó un ruido, como si algo se rasgara, y la almohada se soltó. Tras ella cayó una caja bruñida que chocó primero con su pie y se estrelló luego contra el suelo con estrépito.

—¡Ay! —exclamó, agarrándose el pie. Se agachó para recoger la caja.

Baja y plana, tenía herrajes de latón. Olvidándose del dolor del pie, Mary la observó un momento. La madera era de color intenso y grano fino, como de cereza o nogal, quizás incluso de palisandro, y brillaba con la pátina del tiempo. En el centro de la tapa había una plaquita de latón ovalada, con tres letras grabadas. Mary pasó los dedos por ellas mientras hacía esfuerzos por recordar el alfabeto.

—E... L... M —dijo en voz alta.

Las iniciales de alguien, pensó. Pero no las de Jesse. Conocía la forma de la letra jota, y allí no había ninguna. Levantó la caja para devolverla al armario, pero un muelle cedió con un suave chasquido y el cierre se abrió. Sofocando un gemido de sorpresa, volvió a cerrarlo. Pero se negaba a quedarse en su sitio. Se abría una y otra vez.

Arrugando el ceño, puso la caja en el suelo, con la tapa colgando, torcida. Lo primero que llamó su atención fue un olor rancio y mohoso a perfume: un olor revenido, aunque no del todo desagradable.

Comprendió que estaba viendo el pasado. El pasado de Jesse.

Bajo la tapa había un paquete envuelto con papel de seda arrugado. Al retirar con cuidado el papel, descubrió una preciosa camisa blanca de la mejor batista que había tocado nunca, un par de guantes de encaje con botones tan delicados que sin duda había que sujetarlos con un ojal de ganchillo, una rosa que se desmigajaba entre pliegues de papel de seda y un abanico de seda con varillas de marfil y nomeolvides pintados.

Se sentó en el suelo y contempló su hallazgo. Las preciadas posesiones de una mujer. Cosas de la mejor calidad. Sin duda habían pertenecido a una dama de categoría. ¿A la madre de Jesse, quizá?

Levantó las rodillas y, al apoyar la barbilla en ella, sintió una extraña tensión en el vientre.

Algo le decía que aquellas cosas no tenían nada que ver con la madre de Jesse Morgan.

Finalmente tomó un marco de cuero repujado. Sus dos mitades estaban unidas con bisagras y cerradas como un libro. Lo abrió despacio. Y allí, delicadamente sostenido por sus manos, vio el secreto que Jesse le había estado ocultando.

Jesse entró en la casa con algo parecido a una sonrisa en la cara y una estrella de mar perfecta en la palma de la mano. Había pensado en Mary al encontrarla en la playa, bajo el enorme espigón. No era una hallazgo tan impresionante como la esfera de cristal, pero estaba intacta.

Bueno, estaba muerta, pero eso no contaba. Aun así, seguía siendo perfecta en forma y simetría.

La casa olía distinta. A limpio. La luz también parecía cambiada. Aunque el día se había nublado, parecía haber más luz en el cuarto de estar. Pasó una mano por el respaldo del sofá. El armazón de madera estaba bien limpio y restregado, lo mismo que los suelos y las ventanas, y todo lo demás. Mary había trabajado con denuedo.

Lo cual solo podía significar una cosa: que estaba lo bastante recuperada para marcharse. Se iría en cuanto estuviera despejada la carretera.

Eso era justamente lo que había esperado desde el principio. Debería estar agradecido. Todo aquel calvario acabaría por fin. Iba a recuperar su vida. Como quería.

Solo que ya no estaba seguro de quererlo.

La sensación de estar a punto de perder algo vital lo golpeó como un mazazo. Jurando por lo bajo, se quitó el gorro y se pasó los dedos por el pelo.

Un hombre como él no debía conocer a una mujer como Mary. Y sin embargo así había sido. Había ido allí a esconderse, y ella había aparecido en su playa, el mar la había empujado prácticamente hasta sus brazos, a aquella desconocida que tenía la capacidad de conmoverlo, de hacerle olvidar su promesa de apartarse del mundo. De desafiarlo a empezar a soñar de nuevo.

«Hay cosas que nos envía la eternidad, cosas que no tenemos derecho a cuestionar», había dicho Palina aquel primer día. «Hace doce años, el mar te quitó lo que más querías. Puede que ahora te haya devuelto algo».

Jesse Morgan había perdido el deseo de creer en nada y, sin embargo, desde la llegada de Mary, una parte de él que no estaba del todo muerta había empezado a despertar. Se decía que no quería. Que no podía asumir ese riesgo. Estaba allí para llorar su pena y para redimirse, no para recuperarse de su dolor. Ni para disfrutar de nuevo de la alegría.

Mary, sin embargo, veía las cosas de otro modo. Era una mujer sola que lo había perdido todo, excepto el bebé que llevaba dentro. ¿Quién era él para dejarla a la intemperie?

—¡Mary! —gritó—. ¿Estás ahí?

Un escalofrío lo recorrió.

—¿Mary?

El reloj de péndulo siguió marcando burlonamente los segundos en medio del silencio. Jesse entró en la cocina, quitó el corcho de su botella de whisky y bebió un largo trago. Haciendo una mueca al notar la aspereza del licor, cerró los ojos. Así pues, se había marchado, después de todo. Era lo que quería, ¿no? ¿No? Entonces lo oyó: el crujido de una tabla del suelo. Dejó la botella y corrió arriba. No estaba seguro de qué esperaba ver. Quizá que se hubiera caído, o que se hubiera hecho daño, o (Dios no lo quisiera) que hubiera habido algún problema con el bebé. Si les pasaba algo a ella o al bebé, no podría soportarlo. Entró en su cuarto agarrándose al dintel de la puerta.

—¿Mary? —dijo roncamente, con la garganta seca de pronto.

Estaba sentada en el suelo, con la espalda contra la pared, bajo la única ventana del dormitorio. Tenía la cara macilenta, los ojos dilatados y parecía de algún modo vapuleada, como si la hubieran herido. Jesse dio un paso hacia ella.

Y entonces vio lo que había en el suelo, delante de ella. Soltó un juramento que nunca había pronunciado delante de una mujer, pero ni siquiera aquello bastó para expresar su rabia. Ella no se movió, se limitó a mirarlo parpadeando. Después dijo:

—Tendrías que habérmelo dicho, Jesse. No deberías habérmelo ocultado.

Cruzó la habitación en dos pasos y volvió a guardarlo todo bruscamente en la caja de madera de teca. Intentó no ver nada, procuró no recordar, pero cada cosa desencadenaba una explosión de recuerdos.

—No deberías haber entrado aquí —dijo con voz baja y torva—. Esto no tiene nada que ver contigo. No tenías derecho a abrir la caja, a...

—La caja se cayó. No la abrí a propósito —respondió ella, impasible—. Cuéntamelo.

Jesse alargó el brazo hacia el marco de cuero doblado. Pero Mary lo alcanzó primero. Sus manos se tocaron un momento. Ella agarró la fotografía y la levantó, poniéndosela ante la cara.

—Quiero saberlo, Jesse.

—¿Por qué, maldita sea?

—Porque me importa.

—No...

—Es demasiado tarde, Jesse. Me importa y eso no puedes impedirlo.

Él se acordó de la noche anterior, cuando se había precipitado sobre él como una locomotora. Había sido más fácil dejarse llevar que oponerse a ella. Impedir que se preocupara por él era como intentar detener el curso de un río. Aunque construyera un dique, su cariño subiría hasta saltarlo.

Sencillamente, no tenía por qué estar allí. En su casa. En su vida. Fisgando en su pasado. Quizás el mejor modo de convencerla de ello fuera contárselo todo.

Se obligó a mirar la fotografía enmarcada. Y de pronto retrocedió en el tiempo, se halló de nuevo en un lugar que no podría recuperar nunca y que siempre lamentaría.

—Yo tenía veinte años en esa fotografía —dijo.

—Eras tan guapo... Tan guapo como el príncipe de un cuento de hadas —dejó el marco en el suelo, entre los dos—. Menos mal que ya no eres así.

—¿Cómo?

—Como una ilustración de uno de los libros de Malcolm. Cada pelo en su sitio, cada pliegue de la ropa bien liso. Ahora pareces humano, como si de verdad hubiera algo detrás de esa cara, aparte de aire. Mucho mejor así.

Jesse hizo un esfuerzo por mirar la fotografía que ocupaba la otra mitad del marco. Si la naturaleza había creado alguna vez un rostro y un cuerpo sin defecto alguno, eran aquellos. Vestida de novia, miraba recatadamente al espectador con una suave sonrisa en los labios y el pelo en lustrosos tirabuzones bajo el velo. Recordó cómo solía aturdirse con solo mirarla, aturdirse de amor y de asombro al pensar que era suya. Para siempre.

Pero ese «para siempre» había durado menos de dos años.

—Continúa —susurró Mary.

—Se llamaba Emily Leighton. Nos casamos hace catorce años —se obligó a hablar como si aquello le hubiera pasado a otro. Y en cierto modo así era. Él ya no era aquel novio de la fotografía, seguro de sí mismo y con cara de niño.

—Y estas... —Mary señaló la caja— eran sus cosas.

Jesse tomó el marco, lo cerró y aseguró el cierre. La fotografía de Emily y la suya se mirarían cara a cara en la oscuridad. Para siempre. No le hacía falta verlas para recordar la emoción de aquel día, ni la felicidad que siguió. Habían sido la pareja ideal de Pórtland, un enlace de cuento de hadas, la boda de la década. La hija de los Leighton, los magnates de la industria maderera, casada con el heredero de los Morgan, navieros dueños de una inmensa fortuna. Familiares y socios habían llegado desde lugares tan lejanos como Seattle y San Francisco para darles la enhorabuena.

Y la vida les había ido bien. Demasiado bien. Tan bien que Jesse debería haberse dado cuenta de que no podía durar. Pero a los veinte años no entendía que la vida era brutal, que el amor hacía sufrir y que la felicidad era una ilusión pasajera.

—¿Cuánto tiempo estuvisteis casados? —preguntó una voz suave.

Mary. Estaba tan absorto en sus recuerdos que casi había olvidado que estaba allí.

—Casi dos años —contestó—. Luego ella se... —miró por la ventana, por encima de Mary, y se sintió arrastrado por el más lúgubre de sus recuerdos.

Había sido un día soleado en el puerto de Astoria. Engañosamente soleado. En aquel entonces, él no entendía el tiempo en la costa. El cielo azul y el mar en calma lo habían engañado, haciéndole creer que las condiciones eran idóneas para navegar.

Desde el pasado distante le llegaron sus gritos, atronando su cabeza. Había sido la primera y única pelea de su matrimonio...

—¿Cómo te atreves? —le había gritado Emily—. ¿Cómo te atreves a empaquetarme como si fuera una niña?

Recordaba vivamente la tersura de sus hombros cuando la abrazó, la firmeza con que tuvo que sujetarla cuando ella intentó apartarse.

—Emily, escucha, por favor. Solo van a ser unos días. Me reuniré contigo en San Francisco antes de que te des cuenta. Ni siquiera te dará tiempo a echarme de menos, cariño.

Ella se estremeció y sacó de su bolsito un pañuelo de encaje.

—Sabes que odio estar sin ti.

—Tonterías, el verano pasado estuviste encantada. Tu madrastra y tú os lo pasasteis en grande yendo a la ópera y gastándoos el dinero que tanto me cuesta ganar —aunque le atormentaba la mala conciencia, un tono burlón aligeró su voz—. Eres una dama elegante, amor mío. Un viaje anual a la gran ciudad es de rigor. Sencillamente, este año vas a ir antes de lo normal.

—Este año es distinto —bajó los ojos y miró su tripa, donde crecía el bebé. El bebé de Jesse.

Cuando se lo había dicho, en su cabeza habían estallado cohetes y fuegos artificiales de pura felicidad. Su grito de alegría se había oído en toda la casa. Pero muchas semanas después, la alegría se había diluido en expectación... y Emily le había echado de su cama.

Consentido y egoísta, Jesse había caído casi con despreocupación en brazos de Lucy, una joven dueña de una risa descarada y una sensualidad física que parecía haber tejido un hechizo a su alrededor, que había alimentado su convicción de que nada podía alterar su mundo de ensueño y le había hecho creer que era invencible.

Hasta que había empezado a hacer exigencias y Jesse había vuelto en sí. Un día se había despertado. había visto el rostro de su amante iluminado por el inclemente sol de la mañana y había comprendido lo cerca que había estado de destruir todo lo que tenía. Había sabido entonces que tenía que decirle a Lucy que lo suyo se había terminado, y había querido que Emily estuviera muy lejos cuando llegara ese momento.

—Claro que este año es distinto —su voz se había vuelto más ronca, y había tenido que carraspear. La había atraído hacia sí, torciendo su adornado sombrero—. Te juro que todo será distinto cuando volvamos a estar juntos —señaló a la señora que esperaba junto a los baúles, ataviada con un delantal gris—. La señora Ferris no se separará de ti ni un momento. Ni siquiera me echarás de menos.

A Emily le había temblado la barbilla.

—Claro que sí. Tú sabes que sí. Ven conmigo, Jesse.

—No puedo, Em —se había pasado una mano por el pelo—. Granger ha convocado una reunión de la junta directiva para el próximo miércoles. No puedo faltar.

—Granger Clapp siempre se está metiendo entre nosotros. Lo hace a cada oportunidad.

Jesse sospechaba que era cierto. Granger también había cortejado a Emily y, cuando ella lo había elegido a él, su rival (y amigo) no había encajado bien el golpe.

—Deja que espere aquí, contigo —había dicho Emily—. Nos iremos a San Francisco la semana que viene.

—No. Ya está todo arreglado —al besarla en la mejilla había sentido el sabor de las lágrimas y había endurecido su corazón para hacerlo inmune a sus súplicas.

Por casualidad había mirado el cielo en ese instante y había visto una fina línea de nubes oscuras, como si el horizonte hubiera fruncido el ceño. No era nada, se había dicho. Aquel paquebote viajaba todas las semanas sin incidentes.

—Dame un beso de despedida, Emily. Dame un beso y volveremos a estar juntos antes de que te des cuenta.

—¡Ay, Jesse, no quiero ir!

—Tienes que ir, amor mío. Tu madrastra te está esperando —Jesse había esquivado su mirada directa. ¿Lo sabía Emily? ¿Podía, al mirarlo, ver cómo la había traicionado?

—Te quiero, Em —le había dicho—. Te quiero muchísimo.

Palabras envenenadas que la habían enviado a su muerte. Jesse había jurado no volver a pronunciarlas. No volver a sentirlas.

Mientras el remolque comenzaba a llevar el paquebote hacia la desembocadura del Columbia, Emily se había quedado de pie junto a la barandilla. Su Emily. Su bella y perfecta esposa, embarazada de su hijo. Había agitado un pañuelo (Jesse recordaba que parecía un pajarito blanco) y él había sentido que una extraña oscuridad se abatía de pronto sobre él, como si una nube hubiera tapado el sol.

Doce años después, sabía exactamente qué había salido mal, qué había ocurrido aquel día. La verdad y los recuerdos bramaban como una bestia desencadenada dentro de su cabeza.

—¿Cómo murió? —susurró Mary. Había estado esperando pacientemente mientras él recordaba, sumido en su aflicción.

Jesse seguía pensando en aquel pañuelo blanco que se agitaba como un pájaro. No, como algo más limpio, más puro. Algo sin forma, ni peso. Un alma que ascendía al cielo.

Condenándolo al infierno.

Miró a Mary Dare directamente a los ojos. Qué serena y cuerda parecía, aunque estuviera pálida y un tanto asustada. Y era lógico que lo estuviera. ¿Quién demonios era él para pensar que podía dejarla entrar en su vida? Mary le había hecho creer que podía volver a ser un hombre. Pero era un error. Nunca podría serlo. Ni ahora, ni nunca.

Así pues, le dijo a Mary lo más parecido a la verdad que sabía acerca de aquel día en el puerto de Astoria.

—¿Que qué le pasó a Emily? —su voz sonó brutal—. Que yo la maté.

CAPÍTULO 11

Mary abandonó cabo Desengaño del mismo modo que había llegado: sin nada más que la ropa que llevaba puesta. Solo que esta vez era ropa seca. Un buen vestido de muselina estampada y un chal con flecos.

Aquellas prendas habían pertenecido en su día a Emily Leighton Morgan, E. L. M. La esposa de Jesse. Su amor. La mujer a la que él decía que había matado.

Cuando salió de la casa sin que nadie la viera, Mary se preguntó qué recuerdos se le habrían pasado por la cabeza cuando ella se había puesto sin permiso los camisones, las camisas y los vestidos que había en el ropero. Debía dar gracias por que Jesse no se hubiera vuelto loco y hubiera acabado también con ella, confundiéndola con la pobre Emily.

Sentía sus pasos acosados por horribles pensamientos mientras recorría a toda prisa un sinuoso sendero a través del bosque de color esmeralda. Siempre había pensado que aquel era un lugar mágico, pero no se había dado cuenta de que se trataba de un encantamiento maligno. El oscuro verdor que se adhería a los árboles gigantescos, forrando sus troncos y colgando de sus ramas, de pronto le parecía amenazador. En el sendero, una horrenda babosa amarilla se arrastraba a través de una hoja muy ancha. Los helechos, cuyas tiernas hojas se desplegaban como esbeltas lenguas, se le antojaban siniestros.

Era aquel un lugar de oscuridad, de miedo, de sospechas. Un lugar para almas perdidas que preferían que nadie las encontrara.

«Como yo».

Había pensado que cabo Desengaño era el sitio perfecto para esconderse y estar a salvo, pero se había equivocado. ¡Cómo lo había embarullado todo! Jesse se alegraría cuando descubriera que se había marchado.

El recuerdo de Jesse Morgan seguía suspendido en su mente como las epifitas que se aferraban a los árboles, hechizando los rincones más recónditos y oscuros del bosque. Sabía que había muchas cosas que no le había contado, pero le había dejado bien claro que no podía esperar nada de él. Lo que ella tenía que ofrecerle no le interesaba lo más mínimo. Nunca la amaría, nunca se casaría con ella. Había reconocido, o casi, que ella era la primera persona que lo había hecho reír desde hacía muchos años, pero haría falta mucho más que una carcajada para iluminar los oscuros recovecos de su alma.

No era la primera vez que juzgaba mal a un hombre. Después de que Jesse se inculpara de haber matado a Emily, ella lo había mirado con horror. Y él parecía haber disfrutado al ver su expresión. Como un soldado desesperado que excavara una trinchera, había levantado una barrera entre ellos. Eso era lo que había intentado desde el principio, alejarla de sí. Pero hasta ese instante Mary no se había dado cuenta de hasta qué punto estaba ansioso por librarse de ella.

Tenía razón: aquel no era sitio para ella.

Mary nunca le olvidaría. Se parecía a la estatua del arcángel Gabriel que había en la capilla de Saint Michael, en Ballinskelligs. Y labrado en cada facción de su rostro había un dolor ancestral que Mary Dare, que siempre había sido una entrometida, se había convencido de que podía curar.

Miró ceñuda el camino arcilloso del bosque y se concentró en su trayecto. Sintió de pronto una punzada de miedo. Pero era una tontería. Se había visto en aprietos mucho mayores que aquel, eso seguro. Después de la muerte de su padre y sus hermanos, y de que su madre los siguiera al poco tiempo a la tumba, se había encontrado completamente sola y endeudada, y había tenido que vender todas las posesiones de la familia para embarcarse en un incierto viaje a América.

Y América, a pesar de las alabanzas que sobre ella se cantaban en su tierra, no había resultado ser precisamente un paraíso. ¿Qué había sacado de su viaje, aparte de un corazón roto y un bebé en el vientre?

Un sollozo, a medio camino entre la rabia y la desesperanza, escapó de su pecho. Se obligó a sofocar el nudo de temor que notaba en la garganta y a seguir adelante. Ni siquiera había encontrado un hogar digno para su bebé y solo faltaban cuatro meses para que tuviera a la pobre criatura en sus brazos. Se preguntaba cómo iban a sobrevivir.

La luz del día empezaba a difuminarse y solo tenía una vaga idea de adónde se dirigía. Con el sol siempre a la izquierda, se encaminó hacia el norte a través del lúgubre bosque. El pueblo de Ilwaco quedaba al norte. En alguna parte había una carretera.

Ah, sí. La carretera estaba cortada por un enorme árbol caído. Ella misma había animado a Erik a derribarlo para que no se pudiera transitar por ella. Había deseado quedarse allí.

Después de lo que le había ocurrido, no tenía ánimos para enfrentarse al mundo. Y cada día se había sentido más fascinada por el farero que vivía apartado del mundo, en aquella bella casa junto al mar.

El recuerdo de Jesse relumbró de nuevo en su cabeza. Su cabello oscuro, sus ojos glaciales, su boca seria, sus manos grandes y hábiles.

¡Ah, Jesse! Tenía tanto que ofrecer... No estaba segura de cómo lo sabía, pero lo sabía con una certeza tan fuerte como la fe.

Se detuvo un momento para recuperar el aliento.

—Nadie lo ve tal y como es, aparte de mí —dijo en voz alta.

Y aquella certeza volvió a asaltarla. Por alguna razón, estaba convencida de que solo ella podía salvar a Jesse Morgan de los lazos extraños e invisibles que lo ataban a un pasado tan sombrío que era imposible de contemplar.

—¿Y por qué iba yo a querer una cosa así? —se preguntó mientras pasaba por encima de otro tronco y seguía caminando por la embarrada pendiente. Si vivía solo, como una bestia en una cueva, no era asunto suyo, ¿verdad?

Dejó escapar un largo suspiro. Sí que lo era, le gustara o no. Su destino estaba inextricablemente unido al de Jesse Morgan. ¿Acaso no había alumbrado él su camino hasta la orilla después del naufragio? ¿No la había sacado del mar y le había dado calor y seguridad? ¿No la había velado incansablemente mientras yacía sin sentido?

Sí, había hecho todo eso, pero sobre todo le había hecho un hueco en su vida, a pesar de que su instinto le dictaba que se librara de ella.

Mientras los pensamientos se agolpaban en su cabeza, siguió caminando entre la oscuridad cada vez más densa. El sol estaba ya muy bajo y el aire iba cargado de un frío relente. Pisó un trecho de barro y resbaló. Agarrándose a un montón de enredaderas enmarañadas, consiguió no caer.

Se enderezó, sintiéndose como una tonta, y se sentó en una roca baja y plana, mojada por el goteo constante de los árboles. Su cuerpo necesitaba descansar. Solo unos minutos. Recogió un palo y empezó a dibujar ociosamente en el barro salpicado de agujas de pino, a sus pies. No sabía leer, ni escribir, pero había una frase que se sabía de memoria: era lo primero que había aprendido al llegar a América.

Lo escribió en el barro con el palo. «No se admiten irlandeses». Era una lección que había aprendido a la fuerza en cuanto había pisado Nueva York y más tarde San Francisco. Había visto el letrero de «No se admiten irlandeses» en todos los escaparates y en todas las entradas traseras de la casas y oficinas que había visitado. América no quería chicas irlandesas pobres, sin familia ni dinero. Ello la había empujado a tomar medidas desesperadas. La había abocado a cometer el mayor error de su vida.

Solo había encontrado un lugar que no tuviera aquel cartel: la casa del farero, allí, en cabo Desengaño. Sabía que ello se debía a que Jesse Morgan no discriminaba a nadie. Odiaba a todo el mundo por igual.

¿Odiaba la gente de Ilwaco a los irlandeses? ¿O recibirían con los brazos abiertos a una mujer sin un céntimo, soltera y embarazada? Soltó una amarga carcajada al pensarlo. El mundo era un lugar difícil. Más valía que lo asumiera y siguiera adelante. Se levantó trabajosamente y echó a andar de nuevo por el camino.

La lluvia, como si quisiera burlarse de su determinación, comenzó a caer en ese instante. Las finas gotas siseaban entre el ramaje y repiqueteaban en las anchas hojas con un ritmo semejante al de los panderos de Irlanda. La fría lluvia aguijoneaba su cara.

Mary se puso el chal sobre la cabeza. No le habría molestado mucho la lluvia de no ser porque vino acompañada de oscuridad.

—Perfecto —masculló en voz baja mientras el camino se volvía cada vez más oscuro y resbaladizo—. Frío, lluvia y oscuridad. ¡Menudo día!

Muy pocas cosas habían asustado a Mary Dare desde que había abandonado Irlanda, casi un año antes. Pero a medida que los verdes pasillos de musgo y helechos se ennegrecían, cargados de frío y humedad, un escalofrío de inquietud fue apoderándose de ella. Era como si una gota de lluvia, gélida e inesperada, se deslizara por su espalda desnuda.

Podía morir allí. Poco importaba que hubiera sobrevivido al mar. Podía morir allí, en tierra firme, y el bebé moriría con ella, y a nadie le importaría.

El cielo (lo que veía de él entre las ramas de los árboles gigantescos) había pasado de gris a negro. Un negro puro, que ni siquiera aligeraba el brillo de una estrella lejana o el fulgor de la luna. Se apoyó contra un árbol y se deslizó hacia abajo por su tronco, tan agotada que solo pudo quedarse mirando la oscuridad. Estaba tan lejos del faro que ya no veía su rayo de luz. Ignoraba dónde estaba. Solo podía quedarse allí sentada y preguntarse qué la encontraría primero: si la luz del amanecer o un oso que merodeara por el bosque.

Llegó primero el oso.

Oyó el golpeteo sordo de sus pasos en el camino, cerca de allí. Muy cerca. Paralizada por el miedo, se quedó donde estaba. Pero dentro de ella comenzó a agitarse una férrea determinación. No había atravesado medio mundo para dejarse matar nada menos que por un oso.

Asió una piedra grande y afilada, resbaladiza por el musgo. Se levantó y permaneció inmóvil, esperando su oportunidad. Sintió al animal cada vez más cerca y el vello de la nuca se le puso de punta. Entonces lo vio. El destello de sus ojos malévolos y horrendos. ¡Qué brillantes eran! Iluminaban la pendiente del camino por la que había bajado hacía un rato.

—¡No voy a dejar que me comas así como así, mala bestia! —gritó. Lanzó la piedra con todas sus fuerzas. Dio en el blanco con el ruido de una piedra al golpear un saco de arena mojada.

Un grito espantoso rasgó el silencio. Mary se tambaleó, su pie se enganchó con la raíz de un árbol y cayó hacia atrás, sobre un lecho de enredaderas. Los pasos, sofocados por el manto de hojas muertas, sonaban irregulares, descontrolados.

Se oyó otra vez aquel grito y Mary vio de nuevo un destello. De golpe comprendió que había hecho una estupidez. El animal al que había arrojado la piedra no era ningún oso. Era un caballo. D'Artagnan. El caballo de Jesse.

Una linterna, y no los ojos fulgurantes de una bestia salvaje, alumbró la lustrosa panza del caballo cuando se encabritó, asustado. Y sobre él, con el capote impermeable agitándose al viento y el pelo alborotado, iba Jesse Morgan. ¿Por qué había ido en su busca? Quería librarse de ella.

Paralizada por la impresión, Mary apretó los nudillos contra sus dientes. No podía hablar, apenas podía respirar mientras Jesse luchaba por calmar al caballo.

Después de lo que le pareció una eternidad, D'Artagnan bajó las patas delanteras y agachó la cabeza, sumiso. Jesse le habló en voz baja al desmontar. Agarrando la linterna con una mano, bajó resbalando por la cuesta hasta donde Mary yacía, atónita y asustada, entre las espesas enredaderas.

—Por amor de Dios —dijo, dejando a un lado la linterna—, ¿intentabas matar a mi pobre caballo?

Ella no pudo responder. Solo podía pensar en las últimas palabras que le había dicho Jesse: «¿Que qué le pasó a Emily? Yo la maté». Solo sintió, sin embargo, la ternura de sus grandes manos cuando la ayudó a ponerse en pie. Solo vio el miedo sofocado y el dulce alivio que inundaron sus ojos cuando la recorrió con la mirada y descubrió que estaba sana y salva.

—Estoy bien —dijo desmayadamente, pero se tambaleó, apoyándose en él.

¡Ah, qué cálido y fuerte era! Jesse abrió su capote y la envolvió en él. Mary se descubrió pensando en las historias de selkies, el pueblo foca de Irlanda. Jesse estaba dejando que se metiera bajo su piel, le estaba haciendo un hueco junto a su corazón.

Sin duda aquello significaba algo.

—¡Ah, Mary, Mary! —dijo con un susurro cansino y apesadumbrado—. ¿Qué demonios voy a hacer contigo?

Parecía tan pequeña e indefensa como una niña allí sentada, con su camisón seco, una manta echada sobre los hombros y los pies descalzos sumergidos en una palangana de agua caliente. Un amasijo de pelo rojo oscuro colgaba en húmedos mechones sobre sus hombros y su espalda. Temblaba sin poder dominarse.

Jesse la miraba exasperado. ¡Qué mujer tan exasperante! Costaba creer que alguien tan pequeño y de aspecto tan frágil fuera capaz de volver toda su vida del revés.

Había creído que sería un alivio desembarazarse de ella. Cuando se había marchado, había deseado sentirse satisfecho. Había querido volver a su vida de antes. Pero la imagen de Mary luchando por atravesar el bosque lo había acosado sin cesar. La voz del viento, cada vez más fuerte, lo había obligado a salir en su busca.

Si la hubiera dejado marchar, jamás se lo habría perdonado a sí mismo. Pero ahora que había vuelto, comprendía que tampoco podía vivir con ella.

Mary bebió un sorbo de té de la taza que le había dado. Le tembló la mano al dejarla sobre la mesa y agarrar el cepillo de pelo. Intentó desenredar los nudos de su cabello, pero le temblaba la mano y parecía demasiado débil y agotada para hacer siquiera aquella sencilla tarea.

Dentro de Jesse, la compasión se agitó dolorosamente. Era algo tan femenino, querer estar bien peinada aunque fuera en plena madrugada y no hubiera nadie que fuera a fijarse en si se había cepillado el pelo o no...

A ella, sin embargo, le importaba.

Jesse no supo qué lo impulsó a cruzar la habitación y agarrar el cepillo. Debieron de ser el cansancio y la necesidad que vio reflejados en sus ojos inmensos. La espantosa palidez de sus mejillas. Y aquella enternecedora coquetería que se manifestaba incluso en un momento así.

Mary se echó hacia atrás y lo interrogó con la mirada.

—Quédate quieta —le dijo él suavemente—, sentada, y deja que lo haga yo.

No debía hacerlo, desde luego. Sabía que no debía. Sabía que peinar a una mujer era posiblemente uno de los actos más íntimos, fuera del lecho conyugal. Había una familiaridad prohibida en el hecho de levantar su melena pesada y húmeda, de inhalar su fragancia a lluvia y a mujer y pasar primero los dedos y luego el cepillo por sus largas ondas. Su cabello tenía cada sedoso matiz de los colores del otoño, desde el oro levemente teñido de fuego al rojo más profundo.

Mary suspiró y se reclinó en la silla, levantando la cara hacia la luz. Sus ojos se cerraron y las arrugas de cansancio que rodeaban su boca parecieron alisarse.

Jesse deslizó la mirada por la curva de su garganta, hasta la sombra de su escote. Tenía la mano posada sobre su pelo; solo tendría que deslizar mínimamente los dedos por su cuello para acariciar sus pechos...

Como si despertara sacudiéndose de un sueño, procuró sustraerse al deseo. Debía darse prisa. Debía acabar cuanto antes con aquella tarea tan íntima. Pero se descubrió demorándose. Y esperando. Para ver si ella hablaba por fin. Extrañamente, no había dicho casi nada desde que la había encontrado.

Siguió cepillándole el pelo hasta que estuvo seco y reluciente. Hasta que estuvo medio loco de deseo. Luego, lentamente, dejó a un lado el cepillo. Por un momento pareció un artesano admirando su obra, complacido con lo que veía. Por fin hincó una rodilla ante ella para que su cara quedara al nivel de la de Mary. No sabía muy bien qué hacer con sus manos, así que las posó sobre las de ella, en su regazo. Se tambaleó como si estuviera a punto de arrojarse por un precipicio, sin saber qué le aguardaba si saltaba. Lo único que había querido de Mary era silencio, silencio y paz. Y sin embargo ahora que estaba callada, su silencio le desconcertaba. Lo miraba con expresión atormentada. Sus labios no decían nada, pero sus ojos lo decían todo.

—Mary... —su voz sonó rasposa y brusca—. No debería haberte dejado marchar...

—¿Por qué no? —preguntó con irritación—. ¿No es lo que querías desde que llegué, librarte de mí?

Jesse se resistió al impulso de apartar la mirada. Habría querido ser ciego a su belleza, pero no lo era.

—Prefiero vivir solo —dijo—. Nunca he fingido lo contrario. Es solo que... en mi vida no hay sitio para otra persona.

—Entonces ¿por qué has ido a buscarme?

—No quería que te pasara nada.

Ella miró sus manos unidas, pero no apartó las suyas.

—He hecho mal quedándome aquí contra tu voluntad. Me iré en cuanto pueda hacerlo como es debido.

Un escalofrío se apoderó de Jesse. Si tenía que elegir, prefería que se quedara. Pero ¿cuándo había ocurrido aquello?, se preguntaba. ¿Cuándo había empezado a pensar en que Mary se quedara en su casa? Intentó alejar de sí esa idea, pero era demasiado tarde: ya estaba bien arraigada en su cabeza.

En su corazón.

—La carretera es demasiado peligrosa —repuso, incapaz de refrenar su irritación—. Si no te hubiera encontrado, podrías haber muerto, o haber pillado un resfriado y haber vuelto a caer enferma —se sintió palidecer—. Si te hubiera perdido a ti también... —se interrumpió, atónito por lo que había estado a punto de decir.

Mary estuvo mirándolo un rato. Jesse se sentía aturdido por su confesión. Estaba arrodillado ante ella y prácticamente le había desnudado su alma, y ella no parecía tener nada que decir al respecto.

Por fin dijo:

—Si me hubieras perdido a mí también.

—¿Qué?

—Has dicho «también». «A mí también».

Jesse sintió que se sonrojaba hasta la punta de las orejas.

—No quería decir que...

—Al contrario, Jesse Morgan —tomó sus manos y las volvió hacia arriba sobre su regazo para observar las líneas de sus palmas—. Creo que cuando no te dominas con mano firme es cuando dices la verdad. En otros momentos solo dices cosas precavidas que no merece la pena oír. Quiero saber qué le pasó de verdad a tu mujer. No podremos seguir adelante hasta que me lo cuentes.

Jesse se levantó de un salto y, dando media vuelta, se alejó.

—Estás dando por sentado que quiero «seguir adelante», sea lo que sea lo que quieres decir con eso.

—Quiero decir que estamos conociéndonos mejor. Si eso es bueno o malo, no lo sabemos aún.

—¿Para qué molestarse? —se quedó mirando con enfado la oscuridad de más allá de la ventana.

—Eso tampoco lo sé, te lo aseguro. Lo único que sé es que fui la única superviviente de un naufragio.Y que tú me salvaste la vida.

—Es mi trabajo. Me dedico a eso.

—Todo sucede por una razón. Puede que no conozcamos los motivos, pero eso no significa que no existan —sacó los pies de la palangana, salpicando agua, y caminó por el suelo de madera hacia él—. Cuéntame qué le pasó a Emily. Contármelo no va a hacerle mal a nadie. ¿Por qué me dijiste que la habías matado? ¿Fue para asustarme o...?

—¡Sí, maldita sea! —se giró bruscamente y la miró con enojo.

Mary dio un respingo, levantó un hombro y giró la cabeza hacia un lado. Aquel gesto defensivo enfureció a Jesse y al mismo tiempo le partió el corazón. Había conseguido que lo temiera.

Mantuvo las manos firmemente junto a los costados a pesar de que sentía el vago impulso de tocarla.

—Los arrojé de mi vida y los envíe a la muerte —dijo—. No empuñé el cuchillo, pero murieron por mi culpa.

—Murieron —susurró ella.

Había vuelto a pillarlo desprevenido. Le había hecho decir más de lo que pretendía.Tenía un talento asombroso para aquello.

«Contármelo no va a hacerle mal a nadie».

—Emily se ahogó en un naufragio. Fui yo quien la hizo montar en ese barco, a pesar de que me suplicó que le permitiera quedarse —cada palabra salía de él como forzada por el golpe de un martillo contra su pecho—. Estaba... encinta cuando sucedió.

Fue un milagro que siguiera en pie cuando terminó.Y sin

embargo allí seguía. En pie. Mirando a Mary a la cara. Mirando sus bellos ojos, llenos de compasión.

—No fue culpa tuya que se ahogaran —dijo ella en voz baja.

—No te lo he contado para que te apiades de mí —repuso él con voz crispada.

—Lo sé. Pero si no sintiera piedad por un hombre que perdió a su mujer en un naufragio, sería una persona muy cruel, ¿no crees?

—Tú jamás podrías ser cruel, Mary Dare. En absoluto. Cabezota, sí, quizá —sugirió él.

Ella esbozó una sonrisa.

—Cabezota, seguro, pero eso no es nada nuevo.

Jesse apenas podía creer que hubiera superado el instante de decir en voz alta lo que le había ocurrido a Emily. A pesar de que habían transcurrido doce años, aquel recuerdo todavía lo abrasaba. Y hablar de ello no disminuía su dolor.

Pero tampoco lo empeoraba.

Mary se volvió y fue a la cocina. Jesse oyó el tintineo de una botella; después, ella regresó al cuarto de estar con dos jarras de cristal medio llenas de un líquido ambarino.

—El aguardiente de maíz de Palina —dijo Jesse.

—No me gustan mucho los licores, pero esta noche necesito tomar un sorbito.

Se sentaron en el sofá y se quedaron mirando el fuego que había hecho Jesse. Durante un rato no hicieron otra cosa que contemplar las llamas y escuchar su chisporroteo en medio del silencio. Mary se bebió su licor a sorbitos; él, en cambio, lo engulló en un par de tragos. Sonriendo levemente, Mary le dejó su jarra. Jesse se la terminó también.

—Estás corrompiendo mi fibra moral, Mary Dare —comentó. El aguardiente empezaba a surtir efecto sobre él, relajándolo.

—Estoy segura de que eso lo hiciste tú solito hace mucho tiempo —repuso ella—. Lo único que quiero es que me hables. Háblame de Emily. Dices que la expulsaste de tu vida. ¿Por qué lo hiciste?

—Porque fui un idiota —ya que estaba, podía contárselo. Se sentiría tan asqueada como él de sí mismo.

—Me dejé seducir por otra mujer. No significaba nada para mí. Solo una diversión.

—Dios mío.

—¿Lo ves? ¿Lo entiendes ahora?

—Entiendo que eras joven. Y seguramente estabas muy consentido, como la mayoría de los maridos jóvenes. No es que tenga excusa, ojo. Y supongo que pensabas dejar en algún momento a esa otra mujer, ¿verdad?

—Sí. Pero empezó a hacer exigencias... amenazas. Tenía que poner fin a aquel asunto y quería que Emily estuviera bien lejos cuando eso pasara. Así que la hice subir a un barco con destino a San Francisco.

Al oír el nombre de aquella ciudad, Mary desvió la mirada.

—Y el barco se fue a pique —dijo.

—En la barrera del Columbia. Se desató una tormenta, el paquebote tuvo problemas en los bajíos y se partió durante el temporal —contempló las llamas, dejándose hipnotizar por sus lenguas amarillas y anaranjadas—. No hubo supervivientes.

—Y desde entonces no has dejado de culparte a ti mismo ni un solo día.

—Fui yo quien la obligó a subir a bordo de ese barco —contestó Jesse—, a pesar de que quería quedarse. Me lo suplicó. Emily subió a ese barco porque yo estaba teniendo un lío con otra mujer. Subió a ese barco y murió. Tuvo una muerte espantosa.

El péndulo del reloj resonó en medio del silencio. El fuego chisporroteó, marcando con su compás aquellos largos instantes de desesperación.

—Tienes que encontrar la forma de poner fin a tu pena, Jesse —lo miró con una determinación tan pura que Jesse no pudo escapar.

—No tiene fin, ¿es que no lo ves? —dijo.

—Te equivocas —contestó ella—. Lo tiene. Solo que no te

has molestado en buscarlo. Has estado tan empeñado en castigarte que has abandonado la esperanza. Pero yo no te lo voy a permitir, Jesse. Yo no dejaré que lo hagas.

Oyó en su voz una promesa. Una parte de su ser se mantenía distante, fascinada por aquella pequeña y vehemente criatura que había entrado en su vida como una madonna medio ahogada y se había acomodado en su mundo, contra su voluntad y contra todo sentido común. Poseía un brío, una vitalidad, que Jesse no creía haber tenido nunca, ni siquiera cuando estaba con Emily. Ni siquiera cuando había tenido todo lo que podía desear un hombre.

Sintió un dolor en el pecho. Sabía a qué se debía. Aunque estaba abotargado por el aguardiente, comprendía lo que estaba pasando. La vida dolía. Mary estaba descongelando su corazón, y aquel súbito calor era una pura agonía.

—Si te guardas tu dolor —añadió ella—, estás siendo un egoísta. Compártelo y verás qué pasa.

Como si otra persona gobernara su cuerpo, Jesse se vio echar el brazo hacia atrás y lanzar la jarra vacía al fuego. Estalló con un estrépito de cristales rotos.

—Esto no me hace falta —bramó, levantándose de un salto—. Dios mío, no me haces falta tú.

Mary no dijo nada, pero Jesse sintió su mirada fija en él cuando se acercó a la puerta principal y la abrió. Quería salir a dar un paseo, relevar a Magnus ante de tiempo y pasar el resto de la noche intentando sustraerse a las emociones que había removido Mary. Pero se detuvo en la puerta. Sin volverse, comprendió que ella seguía mirándolo pacientemente, esperando a que él tomara la iniciativa ahora que se había encargado de echar sal en su herida. ¡Maldita fuera!

—Después de la muerte de Emily —se oyó decir—, pensé que el tiempo curaría la tristeza. ¿No es así como funciona? Uno se queda viudo. Llora lo que ha perdido y luego sigue con su vida —se volvió y la descubrió mirándolo, como había imaginado—. Después de doce años, tengo mis dudas.

Miró con furia la chimenea, salpicada de fragmentos de cristal.

—Cuando estaba con Emily, vivía como si tuviera todo el tiempo del mundo. Dejaba las cosas sin terminar, sin decir. Ahora tengo todo el tiempo del mundo y lo paso solo. Pensando en todo lo que debería haber hecho —se pasó una mano por el pelo—. Solo necesitaba hablar con ella una última vez —concluyó—. Maldita sea, ¿por qué no presentí, aunque fuera solo un momento, lo que iba a pasar?

—¿De veras crees que habría cambiado algo? —se levantó del sofá y cruzó la habitación.

Iba a tocarlo. Jesse lo sabía, y sabía que no debía permitirlo. Sin embargo, cuando levantó la mano y tocó su pelo y su mejilla, no se apartó.

—Lo que dijeras o dejaras de decir no podía cambiar nada. Si te permites a ti mismo sentir otra vez, puedes curarte.

—¿Por qué habría de creerte?

—Porque lo que tú crees no te está sirviendo de nada.

—Estás dando por sentado que quiero «curarme».

—Lo necesitas, Jesse Morgan. Si no, eres hombre muerto.

—Exacto —contestó con frialdad. Cerró la mano alrededor de su muñeca y la apartó de sí.

—Dar la espalda al mundo es un error. Yo puedo mostrarte hasta qué punto lo es. Pero tienes que confiar en mí.

—Estás cansada —dijo Jesse, resistiéndose a que siguiera hurgando en la herida. De pronto pensó que había vivido y sentido más en la hora anterior que en los doce años previos—. Vete a la cama —ordenó en su tono más tajante—. Yo recogeré todo esto.

Pasó un buen rato barriendo los cristales rotos. Mary lo miraba sin moverse. ¿Se estaba preguntando si debía plantar batalla también en aquel frente?

Por algún motivo, posó la mirada en el leve abultamiento de su vientre, donde crecía el bebé, y un terrible anhelo se agitó dentro de él. Hasta esa noche había ignorado que tenía la capacidad de sentir las cosas que le hacía sentir Mary. Creía que todas esas emociones habían muerto con Emily. Y sin embargo allí estaban otra vez, surgidas como una hoguera en su corazón, haciéndole sufrir y dándole esperanzas.

Llenándolo de temor.

CAPÍTULO 12

A la mañana siguiente, tendida en la cama, Mary miró el techo, fijándose en las filigranas de las vigas enyesadas y escuchando a las alondras y a los mirlos de fuera. Los pájaros empezaban cada nuevo día con una discusión, gritándose unos a otros por la explanada. Pronto, cuando comenzaran a volar en círculos los halcones y las águilas, enmudecerían sus cantos.

Cerró los ojos y se preguntó adónde iban los pájaros cantores cuando no estaban cantando. Un momento después, se olvidó de los pájaros y empezó a pensar en Jesse. Otra vez.

La noche anterior, todo había cambiado entre ellos, de eso estaba segura.

Notó dentro de sí un agradable culebreo y sonrió. El bebé era cada vez más grande, y cada día se movía más. Faltaba poco para que tuviera una barriga enorme. Su sonrisa vaciló. Se acordó de cómo la había mirado Jesse justo antes de desearle buenas noches. Había posado la mirada en su vientre hinchado y ella había visto en sus ojos... ¿qué? ¿Expectación? ¿Miedo? ¿Curiosidad? No podía estar segura.

Sabía que era mucho pedir esperar que Jesse aceptara al hijo de un desconocido. Pero así era precisamente como había de ser. Era con lo que ella soñaba.

Se incorporó, con los ojos abiertos y el corazón acelerado. Tenía la respuesta. Los anhelos, los deseos que había ocultado (que se había ocultado incluso a sí misma) se habían dado por fin a conocer.

Al fin era capaz de reconocer la verdad. Todas aquellas ideas rimbombantes acerca de cumplir su destino y ayudar a Jesse a salir de su aflicción... no eran más que paparruchas. Una excusa para ocultar lo que de verdad ansiaba.

Quería quedarse allí para siempre, con Jesse Morgan. Quería criar a su hijo allí. Quería amar a Jesse. Y, santo cielo, deseaba con tal ímpetu que él también la amara que hizo una mueca de dolor.

—Qué idiotez —masculló en voz baja al levantarse para lavarse la cara y los dientes—. Es un bruto que vive solo, lamiéndose las heridas. ¿Para qué te va a querer a ti, en nombre del cielo? Y acuérdate de que ya entregaste tu corazón al último hombre que te salvó, y mira cómo acabó la cosa.

Se cepilló el pelo con pasadas rápidas y enérgicas que fueron haciéndose poco a poco más lentas, a medida que se dejaba embargar por los recuerdos de la noche anterior. Jesse le había cepillado el pelo. Recordó las largas y sensuales pasadas del cepillo, la intimidad de su mano al tocarle la cabeza y seguir la longitud de su cabello. Recordó cómo la había acariciado su mirada, tan abiertamente que había sentido que de verdad la tocaba.

Quizá hubiera esperanza para ellos si Jesse lograba desprenderse del pasado. Tenía que aprender a creer que el amor no siempre equivalía a dolor y a desvalimiento.

Ella había surgido de la nada y tenía la misma edad que Emily cuando esta había muerto. Emily estaba embarazada cuando Jesse había enviudado. Ella estaba embarazada cuando la había encontrado. No era de extrañar que la viera como una amenaza.

Mary, en cambio, quería que la viera como una promesa.

Tras prepararse algo de desayunar, se envolvió en un chal y salió a ver su jardín. Las lobelias moradas rebosaban por los bordes del sendero y las rosas levantaban sus caras risueñas al cielo. La belleza del paisaje la conmovió. Era un verdadero milagro que hubiera encontrado un lugar como aquel, un sitio donde los verdes eran tan verdes que dolían los ojos al mirarlos y donde el perfil de la tierra al encontrarse con el mar causaba en su pecho un éxtasis extraño y doloroso.

Cruzó aprisa la explanada, camino del faro. Jesse estaba trabajando fuera, limando el borde desgastado de una pieza metálica. Se había recogido descuidadamente el pelo largo y oscuro con una tira de cuero retorcido y sus manos movían la lima con ritmo casi hipnótico. ¡Cuán fiel era a su deber! ¡Cuán inflexible!

Después de lo que le había contado sobre su mujer, Mary estaba empezando a entender. Jesse vivía solo por elección, temía profundamente el mar y sin embargo estaba decidido a batallar con él. Cada vez que guiaba a un barco a puerto sano y salvo era para él un pequeño triunfo. Cada vez que rescataba a una víctima del mar, se vengaba del mortífero océano. Llevado por su dolor, se esforzaba obsesivamente por mantener el faro siempre encendido. Pero, pese a todo, sus osados rescates no habían restañado su corazón. Mary sospechaba que se aferraba a su pena porque era algo familiar; era lo único que conocía. Y su aparición había roto esa rutina.

Arriesgar su vida al borde del mar no haría que volviera a sentirse completo. Eso solo podía conseguirlo una cosa. Tal vez él no lo supiera, pero esa cosa era el amor.

Apretó el paso por el camino, acercándose a él.

—Hace buen día —comentó, hablándole a su espalda mientras Jesse seguía inclinado sobre su torno.

—¿Sí? —preguntó. ¡Qué guapo estaba con la camisa tensa sobre los anchos hombros y el sol brillando en su pelo!

—Claro que sí. Hay un poco de niebla en el ambiente, quizá los selkies salgan a jugar. Los selkies son el pueblo foca, ¿sabes?

Jesse dejó de trabajar y la miró. Mary intentó interpretar su semblante. El sol brillaba en sus ojos como una llama, con un destello azulado, pero aparte de eso no consiguió ver nada en su expresión.

—Ajá —dijo, y volvió al trabajo.

Mary le sonrió, a pesar de que ya no la miraba. En lo tocante a declaraciones sinceras, «ajá» no era gran cosa, pero era más de lo que le habría dicho la semana anterior, y menos de lo que le diría la semana siguiente.

Sintió un estremecimiento al pensar en vivir allí. Con él. La gente pensaría que se había vuelto loca por querer quedarse con un hombre tan solitario, en los confines del mundo, pero allí se sentía a gusto. Era feliz. Y no había sido feliz con...

Jesse soltó de pronto un juramento y Mary dio un brinco.

Él se miró la mano ensangrentada.

—¡Jesse! —agarró su muñeca y miró el desgarrón que tenía en la palma—. ¡Santo cielo, tu mano!

—No tiene importancia —se sacó un pañuelo del bolsillo y se envolvió la mano con él—. El engranaje está roto. Tendré que ir al pueblo para que lo forjen en casa del herrero.

—Y también iremos a que le echen un vistazo a tu mano. La doctora MacEwan, ¿no?

—¿Iremos? —preguntó él levantando una ceja. Estaba un poco pálido, y Mary sospechó que la herida era peor de lo que quería admitir. El pañuelo ya se había teñido de rojo.

—Voy a acompañarte.

Jesse entornó los párpados.

—Muy bien. Puedes tomar una habitación en el hotel Palace...

—¡No me refería a eso! —el miedo la atenazó—. Pienso quedarme contigo, Jesse, y sería una horrible maldad por tu parte echarme a la calle. Voy a ir contigo al pueblo, pero después volveré aquí.

—Es peligroso que montes a caballo en tu... —se interrumpió y de pronto pareció muy interesado en el pañuelo empapado que envolvía su mano. Ni siquiera quería hablar de su embarazo, ni siquiera se atrevía a referirse a ello. Pero aquel no era el momento adecuado para decírselo.

—Iremos en el calesín —dijo ella.

—Los leñadores no han acabado de quitar el árbol de la carretera.

—Entonces iremos en barca. Llevaremos el bote que guardas en el cobertizo.

Jesse se quedó paralizado, como si una súbita helada hubiera convertido en hielo todo su ser. Lo único que parecía seguir con vida eran sus ojos, que ardían, llenos de furia.

—No —dijo.

Mary ladeó la cabeza, desconcertada.

—Seguro que ese bote navega a las mil maravillas. No era más que una sugerencia sin importancia, ¿por qué te comportas así?

—No vamos a ir en bote —lanzó a un lado la lima, clavándola en la tierra blanda. Su mango vibró por la fuerza del impacto. Jesse echó a andar por el camino con paso decidido, derecho al establo.

Pero Mary lo había visto, aunque hubiera sido solo un instante. Aquella emoción se había reflejado tan fugazmente en su rostro que por un instante había creído que eran imaginaciones suyas, pero en el fondo sabía que había adivinado la verdad: Jesse tenía miedo de salir al mar.

Una idea curiosa, teniendo en cuenta con cuánta temeridad se lanzaba a caballo contra el oleaje para rescatar a la gente. Sin embargo, la sola mención de navegar en un bote había bastado para aterrorizarlo.

«Ah, Jesse, ¿qué ideas te han atormentado estos doce largos años?».

Quería preguntárselo, pero le pareció mejor no hacerlo, teniendo en cuenta su estado de ánimo. En el establo, ya estaba enganchando el calesín de dos ruedas a Aramis, el más pequeño de los cuatro caballos. Trabajaba con movimientos enérgicos y medidos. Sin volverse para mirarla, dijo:

—Si la carretera no está despejada, volveré a traerte.

—¿Y si han acabado los leñadores?

—Entonces puedes venir.

Mary se quedó entre las sombras del establo con una sonrisa furtiva en los labios. Poco a poco iba conociendo el mundo de Jesse, aprendiendo sus cadencias y sus matices, viendo sus distintas facetas. Y cada vez le gustaba más estar allí. El viaje al pueblo la convertiría más aún en parte de su vida.

No debería haber permitido que fuera con él.

En el calesín, Jesse miró de reojo a su alegre acompañante y sofocó un suspiro. En lo tocante a ella, carecía de fuerza de voluntad. ¿Por qué sería? En doce años, nadie había logrado traspasar la barrera de su indiferencia. Nadie lo había convencido para que hiciera nada que no le apeteciera hacer. Y ahora, en cuestión de días, Mary Dare había tomado las riendas de su vida. Aquello no le gustaba. Pero quizá llevarla a Ilwaco fuera lo mejor. Así ella vería las ventajas de vivir en el pueblo. Alguien que hablaba tanto como ella debía de estar encantada de vivir en una población.

Mary iba sentada con la cabeza echada hacia atrás para que el viento agitara los mechones de pelo rojo que habían escapado de su gruesa trenza. Aquella mujer era una belleza, eso era innegable. Sin duda formaba parte de su calvario. De su castigo, decidió Jesse. Pensó por un instante en Palina y Magnus y en el cuento que le habían contado. Si dejaba marchar a Mary, sucedería una calamidad. Él era un hombre racional. Se negaba a creer en prodigios. Y si Mary elegía libremente quedarse en el pueblo, sin duda se vería libre de su responsabilidad para con ella.

—Qué bonito es todo esto —dijo ella, recorriendo con la mirada la marisma despejada y el cúmulo de casas pintadas de brillantes colores, a lo lejos—. Es un sitio verdaderamente mágico.

Jesse echó una rápida ojeada al paisaje. La carretera estaba despejada; los leñadores habían cortado el enorme tronco del abeto que la había bloqueado, y el olor dulce y penetrante a madera recién cortada seguía suspendido en el aire.

—¿Es más bonito que Irlanda? —preguntó ociosamente.

—Bueno, no sé. Irlanda te quita el aliento, con sus suaves colinas verdes, sus acantilados cortados a pico y su mar. Ballinskelligs es un poco como esto, solo que sin árboles —puso una mano sobre su manga—. Esto me gusta más.

Jesse fingió ajustar las riendas para poder apartarse. Dobló la mano herida con la esperanza de que hubiera dejado de sangrar. Maldita mujer, siempre estaba tocándolo, como si tuviera todo el derecho a hacerlo.

Pero a él le gustaba.

Aquella idea penetró en él como una lanzada, súbita e inesperadamente. Bloqueó de inmediato su mente, rechazándola. Mary era para él una carga molesta. Cuanto antes se desembarazara de ella, tanto mejor.

—¡Mira, Jesse! —prácticamente se puso de pie en el calesín y señaló hacia la derecha, por donde se extendían las grandes marismas.

A la fuerte luz del mediodía, los marjales refulgían rojos como la sangre.

—¿Quién es toda esa gente?

—Los siwash —contestó al ver a lo lejos sus figuras dobladas entre los marjales—. Están trabajando en los arandanedos.

Mary se agarró a la barandilla pintada de negro del coche y se quedó mirándolos.

—¿Indios? ¿Indios salvajes?

Jesse casi sonrió.

—Si esperas un ataque de salvajes sanguinarios armados con hachas, vas a llevarte un chasco: esta gente no encaja en el molde. ¡So! —se echó hacia atrás y detuvo el calesín al borde de la marisma. Uno de los trabajadores, al verlo, lo saludó agitando el brazo. Avanzando con cuidado, con el agua hasta la rodilla, dejaba ver sus pies descalzos, que parecían impermeables al agua gélida de la marisma.

—¡Jesse Morgan! —exclamó, y luego añadió en lengua chinuk—: ¡Dichosos los ojos! Me alegra verte por aquí.

—Lo mismo digo, Abel Sky —contestó Jesse en la misma lengua. Había aprendido suficiente chinuk para conversar un poco con los nativos y comerciar con ellos.

Abel Sky era un hombre de mediana edad, atlético, de viva inteligencia y casado con varias mujeres entradas en carnes. Sonrió a Jesse dejando ver sus mellas, con un brillo pícaro en la mirada. Llevaba un sombrero de fieltro ladeado; era el único modo de que encajara en su ancha frente, aplanada de niño por la tabla en la que las mujeres indias llevaban a sus pequeños.

Su delantal de cuero y su chaleco de corteza con cuentas contrastaban vivamente con el elegante sombrero y la ajada levita con faldones.

—Pensaba que nunca ibas a buscarte una esposa, Boston —comentó, cambiando al inglés. Llamaba «Boston» a todos los blancos.

—No me he...

—¿Cómo está? —terció Mary, con la cara casi tan roja como los tallos y las hojas delicadas de las matas de arándanos—. Me llamo Mary Dare.

—Mary Dare —Abel Sky se quitó el sombrero y se inclinó con la cortesía de cualquier caballero—. A Abel Sky le gusta su cabello de fuego —sin previo aviso, alargó el brazo y agarró su trenza.

Mary ahogó un gritito de miedo. Jesse tuvo que contenerse para no soltar una carcajada. Abel Sky era un gran bromista, siempre lo había sido.

—Si pudiera comerciar con esta cabellera —dijo—, podría comprar muchas joyas y relojes.

Moviéndose con sorprendente rapidez, Mary lo agarró de la muñeca y se la retorció hasta que le soltó el pelo.

—Inténtalo, muchacho.

Abel Sky se frotó la muñeca, fingiéndose dolorido.

—¡Es una diablesa! ¿Dónde has encontrado a esta dia...? —en ese instante reparó en el vientre hinchado de Mary. Olvidando su muñeca retorcida, sonrió de oreja a oreja—. ¡Oye, Boston, eres pillo como un zorro! ¡Has...!

—Más vale que sigamos —dijo Jesse. Santo cielo. Ni siquiera habían llegado a las afueras del pueblo y ya habían empezado las especulaciones. Había sido un idiota por creer que sería fácil tener a Mary a su lado.

Abel Sky y Mary no parecieron notar su malestar. Se rieron, y Abel Sky le dio una bolsita de arándanos secos y dulces. Ella lo miró inquisitivamente, aunque no con la desconfianza temerosa que los colonos blancos solían mostrar hacia los siwash. Antes de que Jesse consiguiera alejarla de allí, Abel Sky la había invitado al poblado de la tribu y le había prometido darle a probar el salmón ahumado y las ostras que preparaban. Ella le preguntó por sus esposas y sus hijos y escuchó atentamente cuando el indio le explicó las hazañas de su hijo mayor en el manejo de las canoas de proa alta con las que navegaban por el mar. En una sola conversación, Mary Dare averiguó más cosas acerca del siwash de las que sabía él, que conocía a Abel Sky desde hacía doce años.

Por fin se despidieron y poco después llegaron a la calle mayor, pavimentada con tablones y dominada por la Compañía Maderera de Ilwaco. Enormes troncos flotantes, despojados de corteza y ramas, llenaban la calle que daba al mar y la zona en torno a los muelles.

Mary vio un vapor, el T. J. Potter, anclado a la espera de la marea.

—Nunca he montado en un vapor —dijo.

A pesar de lo mucho que hablaba, Mary Dare contaba muy poco de sí misma. Jesse suponía que debía dar gracias por ello. Cuanto menos supiera, menos lamentaría que se marchara.

Ella miraba el pueblo con ojos ávidos y brillantes. Además del vapor, en el puerto había numerosos barcos pesqueros y barcazas madereras. La calle estaba flanqueada por oficinas y negocios, y por las pasarelas de madera circulaban a paso vivo tenderos y comerciantes. En la acera había parado un empresario con un traje de color gris claro. Cuando el calesín pasó a su lado, el caballero, que llevaba gafas, se pasó la mano por el pelo ralo. Luego se sacó un reloj del bolsillo del chaleco y comenzó a abrirlo y a cerrarlo con gesto nervioso. Del hotel Palace salió una pareja ataviada con resplandecientes trajes blancos de tenis. Durante las semanas siguientes, se dijo Jesse, irían llegando más turistas, gente rica de Pórtland y Seattle que iba a pasar el verano a la playa.

Años antes, él había sido uno de ellos.

Se dirigió a la herrería, al final de la calle Spruce. De la chimenea cónica de hierro salía un hilo de humo que parecía pedirles que se acercaran, como un largo dedo ondulante.

—¡Hola! —gritó una voz cantarina desde la acerca atestada de gente—. ¡Hola, señor Morgan!

Jesse intentó disimular una mueca de fastidio. Tras pensarse un instante si debía o no hacerse el sordo, tiró suavemente de las riendas para detener el calesín.

Con el pecho inflado como un par de fuelles, Hestia Swann se precipitó sobre ellos. Varias plumas teñidas de extraños colores se agitaban sobre la ancha ala de su sombrero. Miró a Mary con una sonrisa, pero sus ojos brillaron como dardos afilados, llenos de curiosidad.

—Esta debe de ser su huésped —dijo—. ¡Dios mío, mire a la pobrecilla! ¡Qué pálida está, y qué delgada, aunque esté esperando un hijo! ¡Fíjese! ¿Tiene nombre, señor Mor...?

—Mary Dare —contestó Mary, aguantando a duras penas la risa—. Y puede que esté pálida y delgada, pero no soy sorda. Ni tonta.

La señora Hestia Swann se enderezó y la miró con fiereza.

—Pero sí impertinente, quizá.

—Pues sí, mi madre siempre me lo decía —Mary inclinó la cabeza—. ¿Cómo está, señora...?

—Swann —dijo Jesse mientras pensaba que estaba loco por haber llevado a Mary al pueblo en pleno día—. Esta es la señora Hestia Swann.

—Tanto gusto, señora Swann.

Hestia frunció la boca formando una «O» perfecta.

—¿Irlandesa?

—Sí —contestó Mary—. Del condado de Kerry.

Jesse notó que se erguía. Sus mejillas pálidas se llenaron de manchas de rubor. Jesse miró a los ojos a Hestia. No tuvo que decir nada. Con una mirada gélida, impidió que dijera nada ofensivo contra Mary o los irlandeses en general.

—Estoy segura de que será bien recibida en Ilwaco —añadió rápidamente Hestia, desviando la mirada—. Y sin duda es un milagro que sobreviviera al naufragio.

—Sí, en efecto, es un milagro —repuso Mary—. Pero tengo que agradecérselo al capitán Morgan.

Jesse se relajó un poco. Al no llamarlo por su nombre de pila, Mary había despejado hasta cierto punto las sospechas de Hestia Swann acerca de las relaciones que les unían desde que había aparecido en la playa. Estaba intentando discurrir un modo de despedirse de la señora Swann cuando se les unió otra señora.

—¡Vaya, he aquí a nuestra paciente convertida en la viva imagen de la salud! —exclamó Fiona MacEwan, contradiciendo todo lo que había dicho la señora Swann.

Se levantó un poco las faldas, dejando ver sus bastos zapatos, y sin esperar a que Jesse les presentara sonrió a Mary.

—Soy la doctora Fiona MacEwan. Me alegra verla tan bien —guiñó un ojo a Jesse—. Temíamos que no se despertara nunca, como no fuera por obra de un verdadero príncipe.

Hestia sofocó un gemido de estupor, pero Mary se echó a reír.

—Si hubiera hecho falta eso, todavía seguiría dormida como un tronco. Entonces, ¿de verdad es usted médico?

—Pues sí. Graduada en la Colegio Femenino de Medicina de Filadelfia, en el Este.

—Entonces tendrá que echarle un vistazo a la pobre mano del capitán Morgan —Mary señaló el vendaje manchado de sangre.

—Lo haré encantada —contestó Fiona con energía.

—Tengo cosas que hacer en la herrería —dijo Jesse—. Luego me pasaré por su consulta.

—Nos alegra mucho tenerla aquí, señora Dare —dijo Hestia, que parecía haber decidido tenderle la rama de olivo—. Pero ¿qué me dicen de la celebración del centenario? ¿Vendrá usted, capitán? ¿Y traerá a su invitada?

Jesse estuvo a punto de reírse por lo absurdo de la pregunta. Él jamás asistía a acontecimientos sociales, y Hestia lo sabía.

—¿El centenario? —preguntó Mary.

—Nuestro país nació hace cien años, el cuatro de julio de 1776. Va a haber una regata y un baile en Oysterville. Podrían alojarse en el hotel Pacific House, naturalmente.

A Mary se le iluminó la cara.

—Me gustaría muchísimo.

—No vamos a ir —dijo Jesse con firmeza.

—Opino que sería un tónico excelente para mi paciente —afirmó Fiona, haciendo como que no le oía—. Venga con nosotras y le enseñaremos el pueblo mientras Jesse va donde el herrero.

Unos instantes después habían ayudado a Mary a bajar del calesín y se la llevaban en dirección al almacén general. Había, explicó Hestia airosamente, ciertas cosas que una necesitaba si iba a asistir a un baile.

Jesse las vio alejarse, molesto y enfadado. Maldición. Aquello era precisamente lo que quería evitar. Gente. Amistades. Risas y diversión. Y Mary parecía estar arrastrándolo hacia todo aquello contra su voluntad.

—No hay duda, señor Clapp —dijo el nervioso abogado—. Es la mujer que busca.

Granger observó el globo terráqueo antiguo que había junto a su mesa. La noticia no le había sorprendido. Las discretas pesquisas de Stoner solo habían confirmado lo que sospechaba desde el principio.

—¿Qué más? —preguntó.

—Al parecer se hace llamar Mary Dare y tiene muy buen

aspecto, para haber sobrevivido a un naufragio —Stoner se sacó el reloj de bolsillo, lo abrió con una mano, volvió a cerrarlo y repitió aquel gesto como si surtiera sobre él un efecto tranquilizador.

Granger hizo girar el globo y lo detuvo posando un dedo en su lugar preferido: las islas Sándwich. Nadie lo sabía aún, pero aquellas exuberantes islas tropicales en medio del Pacífico eran su destino final.

Pero no podía marcharse aún. Todavía tenía cosas que hacer. Seguía necesitando un hijo, un heredero. Sus padres señalaban a menudo que en todas las generaciones de la familia Clapp había habido un heredero varón desde la llegada del Mayflower. Estaba obligado por su honor a cumplir con la tradición.

—¿Y su estado? —miró a Stoner enarcando una ceja.

El abogado palideció. Metió la mano marfileña en el bolsillo, guardando el reloj.

—Como le decía, señor, parece estar como...

—Me refiero al bebé y lo sabe usted perfectamente —repuso Granger.

Stoner pasó una mano por el escaso pelo de su cabeza.

—Señor, no me siento capacitado para...

—Entonces buscaré a alguien que lo esté —replicó Granger, dando una palmada sobre la mesa.

Stoner dio un respingo. Tragó saliva y su huesuda nuez subió y bajó visiblemente.

—Está encinta, señor, de eso no hay duda. Y a juzgar por la buena salud de la madre, yo diría que el bebé también está sano.

Granger se sintió embargado por una sensación de orgullo que experimentaba rara vez. Había engendrado un hijo. Después de tantos años, por fin había conseguido dejar embarazada a una mujer. El hecho de que fuera una irlandesa mentirosa y de baja estofa era una preocupación menor. En cambio, el que estuviera al cuidado de Jesse Morgan lo llenaba de furia.

—¿Ha hecho las averiguaciones que le encargué? —preguntó—. ¿Cuáles son mis derechos como padre de ese niño?

—Bien, señor, me temo que la ley es un poco vaga al respecto, sobre todo teniendo en cuenta que la madre se encuentra en el Territorio de Washington, pero...

—Por amor de Dios, dígamelo de una vez —Granger se levantó de un salto y comenzó a pasearse de un lado a otro—. Y no me mienta.

—Lo cierto es, señor, que la ley no favorece necesariamente al padre en un caso como este —sus ojos brillaron, sin embargo, llenos de astucia y expectación. Granger podía verlo, casi notaba su sabor en el aire.

—Lo contraté para que encontrara un modo de solventar este asunto —dijo—. Mi esposa anhela tener un hijo.

Stoner asintió con la cabeza y pasó las manos por las solapas de su traje gris claro. Paseó la mirada por el despacho. Granger tomó nota de la admiración con que el abogado miraba el cuadro de Remington que colgaba sobre la repisa de la chimenea, la ventana Tiffany, las lámparas eléctricas que alumbraban los estantes de la librería.

—Cuento con la confianza del gobernador del territorio. Aunque quizá deba usted tener paciencia y, eh, ser un poco liberal con sus donativos, al final conseguirá lo que quiere, señor Clapp. No se preocupe por eso.

—No estaba preocupado —declaró Granger—. Ni lo más mínimo.

CAPÍTULO 13

Mientras se preparaba para ir a la fiesta del centenario, Mary miró los botines que le había prestado Jesse.

—Ten —había dicho hoscamente—. A ver si te sirven.

Eran dignos de una princesa, y le recordaban al primer par de zapatos que había tenido. Había sido el día de su confirmación, diez años antes. A la edad de trece años, se había sumado formalmente a la Iglesia tras dar clase de catequesis cada noche a la luz de un candil: su padre recitaba las oraciones en latín y sus hermanos y ella se las aprendían de memoria.

Su padre había sido pescador, y vivían tan lejos del pueblo que no podían ir a la iglesia con regularidad, y menos aún después de que se muriera Mulligan, su mula, y se pudrieran las ruedas del carro. El padre Farell, que iba a cenar cuatro veces al año (su madre se pasaba días fregando la casa antes de cada una de aquellas cenas) había dejado caer que no sería mala idea que Mary se pusiera zapatos para honrar una ocasión tan importante. De modo que su madre había sacado sus botines finos de piel con botones, y a Mary le habían parecido la cosa más bonita que había visto nunca.

Hasta que había llegado a la iglesia y se había dado cuenta de que tal vez treinta años antes habían sido maravillosos, pero ahora estaban pasados de moda y horriblemente anticuados, comparados con los relucientes zapatos de charol que lucían las gemelas Costello y las hijas de los Mahoney.

Sonrojándose al pensarlo, Mary se vio a sí misma a esa tierna edad, torpe y desgarbada, con las mejillas encendidas bajo una galaxia de pecas. Las risas de las otras niñas, los dedos con que la señalaban, la habían impulsado a esconder los pies debajo del banco todo lo posible, hasta que el ajado bajo de su vestido había rozado el suelo de piedra perfectamente limpio de la iglesia. Agachando la cabeza, había pedido al Señor ser rica.

Ahora, años después, al otro lado del mundo, se miró en el espejo que Jesse había bajado del desván y deseó algo bien distinto.

—Quiero a mi madre —susurró—. ¡Ay, mamá! ¡Daría cualquier cosa porque me hicieras una caricia ahora mismo! —se llevó la mano al pelo recién lavado y se lo apartó de la frente suavemente—. Así, como solías hacer tú, mamá. ¡Ay, cómo me duele pensar que no volverás a tocarme! —cerró los ojos llorosos—. Te necesito, mamá. Siempre he sabido que algún día sería madre, pero siempre imaginaba que tú estarías ahí para ayudarme, para agarrarme de la mano y decirme que todo iba a ir bien. Tengo miedo y procuro que no se me note, pero te necesito.

Una oleada de recuerdos agradables se precipitó sobre ella. Recordó cómo olía su madre, a ropa limpia y a guisos. Recordó la risa de Shannon Dare O'Donnell cuando su marido, aquel corpulento pescador, la hacía girar por el minúsculo cuarto de estar de su casa, bailando al son de la gaita que tocaba Rory.

Se obligó a abrir los ojos y a volver al presente. Corrió a la palangana y se mojó la cara con agua fría. «No llores», se dijo. «No llores ahora. Si empiezas, no podrás parar». Se volvió de nuevo hacia el espejo. La doctora MacEwan y la señora Swann le habían comprado más cintas y puntillas de las que había visto en toda su vida. Con el cuello de encaje que le habían añadido a su sencillo vestido de popelina se sentía elegantísima, y tenía el pelo a adornado con cintas de raso verde. «Mamá habría estado orgullosa», pensó.

—Aquí estoy, casi madre yo también y llorando como una

cría —masculló mientras se ponía una anticuada chaqueta corta—. ¿Qué me dirías, mamá, si pudieras hablar? ¿Me dirías que todo va a salir bien? ¡Ay, dilo, por favor! Dime que todo va a salir bien.

—¿Mary? —la llamó Jesse.

Se sobresaltó, sintiéndose culpable de pronto.

—¡Ya voy, Jesse! Un momentito.

Recogió los botines y deseó que las hijas de los Mahoney pudieran verlos. El cuero era tan fino que debían de haberlo curtido con mantequilla, y se abrochaban a los lados con una hilera de relucientes botones.

Emily Leighton Morgan había sido una gran señora, de eso no había duda. Debía de haber sido rica. Sus ropas eran de los tejidos más finos y elegantes. Pero si ella había sido rica, ¿qué hacía Jesse allí, viviendo como un monje, en la pobreza y la austeridad de la casa del faro? ¿Lo habría abandonado todo, llevado por la pena?

Frunciendo el ceño, enderezó las medias de seda que le había comprado Hestia Swann y se puso un botín y luego el otro. Los botones eran preciosos, de ónice negro, redondos y pulidos.

Pero cuando llevaba cinco minutos intentando abrochar el primer botón, comenzó a comprender por qué solo las mujeres ricas llevaban aquellas cursilerías. ¿Quién podía abrochárselos sin ayuda?

Después de intentarlo un rato más, resopló, derrotada, y salió al cuarto de estar.

—Jesse...

El se volvió con impaciencia.

—Mary...

Se interrumpieron el uno al otro y guardaron silencio, mirándose, azorados. Él parecía un novio salido de los sueños románticos de una muchacha. Llevaba una camisa blanca, y una corbata adornaba su cuello musculoso. Los pantalones negros, con chaleco y levita a juego, le daban un aspecto formal y ceremonioso que Mary nunca había visto en él.

—Qué guapo estás —dijo por fin.

Él pareció no oír el cumplido, pero dijo:

—Tú estás... muy bien.

No era el colmo de la efusión, pero viniendo de él era todo un cumplido.

—Gracias —dijo Mary, sonrojándose, y levantó tímidamente el bajo de su vestido—. Me temo que no sé cómo abrocharme los botines —se sentó y, haciendo un esfuerzo por olvidar su timidez, adelantó un pie—. ¿Puedes ayudarme?

—No —contestó él enseguida, ruborizado. Levantó los hombros rígidamente y la miró con enfado—. Abróchate solo un par de botones para que no se te caigan.

—No puedo abrocharme ni uno solo.

—Entonces ponte las botas de goma.

Mary agitó la cabeza desdeñosamente.

—¡Qué guapa estaría! ¿De veras quieres que te vean con una mujer que lleva botas de goma? —se obligó a sostenerle la mirada, a pesar de que sentía el impulso de esconder la cara entre las manos.

¿Acaso no veía él lo importante que era aquel día para ella? Iba a ir a un baile. Conocería a personas que la mirarían de arriba abajo, que la juzgarían, que decidirían si querían tenerla por amiga o no. ¿No entendía lo que estaba en juego?

Mientras se miraban, tuvo una especie de revelación. Claro que no lo entendía. Encerrado allí, en el faro, alejado del mundo, Jesse Morgan ignoraba por qué podía alguien desear compañía, conocer a otras personas y hacer amigos. Formar parte de sus vidas.

—Hoy quiero estar bien —dijo, rompiendo el tenso silencio.

—Tú siempre estás bien —contestó él hoscamente—. ¿No acabo de decírtelo?

Ella esbozó una sonrisa.

—He estado a punto de desmayarme cuando me lo has dicho —dio unos golpes con el talón en el suelo—. Voy a intentar explicártelo. Hablas poco de tu pasado, pero aun así me doy cuenta de que nunca te ha faltado nada. Eres un hombre educado. Sabes leer y escribir y hablas como un caballero. A estas alturas ya sabrás que de mí no puede decirse lo mismo.

Él asintió, entornando los ojos.

—Continúa.

Su interés la animó a seguir. Normalmente, Jesse rehuía sus explicaciones como si quisiera defenderse de ella mostrando un nulo interés por su pasado.

—Yo no tuve zapatos hasta los trece años —dijo.

Vio que la lucidez iluminaba su cara como el sol de verano. Él, que había crecido en un mundo de indecible prosperidad, seguramente nunca se había imaginado cómo había sido su vida en Irlanda. Hasta ese instante.

—Espera aquí —dijo entre dientes. Se alejó.

Mary lo oyó revolver en un cajón de la cocina. Regresó con un pequeño gancho para botones.

—Acerca el pie —ordenó.

Mary se subió un poco las faldas y las enaguas, mostrando unos centímetros de pantorrilla. Le encantaba el aspecto que tenían sus piernas enfundadas en las finas medias de seda. Jesse carraspeó y abrochó cuidadosamente el primer botón sirviéndose del ganchito. Parecía esforzarse todo lo posible por no tocarla. O, al menos, así fue al principio. Pero cuando se hizo evidente que tendría que asirla por el tobillo para empuñar el gancho, lo hizo con firmeza.

Fue algo muy simple, aquel contacto: su mano izquierda se curvó sobre la parte de atrás de su pantorrilla, pero Mary sintió que sus párpados se entornaban. Había algo extrañamente evocador en la visión del gancho insertándose en el ojal y haciendo pasar el botón por él. Sin saber por qué, se acordó de aquella otra noche en el faro. La noche en que Jesse la había besado. La noche en que ella había deseado que hiciera mucho más que besarla.

Jesse pasó al siguiente botón.

—¿Ves cómo se hace? Inténtalo tú...

—Estoy segura de que no puedo —se apresuró a contestar—. Casi no puedo inclinarme. Estarías esperándome todo el día.

Él levantó una ceja con aire escéptico.

—No me cabe duda.

Ella sonrió.

—Nunca pensé que me pondría unos zapatos que me tuviera que abrochar otra persona. Nací en la miseria y ni siquiera lo sabía.

Él se detuvo de pronto y la miró.

—¿Qué quieres decir con que no lo sabías?

A pesar de que notaba un nudo en la garganta, Mary se rio.

—Bueno, ¿cómo sabe un pez que vive en el agua, o un pájaro que vive en el aire?

Jesse siguió abrochando los botones mientras la agarraba de la pantorrilla con la otra mano. Arriba, cada vez más arriba... ¡Ah, cuánto ansiaba su contacto!

—Buena pregunta —comentó Jesse, ajeno a sus deseos.

—¿Cómo puede saber una niña algo así cuando vive en el centro mismo del mundo? —añadió ella.

Jesse comenzó a abrochar la otra bota.

—En Irlanda, quieres decir.

—Sí, en el condado de Kerry, justo en la costa, con el salvaje y azul Atlántico arañando los acantilados y las grandes colinas verdes alzándose más allá como si quisieran tocar la cara del cielo. Te aseguro que me llevé una enorme sorpresa cuando me enteré de que era pobre.

Él la recompensó con una sonrisa.

—¿Y quién te lo dijo?

Mary tuvo que tragar saliva varias veces antes de contestar:

—Un par de cotillas de la iglesia —apartó la mirada, pero Jesse lo vio de todos modos. Sus manos se quedaron quietas.

Un momento después, puso un dedo bajo su barbilla y le hizo levantar la mirada hacia él.

—Se burlaban de ti, ¿verdad?

—Pues sí —parpadeó rápidamente—. Pero hace tanto tiempo que no sé por qué me acuerdo ahora.

Él no dijo nada. Ni se movió, ni apartó la mano. Mary sintió su calor bajo la barbilla, sobre el cuello, y se dio cuenta de que, para ella, el contacto de una mano humana era como el aire y el agua. Necesario. Vital.

Jesse estuvo tanto tiempo callado que finalmente ella dijo:

—¿Qué ocurre?

—Me... me asombras —reconoció con voz ronca—. Hay algo encantador en una niña a la que tienen que decirle que es pobre. Y algo brutal en el instante en que eso ocurre.

Mary se encogió de hombros, desconcertada por su interés. Si eso era para él la brutalidad, era mucho más blando de lo que ella creía.

—Tenía tres hermanos mayores que se ocupaban de los bocazas —repuso.

Él apartó la mano.

—¿Tenías?

—Ya no los tengo. Murieron. Los tres.

—Dios mío —se levantó bruscamente, y Mary se sobresaltó.

—¿Qué ocurre?

Se giró para mirarla.

—Has perdido a toda tu familia.

—Ya te lo había dicho.

—Pensaba que te referías a tus padres. ¿Cuándo ibas a decirme que tenías tres hermanos? ¿Y qué otras cosas me estás ocultando?

—¿Qué más quieres saber? —replicó ella.

Jesse respiró hondo. Mary vio que se esforzaba por ser paciente.

—¿Qué le ocurrió a tu familia? —preguntó él.

Su familia... Por un momento pudo verlos en el recuerdo. Mamá y papá, enlazados por la cintura, Rory con su gaita, Ali y Paddy peleándose en broma en la hierba.

—Fue el año pasado. Un día, mi padre y los chicos se fueron a faenar y no volvieron. Luego mamá... Estuvo todo el día en el acantilado, bajo la lluvia, esperando y esperando. Intenté que entrara en casa, pero se quedó allí, empapada, mirando el mar, horas y horas —recordó la expresión de su madre cuando por fin dio la espalda al mar. Sus ojos estaban muertos—. Unos días después, cayó en cama con fiebre. Le fallaron los pulmones y murió.

—Dios mío —repitió Jesse—. Y me lo dices ahora.

—Creía que no te interesaría —volvía a sentir un nudo en la garganta. Últimamente lloraba por cualquier cosa.

—¿Cómo puedes soportarlo? —preguntó él con aspereza.

—No es cuestión de soportarlo —contestó Mary—. Sencillamente es así: murieron. Igual que se caen los pétalos de las rosas en otoño, o que se pone el sol y sale la luna. Es un hecho que no puedo cambiar. No puedo impedir que suceda, ni puedo borrarlo —se llevó la mano al pecho—. Así que ahora viven aquí. En mi corazón.

Jesse la miraba con estupor. Mary no pudo refrenarse. Sonrió. Era tan delicioso sonreír... Tan agradable y reconfortante...

—¿Cómo puedes seguir sonriendo después de haberlos perdido a todos? —preguntó Jesse.

—Es lo que querrían ellos. No querrían que fuera infeliz el resto de mi vida. Querrían que recordara el cariño que nos teníamos y la alegría, no la tristeza y el vacío.

—Pareces muy segura de lo que querrían.

—Lo sé —contestó ella—. Y tú también lo sabrías si te permitieras pensar en ello.

—Ahórrate tu palabrería —respondió Jesse—. Conmigo no sirve de nada.

—¿Porque eres muy superior a mí, tan culto y educado?

—Porque no tengo la cabeza llena de pájaros.

Mary volvió a poner el pie en su mano para que acabara de abrocharle la bota.

—Pues deberías probarlo.

Jesse nunca había dedicado mucha atención al trayecto de treinta kilómetros por la península de Long Beach. Casas apelotonadas formando asentamientos, dunas, pájaros que volaban en círculos, salinas coronadas de matojos, arandanedos: simplemente, estaban ahí. Las vistas y los sonidos lo rozaban como una brisa pasajera, sin dejar huella.

Aquel viaje, sin embargo, como todo lo demás, fue distinto porque iba en compañía de Mary Dare. Mary contemplaba la vida como una sucesión de pequeñas maravillas. Una casa con la fachada adornada con listones verdes y desgastados bastaba para que se inclinara hasta casi caerse del calesín y saludara con la mano a los niños que jugaban en el jardín. Un oso que hurgaba entre las conchas, en la arena de la playa empapada por la marea, era motivo suficiente para que dejara escapar un gritito de alegría mezclada con temor. Al ver una mata de bayas de color anaranjado, se empeñó en probarlas y en llenar un sombrero entero para Palina, puesto que los Jonsson se habían quedado vigilando el faro.

Esa fue la suerte que corrió el elegante sombrero que Hestia le había comprado en el pueblo.

Al ver a un águila calva que se lanzaba en picado para atrapar un pez, con las garras extendidas, estuvo a punto de echarse a llorar, hasta ese punto la conmovió la primitiva belleza de aquel instante. Incluso le fascinó Nahcotta, un bullicioso pueblo rodeado por apestosos estercoleros de ostras.

Sus ojos brillaron cuando contempló la amplia extensión azul grisácea de la bahía de Shoalwater.

—¡Mira cuántas goletas! —exclamó.

—Son barcos ostreros —repuso Jesse.

La flota estaba engalanada para la ocasión con pendones

rojos, blancos y azules. Jesse sintió una punzada de anhelo. Los navíos de dos palos eran veloces y ágiles, sus velas se desplegaban al viento como alas. Extrajo de los confines de su memoria el recuerdo de un tiempo en que solía navegar en su yate sin mirar atrás. Navegar libremente le había dado siempre la sensación de que volaba. Pero, naturalmente, todo eso había cambiado después de la muerte de Emily.

—Barcos ostreros —repitió Mary, interrumpiendo sus cavilaciones—. Entonces, ¿no llevan nada más?

—Nada, aparte de su tripulación. Llevarán su mercancía a San Francisco.

—¡Cuántos hay! —se estremeció delicadamente—. ¿Qué tienen las ostras que le gustan tanto a la gente?

Jesse contempló el prado que tenían delante, en busca de un lugar donde dejar el caballo y el calesín. Los alrededores del pueblo estaban atestados de carretas, carros y calesas, anclados como extraños botes en un mar de hierba. Tan llamativa como una fragata gigante, la diligencia Ilwaco-Oysterville dominaba la explanada, junto a un riachuelo.

—Dicen que a los mineros y los trabajadores del ferrocarril de California les encantan las ostras. Imagino que después de pasarse meses en una zanja llena de barro, en el monte, el sabor fresco de una ostra es una delicia —dirigió el carruaje hacia un sitio vacante, bajo un enorme sauce cuyas ramas llegaban hasta el suelo o se hundían en el río, dejando en sombra una zona en forma de parasol.

—Mi padre traía ostras a casa de vez en cuando —dijo Mary—. A mí nunca me han gustado mucho.

Jesse percibió una fugaz nota de melancolía en su voz. «Ahora ya no están. Murieron, todos ellos».

Si de algo entendía Jesse era de aflicción. Y sin embargo, mientras que él llevaba esa carga sobre sus hombros día tras día, Mary parecía encontrarse bien. Parecía fuerte. Guardaba los recuerdos en su corazón, pero no se aferraba a ellos como un marinero a los restos de un naufragio en medio de un mar turbulento.

«¿Cómo lo haces, Mary? ¿Cómo lo soportas?».

Le asombraba que hubiera otro modo de afrontar el dolor. El modo de Mary, pensó con resentimiento. Tal vez a ella le sirviera; a fin de cuentas, ella no le había sido infiel a una persona a la que se suponía que amaba. No había enviado a su familia a la muerte.

Tras atar el caballo a la sombra del sauce, saltó del calesín y alargó el brazo hacia ella. Un gesto de ayuda impersonal. Era lo único que tenía derecho a ofrecerle.

Pero, tratándose de Mary, todo era distinto. La mayoría de las mujeres habrían agarrado su mano para bajar y luego se habrían apartado discretamente. Mary se colocó entre sus manos de modo que tuviera que agarrarla por debajo de los brazos, con los pulgares peligrosamente cerca de sus pechos. Dios... sus pechos... ¿Cuánto tiempo hacía que no sentía la suavidad de los pechos de una mujer?

Aquel contacto prendió en él una llama de deseo. Pero el ardor no se detuvo ahí. Oh, no. Mary tuvo que sonreírle, con los ojos brillantes y los labios tan suaves como cerezas maduras. Se agarró con las manitas a los hombros de Jesse y él se descubrió levantándola con cuidado, como si fuera tan frágil como un copo de nieve. La levantó del asiento y la bajó delicadamente, atento a la preciosa carga que llevaba en su vientre.

Casi inmediatamente ahuyentó aquella idea. No quería pensar en el hijo de Mary. En algún momento, no estaba seguro de cuándo, habían llegado al acuerdo tácito de no hablar del bebé, del hombre que lo había engendrado ni de por qué Mary se negaba a mencionarlo.

Jesse, no obstante, reconoció la sensación que lo embargaba cada vez que intuía la llegada de una tormenta. La sensación de que, inevitablemente, iba a producirse un desastre. Tendrían que afrontar la cuestión del mismo modo que las gentes de la costa de Washington tenían que afrontar una tormenta. Dejaría una estela de destrucción a su paso, pondría del revés muchas vidas y haría pedazos otras. Pero no había nada que pudieran hacer para evitarlo.

Así era como se sentía respecto al hijo de Mary. Debía decírselo. De ese modo, se marcharía sin dudar.

Pero cuando la depositó en el suelo y ella lo miró con una sonrisa deslumbrante, Jesse se quedó sin respiración.

«Maldita sea».

Si se quedaba, él acabaría por romperle el corazón. Pero, si la dejaba marchar, jamás sabría si ella tenía razón. Hasta su llegada, había creído que su vida no cambiaría. Pensaba que no quería que cambiara. Ella, sin embargo, había abierto su mente y su corazón a la posibilidad de que las cosas fueran distintas.

Y esa posibilidad se marchitaría si perdía a Mary.

Apartó con las manos las ramas del sauce como si se tratara de una cortina. Al pasar bajo las ramas colgantes del árbol, sus hojas largas y estrechas parecieron susurrar y asentir con la cabeza.

—El centenario del Día de la Independencia —dijo Mary, haciéndose parasol con la mano sobre los ojos y girándose para mirar los banderines que adornaban el tejado del hotel Pacific House—. Los irlandeses llevan siglos queriendo independizarse de Inglaterra. Es un buen motivo para celebrar una fiesta, no hay duda.

Tomó a Jesse de la mano y tiró de él hacia el gentío.

—¿Qué es ese edificio de allí? —preguntó, señalando una tosca estructura de madera en la calle Front, con banderas ondeando en los torreones de cada esquina.

—Es el antiguo fuerte. Lo construyó la gente del pueblo hace años, durante las Guerras Indias —sonrió un momento, a su pesar—. A los siwash siempre les pareció una tomadura de pelo descomunal. Aquí nunca llegó la guerra. La gente se llevaba bien. Los colonos también se lo tomaban a broma y nunca acabaron de techarlo.

Entre la multitud circulaban hombres y mujeres siwash de aspecto exótico con sus atuendos de cuero y corteza y sus complicadas joyas de concha. Al mismo tiempo, sin embargo, parecían encajar de algún modo en aquel ambiente, los hombres fumando y hablando en pequeños grupos y las mujeres deteniéndose en los tenderetes para mirar las mercancías.

Jesse intentó recordar cuándo había sido la última vez que había visto tanta gente y tanta actividad en un lugar. No lo había hecho desde... Desde los tiempos de Emily.

El edificio central del pueblo era un juzgado encalado que semejaba un terrón de azúcar sobre una ancha pradera de césped. Lo presidía el honorable Hiram Palmer, un hombre conocido por conceder cualquier cosa que se le pidiera... a cambio de su debido precio.

En la tribuna sonaba la música metálica de una banda. Una alegre melodía acompañada por palmas y zapatazos resonaba en la explanada del juzgado. Alrededor de la bóveda del edificio colgaban guirnaldas de rafia roja, azul y blanca. En medio de la plaza se había levantado una pista de baile y en los márgenes de la explanada, las borriquetas de las mesas chirriaban bajo el peso de la comida dispuesta sobre los tablones: montículos de ostras, pollo frito, tartas de bayas y enormes barriles de cerveza y limonada.

Había habido una época en la vida de Jesse en que el hecho de caminar en medio de una multitud había sido para él tan natural como respirar. Había aprendido buenos modales en los colegios más costosos, y los encuentros multitudinarios con dignatarios en Pórtland, las reuniones empresariales en San Francisco o las veladas de ópera habían sido tan familiares para él como ahora lo era cabo Desengaño. Su abuelo había creado un imperio, su padre lo había bañado en oro con su toque de Midas, y todo indicaba que Jesse sería muy capaz de sacar aún más lustre a lo erigido por los Morgan.

Luego, un día, todo aquello se había esfumado.

Y después ya nada importaba. Nada en absoluto. Ni siquiera respirar un segundo después.

Ahora, en cambio, Mary estaba tirando tercamente de él hacia un mundo del que había renegado hacía años. Aquello no era la flor y nata de Pórtland, desde luego; allí no se hacían grandes negocios ni se debatían ideas de altos vuelos. Había algunos turistas, pero casi todos los presentes eran vecinos del pueblo.

Mary apretó su mano y tiró de él hacia el bullicio.

—Es una tribuna, muchacho, no un patíbulo.

Jesse arrugó el ceño.

—¿Qué?

—Pareces un condenado camino de la horca. Te decía que puedes estar tranquilo, que no es más que una tribuna.

—Yo no soy muy sociable —masculló él.

Mary echó a andar tirando de él. Jesse pensó fugazmente en sí mismo sacando del oleaje a la víctima de un naufragio. A veces, las víctimas se resistían... pero después siempre se lo agradecían.

Confiaba en pasar desapercibido entre la muchedumbre, pero estaba claro que Mary tenía otros planes. Antes de que él pudiera protestar, levantó una mano y agitó vigorosamente el brazo.

—¡Hola! —gritó—. ¡Yuju, señora Swann! ¡Estamos aquí!

Varias docenas de ojos se volvieron hacia ellos. Jesse se sintió expuesto ante ellos, desnudo como un pollo desplumado. Aquello era un infierno, pensó. Un infierno terrenal.

CAPÍTULO 14

Si las puertas del paraíso se hubieran abierto de par en par ante ella, Mary no habría sentido una emoción mayor que en aquel momento. Todo lo que rodeaba aquel día, aquel lugar, era nuevo y maravilloso para ella.

Aquella era la segunda oportunidad que había estado esperando. Por la que había rezado. La explicación de por qué solo ella había sobrevivido al naufragio. El pueblo se desplegaba ante ella como un campo recién arado. Podía plantar en él lo que quisiera.

Allí, nadie tenía que saber que había sido la fulana de un hombre rico.

—Gracias por traerme, Jesse —dijo mientras avanzaba rápidamente hacia el gentío.

Jesse se mantenía a su lado dando largas zancadas.

—No hay de qué —dijo en voz baja, y ella casi se rio al oírle. Jesse se estaba resistiendo con cada fibra de su ser. Era asombroso que le hubiera convencido para ir.

—Va a ser estupendo, ya verás —vio que la señora Swann avanzaba hacia ellos abriéndose paso entre la gente. Sus faldas eran tan anchas que dejaba una estela allá por donde pasaba. Su sombrero era un prodigio de la ingeniería. Su ancha ala de paja tenía más guirnaldas que la tribuna. Claveles rojos, blancos y azules brotaban en todas direcciones, como un despliegue de fuegos artificiales y en el centro se alzaba, orgullosa, una banderita estadounidense.

—¡Ahí están! —exclamó Hestia Swann, señalándoles con su sombrilla azul y roja.

Se detuvo la música y un hombre con sombrero de copa comenzó a gritar a través de una bocina dando la bienvenida a todos los presentes y deseándoles un feliz Día de la Independencia. Se oyeron vítores. La señora Swann extendió los brazos con la sombrilla colgada de la muñeca.

—¡Y fíjese, Mary Dare! ¡Qué estampa la suya!

—Gracias a usted y a la doctora MacEwan.

—¡Bah! Nosotras no pusimos esas rosas en sus mejillas —miró por debajo del ala del enorme sombrero y guiñó un ojo a Jesse—. Pero ya me imagino a quién se lo debemos.

—El mérito no es mío —repuso Jesse—. La recuperación de Mary no tiene nada que ver conmigo.

—¡Claro que sí! —la señora Swann se sacó un pañuelo de la manga y se enjugó delicadamente los ojos—. ¡Es tan romántico que apenas puedo soportarlo! Trajo usted a esta joven desde las mismas puertas de la muerte, Jesse Morgan.

Mary apretó la mano de Jesse.

—Es verdad. Para bien o para mal.

«Para bien o para mal». Sabía que Jesse advertiría un eco del pasado en sus palabras y que seguramente desearía no haber ido a la fiesta.

—¡Miren! —exclamó la señora Swann—. ¡Son el reverendo Hapgood y su esposa! ¡Y su chiquitín! —hizo las presentaciones, muy ufana.

Los Hapgood eran personas amables y tímidas, o eso le parecieron a Mary. El niño tenía el pelo tan rubio que era casi blanco, mejillas como manzanas y ojos llenos de picardía. No le cupo ninguna duda de que era un diablillo.

Tras cambiar algunas frases amables, los Hapgood siguieron adelante y la señora Swann volvió a enjugarse los ojos.

—¡Qué maravilla, esa familia! Fíjense en cómo miman a su hijo.

—Es adorable —dijo Mary.

—Y más precioso para ellos de lo que pueda imaginar cualquiera de nosotros —bajó la voz para susurrar—: Verá usted, la señora Hapgood perdió a su hijo mayor.

A Mary le dio un vuelco el corazón.

—Cuánto lo siento.

—Será mejor que sigamos —dijo Jesse hoscamente.

—¿Qué ocurrió? —preguntó Mary con curiosidad morbosa—. ¿Cómo murió el niño?

—Oh, no murió —respondió la viuda—. Eso es lo más triste. Se lo llevó el...

—Ya es suficiente, señora Swann —dijo Jesse.

Ella se abanicó enérgicamente con su pañuelo.

—¡Qué insensible por mi parte! ¡Es imperdonable! —exclamó, muy colorada—. No tengo por costumbre ser tan cotilla. ¿Podrán perdonarme?

Mary no pudo evitar sonreír. Había algo enternecedor en aquella mujer. Intuía que Hestia Swann estaba muy sola.

—¿Cómo se encuentra, querida? —preguntó Fiona MacEwan al reunirse con ellos mientras iban hacia las mesas engalanadas con manteles a cuadros.

—Muy bien, gracias. Me canso, pero...

—Está bien —dijo Jesse en tono crispado—. Lo bastante bien para mudarse...

—¡Miren! —lo interrumpió Mary antes de que pudiera acabar la frase—. ¡Qué ostras tan bonitas! —se acercó apresuradamente a la mesa—. Me han dicho que las de la bahía de Shoalwater son las mejores del mundo.

Se detuvo ante una amplia variedad de ostras crudas. Al otro lado de la mesa, varios hombres las abrían y las colocaban junto con gajos de limón en una gran fuente con hielo troceado.

—Hace un rato dijiste que odiabas las ostras —señaló Jesse.

—He dicho que nunca me habían gustado —puntualizó ella, y sonrió dulcemente al hombre que había frente a ellos, al otro lado de la mesa.

Vio por el rabillo del ojo que la señora Swann se acercaba, pero la doctora MacEwan la agarró del brazo y se la llevó de allí. Benditas fueran, estaban haciendo de casamenteras y Mary se lo agradecía de todo corazón.

—Seguramente porque nunca las he probado de las buenas.

—Pues ha venido al lugar indicado —uno de los hombres que estaban abriendo las ostras sonrió y estiró el brazo. En la palma de la mano, cubierta con un guante de goma, sostenía una gran ostra abierta—. En su media concha, es un bocado celestial.

Mary se quedó mirando la ostra. Su carne pálida, del color de la luna, relucía al sol. Jesse puso la mano sobre sus riñones y la empujó suavemente hacia delante.

—Pruébala. Has viajado toda la mañana para venir aquí.

Su propia bocaza le había tendido una trampa. Nunca sabía cuándo cerrar la boca, solía decir su madre. Tomó cuidadosamente la concha de bordes redondeados y se la llevó a los labios. A su alrededor, por todas partes, había gente sorbiendo ostras. Intentó no pensar en que el bicho estaba vivo, en que reposaba tranquilamente en su concha sin saber que estaba a punto de ser engullido.

Cerró los ojos, se lo tragó e hizo una mueca cuando lo sintió deslizarse por su boca y su garganta. Sabía a mar y a otra cosa, un leve sabor almizcleño en el que prefería no pensar. Abrió los ojos y tiró la concha al montón cada vez más grande que había en el suelo.

—¡Maravillosa! —exclamó con voz solo un poco desfallecida—. Gracias —agarrándose al brazo de Jesse, siguió mesa adelante—. ¿Crees que podría tomar un vaso de limonada? ¿Enseguida?

Él se rio, y Mary consiguió superar su asco lo suficiente para reírse también. Después de aquello, Jesse pareció relajarse un poco y comenzó a intercambiar saludos con las personas junto a las que pasaban. Muchos lo conocían de vista, aunque, a decir verdad, él no tenía ni idea de quiénes eran.

En un ancho foso, cubierto con un lecho de brasas, se estaba asando una ternera entera. Mary y Jesse dieron un rodeo para esquivarlo, pero sintieron el calor de las brasas desde varios metros de distancia. Mary miró a su alrededor, maravillada.

—Me siento como si estuviera en medio de un sueño precioso —dijo, tomando a Jesse del brazo.

—¿De veras? —tensó los músculos, pero no se apartó.

—Es como un sueño: las señoras de blanco, la música, los niños vestidos con sus mejores ropas, la flota en el puerto... Es todo tan bonito... ¡Qué suerte tienes de vivir en un sitio así, entre esta gente!

—Supongo que sí —contestó él de mala gana.

—En Irlanda, era precioso —añadió ella—, pero vivíamos muy lejos de todo el mundo, y en el pueblo casi nunca había nada que celebrar. Nosotros todavía no hemos convencido a los ingleses de que nos den la independencia —respiró hondo, inhalando el olor de los guisos, del mar y del gentío.

Oyó unos golpes secos que llamaron su atención. Apretó el paso y vio una zona acordonada, a un lado del juzgado. Sobre una gran roca lisa, unos hombres colocaban troncos y los partían a hachazos.

—¿Quiere probar suerte, por la señora? —gritó un hombre con un sombrero de paja y las mangas sujetas con gomas.

—¡Es un concurso de cortar madera! —exclamó ella, mirando hacia atrás.

—No me digas.

—¡Vamos, Jesse! —se rio.

—Tres intentos, un penique —añadió el feriante—. El premio es un broche con el águila nacional para su esposa.

Mary sintió que una gélida oleada se precipitaba sobre ella. Su mundo de ensueño adquirió de pronto los contornos fríos y precisos de la realidad. Su esposa. Se arriesgó a mirar a Jesse. Tenía una expresión inescrutable cuando pasó la cuerda que servía de barrera y arrancó un hacha de mango largo de un tocón.

El hombre sonrió.

—Tres intentos, un peni...

—No necesito tres intentos —Jesse dejó una moneda en la palma del hombre. Se quitó la chaqueta y se arremangó la camisa blanca, dejando al descubierto sus antebrazos tostados por el sol.

Se colocó delante de un tronco colocado en vertical, separó los pies y se afianzó en el suelo pisoteado. La gente se agolpó al borde de la explanada para mirar. Mary oyó murmullos llenos de curiosidad.

—¿Quién es?

—El farero de cabo Desengaño.

—Ha rescatado a más gente que cualquier otro farero de la costa.

—He oído decir que es un tipo raro...

Mary se alejó de los murmullos. Que dijeran lo que quisieran. Jesse no tenía nada de raro, como no fuera que durante doce años todo el mundo había creído que quería estar solo. En todo ese tiempo, ella había sido la única que se había percatado de cuánto sufría. La única que había creído que podía recuperarse.

El truco consistía en hacer que él también lo creyera.

Jesse se aflojó la corbata y dejó que los extremos cayeran sobre su pecho. Luego miró el leño, absorto, como si el resto del mundo no existiera. ¡Qué regalo del cielo. tener esa capacidad de concentración! Por todas partes, a su alrededor, había leños a medio cortar, abandonados allí por los hombres que habían fracasado en el intento. Mary no pensó ni por un instante que Jesse pudiera fracasar. Había un vínculo casi mágico entre la hoja del hacha y él. Se movió con la suavidad de una brisa al levantar el hacha sobre su cabeza; después la dejó caer sobre el centro del leño, justo en su parte más vulnerable. Se alzó un olor a abetos verdes y el leño se partió en dos mitades perfectas.

Se oyeron aplausos entre el gentío. El feriante sonrió.

—Nadie me avisó de que habría un verdadero Hércules entre nosotros —dijo al entregarle el premio.

Jesse fue a reunirse con Mary. Ella se arrimó mientras la muchedumbre bullía a su alrededor y sintió el calor húmedo que emanaba del interior de los músculos de sus brazos y sus hombros. La recorrió un escalofrío.

Jesse le puso el broche en la mano.

—A mí no me sirve de nada —dijo.

—Gracias —estuvo a punto de hacer un comentario socarrón acerca de su generosidad, pero después de que el feriante la tomara por su esposa, ambos se sentían violentos. El día, que había empezado siendo alegre y despreocupado, se había vuelto de pronto oscuro y amenazador por culpa de una sola palabra.

Y Mary no sabía cómo arreglarlo.

Se puso el broche en el corpiño y llevó la levita de Jesse colgada del brazo. Él parecía haberse olvidado de la chaqueta, y no la necesitaba: tenía la espalda y los hombros mojados por el sudor.

—Santo cielo, ¿me engañan mis ojos? —preguntó una tensa voz masculina.

Jesse y Mary se detuvieron. Un hombre con un sombrero de paja, vestido completamente de blanco, caminaba hacia ellos. De su brazo iba una señora también vestida de blanco de los pies a la cabeza. Mary solo tuvo que echarles un vistazo para saber que encarnaban el privilegio y la riqueza. Sus ropas estaban tan almidonadas que tenían que ser recién estrenadas. Sus pasos eran tan ligeros y airosos que los suaves mocasines de piel del hombre y los botines de piel de cabritilla de la mujer apenas parecían rozar la hierba.

El hombre tenía el cabello rubio y los ojos claros. Su sonrisa franca era al mismo tiempo refinada y espontánea.

—¡No puede ser! —exclamó—. ¡Pero creo que sí, por Dios! —extendió la mano—. ¡Jesse Kane Morgan! ¡Por todos los santos! Pero, hombre, ¿no te acuerdas de mí? Elliot Webber, de los Webber de Pórtland.

—Claro que me acuerdo —Jesse le estrechó la mano.

Elliot frunció el ceño al retirar la mano y procuró secársela disimuladamente con un pañuelo blanco.

Jesse carraspeó.

—Disculpa. He probado suerte cortando leños.

—Lo sé —dijo la señora—, lo he visto.

Mary comprendió al instante: la mujer había visto a Jesse empuñar el hacha, había visto el sol destellando en su pelo, había visto tensarse sus hombros y su espalda al partir el tronco en dos. Mary la miró con enojo, pero ella no apartó la mirada de Jesse. Elliot dijo:

—Esta es Sarah, mi esposa.

Jesse se inclinó doblando la cintura.

—Señora Webber.

Era la primera vez que Mary lo veía hacer una reverencia. Aún no había decidido qué pensar al respecto cuando Jesse la señaló con una ligera inclinación de cabeza:

—Esta es Mary. Mary Dare.

Ella sintió una oleada de gratitud al ver que los ojos de Elliot brillaban, llenos de admiración, al posarse en ella. Su madre le había advertido que no debía ser vanidosa, pero decidió disfrutar un instante de aquella sensación.

—¿Cómo está? —preguntó él.

—Muy bien, gracias —contestó Mary.

Elliot Webber se quitó el sombrero y la miró entornando los párpados.

—¿No nos hemos visto antes, señorita Dare?

—Pues no. Seguro que no.

—Me resulta usted familiar —Elliot se encogió de hombros—. Jesse y yo fuimos compañeros de colegio —le explicó a su esposa—. Él era el capitán del equipo de críquet y yo su ayudante —guiñó un ojo—. Tú siempre al mando, ¿eh, Jesse? ¡Y la Compañía de la Bahía de Shoalwater! Hiciste de ella todo un emporio. Todo el mundo se quedó de piedra cuando lo dejaste después de... Ay, discúlpame, amigo mío. Aquí me tienes, hablando del pasado sin ton ni son.

—¿Qué te ha traído por esta zona? —preguntó Jesse rígidamente.

—Veraneamos aquí todos los años —contestó Sarah con una entonación que a Mary le pareció relamida y ridícula.

—Hoy pienso ganar al ostrero del pueblo en la regata —añadió Elliot, enganchando los pulgares en los tirantes del pantalón. Poseía la arrogancia de un hombre al que todo (desde su esposa al dinero, pasando por la victoria en una regata) le resultaba fácil de conseguir—. Ayer tuve un problemilla. Uno de mis tripulantes bebió más de la cuenta y no se encuentra bien —chasqueó los dedos—. Dime una cosa, Jesse, ¿qué te parecería ocupar su puesto? Cuando íbamos al colegio eras un buen marinero. ¿Te acuerdas de cuando estuve en tu tripulación, en la regata de Willamette? Hiciste muy buen tiempo. En cuanto sonó el primer disparo de cañón, salimos a la bahía y...

—Lo siento, Elliot, pero no.

Solo Mary advirtió la tensión de su voz. Solo ella la entendió. Pasó su brazo libre por el suyo.

—Pero sería perfecto —terció Sarah—. Formarían el equipo ideal para enfrentarse a los brutos del pueblo. Podrían ponerles en su sitio de una vez por todas.

Mary sintió que los músculos del brazo de Jesse se crispaban. Él, que era tan fuerte y tan osado, temía salir al mar.

—Tiene usted que acompañar a mi marido —Sarah hizo un mohín seductor—. Me espanta pensar que se lleve la copa de plata un pescador corriente y moliente, quizás incluso un extranjero. Uno de esos noruegos tan raros o algún sucio irlandés, o...

—No —la voz de Jesse cortaba como un cuchillo—. De hecho, tenemos que irnos ahora mismo.

Mary se sintió como si le hubieran prendido fuego. La rabia, la vergüenza y la frustración ardieron dentro de ella, no solo por Jesse, sino por sí misma.

—Y no quiera Dios —dijo, recalcando con orgullo su acento extranjero— que un sucio irlandés se lleve el premio —con gesto teatral, se colgó la levita de Jesse sobre los hombros.

Y entonces se dio cuenta de su error.

Notó que los Webber fijaban la mirada en su vientre. Vio girar los pequeños y tensos engranajes de su cabeza, calibrando la situación. Sus conclusiones chisporrotearon en el aire, invisibles, como un rayo de calor. Sarah dijo por fin:

—¡Habrase visto! —con un soplido y un revuelo de faldas, dio media vuelta y se alejó.

Elliot dedicó a Jesse una sonrisa bobalicona y fue tras ella. Mary no sabía qué hacer. Le ardía terriblemente la garganta y sentía una profunda punzada de dolor en el pecho. Su precaria alegría, su etérea felicidad de aquel día, se habían esfumado. En el espacio de unos minutos, la habían llamado «esposa» y la habían mirado como a una cualquiera. Ambas cosas calaron en ella, zahiriéndola con el espejismo de lo que jamás podría tener. Cegada por una súbita oleada de lágrimas, echó a andar a toda prisa hacia las afueras del pueblo.

En algún lugar, en el prado lejano, relinchó un caballo y se oyó el traqueteo de las ruedas de una calesa. Delante de ella, los altos montículos de los vertederos de conchas enmarcaban la vista de la bahía de Shoalwater, la flota anclada y el sol relumbrando en el agua como una franja de ámbar líquido. Era como si alguien hubiera fundido oro en una olla y lo hubiera vertido sobre el agua. Mary se aferró a aquella idea mientras intentaba hacer varias cosas a la vez: sofocar su rabia, sacudirse su vergüenza y parpadear para disipar sus lágrimas. Fracasó estrepitosamente en las tres.

—¡Mary! —Jesse tocó su hombro.

Se apartó de él y retrocedió. Un paso. Dos.

—No me toques. Ahora no. No me toques... a menos que seas sincero.

—Por amor de Dios...

—¡Socorro! —se oyó gritar a alguien frenéticamente al otro lado de la feria—. ¡Por favor, que alguien me ayude!

—Tengo que irme —dijo Jesse, y echó a correr en respuesta a la llamada de auxilio.

Mary se apoyó en la valla mientras él iba corriendo a ver qué sucedía. En parte se sentía aliviada. Estaba tan cerca de enamorarse de él... Empezaba a dolerle demasiado que no le permitiera acercarse. Necesitaba ordenar sus ideas y fortalecerse contra la mirada desdeñosa de Sarah Webber. Pero nada cambiaría lo que era: una mujer soltera y embarazada que vivía en casa de un hombre solitario.

—¡Socorro! —se oyó gritar de nuevo—. ¡Mi niño!

Era la señora Hapgood, la esposa del reverendo. Mary sintió de pronto que sus problemas se empequeñecían hasta quedar reducidos a mezquinos contratiempos.

Jesse regresó exhausto a la plaza del juzgado. Llevaba en los brazos su preciosa carga. El pequeño Hapgood se aferraba a su cuello.

—Menuda carrera te has dado —comentó Jesse—. Seguro que no te esperabas que el caballo echara a correr así.

—Estaba asustado, señor. Asustado de verdad —el niño se abrazó a él con más fuerza.

Le chocaron el olor y la sensación de llevar al niño en sus brazos. Había algo único e increíblemente dulce en el olor de un niño pequeño. Evocaba imágenes de risas, candor e ilusión infinita.

Jesse pensó en el calesín que el niño había puesto en marcha y comprendió lo fugaz que era la vida. Cómo uno podía perderlo todo en un solo instante.

De pronto se sorprendió haciendo algo impulsivo e inesperado: levantó al niño y le dio un beso en la coronilla. El roce de sus labios sobre el cabello sedoso y fino despertó un anhelo dentro de su pecho. Tuvo, sin embargo, poco tiempo para pensar en ello. Oronda como una bola de bolos, la señora Hapgood apareció corriendo por el camino. Su marido corría detrás.

—¡Mi niño! —gritó ella—. ¡Mi niño! ¡Mi niño!

El pequeño se retorció en brazos de Jesse.

—¡Mamá! ¡Papá!

Había tal alivio en aquel grito que Jesse se estremeció. Soltó de buena gana al niño. Los Hapgood abrazaron a su pequeño, apretándolo entre ellos y cubriendo su cara de besos. Por el rabillo del ojo del padre se deslizó una lágrima. Levantó la vista y dijo «gracias» a Jesse sin que le saliera la voz. Pero el brillo del sol en aquella lágrima fue el único agradecimiento que necesitaba Jesse. Inclinó la cabeza y fue en busca de Mary.

No tuvo que ir muy lejos. Ni tardó en recordar su pelea.

Elliot y Sarah Webber. Malditos fueran. ¡Así se fueran al infierno! La cara que había puesto Mary al oír decir a Sarah Webber «sucio irlandés» había sido para él como vislumbrar el infierno. Sabía que no era la primera vez que ella era objeto de un desaire semejante. Y de pronto deseó asegurarse de que fuera el último.

Quería protegerla. ¡Ojalá hubiera sido ella el niño de los Hapgood, pidiendo auxilio en un carruaje desbocado! Así solo tendría que parar el carruaje y Mary estaría a salvo.

Ella no se había movido de su sitio, al borde del prado. Tenía la vista fija en el mar y su perfil parecía la prueba palmaria de que entre ellos todo iba mal.

El bebé... Su vientre lo exhibía orgulloso. Aquella amenaza sigilosa. Aquella provocación.

Los brazos de Jesse recordaban aún cómo habían abrazado al niño. Recordaba lo preciosa que era la vida. Jamás podría sentir esa ternura por el bebé que Mary llevaba en su vientre. Ni siquiera quería intentarlo. La sola idea le hacía retroceder. No se imaginaba siendo el padre de un niño engendrado por él, cuanto más del bastardo de una desconocida.

Pero Mary no era una desconocida, replicó su conciencia.

Sintiéndose dividido, se acercó a ella. Sus ojos nunca le habían parecido tan grandes, tan tiernos, tan llenos de desesperación. ¿Adónde había ido a parar la alegría? ¿Por qué no estaba allí? Pasara lo que pasase, Mary siempre estaba alegre.

—Otra vez eres un héroe —comenzó en voz baja—. Esa familia ha tenido suerte de que estuvieras aquí, Jesse Morgan. Sí, es una suerte tenerte cerca.

La ironía de sus palabras hirió a Jesse. Su encuentro con los Webber ensombreció el resto del día como una nube de tormenta. Él sentía los esfuerzos que hacía Mary por poner buena cara mientras paseaban entre la gente. Sintió cómo se encogía cuando un cañonazo señaló el principio de la regata.

Mary se animó un poco cuando un barco ostrero tripulado por un grupo de emigrantes fineses ganó la carrera, rodeando la boya y entrando en la bahía muy por delante de los elegantes veleros procedentes de Pórtland y Astoria. Cuando el sol se hundió tras la península y los colores del verano pintaron el cielo, Jesse la miró y se dio cuenta de que hacía mucho tiempo que no le importaba tanto la felicidad de otra persona.

Tal vez nunca le había importado demasiado. Había amado a Emily, sí, pero con la despreocupación y el arrogante descaro de la juventud. Ahora, a la vuelta de los años, sabía que el mañana era solo una promesa, que nada estaba garantizado.

—¿Qué estás mirando, muchacho? —preguntó Mary.

Él se aclaró la garganta.

—A ti. Espero que no creas que me importa un pimiento lo que digan Elliot Webber y su mujer.

Ella agitó la cabeza.

—Claro que no.

—Vamos a las mesas, a comer algo.

Mary dudó, pero luego asintió con un gesto, levantó la barbilla y se sentaron a una larga mesa colocada sobre borriquetas, en el borde de la explanada del juzgado. La gente felicitó a Jesse dándole palmadas en la espalda y comentando su heroísmo. Él parecía incómodo ante sus cumplidos. El hijo de los Hapgood había corrido peligro. Él había actuado rápidamente y sin pensar para ayudarlo. No había más misterio.

Después de la cena, Mary se puso a charlar con la joven pareja sentada a su lado. Estuvieron riendo y cotilleando y a Jesse le alegró ver que Mary volvía a ser la de siempre. Sentía su pie bajo la mesa, marcando el ritmo de la música. Pero le pilló desprevenido cuando, volviéndose hacia él, le dijo:

—Cuéntame qué le pasó al hijo de la señora Hapgood. Al primero.

—No tengo ni idea...

—Claro que sí. O me lo dices, o voy a preguntárselo a la señora Swann.

Jesse respiró hondo. No quería hablar de aquello, no quería ver la cara de Mary cuando lo oyera. Pero las palabras le salieron, implacables como el mismo mar:

—Tuvo un hijo fuera del matrimonio. El padre, que había sido su jefe, reclamó al niño nada más nacer. La señora Hapgood no ha vuelto a verlo desde entonces.

Mary se quedó callada, inmóvil. Jesse no supo si era que se estaba haciendo de noche o si eran imaginaciones suyas, pero nunca le había parecido tan pequeña e indefensa.

—¿Te apetece bailar? —preguntó alguien. Jesse quedó asombrado al darse cuenta de que era su propia voz.

Mary se volvió hacia él. Su rostro tenía una expresión melancólica a la luz de las antorchas.

—Me encanta bailar —reconoció—. Pero aquí no. Llamaría demasiado la atención —miró su vientre.

Jesse, sin embargo, percibió la nota de anhelo de su voz. La tomó de la mano y la hizo ponerse en pie.

—Vamos.

Mary lo siguió sin resistirse, aunque parecía desconcertada.

—¿Adónde?

—Ya lo verás.

Más allá del círculo que formaba la luz de las antorchas reinaba la oscuridad, pero el resplandor azulado de la luna le permitía ver por dónde iban. En el lado este del juzgado, lejos del gentío, había un cenador revestido de celosía blanca. Por sus lados trepaban rosas de verano. Jesse condujo a Mary por los tres peldaños que subían a la plataforma. Un tumulto de flores tapaba el cielo nocturno.

Sintiéndose torpe, pero extrañamente liberado, Jesse se inclinó ante ella con aire ceremonioso.

—¿Me permites este baile?

Esperaba que ella le siguiera la corriente, que batiera las pestañas y dejara que la tomara en sus brazos. Pero Mary rompió a llorar,

—Dios —masculló él, incorporándose.

—Lo siento —se limpió las lágrimas con la manga—. Es solo que esta noche solo deseaba bailar, y ahora se está cumpliendo mi deseo. ¿Cómo lo has sabido?

—¿Saber qué?

—Que me moría de ganas de bailar.

—No puede decirse que ocultes tus sentimientos, precisamente. Bueno, ¿quieres bailar o no?

—Sí —contestó, y sus lágrimas se evaporaron en una sonrisa radiante—. Sí, quiero bailar contigo.

A pesar del tiempo transcurrido, Jesse recordaba cómo se bailaba. Recordaba los pasos, el ritmo y la postura. Lo que no recordaba era la dulce sensación de sostener a una mujer entre sus brazos. O quizá fuera aquella una sensación que no había saboreado hasta ese instante.

Mary se lo dio todo: la agilidad de sus pasos sobre las tablas del cenador; el calor de sus dedos entre los suyos; la íntima concavidad de su espalda allí donde Jesse posaba la mano; el tacto satinado de su pelo, rozando la barbilla de él mientras se movían al unísono... Sus ojos brillaron, llenos de adoración, cuando lo miró y dijo:

—Gracias, Jesse. Gracias por bailar conmigo.

Entonces Jesse la besó, sin saber cómo había empezado o si era culpa de ella o de él. Solo supo que estaba besándola, que sus manos deslizaban por su espalda y la apretaban contra sí mientras exploraba su boca. La exploración se tornó en seducción. Trazó con la lengua la juntura de sus labios hasta que ella abrió la boca para dejarlo entrar, para permitir que la saboreara y que su lengua le hiciera el amor con una cadencia que era como un eco del movimiento de sus cuerpos. Sin soltarla, Jesse la llevó hasta uno de los bancos del cenador y se dejaron caer en él, abrazándose con ansia.

Mary tenía un sabor primitivo, terrenal, lleno de vida. Jesse deslizó las manos por su cuerpo, tocó sus pechos suaves y turgentes. No llevaba corsé. Entre sus manos y los pechos de Mary solo se interponía una fina capa de tela. Hacía mucho tiempo que no experimentaba una sensación tan abrasadora, años que no sentía el pecho de una mujer en la palma de la mano, que no se dejaba hechizar por su tierno erotismo.

—¡Ah, Mary, Mary! Me vuelves loco... —murmuró.

Ella echó la cabeza hacia atrás y él pasó los labios por su cuello, saboreando su tersura mientras imaginaba cómo sería sentirla contra su piel.

—Necesito estar más cerca de ti —dijo, poseído por el deseo—. Sí, más cerca, tan cerca como podamos.

La sentó sobre su regazo y la presión de su peso desató su locura. Sintió la sangre atronándole los oídos igual que el mar. Nunca, en toda su vida, había deseado a una mujer como deseaba en ese momento a Mary. Sentía en ella un deseo igual al suyo. Sus manos se deslizaron por el pecho de Jesse, abriéndole la camisa.

Sin embargo, a pesar de que todo dentro de él lo impulsaba a seguir adelante, Jesse sentía dolor. El amor dolía. Eso lo había aprendido hacía años. Era una lección que una espantosa desgracia había grabado a fuego en su corazón.

La apretó con fuerza y se preguntó cómo había soportado los doce años anteriores sin aquel bendito dolor. Había ignorado que pudiera sentirse así... hasta la llegada de Mary.

Aquella era, pues, la noche en que iba a cruzar la frontera invisible entre ellos y a hacerla suya. La abrazaría y...

Sintió un leve golpe en la cintura. Como si Mary estuviera intentando empujarlo. Aturdido a medias por el beso, apartó la boca de la suya.

—¿Quieres que pare? —preguntó con un ronco susurro.

—Dios mío, no —respondió ella en voz baja—. ¿Por qué dices eso?

—Me estás empujando... —se detuvo al notar de nuevo aquella sensación.

Mary se rio.

—No era yo, sino el bebé. Se está moviendo y debes de haberlo sentido.

Jesse estuvo a punto de apartarla de su regazo de un empujón. Se contuvo a tiempo, puso firmemente las manos sobre sus hombros y la apartó para que se sentara a su lado. Una súbita helada cayó sobre el cenador.

—Lo siento —dijo, sintiendo que sus entrañas se petrificaban—. Ha sido una falta de respeto. Procuraré que no vuelva a ocurrir.

—Pero Jesse...

Se levantó bruscamente y, agarrándola del codo, la ayudó a ponerse en pie y la llevó fuera del cenador, hacia la pradera. Se sentía mareado, como si hubiera estado a punto de saltar por un precipicio y se hubiera echado atrás en el último instante.

—¿Qué ocurre? —preguntó ella mientras cruzaban la explanada del juzgado—. Es muy natural que el bebé se mueva. No tiene nada de malo.

—Yo no he dicho que lo tenga.

—Entonces, ¿por qué has parado tan de repente?

—¿De veras quieres que nos demos un revolcón aquí y ahora? —preguntó él con aspereza—. Porque eso es lo que iba a pasar. Unos minutos más y te habría levantado las faldas. ¿Es eso lo que querías, Mary?

—Yo...

—¿Lo es? —la crueldad afiló sus palabras como un cuchillo—. Es una pregunta muy sencilla. ¿Es eso lo que querías de mí?

—No. Maldito seas, Jesse Morgan. Tú sabes que no.

Jesse se apartó de ella y se encaminó al hotel.

CAPÍTULO 15

A la mañana siguiente, de pie en el vestíbulo del hotel Pacific House, Mary observaba a la gente que iba y venía a su alrededor. La mayoría abandonaba el hotel después de los festejos del Centenario. Los porteadores iban de acá para allá a toda prisa, cargados con baúles y maletas. Cerca de la puerta principal había un hombre trajeado que abría y cerraba nerviosamente la tapa de su reloj de bolsillo, como si aquel gesto pudiera hacer que el tiempo pasara más aprisa.

¡Qué lugar tan magnífico era aquel! Tan magnífico como algunos de los sitios que había visto en San Francisco.

Mary ahuyentó aquel recuerdo. Ese capítulo de su vida había tocado a su fin. Así debía ser. No le hacía ningún bien pensar en ello; si lo hacía, el miedo se apoderaría de ella.

Saludó con una sonrisa a la señora Hapgood, que pasó apresuradamente con su hijo a la zaga. Mary se la imaginó cuando, siendo mucho más joven, sola y asustada, habían arrancado a su bebé de sus brazos. Aquella imagen la heló hasta la médula de los huesos. ¿Era cierto, entonces? ¿Podía un hombre rico apoderarse de un hijo al que hubiera engendrado?

Aquella idea acababa de cruzar su mente cuando lo vio. Estaba sentado en un sillón de cuero semejante a un trono, al otro lado de la sala, con un pie apoyado sobre un taburete mientras un limpiabotas le lustraba los botines.

El pánico le subió por la garganta hasta que estuvo segura de que saldría convertido en un grito. Mantuvo la mirada fija en él mientras intentaba avanzar poco a poco hacia la puerta del vestíbulo. Él sujetaba un periódico, ajeno a ella. Tal vez tuviera una oportunidad.

Dio otro paso hacia la puerta. Pero antes de que llegara a ella, él bajó el periódico y la miró fijamente.

Mary estuvo a punto de desfallecer de alivio. No era él. Su mente le estaba jugando malas pasadas. Logró sonreír al señor y la señora Cobb, del almacén general de Ilwaco, cuando pasaron por su lado. Se dijo que no debía ser tan tonta. Por amor de Dios, había conseguido escapar, había sobrevivido a un naufragio. Sin duda no había soportado todo aquello solo para perder su libertad ahora.

San Francisco estaba muy lejos.

Pero él tenía una casa en Pórtland. Vivía justo al otro lado del río... con su esposa. Con su esposa estéril.

Comenzaron a castañetearle los dientes. ¿Dónde estaba Jesse?

Tocó con nerviosismo las hojas de una planta mientras observaba a la gente que pululaba por el vestíbulo. Ir allí había sido un error. Había pensado que aquello era lo que necesitaba Jesse: moverse entre la gente. Tenía que dejar de esconderse en el faro. Pero no se había parado a pensar en sí misma. En el faro, con Jesse, se sentía tan segura que había olvidado que un hombre poderoso andaba tras ella, un hombre decidido a tener un hijo.

Su hijo.

Tragó saliva y notó que había estropeado la hoja de la planta. Se limpió las manos frotándoselas contra los pliegues del vestido.

—¿Sabe?, acabo de recordar dónde la había visto antes —dijo alguien.

Mary miró a su alrededor, sobresaltada. El desagrado paralizó su rostro cuando reconoció a Elliot y Sarah Webber.

—Estoy segura de que no nos habíamos visto nunca —afirmó.

—Se ha pasado despierto casi toda la noche intentando recordarlo —los ojos entornados de Sarah Webber tenían una expresión cruel—. Y por fin se ha acordado.

—Vimos su fotografía en el periódico, hace un par de semanas —dijo Elliot, triunfal—. Sobrevivió usted a un naufragio.

—No podía ser mi fotografía —dijo Mary con voz firme, a pesar de que temblaba por dentro—. No ha salido ninguna fotografía mía.

—Desde luego que sí —contestó Sarah—. En el *Daily Journal*. Así que Jesse la rescató y ahora está cuidando de usted por pura bondad —parecía aliviada. Estaba claro que no había querido creer que Jesse pudiera interesarse voluntariamente por una sucia irlandesa.

—Se equivocan —dijo Mary—. No hay ninguna fotografía —haciendo acopio de orgullo, pasó a su lado y salió del hotel.

Oyó que Jesse la llamaba, pero no se detuvo, no aflojó el paso. Se fue derecha a las caballerizas. El patio de cuadras era un hervidero de mozos que iban de un lado a otro, preparando los carruajes para los huéspedes que se marchaban.

Jesse la agarró del brazo.

—¿No me has oído llamarte?

—Sí.

La miró a la cara.

—Estás pálida como un fantasma. ¿Te encuentras mal? ¿Quieres que mande a por la doctora Mac...?

—Enviaste mi fotografía a los periódicos —esperó a que él lo negara. No quería saber que la había traicionado.

—Claro que sí.

Mary dio un respingo, como si la hubiera golpeado.

—Te pedí que no lo hicieras. Te lo supliqué.

—En aquel momento no sabía nada de ti. Tu familia podía estar buscándote angustiada —su rostro se oscureció como si se hubiera colocado a la sombra—. Sé lo que es eso. La espera. La incertidumbre.

—¿No se te ocurrió que tal vez tuviera un buen motivo para no querer que mi cara apareciera en los periódicos de todo el país?

—Si es así, deberías haber dicho cuál era ese motivo.

—No me diste oportunidad —levantó la voz y varias personas se volvieron para mirarla.

Jesse la agarró del codo y la condujo hacia el sauce, junto al riachuelo.

—Dímelo ahora, entonces —dijo.

Ella vaciló. ¿Por qué la había traicionado? ¿Por qué, después de decirle que no le hiciera una fotografía, la había publicado para que la viera todo el mundo?

«Sé lo que es eso. La espera. La incertidumbre».

Aquel hombre, aquel hombre furioso y herido, había sufrido esperando a tener noticias de su esposa.

Mary parpadeó para disipar sus lágrimas.

—Te dije desde el principio que no quería saber nada del hombre que engendró a mi hijo. Te dije que había sido... un error. El peor de los errores.

Jesse se apoyó contra el tronco de un árbol. Cruzó los brazos. Mary vio cómo se alzaba el muro, lo vio ocurrir ante sus ojos. Igual que la noche anterior. Reconoció el dolor, su forma de replegarse en sí mismo. Tan pronto había sentido al bebé moverse dentro de ella, se había alejado.

—Me da miedo de lo que puede pasar si me encuentra. Es... un hombre muy decidido.

—¿Por qué demonios te liaste con alguien así? —preguntó Jesse.

—También puede ser muy encantador —no se atrevió a mirarlo a los ojos—. Cuando llegué a San Francisco, no tenía nada, solo una bolsita con las monedas que había ganado trabajando como cocinera en el barco. Pero el dinero me duró poco. Una irlandesa sin un penique no tiene muchos caminos por los que tirar. Una mujer que ha perdido todo lo que quería. Intenté ponerme a servir, pero nadie quería darme trabajo. Entonces conocí al señor Jones y fue tan bueno conmigo, tan cariñoso... —apretó los puños contra la tela del vestido—. Me dio una casa, iba a visitarme, me llevaba flores y dulces —cerró los ojos al acordarse de las largas noches en que había escapado a un mundo de sensual abandono sabiendo que era un pecado, que era un error, pero al mismo tiempo necesitada del contacto de otro ser humano, igual que necesitaba el aire para respirar.

Eso era quizá lo peor de todo. Que, mientras aún lloraba la muerte de su familia, se había embarcado a sabiendas en una relación ilícita. Se había engañado a sí misma pensando que se querían, solo para consolarse. Había entregado la parte más preciosa e íntima de su ser únicamente para no sentirse tan sola.

Debería haber sabido que habría un precio.

Jesse no dijo nada. Las largas y finas ramas del sauce pendían entre ellos, ocultándolo en parte. Sin embargo, era más fácil hablar con él así, oculto a medias, como un sacerdote en el confesionario tras su pantalla de palisandro labrado, con el olor a incienso en el aire y los susurros de la iglesia abriéndose paso a través del silencio.

—No me enteré de que estaba casado hasta que ya era demasiado tarde —prosiguió—. Verás, cuando se lo dije... lo del bebé... se puso muy contento. Pensé que querría casarse conmigo, darle su nombre al bebé —miró el dibujo cambiante de la luz de la mañana entre las ramas del sauce—. Resultó que quería al bebé —respiró hondo y tragó saliva—. Pero no a mí.

Jesse no se movió. Mary oyó el leve siseo de su respiración cuando tomó aire bruscamente, como si se hubiera quemado.

Se enjugó las mejillas. Sentía que el calor de la vergüenza emanaba de su piel, de su misma alma.

—Me utilizó como a una yegua, y después del parto me habría quitado al bebé si no hubiera logrado escaparme como un ladrón en plena noche.

De pronto se sintió agotada y se apoyó contra el tronco del árbol. Deseó que Jesse hiciera o dijera algo. Deseó que la tocara. Pero él siguió callado, con el ala del sombrero calada sobre los ojos mientras las hojas susurrantes se agitaban movidas por la brisa.

—Estar aquí, entre toda esta gente —añadió Mary—, me ha recordado que sigo estando en peligro. Sobre todo ahora que sé que mandaste mi fotografía a los periódicos. La historia de la señora Hapgood me ha asustado, Jesse. Soy una don nadie. No tengo nada. A mí podría pasarme lo mismo. ¿Y si él ve esa fotografía?

Más silencio. Más suspiros del viento. Luego, Jesse habló por fin:

—Te dijo que se llamaba Jones.

—¿Crees que ese no era su nombre?

Él resopló, escéptico, y se alejó. Mary solo pudo mirarlo. Sabía que era un hombre duro. Había probado más de una vez el amargor de su talante. Pero sin duda tendría al menos una palabra de conmiseración que decirle.

Ni siquiera miró hacia atrás para ver si lo seguía. Ella, cómo no, fue tras él.

—No puedo creerlo, Jesse Morgan —dijo con enfado—. Estoy metida en un lío por algo que hiciste tú ¿y crees que puedes irte sin más?

La señora Hestia Swann, que aguardaba su carruaje en el patio de cuadras, la miró con perplejidad. Mary se imaginó lo que estaría pensando. Pero estaba furiosa. Se había pasado toda esa noche angustiada y estaba harta. Jesse se merecía un buen rapapolvo, y por Dios que iba a echárselo.

—Te cuento mis miedos más íntimos —agregó mientras apretaba el paso para seguirlo— y no tienes nada que decir. Nada de nada. La verdad, a veces me pregunto si tienes la cabeza de madera. Y el corazón de piedra. No me has dicho ni una sola vez que todo iba a arreglarse, que tú cuidarías de mí, que me mantendrías a salvo.

Jesse la condujo a través de la explanada del juzgado. Mary estaba tan furiosa que no se preguntó adónde iba.

—Todo esto es culpa tuya. Fuiste tú quien mandó esa fotografía. Quien la hizo publicar para que todo el mundo la viera.

Sus palabras sonaron huecas cuando entraron en el juzgado. Una fresca oscuridad los rodeó de pronto, y sus pasos resonaron sobre el suelo de baldosas.

—¿No tienes nada que decir? —gritó ella—. ¡Santo cielo, di algo o...!

Se interrumpió cuando él abrió bruscamente una puerta y entró en una sala grande y de techos altos donde un hombrecillo trabajaba sentado tras un escritorio cubierto de papeles. El hombrecillo levantó los ojos, arrugó el ceño y a continuación sonrió cortésmente.

—Jesse Morgan —dijo él enérgicamente—. Soy el farero de cabo Desengaño.

—Sí, lo sé. ¿Cómo está?

—Esta es Mary Dare —Jesse se volvió a medias hacia ella y añadió—: El juez Hiram Palmer.

Mary parpadeó, desconcertada, pero logró hacer una ligera genuflexión.

—¿Cuánto hay que pagar para casarse? —preguntó Jesse.

—Pues ochenta centavos por el trámite registral, pero...

—Está bien —Jesse hurgó en su bolsillo y puso dos dólares de plata sobre el escritorio. Luego añadió otro—. Y eso es por hacerlo ahora mismo.

—¿Ahora? —preguntó el juez.

—Ahora.

—¿Qué? —preguntó Mary, aturdida por la impresión.

El juez se acercó a una puerta lateral y se dirigió a alguien en voz baja. Entró un amanuense que les saludó con una inclinación de cabeza. Sacó un impreso y comenzó a rellenarlo con su erizada caligrafía.

Mary oyó el rugido de la sangre en sus orejas, sintió que Jesse le ponía una pluma en la mano, se vio escribir su nombre donde él le decía y luego vio firmar a Jesse.

Intentando entender lo que ocurría, lo agarró del brazo.

—¿Se puede saber qué estás haciendo?

—Casarme contigo.

—¿Por qué?

—Eso es lo que quieres, ¿no? Que el niño tenga un padre legítimo para que nadie pueda quitártelo.

Se quedó mirando a aquel hombre duro y curtido que solo quería que lo dejaran en paz, y una oleada de miedo y de gratitud se apoderó de ella.

—Sí, pero...

—Entonces cierra la boca y cásate conmigo.

Al día siguiente, al amanecer, Jesse estaba solo en el faro. Hacía casi veinticuatro horas que se había casado, pero no se sentía como un novio.

Ni siquiera estaba seguro de qué debía sentir. El día se parecía a cualquier otro de los muchos que había pasado en el faro. Después de su turno de guardia, se quedó junto al promontorio y miró el mar, observando el cielo. Miró ceñudo el oleaje de color hierro y vio en él al enemigo contra el que se pasaría la vida luchando y al que nunca podría vencer.

El día anterior, una intensa sensación de azoramiento se había apoderado de él. Su decisión impulsiva de casarse con la mujer a la que había sacado del mar le había parecido tan tremebunda que le había dolido la cabeza durante todo el camino de vuelta a casa.

No habían podido hablar de ello porque Abner Cobb y su esposa, así como la doctora Fina MacEwan, le habían pedido que les llevara en su coche. La señora Cobb y Mary habían charlado como si fueran viejas amigas, y Fiona se había deleitado leyéndole en voz alta a Mary cada palabra del ornamentado documento que certificaba su matrimonio. Abner se había adormilado y Jesse había conducido en silencio.

Al llegar a casa, Jesse había pasado largo rato ocupándose de los caballos y el calesín. Luego había llegado la hora de empezar su guardia en el faro. Se había pasado toda la noche pensando en ella.

En Mary. En su esposa.

Santo cielo, tenía una esposa.

Los rayos del sol de la mañana brillaban con fuerza cuando entró en el jardín de la casa. Los cambios que había hecho Mary fueron como una bofetada en la cara. Las margaritas y las petunias se amontonaban a los bordes del camino. Los geranios y las consueldas rebosaban de las cestas que colgaban alrededor del porche.

Y había rosas por todas partes. Habían permanecido dormidas durante años, negándose a morir, resistiéndose a desaparecer. Con unas pocas atenciones, Mary había conseguido que volvieran a florecer. Todo, pensó a regañadientes, todo parecía cobrar vida bajo su mano.

Cansado y molesto, subió los peldaños y entró. La casa olía a café recién hecho. Pensó en lo agradable que era aquello, y se sintió agradecido un instante. Volver a una casa acogedora. Encontrar algo tan sencillo y reconfortante como una jarra de café recién hecho.

Su gratitud, sin embargo, fue efímera. Disfrutar de las cosas que le ofrecía Mary nunca había entrado en sus planes. No debía esperarlas, ansiarlas. Solo se había casado con ella para aliviar su conciencia respecto a la seguridad y la legitimidad de su hijo.

«Mentiroso», susurró una vocecilla dentro de su cabeza. «Mentiroso, mentiroso».

—Buenos días —dijo Mary desde la cocina. Con una sonrisa tierna y vacilante que abrasó el corazón de Jesse con su fulgor, sirvió café en una taza y le puso una cucharadita de azúcar más bien escasa, exactamente como a él le gustaba. Debía de haber estado observándolo, memorizando sus costumbres y sus gustos. Le asombraba que alguien se interesara por cómo le gustaba tomar el café.

—Gracias —su voz sonó rasposa, tensa.

Pero ¿qué esperaba ella? ¿Una transformación total surgida de un par de dólares y una hoja de papel? Se sentaron a la mesa de la cocina, comieron pan y bebieron café. Jesse se obligó a no mirarla, porque cada vez que lo hacía el deseo acaloraba su cuerpo. Mary era una fruta madura y apetitosa. Una fruta prohibida.

Apoyó la barbilla en la palma de la mano.

—Te casaste conmigo —parecía ligeramente aturdida.

—Sí.

—No puedo creer que te casaras conmigo.

—Ajá.

—¿Eso es todo lo que tienes que decir?

—¿Debería decir algo más?

—Supongo que... ahora mismo, no —hizo una pausa—. Llevo horas levantada —añadió, mirándolo todavía con asombro—. Pensando, pensando y pensando. Pero ¿cómo iba a dormir con todo lo que ha pasado?

Él también llevaba horas levantado. También había estado pensando. Pero no dijo nada.

—Tengo que hacerte una confesión —dijo Mary—. Poco después de llegar aquí, hice una promesa. Prometí que me quedaría pasara lo que pasase. Aunque para ello tuviera que engañarte. Aunque tuviera que pedirle a Erik que derribara un árbol para cortar la carretera del pueblo. Habría hecho cualquier cosa por quedarme. Aquí es donde me siento segura. Donde quiero traer al mundo a mi hijo.

Jesse bebió un sorbo de café. La estratagema del árbol no le sorprendió lo más mínimo.

—El caso es —prosiguió Mary— que estaba equivocada. No por querer quedarme así, sino por mis razones para desearlo. Porque, verás, si solo hubiera querido quedarme, todo se habría arreglado ayer, cuando nos casamos. Pero he descubierto una cosa. Vivir aquí solo es una parte de lo que de verdad deseo.

Jesse tuvo la clara sensación de que no iba a gustarle adónde llevaba aquello. No dijo nada, pero bebió más café y esperó, intentando no fijarse en lo carnosos y húmedos que eran sus labios, en cómo olía a limpio su pelo.

—Lo que de verdad quiero —añadió ella con voz suave y cantarina— es que me quieras.

—Por Dios —dejó bruscamente la taza sobre la mesa, se levantó y, acercándose a la ventana, miró fuera con el ceño fruncido.

—Sabía que ibas a enfadarte —dijo ella—. Pero me cuesta ocultarte lo que siento, así que he pensado que era mejor decírtelo sin más.

—Esperas lo imposible —repuso Jesse.

—¿Cómo puedes decir eso? Ni siquiera hemos intentado...

—Ni lo intentaremos nunca —se volvió para mirarla—. Me casé contigo para que no tengas que preocuparte por ese Jones o por quien sea ese tipo. Nada más.

—Te niegas a tener sentimientos —su voz sonó calmada, pero firme—. Te he estado observando, sé que queda algo dentro de ti. Una ternura, un anhelo. Pero tienes el corazón bien amurallado —lo miró directamente a los ojos—. Resucitar es lo que tienen que hacer los vivos, no los muertos.

Sus palabras le abrieron en canal, dejándolo expuesto. Y al mismo tiempo sonaron como un desafío. Lo retaban a enamorarse de nuevo. Pero no podía hacerlo. El amor era pasajero; el dolor de lo perdido duraba para siempre.

La furia se apoderó de él. Se quedó paralizado. En el fondo, ardía en deseos de creerla, de tomarla entre sus brazos y aceptar su invitación. Por fin recuperó el habla.

—No necesito que me digas lo que siento.

—No debería habértelo dicho. No debería haber reconocido que quería tu amor —su voz se adelgazó, llena de remordimientos—. Pero, verás, me he acostumbrado a decir siempre lo que siento. Y ya me conoces: no sé morderme la lengua —se volvió y comenzó a quitar los platos del desayuno—. Ahora soy tu esposa. Tú has querido que lo fuera. Tengo que intentar descubrir qué significa serlo.

Jesse nunca sabría qué lo impulsó a cruzar la cocina tan bruscamente y a tomarla en sus brazos. Quizá fuera el modo en que un haz de luz que entraba por la ventana se reflejaba en su pelo, arrancándole destellos dorados. Quizá fuera su forma de moverse por la cocina, sin prisas pero con eficacia, como si llevara allí toda la vida. O quizá fuera el anhelo dulce y triste que tensaba su rostro.

Sin detenerse a responder a sus dudas, se descubrió abrazándola, metió los dedos entre su pelo y oyó el tintineo de sus horquillas al caer al suelo. La besó brusca y rápidamente, devorando sus labios húmedos, y su tersura volvió a sorprenderlo.

La deseaba hasta el punto de ignorar todos los motivos por los que no podía tenerla. Comenzó a hacerle el amor allí mismo, de pie, apretándola contra la encimera. Recorrió su cuerpo con las manos y la boca, saboreando su piel y sus curvas y tirando de su ropa. Sabía que aquello lo cambiaría todo, pero ya no le importaba, porque el oscuro fuego del deseo había prendido en su alma.

La tomó de la mano y la llevó arriba, a la cama que solo había compartido con sus propios sueños rotos.

CAPÍTULO 16

Mary estaba extrañamente callada cuando desató la cortina amarilla de la ventana y la dejó caer sobre los cristales. La luz de la habitación se volvió dorada y líquida, mucho más intensa que la luz corriente del día, tanto que no ocultaba nada. Mary se apartó de la ventana y lo miró con una sonrisa indecisa.

—Supongo —dijo— que tendremos que acostumbrarnos al horario de un farero.

Jesse había dejado caer las manos. El corazón le latía con violencia en el pecho y la pasión que se agitaba dentro de él crecía por momentos.

—Mira —dijo, dándole una última oportunidad de escapar—, no tienes por qué...

—Ssh —lo interrumpió ella—. Quiero hacerlo.

Con la mirada fija en él, se quitó los pololos, echó los brazos hacia atrás, se aflojó el cinturón y a continuación se desabrochó el vestido y dejó que cayera al suelo. La camisa que llevaba debajo era de tela blanca casi transparente, y con el resplandor de la ventana a su espalda podría haber sido un icono de iglesia, tan diáfanas y puras eran las líneas de sus hombros, su cara y su cuello. Después Jesse miró más abajo y pensó que no: un icono de iglesia no, una diosa pagana, voluptuosa y sensual.

Hasta ese instante no había estado seguro de qué sentiría al ver la prueba de que la había tocado otro hombre. Esperaba sentir rencor, celos. Pesar, quizá, y curiosidad. Pero jamás habría adivinado que sentiría deseo. Verla tan espléndida, tan resplandeciente, inflamó su sangre.

Ella agarró la cinta que ataba la parte de arriba de la camisa y tiró de ella lentamente. La camisa se abrió. No llevaba nada debajo. Había engordado, estaba más bella, más carnosa que el día en que la había sorprendido bañándose.

Un sonido escapó de su garganta. Sonó como el ruido que haría un animal en una trampa: débil y atormentado. La tomó en sus brazos y se olvidó de respirar, se olvidó de todo salvo de su necesidad de tocarla. Se besaron un momento, ferozmente. Luego Mary dio un paso atrás.

Jesse se quitó la camisa y las botas. Mientras Mary se quitaba su camisa, él se despojó de sus pantalones y apartó las mantas de la cama. Se tumbaron juntos, mirándose el uno al otro, y Jesse comenzó a explorar la seda de su pelo con los dedos al tiempo que trazaba con la lengua la forma de sus labios. Posó la mano sobre su hombro y la deslizó hasta su pecho, abarcando su turgencia. Acercó la boca a su pezón y en ese instante experimentó un ansia tan intensa que traspasó doce años de abstinencia. Deslizó la palma por su costado hasta encontrar la elevación de su cadera. Mary dejó escapar un leve suspiro y susurró:

—Jesse, amor mío, es tan maravilloso que me toques...

Al sentir su aliento junto al oído, estuvo a punto de estallar. Acarició la cara interna de sus muslos y ella se frotó rítmicamente contra su mano. Luego cerró los dedos alrededor de su miembro y Jesse dio un respingo y dejó escapar un gemido desgarrado.

—Cuidado —gruñó—. Llevo doce años sin tocar a una mujer, no tengo mucha autodisciplina.

—Al diablo la disciplina —susurró ella, y acarició con la lengua su pecho desnudo—. Quiero sentirte dentro de mí, Jesse. Ahora mismo.

De todas las cosas que ella le había pedido, aquella fue la que le subyugó. Le separó las piernas y, al deslizarse dentro de ella, le asombró el puro éxtasis que se apoderó de él, convirtiendo su pasión en un calor incandescente.

—Dios... —se interrumpió para dejar escapar un jadeo—. No te muevas —gruñó entre dientes—. Mary...

—No seas tonto —movió las caderas y él respondió con un gruñido de placer que se extendió por sus miembros, culminando en un grito a un tiempo de protesta y de euforia.

La oleada del clímax pareció prolongarse eternamente, elevándolo, haciéndole volar hasta que todo dejó de existir salvo aquel instante y la mujer a la que estrechaba en sus brazos.

Tenía las sienes húmedas de sudor cuando por fin se apartó de ella despacio, suavemente. Mary se acurrucó al instante a su lado, posó las manos sobre su pecho y apoyó la barbilla en ellas para mirar su cara. Jesse lo vio todo en sus ojos: vio su propio reflejo y la hondura de sus sentimientos. Era un ser extraordinario. Había cambiado su vida. Él no quería, pero Mary era como las mareas. Inevitable. Iba abriéndose paso lenta y deliberadamente hacia el centro mismo de su ser.

—Ha sido... muy rápido —se oyó mascullar—. Maldita sea, ha sido demasiado...

—Calla. Deja de refunfuñar —puso un dedo sobre sus labios y siguió su contorno—. No quiero oír ni una palabra en contra de lo que hemos hecho. Jamás.

—Pero...

—Jamás, he dicho. ¿Por qué no puedes disfrutar de la alegría cuando te llega? ¿Por qué tienes que buscar una razón por la que deba ser malo?

Jesse no respondió. No podía. Porque ella había deslizado la mano por su pecho y más abajo. Al cabo de unos instantes, estaba listo otra vez. Mary sonrió suavemente y se sentó sobre él.

Durante sus largas noches de vigilia en el faro, su imaginación febril había pintado ante sus ojos escenas parecidas. Solo que aquello era mejor. Era real. Cuando volvieron a unirse, se sintió embargado por una sensación de asombro muy semejante a la felicidad, a una felicidad que no había sentido desde hacía años, o quizá nunca.

Resultaba extrañamente erótico, como un placer prohibido, tenerla sobre él así, mientras sus pechos se mecían provocativamente, invitándolo a acariciarlos con las manos y la boca, y la luz dorada la envolvía con una suavidad borrosa que la hacía parecer tan ilusoria como un sueño.

Pero, a diferencia de un sueño, Mary era algo que podía tocar y abrazar. Algo en lo que podía creer. Algo que se podía destruir con un solo revés del destino.

Mary despertó a última hora de la tarde. Al principio se sintió desorientada, pues no reconoció el techo inclinado y los cuatro finos postes de la cama que la rodeaban. Luego sonrió, atravesada por una suave sensación de dicha.

Estaba en la cama con Jesse. Con su marido.

La boda había sido tan rápida que aún le costaba creerlo. Naturalmente, había tenido sus dudas cuando, al volver al faro, Jesse había desaparecido y no había vuelto en toda la noche. Se había imaginado toda clase de cosas horribles: que se arrepentía de su error, que nunca acudiría a ella, que jamás dejaría atrás el pasado y se permitiría amarla.

Pero aquella mañana lo había cambiado todo. Aquella mañana, Jesse le había hecho el amor. Se acurrucó a su lado y dejó que la recorriera un estremecimiento de placer. Él se había mostrado apasionado, no tierno, pero eso solo había conseguido aumentar su deseo. Apenas había hablado, pero Jesse siempre hablaba poco.

Levantó la cabeza para mirar su rostro dormido, sus facciones fuertes, suavizadas por un asomo de barba y por la luz tamizada que entraba por la ventana, y tuvo que reconocer que aún estaba muy lejos de amarla. Pero estaba más cerca que unas semanas antes. Imaginaba que había sido un error reconocer que quería que la amara, no solo que la aceptara. Era tan terco que sin duda se resistiría a todo lo que ella deseara abiertamente.

Pero era la verdad. Tenía la sensación de que el amor de Jesse sería la respuesta a todos sus deseos íntimos, a todos sus anhelos. Sentía que su amor era la recompensa que la aguardaba al final de un largo viaje.

—¡Ah, Jesse! —agachó la cabeza y besó su pecho desnudo—. No tengas miedo de volver a querer.

—¿Umm? —se estiró y la rodeó con el brazo, escondiendo la cara entre su pelo—. ¿Has dicho algo?

Mary sintió que sus cuerpos se deslizaban el uno contra el otro, creado una fricción deliciosa.

—Yo siempre tengo algo que decir.

Cuando Jesse abrió los ojos, Mary vio la duda reflejada en ellos. Pero se negó a que aquello la entristeciera. A fin de cuentas, la cama era blanda y cálida, la habitación resplandecía, envuelta en la luz del atardecer y su cuerpo ansiaba las caricias de Jesse más que el alimento.

—¡Hola! —gritó alguien desde el jardín.

—Mierda —Jesse miró con rabia el techo—. Es Fiona.

Mary agarró su camisa, se la puso todo lo rápidamente que pudo y corrió a la ventana. Levantó una punta de la cortina para mirar fuera.

—Pues sí —dijo—. Fiona... y algunas más.

—Mierda —repitió Jesse.

Cuando acabaron de vestirse y de peinarse a toda prisa, un bullicioso grupo subía por el camino. La doctora Fiona MacEwan y la señora Hestia Swann abrían, junto a los Jonsson, un cortejo formado por vecinos del pueblo. Mary se apresuró a dejarles pasar y recibió sus felicitaciones entre risueña y avergonzada.

—No me ha quedado más remedio: tenía que venir a ver si era cierto —anunció la señora Swann—. No puedo decir que apruebe el noviazgo, pero desde luego sí el matrimonio —su sombrero de paja, adornado todavía con cintas azules, rojas y blancas, se agitó cuando miró a Mary de arriba abajo.

Bert Palais dio una palmada a Jesse en la espalda.

—Bienvenido al mundo de los padres y esposos —dijo—. Nada volverá a ser como antes.

Jesse puso un gran jarro de cerveza sobre la mesa de la cocina y comenzó a servir jarras. Se desenvolvía entre los recién llegados con una especie de torpe dignidad que enterneció a Mary. Doce años de soledad no lo habían preparado para aquello.

—Ya sabía yo que iba a pasar esto —dijo Palina, llorando de alegría—. Era el destino. Tú lo has salvado, Mary. Tú y el bebé lo habéis salvado de una soledad desesperada.

—No estoy segura de que quiera que lo salven —Mary lo observó desde el otro lado de la sala. Aun desde lejos podía ver que tenía los hombros tensos, que sus movimientos parecían llenos de crispación. Le recordó a un animal salvaje que, arrinconado, no sabía hacia dónde dirigirse.

—Si le preguntas, te dirá que quería que las cosas siguieran como estaban —añadió Palina—. Así que no le preguntes. Tú solo quiérelo, Mary.

Ella sonrió.

—Creo que eso no me costará trabajo.

Pero sabía que a Jesse no le gustaba ser el centro de atención, el objeto de los brindis y las felicitaciones. La tragedia de su pasado le había enseñado que el amor era un simple preámbulo del dolor y la aflicción. Haría falta mucho más que una celebración para convencerlo de lo contrario.

La señora Swann se dejó caer en el sofá y estuvo un buen rato mirando a Mary.

—¡Qué guapa está usted, querida! Está guapísima —y entonces Hestia Swann, la matrona de la sociedad más selecta de Ilwaco, aquella mujer de voluntad férrea, rompió a llorar.

Mary corrió a su lado.

—¡Señora Swann! ¿Qué le ocurre?

La señora eligió uno de los seis pañuelos que llevaba en el bolso y se enjugó la nariz y los ojos.

—Discúlpeme. Es solo que me ha podido el recuerdo del capitán Swann y de los niños. Pero Sherman falleció y los niños, benditos sean, se han ido a California. Me siento tan sola...

—¡Ay, cuánto lo siento, señora Swann!

—Gracias, señora Morgan. Intento no desesperarme, pero a veces siento que mi vida no tiene sentido, ni propósito. Lo mismo me daría tumbarme y morir.

Mary miró con urgencia a Fiona MacEwan, pero la doctora estaba ocupada invitando a una mujer de rostro enjuto a entrar en la casa. En el porche, colocados obedientemente en fila como soldados en un desfile, había cinco de los niños más flacos y pálidos que Mary había visto nunca.

—Vamos, vamos —dijo tomando la mano de la señora Swann.

—Me paseo sin ton ni son por esa casa gigantesca que construyó Sherman. Es tan grande que he cerrado casi todas las habitaciones porque me horroriza verlas vacías.

En cierto modo, aunque solo Mary fuera consciente de ello, Hestia Swann y Jesse Morgan sufrían del mismo mal: habían perdido todo lo que amaban. Y ninguno de ellos sabía cómo afrontarlo.

—Míreme —sollozó la señora Swann—, echando a perder esta ocasión tan alegre con mis lágrimas de amargura.

—No se preocupe por eso —dijo Mary—. Mi madre solía decir que cada lágrima que se vierte sacia la sed de un ángel —sintió los ojos de Jesse fijos en ella. Sonrojándose, levantó la vista y se encogió de hombros. Esperaba ver en él una expresión de censura, pero parecía intrigado.

Conmovido, incluso.

Buscando un modo de distraer a su amiga, la agarró del brazo y susurró:

—¿Quién es esa mujer que acaba de entrar?

Hestia Swann sorbió por la nariz y parpadeó.

—Es Melissa Clune. Su marido era el tonelero del barco de mi pobre Sherman. Fallecieron juntos, nuestros maridos. Pero un tonelero no gana lo mismo que un patrón, y ella tiene al menos cinco hijos pequeños. No sé cómo se las arregla.

La señora Clune se acercó a Jesse y lo saludó mientras agarraba con la mano su chal andrajoso.

—He venido a darle la enhorabuena, capitán —dijo—. Y a darle las gracias por todo lo que ha hecho.

—¿Por todo lo que ha hecho? —susurró Mary.

—El capitán Morgan le pagó la pensión para toda esta estación.

—¿Jesse?

—Sí. Intentó que nadie se enterara, pero se corrió la voz. Su marido tiene un corazón de oro bajo esa fachada de ogro —explicó la señora Swann.

Jesse miró horrorizado a la viuda del tonelero y su frente comenzó a llenarse de sudor.

—No fue nada, señora Clune. Es lo menos que podía hacer, y no compensa de ningún modo su terrible pérdida.

—Quería pasarme por aquí para despedirme —dijo ella—. No puedo esperar que siga pagando nuestra manutención, y menos ahora que tiene familia propia.

—Para mí es un honor ayudarla...

La señora Clune levantó una mano pequeña y temblorosa, haciendo gala de un orgullo invisible a primera vista.

—Tengo que encontrar un modo de valerme sola —dejó su regalo, un pequeño hato de ganchillo, sobre la mesa y retrocedió hacia la puerta—. Adiós, capitán. Les deseo lo mejor a usted y a su esposa.

—¡Espere! —gritó Mary. Se levantó y agarró a Hestia Swann de la mano. Las hizo salir a ambas al porche—. Señora Swann, ¿cuántas habitaciones vacías tiene en su casa?

La señora Swann pareció sobresaltada por la pregunta. Luego, al entender, un brillo apareció en sus ojos.

—Pues las justas, exactamente —recorrió con la mirada a los niños, que permanecían callados—. Las justas, exactamente.

Esa noche, Mary estaba con Jesse en el porche mientras los invitados regresaban a casa. Erik haría la guardia esa noche, y Mary se estremeció deliciosamente pensando en su primera noche completa como casada.

Apoyó la cabeza en el hombro de Jesse.

—Gracias por este día.

—¿Me das las gracias a mí?

—Claro. Me has hecho tan fe...

—Yo no he hecho nada —dijo apartándose tan bruscamente que Mary se tambaleó. Se pasó la mano por el pelo y comenzó a pasearse por el porche—. Mira, no conviertas esto en lo que no es. El mundo no va a cambiar porque nos hayamos casado.

Un sutil escalofrío de duda recorrió a Mary. En vista de cómo había ayudado a la señora Clune, no pudo evitar preguntarse si Jesse se había casado con ella únicamente por caridad. No. Ahuyentó aquella idea. Ni siquiera Jesse era capaz de llegar a esos extremos.

Lo miró muy seria, consciente de que sus ojos reflejaban lo que sentía.

—Tú has cambiado mi mundo, Jesse. Te quie...

—¡Maldita sea! —dio un puñetazo en la barandilla.

Mary lo sintió retumbar en todo el porche.

—No sigas, Mary. No conviertas esto en una especie de melodrama. Siempre estás haciendo lo mismo.

—Pero la gente puede recuperarse de su dolor. Pueden seguir adelante. Mira a la señora Swann y a la señora Clune...

—Las has puesto a vivir bajo el mismo techo —contestó él—, pero eso no consolará a esos niños cuando se despierten por la noche llamando a gritos a su papá, ni a Hestia cuando necesite que su marido la abrace.

—No puedo creer que estés tan amargado —repuso ella.

—Y yo no puedo creer que seas tan ingenua.

—¿Ingenua? ¿Respecto a qué?

—Respecto al amor.

Mary se quedó boquiabierta.

—¿Qué?

—Finges saber lo que es el amor. Pero, si hubieras amado de verdad, profundamente, con todo tu corazón, sabrías que es algo de lo que conviene protegerse porque se acaba.

—Hablas como si fuera una enfermedad.

—Puede que lo sea. Una enfermedad que no tiene cura —se acercó a la puerta—. Eres una compañía excelente, Mary —dijo—. Demasiado buena para mí. Hoy, cuando estuvimos... juntos, estuvo bien. Mejor que bien. Pero a mí me basta con eso. Si a ti no, deberías haberlo dicho en el juzgado —entró y la puerta se cerró tras él.

Mary se quedó fuera, mirando con enfado los remolinos rosados que formaban las nubes en el horizonte. No se atrevía a entrar aún. Si entraba, se sentiría obligada a decirle lo que pensaba, o quizás a marcharse como había hecho aquella otra vez, poniéndose en ridículo.

Se obligó a calmarse, a asimilar el dolor y a acostumbrarse a él. Tal vez Jesse no la amara. Tal vez no la quisiera como ella esperaba, pero no tenía más remedio que quedarse con él. Sin Jesse, el bebé y ella se verían en la calle y sin un penique.

Había cosas peores, se dijo, que estar casada con un hombre que amaba a un fantasma.

Que todavía se resistía a amar a una mujer de carne y hueso.

—¿Está seguro? —preguntó Granger Clapp a su abogado.

El señor Stoner empujó un periódico plegado sobre la mesa.

—Hay un anuncio en el *Journal* y he comprobado yo mismo los registros del juzgado. Se ha casado con Jesse Morgan, el farero.

Granger no movió un solo músculo, pero sintió que la ira lo atravesaba como una ráfaga de aire helado.

—¿Cómo afecta eso a mis derechos sobre el niño?

Stoner carraspeó. Se sacó el reloj del bolsillo, lo abrió y volvió a cerrarlo sin mirarlo.

—Lo cierto es que no tenemos fundamento legal en el que apoyarnos, señor. Me temo que...

—Sí, ¿verdad? —lo interrumpió Granger—. Teme hacer lo que ha de hacerse.

—No le entiendo, señor.

—Es igual. Está usted despedido —entornando los párpados, vio escabullirse a Stoner.

La furia que se agitaba dentro de él se endureció hasta formar un núcleo de dura determinación. Estaba sucediendo de nuevo. Una vez más, Jesse Kane Morgan le estaba robando el futuro, llevándose lo que debía ser suyo y solo suyo.

Pero le haría pagar por ello, como había hecho doce años antes.

En cuestión de semanas comenzaron a llegar noticias acerca de la transformación que había sufrido Swann House. No solo la señora Clune y sus hijos habían encontrado allí un hogar, sino que Hestia se había propuesto buscar a las familias de otros marineros que habían perecido junto a su esposo. Había ofrecido una habitación a la señora Selkirk, la anciana madre del piloto, y otra a Rheingold, el hijo enfermo del cerero del barco. El joven estaba angustiado, pensando que acabaría sus días en un asilo de beneficencia. Ahora ocupaba una habitación soleada en la primera planta de la casa y estaba atendido por las hijas de la señora Clune y a menudo por la propia Hestia.

Mary y Palina adquirieron la costumbre de ir de visita una vez a la semana para llevarles huevos y mantequilla. Les encantaba la atmósfera bulliciosa de aquella casa.

—No te creerías cómo ha cambiado —le dijo Mary a Jesse una noche, a la hora de la cena—. Es maravilloso verlos —tomó una cucharada de la sopa de arroz con carne que había hecho para cenar—. Deberías hacerles una visita.

—No me gustan mucho las visitas.

—Podrías venir conmigo, ya que Palina y Magnus no están.

—Los Jonsson van a estar quince días en Astoria. Tengo más trabajo que nunca en el faro.

Todos los otoños, los Jonsson se iban de vacaciones a Oregón, y ese año no había sido una excepción.

Mary se quedó callada mientras comían. Aunque nunca decía nada, a Jesse le encantaba cómo cocinaba. Aquella sopa cremosa era otra de las especialidades de su madre. Olía a zanahorias y a apio, y a otros dos ingredientes secretos: una manzana ácida y una pizca de curry en polvo.

—Se está muy bien allí —dijo por fin—. Melissa Clune es muy maniática con la limpieza. Todo brilla. Rheingold, el que está tan enfermo, descansa cómodamente, aunque Fiona dice que su fístula no tiene cura. La señora Selkirk y él forman una pareja de aúpa. Hestia está dando clases a los niños y jura que el joven Edward, el mayor, será el primer Clune que vaya a la universidad —ladeó la cabeza—. ¿Cómo es?

—¿Qué?

—La universidad. Suena impresionante, pero no tengo ni la menor idea de cómo es.

—Imagínate un montón de jóvenes privilegiados que creen que lo saben todo y luchan como gallos para superar a sus compañeros de estudios. Debaten acerca de ideas elevadas como si cosas como la justicia y el bienestar social pudieran resolverse hablando mientras se toman unas copas. Y entre ellos se crean rivalidades que a veces duran toda una vida.

—No parece un sitio muy agradable, después de todo. ¿Crees que a Edward le vendrá bien ir? ¿Aprender esas cosas?

Los labios de Jesse se adelgazaron en una leve sonrisa.

—Supongo que sí. Pero para serte sincero, las lecciones que más me ha costado aprender las he aprendido aquí, en el faro. Mis maestros han sido las tormentas, las mareas y las olas. No sé por qué, pero una clase magistral en el salón retumbante de una universidad no puede compararse con eso.

—Pero tú fuiste. Intento imaginarme cómo era tu vida antes de venir aquí, y solo se me ocurren casas enormes y fiestas elegantes. Me cuesta tanto verte así...

—Dejé todo eso atrás —repuso él—. Por elección.

—Creo que lo dejaste demasiado pronto —dijo ella con voz suave.

—¿Qué demonios quieres decir con eso?

Mary sabía que estaba a punto de sacarlo de sus casillas, pero no le importó. Había cosas que, sencillamente, era preciso decir. Se habían llevado bien durante las primeras semanas de su matrimonio, pero había sido únicamente porque ella había procurado no hablarle de amor. Sí, compartía su cama, pero no su corazón. Lo cierto era que no se sentía más cerca de él ahora que el día de su boda. Había estado tratándolo como si estuviera siempre a punto de estallar. Y eso tenía que acabarse.

—Deberías haber seguido llevando esa vida el tiempo suficiente para asimilar la muerte de Emily —dijo por fin.

Vio formarse la furia en su rostro como una súbita helada. Se obligó a continuar:

—Lo que tienes es un círculo roto. No te quedaste lo suficiente para completarlo.

Jesse hizo un brusco ademán con la mano.

—Estás diciendo tonterías, y eso no es asunto tuyo.

—Perderla hizo que te diera miedo volver a querer —añadió, ignorando su brusquedad.

—Tú no sabes lo que significa querer a alguien —gruñó él.

Mary se levantó de la silla de un salto.

—¿Que no? ¿Cómo que no? ¿Qué hay de mi familia? Todos, hasta el último. A mi padre y a los chicos se los llevó el mar, y mi madre murió en mis brazos. ¿Cómo puedes decir que nunca los he querido?

—¡Porque después de perderlos todavía puedes ser feliz! —bramó él.

Mary se dejó caer en su silla, sintiendo una extraña punzada en la espalda.

—Ah, así que es eso. Crees que nunca los he querido porque no vivo amargada por haberlos perdido. Crees que eres el único que sabe amar. Querías tanto a Emily que has pasado doce años hundido en la miseria para demostrarlo. Estoy impresionada.

—Yo no te pedí que vinieras a inmiscuirte en mi vida. Te dije que te haría daño...

—Sigue intentándolo, Jesse. Pero no puedes hacerme daño. Porque sé que no hablas de corazón —no sabía nada parecido, en realidad, pero tenía que decirlo o se derrumbaría—. Yo quería a mi familia —dijo con vehemencia—. Los quería tanto que no me atrevería a deshonrarlos convirtiéndome en una infeliz por que hayan muerto.

Se levantó de la mesa y se acercó a él. Cerró la mano sobre la suya.

—Cada vez que sonrío, es una pequeña celebración del amor que sentía por mi familia. Cada vez que me río, me recuerda a la alegría que compartíamos. Y cada vez que te toco, Jesse, doy gracias a Dios por haber tenido una familia que me enseñó que el cariño y las caricias son la esencia misma de la vida —llevó la mano de Jesse a su mejilla y luego a sus labios—. Si fingiera otra cosa, estaría negando todo lo que mi familia significaba para mí.

Durante unos segundos, Jesse permaneció inmóvil como una estatua. Luego se levantó y la tomó de las manos.

—Ha sido un error decir que no los querías —reconoció—. Pero lo que sirve para ti, no sirve para mí. Nunca servirá para mí.

—Deberías intentarlo. Probar a desprenderte del pasado. Probar a querer de nuevo.

Jesse bajó las manos.

—Eso es imposible —afirmó.

Fue la celeridad con que soltó sus manos lo que convenció a Mary. Algún día la querría. Costaría mucho trabajo por su parte, pero la querría.

¿Verdad?

Jesse se acercó a la puerta y miró afuera. Estaba empezando el otoño y los días eran cada vez más cortos. El susurro de las hojas caídas acompañaba cada soplo de brisa. Esa noche estaba de guardia Erik.

Mary se inclinó para añadir un leño al fuego de la chimenea. Contuvo el aliento al sentir otra vez aquel pinchazo en la espalda.

—¿Ocurre algo? —preguntó Jesse sin volverse.

—No —se enderezó, frotándose los riñones, y se acercó a las estanterías que cubrían la pared del fondo—. ¿Vas a leerme esta noche? El poema que me leíste sobre el rey Arturo era precioso. Esperaba que me leyeras más —bajó un volumen que parecía más nuevo. La piel del lomo brillaba aún—. ¡Cuántos libros! ¿Cuál es este?

Jesse cruzó la habitación y tomó el libro.

—Fue un regalo de mi hermana. Un libro de ensayos de Emerson —una hoja de papel doblada cayó de entre las páginas.

Mary se agachó a recogerla.

—¿Una carta?

—Annabelle solía escribirme. Dejó de hacerlo porque nunca contestaba a sus cartas.

—¿Puedes leerme esta?

Jesse se encogió de hombros y se acercó al sofá. Mary ahuecó los cojines para sentarse más cómodamente. Jesse estaba a punto de compartir con ella algo de su pasado. Sin duda era un progreso.

Él abrió la carta y le pasó una fotografía de tonos sepia.

—Son Annabelle y su marido el día de su boda.

Mary tomó la pequeña y rígida fotografía y la miró. Sintió que un escalofrío le atravesaba el corazón y la miró más atentamente.

Entonces su mundo dio un vuelco. De algún modo logró mantenerse sentada, sujetar la fotografía por las esquinas y mirar benévolamente a la pareja sonriente de la fotografía. Pero por dentro todo se volvió negro. Sintió la oscuridad. El frío. Y el puro horror.

Jesse estaba leyendo algo. ¿La carta? ¿Un ensayo? Mary no le escuchaba, no podía escucharle. Solo podía mirar fijamente la fotografía. Annabelle era tan bella como sugería su nombre. Se parecía a Jesse, tenía aquellas mismas facciones límpidas y aquel porte digno que parecían llevar en la médula de los huesos.

Pero su marido... Mary llevaba su imagen grabada a fuego en el corazón. Hasta con los ojos cerrados podía ver su rostro bello y anguloso, el bigote perfectamente recortado y el cabello lacio y rubio. Los labios sonrientes y mentirosos. Los ojos, que parecían brillar de alegría y que en realidad eran una máscara que ocultaba su malicia.

Sintió que una náusea le subía por la garganta. Tragó con dificultad, logró controlarla. Respiró hondo, trémula.

—Jesse... —su voz sonó débil, temblorosa.

Él dejó de leer.

—¿Qué?

—Tengo que decirte una cosa.

—¿Ahora?

—Sí. No puede... no puede esperar.

Él dobló la carta y la dejó a un lado. Mary le devolvió la fotografía.

—Tu hermana es muy guapa.

—Lo sé. La última vez que la vi solo tenía doce años. Me cuesta imaginármela hecha una mujer. Supongo que debería haber ido a su boda, pero no quería alejarme del faro.

—¿Y su marido?

—Granger Clapp. Fuimos juntos a la escuela y luego nos convertimos en socios —su voz sonó inexpresiva. Mary no pudo adivinar qué estaba pensando.

—Granger Clapp —repitió aquel nombre, saboreó su amargor. Se obligó a mirar a Jesse a los ojos—. Lo conozco —dijo.

Él arrugó el ceño.

—¿Conoces a Granger?

Su instinto le decía que mintiera, que lo negara, pero se trataba de Jesse, y tenía que decirle la verdad. Se obligó a decirlo, a pesar de que sentía un nudo de vergüenza y de angustia en la garganta.

—Me dijo que se llamaba Jones. Granger Jones. Es el padre de mi bebé.

CAPÍTULO 17

Una vez, mientras estaba adiestrando a sus caballos para el salvamento marítimo, una ola lo había engullido. Recordaba aquel instante con luminosa claridad. Aquella ola poseía una fuerza malévola, sobrenatural. Al arrancarlo de su caballo y hundirlo bajo el mar, su seno curvo le había parecido el interior de un puño cerrado. Lo había arrastrado hasta las grises profundidades y lo había retenido allí.

La ola lo había zarandeado de un lado a otro, haciéndolo girar hasta desorientarlo por completo. El mundo había desaparecido bajo sus pies. Recordaba el dolor que había oprimido su pecho, la sensación de que todo escapaba a su control.

Ahora, de pronto, se sentía igual.

Solo que esta vez no había sido una fuerza de la naturaleza la que había sacudido su mundo hasta dejarlo casi irreconocible. Habían sido Mary, su esposa, y el secreto que acababa de revelarle.

Durante aquellos primeros instantes, fue como un hombre agonizando. Un frío embotamiento se apoderó de sus miembros, hasta que sintió que su piel se había endurecido, transformada en un cascarón impenetrable. Solo entonces confió en poder moverse. Se levantó y salió al porche.

La noche otoñal había caído sobre el cabo. Una espiral de estrellas iluminaba el cielo y la luz del faro barría la costa a intervalos regulares, poniendo un toque de plata en las copas de los árboles. El mar resonaba con un ruido apagado al estrellarse contras las rocas. El aire estaba impregnado del leve y evocador aroma de las hojas secas y las rosas marchitas.

Oyó salir a Mary y se obligó a mirarla. A mirar su rostro bello y frágil, sus ojos dilatados por el miedo, la curva generosa de sus pechos sobre el vientre abultado que parecía burlarse de él, provocarlo.

—Jesse —dijo, y su voz sonó dulce como una nana—, me gustaría que dijeras algo.

—¿Qué demonios quieres que diga? ¿Que no importa? ¿Que no me sorprende que fueras la amante de Granger? ¿Que voy a hacerme pasar por el padre de mi sobrino o sobrina?

Ella dio un respingo, contuvo el aliento.

Sí, estaba haciéndole daño. Lacerándola con sus palabras. Entendía en parte que no debía culparla. Pero lo hacía. Maldita sea, claro que la culpaba. Mary se había ofrecido a devolverle las ilusiones y luego se las había arrancado cuando empezaba a creer que estaban a su alcance. Le había hecho atreverse a tener de nuevo esperanzas, le había hecho pensar que podía amarla y luego le había dicho aquello.

Su confesión demostraba que él había tenido razón desde el principio: el amor solo equivalía a dolor y a aflicción. Su falta, el embotamiento de la indiferencia y la soledad, eran preferibles a vivir con alguien que tenía el poder de arrancarle el corazón.

A pesar de que se había sobresaltado, Mary se recuperó rápidamente. Lo miró sin temor, sin pedirle disculpas.

—Nunca pensé que el nombre de *Ciego azar* fuera profético para un barco, pero resulta que sí, lo es —se plantó delante de él, en el escalón de arriba del porche—. Tenemos que hablar de esto. Tenemos que decidir qué hacer.

—¿Y qué alternativas crees que tenemos, exactamente? —golpeó con el puño una columna del porche y su voz resonó en la explanada.

—Esto también ha sido una impresión muy fuerte para mí

—dijo ella—. Así que no te pongas furioso como un oso herido. No fue idea mía que el barco naufragara y que tú me encontraras —respiró hondo para calmarse—. Bert mandó publicar la noticia de nuestra boda en el *Journal*, ¿verdad?

—Sí.

—¿Crees que Granger lee ese periódico?

—Imagino que sí.

Desde sus tiempos en el colegio, Granger siempre se había interesado enormemente por los asuntos de Jesse Morgan. Impulsado por la pura envidia, al principio. Nunca había sido intención de Jesse superarlo en los deportes y en los estudios; sencillamente, ocurría. Jamás alardeaba de cuánto lo querían sus padres, pero era evidente que los días de correo, en el colegio, Jesse recibía siempre un montón de cartas y paquetes, y Granger nada. Nunca había entrado en sus planes competir con Granger por la mano de Emily Leighton; simplemente, ambos se habían enamorado de la misma chica.

Sí, Jesse suponía que Granger sentiría un enorme interés por la noticia de la segunda boda de su rival, sobre todo teniendo en cuenta que su flamante esposa era la mujer a la que él había utilizado de manera tan premeditada.

—¿Sabía tu verdadero nombre? —preguntó a Mary.

—¿Mi nombre?

—¿Te conocía como Mary Dare?

Ella le sonrió. Jesse deseó que no sonriera, porque cuando sonreía era muy hermosa, pero Mary sonrió. Siempre tenía una sonrisa lista para él.

—Tú eres el único que me conoce como Mary Dare.

Jesse volvió a sentir aquella sensación de aturdimiento, como si una ola lo engullera de nuevo.

—Mentiste sobre tu nombre.

—En aquel momento me pareció prudente. Dare es el apellido de soltera de mi madre. Mi verdadero nombre es Mary O'Donnell. Mary Dare O'Donnell. A Granger nunca le dije que me llamaba Dare.

—Y a mí no me has dicho que te llamas O'Donnell.

Ella puso los brazos en jarras.

—Me desperté después de un naufragio en casa de un desconocido con muy malas pulgas. ¿Por qué iba a contártelo todo? Iba huyendo de Granger. Hasta el momento en que me casé contigo, seguía huyendo de él. De lo que deberías preocuparte es de tu hermana, muchacho.

—¿De Annabelle? —Jesse sintió un escalofrío—. Granger no tiene disculpa, se ha portado contigo como un canalla, pero Annabelle es su esposa, no su... —cerró la boca. Demasiado tarde.

—No su fulana, como era yo —concluyó Mary en su lugar.

—No quería decir...

—Claro que sí, y tienes razón —se estremeció—. Pero si tenía tan malas intenciones conmigo era porque su esposa es estéril. Yo al principio no sabía que estaba casado, pero me dijo la verdad después de que... —se pasó la mano por el vientre—. Me dijo que su mujer anhelaba tener un bebé, que criaría al mío como si fuera suyo, que le daría una casa preciosa y una buena educación, todos los privilegios que yo jamás podría ofrecerle a un niño.

A Jesse no le sorprendió que sus argumentos no hubieran convencido a Mary. Ella creía firmemente en el poder del amor. Estaba convencida de que nadie, por rico que fuera o por buenas que fuesen sus intenciones, estaba más preparado para amar a un niño que su propia madre.

Sintió una punzada de tristeza por Annabelle. Había sido una niña tan risueña, tan feliz... Brincaba por las suntuosas casas de Pórtland y San Francisco como si no tuviera una sola preocupación en el mundo. ¿Cómo sería ahora, tantos años después? ¿Y qué pensaría cuando supiera que su hermano se había casado con la amante de su marido? Una furia descarnada y amarga embargó a Jesse.

—No podemos hablar de lo que podría o debería haber ocurrido —dijo—. Debemos hablar de lo que ya es. Y el hecho es que me he casado contigo sin saber quién era el padre de tu hijo.

—No te he engañado a propósito —se apoyó contra la barandilla del porche y se frotó los riñones.

—Aun así...

—¿Por qué tiene que ser esto un problema? —preguntó, exasperada—. Tú... —se interrumpió y ladeó la cabeza como si oyera un leve ruido. Siguió frotándose los riñones.

—¿Qué ocurre? —preguntó él—. ¿Pasa algo?

Mary arrugó el ceño.

—Nada. Y no has contestado a mi pregunta. Ahora tienes una vida distinta. Hace años que no ves a Granger. ¿No puedes seguir así?

—No.

—¿Por qué no?

—Porque si Granger se ha convertido en el tipo de hombre del que hablas, un hombre capaz de mentir a una mujer sin recursos, de deshonrarla y de intentar luego quitarle a su bebé, entonces es un peligro para mi hermana.

Mary tragó saliva. Jesse vio moverse su garganta a la luz azulada de las estrellas.

—Tienes que ir a Pórtland. A ver a Annabelle.

—Sí —hacía doce años que no salía del cabo. Tendría que hacer el viaje en barco. En barco.

—Y tienes que decirle la verdad sobre mí.

—¿La verdad? —preguntó con vehemencia, volviéndose hacia ella.

La respuesta cruzó su mente propulsada por una turbia malevolencia que había brotado en su corazón en el instante de morir Emily. Sin vacilar, sin sopesar siquiera el efecto que tendrían sus palabras sobre Mary, dijo:

—Así que solo tenemos que decirle a Annabelle que estamos a punto de convertirnos en los padres del hijo de Granger. Resultará un poco violento en las reuniones familiares, ¿no crees?

Mary se tambaleó como si la hubiera golpeado. Se agarró la tripa y retrocedió, bajando los escalones hasta el jardín.

—Mary...

—Apártate... apártate de mí.

Jesse bajó los escalones de un salto. ¿Cómo demonios se le había ocurrido?

—Mary...

Ella dejó escapar un grito y Jesse vio a la luz lechosa de las estrellas que se tambaleaba y caía al suelo. Corrió a su lado y la levantó en brazos. Estaba mojada, no de rocío, sino de un líquido caliente.

—¿Qué demonios...?

—He roto aguas —susurró con la cara crispada—. El bebé va a nacer.

Con la mayor rapidez que pudo, Jesse la llevó al cuarto contiguo a la cocina. El pánico se agitaba en sus venas cuando la depositó sobre la cama. Luego corrió a avivar el fuego del fogón y a poner a calentar un gran caldero con agua. ¡Y Magnus y Palina estaban de viaje! Se hallaba a solas con una parturienta, y no tenía ni idea de cómo traer al mundo a un niño. Sobre todo, teniendo en cuenta que la parturienta era su esposa. Su Mary.

Moviéndose con velocidad febril, sacó un camisón limpio y un montón de mantas. Mary yacía inmóvil en la cama. Tenía los ojos muy abiertos y la cara sofocada.

—Santo cielo —dijo entre dientes—. Ojalá estuviera aquí mi madre —levantó las rodillas y rechinó los dientes.

Jesse se descubrió conteniendo la respiración mientras ella pugnaba con el dolor. Después de lo que le pareció una eternidad, el dolor pasó y Mary volvió a mirarlo.

—¿Me ayudas a ponerme el camisón?

Jesse no sabía si podía soportar verla en aquel estado, a punto de dar a luz al hijo de Granger. Pero no le quedaba otro remedio. Ella no le dejaba elección.

—Espera —se arrodilló junto a la cama y comenzó a desabrochar con torpeza los botones y a desatar los lazos.

El vestido... ¡Qué momento para recordar la última vez que Emily se había puesto aquel vestido!

—No tengo ni idea de qué se pone una dama para asistir a un partido de béisbol, Em —había dicho, exasperado—. Estarás bien te pongas lo que te pongas.

—¿Se parece al tenis? —había preguntado ella con un lindo mohín—. Porque entonces puedo ponerme mi vestido de...

—No se parece al tenis, Em —se había reído, divertido—. Ponte ese vestido azul tan bonito, el que tiene tablas en la parte de atrás.

—Solo te gusta ese porque me marca más el pecho.

La tela azul se rasgó cuando le quitó el vestido a Mary. Lo tiró al suelo, arrojando de sí los recuerdos junto con él. De algún modo logró ponerle el camisón de franela y encender varias bujías por la habitación. Luego se acercó a la puerta.

—¿Adónde... vas? —preguntó ella con voz débil y extraña.

—Al pueblo, a buscar a la doctora MacEwan.

—¿Y vas a dejarme sola?

—Le diré a Erik que venga a quedarse contigo. El faro tendrá que pasarse sin vigilancia esta noche.

—¿A Erik? Bendito sea, tiene un corazón de oro, pero muy poco seso. Todo esto... —se agarró el enorme vientre con los brazos— va a asustarlo. ¿No puede ir él a buscar a la doctora?

—Se perdería en el bosque —Jesse descolgó su impermeable del perchero que había junto a la puerta—. Volveré lo antes posible.

—¿Vas a llevarte uno de los caballos?

—Sí.

—Irías más deprisa en barca.

Jesse se quedó paralizado mientras metía un brazo en el impermeable. Un miedo antiguo se agitó en sus tripas.

—Me llevaré el caballo.

—Estarás fuera dos horas, como mínimo —dijo ella—. Jesse, por favor, no te vayas.

No quería oír su tono de súplica, pero tampoco podía ignorarlo.

—Tengo que irme.

—No. Puedes quedarte conmigo. Puedes ayudarme a dar a luz.

—No sé nada de partos.

—Yo tampoco.

—¿Lo ves? Necesitas a Fiona...

—Te necesito a ti.

Jesse se caló el sombrero con decisión.

—Mira, cada minuto que pasemos discutiendo es un minuto perdido —agarró una linterna de la cocina y se alejó.

—Jesse... —lo llamó ella con voz leve y dulce.

Se detuvo. No quería volverse y mirarla, ver la palidez de sus mejillas o el miedo de sus ojos. Pero se obligó a hacerlo. Era su esposa. Estaba unido a ella por un juramento.

Para bien o para mal.

Se volvió. Y al verla se le desgarró el corazón. Estaba tumbada sobre varias almohadas, con la colcha hasta la barbilla. La fragilidad de su rostro nunca había sido tan visible como en ese momento, mientras lo miraba con expresión suplicante.

—¿Sí? —preguntó.

—Tengo miedo.

Jesse sintió de pronto que las fuerzas se le escapaban. Le faltó la energía para resistirse a la nota de anhelo de su voz, a la expresión sincera de su rostro. No tenía argumento alguno que oponer. No tenía elección.

Dejó la linterna.

—Me quedo.

CAPÍTULO 18

Jesse estaba asustado. Mary lo notaba en los momentos en que, entre calambre y calambre, podía volver a respirar. Mantenía los ojos fijos en él porque no sabía dónde, si no, podía mirar. Y lo que veía en su cara era miedo.

Miedo a que ella muriera y lo dejara con un bebé que no era suyo, que no quería. Miedo a que muriera el bebé y ella pereciera de pena. O a que sobrevivieran ambos y se convirtieran en su familia, quisiera él o no.

La única solución que convenía a Jesse Morgan, se dijo, era que murieran los dos. Así podría replegarse otra vez en su mundo de dolor y soledad para no volver a salir.

Pero Jesse no quería que ella muriera. Mary lo sabía por cómo le agarraba la mano durante los dolores. Por cómo le susurraba cosas al oído.

A medida que avanzaba la noche, los periodos de respiro, cuando el dolor remitía, fueron haciéndose cada vez más escasos. Al final cesaron por completo. Una tensa faja de dolor la atenazó, sumiéndola cada vez más profundamente en la oscuridad. En los momentos en que se espabilaba, saliendo espasmódicamente de su sopor, se decía que si estaba allí era por un motivo. No para morir. No para llevar nuevas desgracias a Jesse Morgan, sino para darle la vida. Igual que estaba intentando con todas sus fuerzas dar la vida al bebé. Pero intentarlo no era suficiente y la esperanza se apagaba por momentos, tornándose en desesperación.

—¿Por qué... por qué tarda tanto? —preguntó con voz jadeante—. ¡Ay, Dios mío, me gustaría que mi madre estuviera aquí!

A pesar de que apenas podía respirar, comenzó a rezar deslavazadamente. Las sombras la cubrieron como un manto, emborronando los bordes de su visión, y después se aclararon y comenzaron a ondular y a estremecerse. Perdió la noción de quién era y dónde estaba. Oía la voz de Jesse; parecía llamarla desde el fondo de un pozo, sus palabras retumbaban y enseguida se dispersaban hasta esfumarse por completo.

Sabía lo que quería él, que volviera en sí, que luchara, pero no podía. Se sentía tan débil, tan desanimada, que había perdido todas sus fuerzas. Solo sentía un cansancio aplastante. Quería dejarse ir, abandonarse...

Y entonces, como un punto en medio del vacío aterciopelado, vio primero un destello, luego una chispa y a continuación una luz brillante y sostenida, pequeña al principio, pero luego cada vez más intensa. Y aquella imagen la lanzó a otro tiempo, a otro lugar...

Maderos que crujían y chirriaban, protestando. Hombres gritando. El chirrido y el golpeteo de las bombas de achique. Pasos que corrían a trompicones por una cubierta absurdamente inclinada. Barriles y cajones arrojados por la borda. Y el agua helada a su alrededor, envolviéndola por completo, tapándola, deslizándose por su cuero cabelludo y tirando de ella hacia abajo, apretándose contra su pecho.

Había visto aquel mismo retazo de oscuridad, había sentido aquella misma zozobra, aquel sumirse en el vacío. Hasta que se había acordado del bebé y la determinación había vuelto a ella como un manantial que brotara bruscamente en su interior. Se había agarrado a algún objeto flotante y había emergido, jadeando.

Y allí estaba la luz. El faro. Un rayo de plata surcando un inmenso y reluciente campo negro.

Lo vio otra vez. Sintió el empuje de su fuerza vital. Igual que había sucedido entonces, se dirigió hacia la luz sin saber qué era, consciente solo de que tenía que alcanzarlo. Tenía que alcanzarlo.

¿Lo sabía él? ¿Sabía él que era su salvación? ¿Y le importaba, acaso? Sintió que la agarraba de las manos y oyó el profundo reverbero de su voz. Le pareció distinguir las palabras:

—Inténtalo, Mary. Por favor. Tienes que intentarlo. Por favor.

Aquel «por favor» resonó en su cabeza. Jesse Morgan nunca decía «por favor». Debía de estar desesperado.

Mary parpadeó, sustrayéndose a aquellas extrañas visiones. A pesar del dolor, estaba ansiosa por ver a aquel nuevo Jesse, a aquel hombre que la abrazaba con tanta ternura y le decía «por favor» como si de verdad lo sintiera. Poco a poco su rostro fue enfocándose. ¡Ah, aquella cara, tan noble y llena de sufrimiento! ¡Tan maravillosamente querida para ella!

Le sostuvo la mirada, pero no pudo decir nada. La recorrió una oleada de dolor semejante a un incendio, y a la zaga del fuego llegó una arrolladora necesidad de dar a luz al niño. De empujar sin permitirse siquiera respirar hasta que naciera su hijo.

Oyó un suave gemido y se dio cuenta de que era su propia voz saliendo entre dientes. Experimentó un espantoso golpeteo en los oídos. Sintió que su cara se volvía encarnada y que todas las fibras de su cuerpo se tensaban.

—Mary, Dios mío, Mary... —Jesse se acercó al pie de la cama.

Quiso responderle, hacerle saber que necesitaba sentir sus manos sobre los hombros, sobre la frente, pero le fue imposible hablar. De su boca solo salían gemidos inarticulados. Levantó las rodillas y empujó con todas sus fuerzas sin dejar de mirar a Jesse, suplicándole con la mirada como si estuviera en sus manos el aliviarla.

Al resplandor de la lámpara, las ásperas líneas de su rostro destacaban, pálidas y definidas por el miedo.

—Creo... creo que veo la cabeza —dijo, asombrado—. Espera... Mierda... Ya no la veo.

Mary no entendía lo que decía. Solo sentía una presión espantosa y un impulso abrumador de empujar, de empujar cada vez más fuerte, sin respirar, sin pensar, sin sentir, sin...

—¡Mary! Está... Dios mío, ya está aquí, está...

La presión se esfumó como una racha de humo que al ascender se dispersara por el cielo azul. Durante un instante no sintió nada. Parecía separada de su propio cuerpo, de cualquier sensación física. Luego, en un abrir y cerrar de ojos, se sintió volver en sí, sollozó con todas sus fuerzas y estiró los brazos hacia la criatura pequeña y manchada de rojo, la envolvió en una manta y la abrazó contra su pecho, estremecida por la energía y el gozo de lo que acababa de hacer.

Jesse se inclinó contra el armario azul y cerró los ojos. Temblaba, se sentía al mismo tiempo agotado y eufórico. Aquello le recordó a los instantes posteriores a un rescate en el mar, solo que era más intenso, más arrollador. Acababa de asistir a un milagro. Formaba parte de ese milagro.

Los sollozos entrecortados de Mary llenaron el cuarto junto con el olor sanguinolento y ácido del parto y, por extraño que pareciera, con los graznidos de los cuervos y el canto del gallo de los Jonsson, que señalaba el amanecer.

Mary había pasado toda la noche de parto. Su hijo había nacido. Y él había ayudado a traerlo al mundo. Dios Todopoderoso. Había ayudado a nacer al bebé. Detrás de los párpados cerrados, lo vio de nuevo, vio su coronilla pequeña y manchada. En cierta manera, era tan sobrecogedor como ver la cara de Dios. El rostro de un ángel.

—¡Jesse! ¡Ayúdame!

Cayó de rodillas junto a la cama.

—¿Qué ocurre? ¿Qué tienes?

—La... ¡Ah!... —rechinó los dientes y su rostro se enrojeció como momentos antes de dar a luz—. La placenta —dijo entre dientes—. Y tienes que cortar el cordón.

—Cortar el... —de un oscuro rincón de su mente brotaron imágenes terribles: cuchillos, tijeras, cosas afiladas...

—El cordón, Jesse. Átalo y córtalo. Seguro que has visto cómo se hace con los animales.

—Sí, pero...

—¿Y bien?

Buscó cordel y un cuchillo afilado. Sintiéndose irremediablemente torpe y aterrorizado, se acercó a ella y miró el hato de mantas que sostenía.

—Creo que estoy listo.

Ella asintió, fatigada. Jesse ignoraba cómo era posible, pero estaba preciosa. Tenía el pelo revuelto y profundas ojeras, pero un resplandor triunfal parecía desprenderse de ella. Vio una alegría tan intensa que brillaba a través de sus ojos como el amanecer. Deseó tocarla, estrecharla en sus brazos y decirle lo guapa que estaba, lo orgulloso que se sentía de ella. Pero no podía hacerlo. Algo iba mal, algo que ninguno de los dos quería ver o reconocer...

Le tembló la mano al apartar los pliegues de la manta. Entonces vio la minúscula cabeza manchada de sangre, el pecho de duendecillo y el cordón retorcido y azulado. Bajó la mano con el cordel y se quedó paralizado.

El bebé no se movía.

—Mary, creo... —notó la garganta seca, como si hubiera tragado arena—. El bebé... ¿Está bien?

—¿Por qué iba a estar mal?

—Mary... —sintió que sus entrañas se deshacían hasta quedar reducidas a cenizas. Creía conocer la tristeza y el dolor, pero nada lo había preparado para aquella profunda agonía.

¡Qué ironía que al fin hubiera encontrado la única cosa que le dolía más que su propia pena! La pena de Mary. Su tristeza le dolería aún más.

—Mary... —repitió. Tocó suavemente su frente, apartando un mechón de pelo—. No se mueve. No respira.

—¡Maldito seas! —gritó ella—. ¿Cómo te atreves a decir eso?

—movió de un lado a otro la cabeza sobre la almohada—. ¡Maldito seas, Jesse Morgan! ¡Maldito seas!

Jesse vio que la locura se apoderaba de ella. Ignoraba qué hacer. El instinto lo impulsó a quitarle al niño de los brazos y a apartarlo para que no lo viera muerto.

Mary estuvo a punto de arrojarse de la cama.

—¡Dame a mi bebé!

—No, Mary, es mejor que... —de pronto se quedó rígido. Lo sintió. Un aleteo. Un movimiento. Su cuerpo reaccionó antes que su mente. Reconoció aquel sutil movimiento. Era el bebé.

Un leve gemido, parecido al maullido de un gatito, emergió de las mantas.

En sus ojos se formaron lágrimas afiladas como agujas, pero desaparecieron antes siquiera de ver la luz.

—El bebé está bien, Mary —estuvo a punto de tambalearse de alivio, pero logró inclinarse y dejar al bebé en sus brazos—. Ahora, vamos a ocuparnos de ese cordón.

Las lágrimas rodaron por la cara de Mary.

—¡Ah, Jesse! —exclamó—. ¡Soy tan feliz! ¡Tan, tan fe...! —sofocó un grito—. ¡Dios mío de mi vida!

A Jesse se le cayó el ovillo de cordel. El frío atenazó su pecho.

—¿Qué ocurre? ¿Qué pasa ahora?

—¿Es niño o niña? —preguntó ella.

Jesse juró entre dientes.

—¿Cómo quieres que lo sepa?

—Tú lo has traído al mundo, mi querido capitán Morgan.

—No estaba fijándome en eso, por amor de Dios.

Mary comenzó a reírse débilmente al mismo tiempo que apartaba las mantas.

—Un niño —dijo, y la alegría y la euforia que Jesse había visto poco antes en su expresión volvieron a inundar su semblante—. Tenemos un hijo.

Jesse se pasó una mano por el pelo. Sabía que debía estar

exhausto, pero no podía descansar. Se movía apresuradamente por la habitación como una gallina clueca. Cambió las sábanas manchadas por otras limpias y llevó a Mary agua para lavarse y un camisón limpio, además de un montón de pañales que ella se había pasado varias semanas cosiendo. El bebé y ella permanecieron envueltos en las mantas como en un capullo, adormilados o simplemente descansando mientras ella miraba con muda adoración la carita del pequeño. Una o dos veces se lo acercó al pecho, pero Jesse no quiso mirar. Ni pensar, ni sentir.

Todavía no. Era demasiado pronto.

A medida que pasaba el día intentó ordenar sus emociones. Se alegraba por Mary. Se sentía aliviado por que el bebé y ella estuvieran bien, y a gusto. Pero en cuanto al niño, no podía sentir nada más allá de aquel alivio inicial. No era su padre. No tenía ni la menor idea de qué hacer con un niño.

Miró a Mary furtivamente y vio que habían vuelto a dormirse. Ella yacía acurrucada alrededor del bebé, del que solo se veía la cabecita. Jesse sintió un sobresalto. El bebé se parecía extrañamente a Mary cuando la había sacado del mar. Tenía la misma cara hermosa y sobrenatural. Los mismos mechones de pelo rojo pegados a la piel clara. Los mismos párpados azulados, delicadamente surcados por minúsculas venas.

—A ti no te rescaté —masculló en voz baja y salió de la habitación.

Estuvo fuera largo rato, hasta que oyó que Mary lo llamaba. Entonces le llevó una taza de leche y un poco de pan tostado. Ella le dio las gracias con una sonrisa y comió con apetito mientras el bebé seguía durmiendo tan profundamente como ella aquellos primeros días después del rescate.

—Se me ha ocurrido un nombre —dijo.

Jesse no contestó. Se quedó mirando el suelo, fijándose en el grano de la madera vieja como si fuera un asunto de gran importancia.

—David —prosiguió ella—. David Dare Morgan. ¿Te gusta?

—¿Por qué no iba a gustarme? —colocó la taza de leche sobre el platillo vacío y se levantó.

—Elegí David por su significado bíblico. El sacerdote de la parroquia me leyó su historia una vez, hace mucho tiempo. David fue muy importante.

—Te refieres al rey David.

—A David, el hijo de Jesé.

Jesse estuvo a punto de dejar caer los platos, pero logró volverse hacia la puerta.

—No es mío.

—¡Por el amor de Dios! Lleva tu apellido. Tú has ayudado a traerlo al mundo. Ha respirado por primera vez en tus brazos. ¿Qué va a ser, sino tu hijo?

—El hijo de Granger.

—Granger no sabe nada de él. Ni tiene por qué saberlo.

Jesse no quería lastimarla, pero tampoco podía mentirle.

—Sabes que cuidaré de ti y del niño. Que os protegeré, os daré de comer y un techo. Pero no esperes mucho más de mí.

—¿Por qué no?

—Porque no tengo nada que daros.

Esperaba que rompiera a llorar. Pero ella sonrió sagazmente.

—Jesse Morgan, tú me has dado la vida. Me has dado esperanza, un hogar, tu nombre y el respeto de todo un pueblo. Y ahora has dado la vida a mi hijo. A nuestro hijo. ¿Te parece poco?

—Era mi deber. Hice un juramento y...

—Al diablo con el juramento. No has hecho ninguna de esas cosas por haber hecho un juramento. Las has hecho porque necesitas volver a querer...

—Estás buscando algo que no existe, que no existirá nunca. Ahora descansa un poco. Yo tengo cosas que hacer.

—¿Qué es lo que tienes ahí? —preguntó Granger al entrar en el salón del ala oeste.

Annabelle se sobresaltó. Su pequeña mano se cerró alrededor de una página de papel amarillento.

—Granger, querido, me has asustado —dijo sonrojándose.

Su marido se inclinó sobre el sillón orejero, colocado junto a la chimenea. Annabelle sintió su mirada fija en su puño cerrado.

—Fairchild me ha dicho que había llegado un telegrama.

Maldito mayordomo. ¿Acaso no podía callarse nada?

—¡Ah! —dijo, fingiendo que acababa de recordarlo—. He recibido un mensaje de lo más inesperado, un mensaje de mi hermano.

—¿De Jesse?

Con movimientos felinos, Granger rodeó el sillón y le tendió la mano.

—Déjame verlo.

¡Dios, cuánto habría deseado desafiarlo! Arrojar el papel arrugado al fuego y negarse a contarle lo que decía. Pero, como de costumbre, obedeció: alargó la mano y le entregó la hoja de papel. En realidad, no la necesitaba. Ya había memorizado su contenido: «Disculpas por no haber respondido a tus cartas STOP Si me necesitas para cualquier cosa, por pequeña que sea, telegrafíame al instante STOP Jesse Kane Morgan STOP».

Granger acabó de leer el telegrama.

—¿Si lo necesitas? ¿Qué demonios quiere decir con eso?

Quería decir que había adivinado lo que ocurría. De algún modo sabía en qué se había convertido la vida de Annabelle y quería ayudarla. Miró a la cara a su marido y respondió:

—No tengo ni la menor idea, cariño.

Granger arrojó la hoja al fuego.

—¿Piensas contestar?

—Sería lo más educado.

Él volvió a colocarse detrás del sillón, la agarró por los hombros y clavó sus fuertes dedos en sus músculos como una advertencia.

—No te molestes, querida. Ese hombre está loco, lo está desde hace años. Yo me encargaré de responder.

Annabelle se quedó muy quieta, consciente de que no la soltaría hasta que accediera.

—No me cabe duda —dijo suavemente—. Gracias, querido.

La segunda noche después del parto, de madrugada, Jesse se despertó al oír un llanto. Saltó de la cama y se puso los pantalones y sin molestarse en abrochárselos bajó a toda prisa las escaleras.

Era un sonido espeluznante, como el quejido de un gato en una trampa. Sintió su vibración en la médula de los huesos. Encendió a tientas una bujía y entró en el cuarto contiguo a la cocina. Le había dicho a Mary que era preferible que se quedara abajo, en lugar de intentar subir las escaleras tan pronto después de dar a luz. Ella, que había adivinado sus verdaderos motivos, no había protestado.

Jesse levantó la lámpara para qué pasaba. Mary estaba tumbada de lado. El bebé se retorcía y se estiraba a su lado con la boca abierta de par en par, emitiendo un terrible maullido.

—¿Qué ocurre? —se pasó una mano por la cara, intentando despejarse. Notó las mejillas ásperas y no consiguió recordar cuándo había sido la última vez que se había afeitado.

—Tiene hambre —Mary levantó la voz para hacerse oír por encima de los alaridos del bebé. ¿Cómo era posible que una criatura tan minúscula pudiera armar tanto jaleo?

Confiando en conservar la paciencia, Jesse puso la bujía sobre un estante.

—Pues deberías darle el pecho.

—No puedo —su sonó ronca, cargada de lágrimas.

Jesse no entendió. No había querido fijarse mucho, pero la había visto sostener al bebé junto al pecho varias veces.

—Has estado haciéndolo...

—No sé qué ha pasado —dijo—. Me subió la leche de repente y ahora... tengo demasiada.

—Santo cielo —no quería pensar en aquello, no quería involucrarse en algo tan íntimo y elemental como la lactancia de un recién nacido. Pero la tristeza de Mary le traspasó el corazón. Se descubrió inclinándose sobre la cama y alargando los brazos hacia el bebé, que seguía llorando y retorciéndose, envuelto en su hato.

Al tomar al bebé en brazos, el dorso de su mano rozó el pecho de Mary. Su contacto le sorprendió. Su carne parecía arder y estaba dura como una piedra. Sus pechos se habían hinchado hasta un punto inimaginable.

—Santo cielo —repitió, disimulando su asombro con enfado. Se incorporó y sostuvo al bebé en brazos, pero le costó hacerlo porque no dejaba de retorcerse. Arqueaba la espalda con sorprendente fuerza y aullaba. Aquel sonido... Era sin duda el que acompañaba el carro del diablo en su camino al infierno.

—No puede... engancharse —dijo Mary, sollozando abiertamente—. Y me duele. Me duele...

Jesse acunó un poco al bebé. Aquello hizo que dejara de llorar un momento.

—¿Puedo traerte algo?

Ella se tumbó de lado y sollozó. Maldiciendo en voz baja, Jesse se acercó al palanganero. Había pensado que podía mantenerse alejado de aquel pequeño intruso. Había creído que Mary, siendo como era una madre nata, se ocuparía de todo, le daría todo cuanto necesitaba. Sí, ese había sido su plan. Jesse la mantendría a ella y ella mantendría al bebé.

Pero las cosas no estaban saliendo así. Ya se había desatado el caos. El bebé no le estaba permitiendo guardar las distancias.

Mojó una toalla limpia en la palangana. Sin perder de vista al bebé, escurrió la toalla y se la llevó a Mary.

—Ten, ponte esto en el pecho.

Sorbiendo por la nariz, ella se puso la toalla mojada sobre el pecho y cerró los ojos. ¡Qué cansada parecía! Estaba demacrada y su boca, normalmente tan alegre, tenía una expresión abatida. Un mechón de pelo le caía sobre la mejilla y la nariz. Jesse lo apartó con un dedo.

El bebé protestó, enfadado, y Jesse comprendió que estaba reuniendo fuerzas para soltar otro alarido. Se levantó rápidamente.

—Descansa un rato —dijo, y salió de la habitación.

Se puso a caminar arriba y abajo por la casa a oscuras, cada vez más resentido. Él no había pedido nada de aquello. Ni a Mary, ni desde luego a su hijo. No supo cuánto tiempo pasó dando vueltas por la casa, sintiéndose como si sostuviera entre las manos una brasa al rojo vivo que podía quemarlo en cualquier momento. Pero pasado un rato oyó una voz soñolienta que lo llamaba.

Regresó al cuarto donde estaba acostada Mary. Advirtió en ella una diferencia sutil. Parecía menos tensa. Había relajado los hombros y volvía a sonreír. El camisón y la sábana bajera estaban empapados.

—Creo que ya puedo darle de mamar.

Jesse no dijo nada, pero la ayudó a salir de la cama y a ponerse un camisón nuevo. Un olor dulce y húmedo impregnó el aire cuando se sentó en un sillón. Un olor a leche.

Jesse le dio el bebé, aliviado, y se atareó cambiando la ropa de la cama. No miró a Mary. Los ruidos que hacía la boca ávida del bebé lo convencieron de que la crisis había pasado.

De momento.

Los regalos comenzaron a llegar casi de inmediato. Varias veces al día, Mary se sorprendía llorando de felicidad y cansancio. Todo el mundo era tan bueno con ella, hacían tantos cumplidos al bebé y eran tan considerados...

—Es tu vivo retrato, Mary —declaró Hestia—. Creo que va a tener el pelo tan rojo como el tuyo. Jesse debe estar orgullosísimo.

Mary sonrió, agradecida por sus palabras. Nadie mencionaba el hecho de que Jesse no había engendrado al pequeño Davy. Nadie comparaba al pequeño con él.

Como embajadora de Swann House, Hestia le llevó un montón de regalos: colchas, sonajeros, juguetes y mordedores hechos a mano, chaquetitas, jerséis, gorros y patucos. Fiona se reunió con las mujeres lanzando un grito de alegría al cruzar el jardín.

—Me han dicho que confundiste al farero con la comadrona —dijo, soltando una carcajada.

—Ya lo creo —contestó Mary, y miró al bebé. Lo había bañado esa mañana. No podía imaginar un olor más dulce que el suyo.

—Fíjate —Fiona tomó con sumo cuidado al bebé, que iba vestido con una camisita de franela blanca y unos diminutos calcetines tejidos por Rheingold, el huésped enfermo de Hestia—. Fíjate —repitió Fiona—. ¡Ay, Dios mío! ¿Hay algo en este mundo más bonito que un recién nacido?

Mary sintió un nudo en la garganta mientras Hestia y Fiona hacían carantoñas al bebé. ¿Era el sino de cualquier mujer enamorarse al instante y por completo de un nuevo bebé? Aquellas mujeres adoraban a Davy con un amor generoso e incondicional. Mary deseó ardientemente que lo mismo pudiera decirse de Jesse, pero solo recordaba la frialdad de su mirada, su expresión lúgubre al decir: «No es mío».

Había creído ingenuamente que Jesse compartiría su alegría por el nacimiento de Davy. Pero el parto parecía haber surtido el efecto contrario. Estaba más silencioso y ensimismado que nunca.

¿Cómo podía ella traspasar aquel miedo? ¿Cómo podía hacerle cambiar de idea? No lo sabía, pero estaba segura de que debía intentarlo. Estaban hechos el uno para el otro. Ella había llegado allí por voluntad del destino, y olvidarlo sería un sacrilegio.

—¿Cómo te encuentras? —preguntó Fiona, interrumpiendo sus cavilaciones.

—Bueno —dijo—, como igual que un caballo, alimento al bebé como una vaca y el resto del tiempo lo paso durmiendo con el pequeño Davy.

—Estupendo. Así es como debe ser —Fiona se acomodó en la silla de mimbre que Jesse había llevado al cuarto para las visitas. Abrió con delicadez la camisita de Davy y lo examinó detenidamente—. No podría ser más perfecto. Y, dejando aparte la comida y el sueño, ¿va todo bien por aquí?

—Claro. ¿Por qué no iba a ir bien? —Mary se sorprendió al notar que se le saltaban las lágrimas.

—¡Ay, Dios mío! —exclamó Hestia—. Yo me puse igual cuando nacieron mis hijos. Tan pronto me echaba a reír como a llorar.

—¿Y su marido? —preguntó Mary con voz baja y rasposa—. ¿El capitán Swann los esquivaba a usted y al bebé días y días?

Fiona la miró fijamente.

—Dale tiempo. Las cosas han cambiado para él muy rápidamente. Ya se le pasará —abrochó la camisita del bebé—. ¿Verdad, pequeñín? ¿A que tu papá va a quererte con locura?

Su voz cantarina hizo sonreír a Mary. Hestia se atareó guardando los regalos.

—¡Qué suerte tengo por tener tantos amigos! —exclamó Mary, y volvieron a saltársele las lágrimas, pero consiguió reírse.

En compañía de mujeres, se sentía rodeada por la esencia del amor maternal. Aunque su madre no estuviera allí, sentía su presencia en el modo en que Hestia pasaba las manos por la manta de lana, la veía en las arrugas de alegría que se formaban en las comisuras de los ojos de Fiona. «¿Nos ves, mamá?», preguntó para sus adentros. «Tu hijo va a estar perfectamente. Vamos a estar perfectamente».

Y así lo creyó, sobre todo cuando Magnus y Palina, que acababan de volver de Astoria, irrumpieron en la casa parloteando en islandés. Después, se echaron ambos a llorar al ver al recién nacido.

—Esto está abarrotado y se está haciendo tarde —anunció Fiona.

—Sí, sí —dijo Hestia con energía—. Últimamente tengo muchísimas cosas que hacer, con tantos niños en casa. Estoy enseñando a leer a los pequeños Clune.

Mary se alegró al ver una chispa de felicidad en los ojos de la viuda al despedirse de ella. Desde que había abierto su casa a los desfavorecidos, Hestia parecía menos crispada. Ahora se la veía serena y llena de determinación. Las personas se necesitaban mutuamente. Era una idea tan sencilla... ¿Por qué a Jesse le resultaba tan difícil entenderlo?

Tan orgullosos como dos flamantes abuelos, Palina y Magnus acunaron al bebé entre los dos y le susurraron palabras cariñosas. Mary esperó sin decir nada. Aquellos momentos debían disfrutarse en silencio, sin que interfirieran las palabras. Quizá fuera un efecto de la luz del atardecer, o quizá fuera pura magia, pero un resplandor los envolvía a los tres como si fueran la pintura de una iglesia. El cariño que reflejaban las caras de Palina y Magnus era tan visible que Mary se descubrió de nuevo al borde de las lágrimas. «Tengo una familia», pensó. Sus padres y sus hermanos habían muerto en Irlanda, y allí estaba ella, al otro lado del mundo, con una nueva familia.

Pasó aquel instante y Davy no se despertó ni una sola vez. Mary lo tomó de brazos de Palina.

—Encaja tan bien en el hueco de mi brazo... Ni siquiera me acuerdo de qué hacía antes de que naciera mi hijo.

—Este es el acontecimiento más feliz que hemos tenido en el faro —afirmó Palina—. ¡Qué orgulloso debe de estar Jesse!

Mary agachó la cabeza, pero no lo bastante rápido.

—Hay problemas, ¿eh? —Magnus se golpeó la rodilla—. Solo me queda un puño. Espero que sea suficiente para darle una buena tunda a ese cabezota, a ver si entra en razón.

—No...

—Espera...

Mary y Palina hablaron al mismo tiempo. Se miraron y se echaron a reír.

—Déjalo por ahora —dijo Palina, y añadió algo en islandés—. Tú tampoco estuviste muy encantador nada más nacer Erik.

Magnus arrugó el ceño, pero se inclinó y besó a su mujer en la frente antes de salir de la habitación.

—Bueno —dijo Palina—, cuéntame.

Mary pasó la mano por la cabeza cubierta de suave pelusilla del bebé.

—Tuve que ser más fuerte y más valiente de lo que me imaginaba. Y fue Jesse quien me salvó, igual que la última vez.

—¿Igual que la última vez?

—Cuando me estaba ahogando. Parecía lo mismo.

Palina sonrió de oreja a oreja.

—Sí. Sí. Jesse te ayudó a superarlo. Así es como debe ser. No me sorprende.

—Pero ha cambiado desde que está aquí el bebé —confesó Mary con voz ahogada—. Se comporta como cuando llegué. Quiere estar solo, no quiere saber nada de mí, ni de Davy. Creo que desearía no habernos conocido.

—Si le preguntas, eso es lo que te dirá —Palina se levantó y se ató el chal con habilidad—. Pero mírame. Soy una vieja. Una metomentodo. Miro a las personas y las veo como de verdad son. Veo cosas que los otros no ven.

—No lo dudo, Palina. Nunca lo he dudado.

—Cuando os veo juntos a ti y a Jesse, veo amor.

Una extraño escalofrío recorrió a Mary, poniéndole la carne de gallina.

—¿Qué quieres decir?

—Eso, exactamente. Tú no lo ves porque estás demasiado ocupada sintiéndolo y fingiendo que es fácil. Jesse está demasiado ocupado sintiéndolo y resistiéndose a ello. Pero veo cómo te mira cuando tú no te das cuenta. Veo cómo te preocupas por él. Y aunque creas que quiere que te vayas, no es así. Sencillamente, tiene miedo de perderte.

Jesse descubrió que, si se esforzaba lo suficiente, podía evitar pensar en Mary y en el bebé durante varios minutos seguidos. Mientras ella siguiera durmiendo con el pequeño en el cuarto de abajo, mientras él pudiera alargar sus quehaceres en el faro todo lo posible, podría fingir que no había cambiado nada.

Salió del faro y bajó a la cala que había a los pies de la colina de Scarborough, donde los escasos árboles daban paso a campos de helechos que bajaban hasta el borde del agua. No había revisado la chalupa del práctico en los nueve días transcurridos desde el nacimiento del niño. Annabelle le había enviado un telegrama diciéndole que se encontraba bien y muy atareada, esperando con ilusión el regreso de sus padres de Europa después de Navidad. Al parecer, Granger solo había maltratado a Mary.

Sintió una oleada de alivio por no tener que ir a ver a su hermana, después de todo, y se avergonzó de ello. La sola idea de navegar lo dejaba paralizado.

Como de costumbre, percibió una especie de silencio expectante al borde del agua. Abel Sky le había dicho una vez que aquel monte era un retiro sagrado para los chinuks. Antes de la llegada de los blancos, los nativos llevaban allí a sus jefes para darles sepultura en sus canoas.

Un leve viento rizaba el agua y cantaba entre el ramaje de un par de espinos blancos. Aquel sonido, semejante a un susurro, le hizo pensar que los fantasmas de los antiguos jefes indios se estaban removiendo en sus tumbas. Sacudiéndose aquella idea caprichosa, Jesse se acercó a la chalupa y la encontró, como siempre, en perfecto estado de revista. Cuidaba de ella con el mismo celo que cuidaba de los caballos. Pero, a diferencia de ellos, la chalupa jamás se despegaba de la orilla. Con su casco y sus herrajes bruñidos y relucientes, esperaba una ocasión que no llegaría nunca mientras Jesse fuera el farero de cabo de Desengaño.

Pasó un rato limpiando las hojas secas que el viento había arrastrado hasta la cabina, pero inevitablemente llegó el momento de volver a casa. Se quedó de pie en la cubierta un momento, sintiendo rugir la frustración dentro de su pecho. Era ridículo. Se sentía dividido entre una chalupa que temía sacar al mar y una casa en la que temía entrar.

Mascullando una maldición, regresó a la casa. Subió los peldaños hecho una furia, cruzó el porche y cerró de un portazo a su espalda.

Mary estaba sentada junto a la chimenea, en la mecedora que le había hecho Magnus como regalo por el nacimiento del bebé. Llevaba un vestido de tela azul que le había cosido Palina, y la luz del fuego la envolvía en un cálido resplandor. El vestido estaba desabotonado por delante y Mary sostenía al bebé junto a su pecho. Cuando Jesse entró en la habitación, ella levantó la cara. Una tenue y bella sonrisa curvaba su boca. Era la primera vez que Jesse la veía de verdad amamantando al bebé, y no estaba preparado para la ternura que sintió agitarse dentro de él.

—Eh... Será mejor que traiga más leña para el fuego —dijo, retrocediendo hacia la puerta.

—Hay leña de sobra.

—Entonces voy a ver a los caballos.

—No hace ni una hora que Erik les dio de comer.

—Algunas veces se le olvida...

—Nunca se le olvida —Mary siguió mirándolo.

Él intentó con todas sus fuerzas apartar la mirada de su pecho. Su piel era como crema, la boca del niño un capullo de rosa ceñido en torno al pezón. Aquella imagen se grabó a fuego en su memoria, abrasándolo, haciéndole arder con una lujuria inconcebible.

Dio otro paso hacia la puerta.

—No te vayas, Jesse —dijo Mary—. He hecho sopa de pollo para cenar y Palina ha traído otra hogaza de pan de centeno.

—Llámame cuando esté lista la cena.

Su expresión no vaciló.

—Ya está lista.

—Llámame cuando estés lista tú.

Con un destello desafiante en la mirada y un movimiento decidido del dedo, desprendió al bebé de su pecho. Jesse no pudo evitar verlo vívidamente. La boca reluciente y ansiosa. El pezón hinchado, con una gotita de rica leche prendida a él.

Después, Mary se abrochó el vestido y aquella imagen desapareció.

Antes de que se diera cuenta de lo que ocurría, ella le pasó al bebé envuelto en sus mantas.

—Ten, está prácticamente dormido. Llévalo a la cama mientras sirvo la cena.

Jesse se quedó en medio de la habitación, con el bebé en las manos grandes y torpes. Parecía tan ligero como una hoja otoñal, e igual de frágil. Un hada o quizás un ángel, no un ser humano de carne y hueso. Era demasiado pequeño, demasiado delicado, demasiado perfecto para ser de verdad. Olía a leche, a tibieza y a Mary, y aquella sola fragancia estuvo a punto de derretir a Jesse. Se envolvió en una coraza, recordándose que aquel era el hijo de Granger. El bastardo de Granger. Él siempre sería un tío lejano y reticente de aquel pequeño.

Pero Mary era su esposa.

Mary había llamado al niño David. David, hijo de Jesé.

Fue al cuarto donde dormían Mary y el niño y dejó torpemente al pequeño sobre la cama.

—Túmbalo de lado —gritó Mary desde la cocina—. Y pon las almohadas y los cojines alrededor para que no se caiga.

En unos pocos días, la habitación se había transformado por completo. El aire estaba impregnado de un olor a leche y a polvos de talco, y por todas partes había ropas de bebé y pañales, además de un sonajero de madera labrada y una caracola adornada con plumas, regalo de Abel Sky.

Miró una última vez al niño dormido y deseó no haberlo hecho. ¡Qué pequeño parecía en medio de la cama! Como un pecio perdido en el mar.

CAPÍTULO 19

—La gente me había avisado sobre los inviernos aquí —Mary levantó la cara hacia el cielo de noviembre, azul y cristalino—. No paran de decir que no volveremos a ver el sol hasta el próximo marzo.

Jesse golpeó suavemente la grupa del caballo con las riendas cuando la carretera se allanó para desembocar en la calle principal de Ilwaco y contestó con su habitual gruñido de indiferencia.

—Pero a mí este tiempo me gusta —Mary respiró hondo.

¡Cómo le gustaba el aire fresco y áspero del puerto! El olor salobre de las redes colgadas a secar de los altos postes del muelle, y el olor a brea que despedía el astillero.

Davy dejó escapar un suave chillido de asombro cuando Jesse detuvo el calesín. Mary sonrió al bebé. Tenía un mes y medio, era muy despierto y esa mañana había hecho a su madre un regalo preciosísimo: su primera verdadera sonrisa.

—Espera un momento. Puede que vuelva a sonreír —dijo Mary, posando la mano sobre el brazo de Jesse.

Él miró a Davy unos segundos por simple cortesía.

—No creo.

—Esta mañana ha sonreído. Lo he visto con mis propios ojos. ¿A que sí, a *gradh*? —ronroneó—. ¿Verdad que sí, tesoro mío?

Davy la miró pestañeando. El color de sus ojos había empezado a aclararse. Mary sospechaba que iban a ser azules.

Granger Clapp tenía los ojos azules.

Alejó de sí aquella idea y esperó mientras Jesse ataba el calesín y la ayudaba a bajar. Sentía un hormigueo de emoción. Era su primera visita al pueblo desde el nacimiento de Davy, y estaba deseando presumir de hijo.

La gente de Ilwaco no la decepcionó. En el almacén general, donde fueron a comprar lonas nuevas para cubrir el heno, Abner Cobb y su esposa armaron el debido revuelo y sus hijos se arremolinaron en torno al bebé y se sentaron por turnos en el gran sillón orejero de detrás del mostrador para sostenerlo en brazos. En la consulta de la doctora, Fiona dictaminó que Davy estaba gordo y en perfecto estaba de salud. En la oficina del periódico, Bert Palais se dio unas palmadas en el chaleco, se echó la visera hacia atrás y declaró que iba a escribir una bonita nota de sociedad.

—Preferiría que no lo hicieras —dijo Jesse tajantemente.

Bert parpadeó. Mary se puso colorada.

—Mi marido siempre ha sido un hombre muy discreto —explicó.

—¡Que me aspen! —exclamó Judson Espy, el oficial del puerto, al entrar en la oficina del periódico—. ¡Vaya, vaya, fíjate! —sonrió al bebé de oreja a oreja—. Tienes todo un pequeño leñador, Jesse.

—Un leñador —mascultó Jesse.

—A que eres un leñador, ¿verdad que sí? ¿Verdad que sí? —dijo Judson con voz ridícula, sin dejar de sonreír.

Davy soltó otro gritito. Mary temió que se echara a llorar, pero en lugar de hacerlo sonrió. Y todos los vieron.

—No había visto tanto revuelo desde que pasó el cometa Donati —comentó Jesse.

Mary intentó convencerse de que no importaba que Jesse no compartiera su alegría por la primera sonrisa de Davy. Intentó decirse que Palina tenía razón, que Jesse los quería a ella y al bebé a su manera torpe y distante. Pero mientras lo veía ir y venir, atareado en sus quehaceres, sintió que las frías sombras de la duda comenzaban a inundarla.

A mediodía fueron a casa de Hestia. Mary buscó la intimidad de un cuarto de estar en la segunda planta para cambiar a Davy y darle de mamar. Mientras estaba sentada en un sillón tapizado, junto a una palmera en una maceta, sintiendo el rítmico tirón de la boca de Davy al alimentarse, una oleada de tristeza se apoderó de ella.

A su pesar, pensó en Granger Jones. No, en Granger Clapp, ese era su verdadero nombre. Solo era «Jones» para los porteros y para las irlandesas ignorantes como ella. Se acordó del día en que le había desvelado sus planes para el bebé. No había dudado ni por un instante de que sería un chico... y había acertado. Le había dicho a Mary que tendría una habitación preciosa y repleta de juguetes, niñeras que revolotearían a su alrededor, atentas a todo lo que necesitara, los mejores colegios del país, una carrera importante en su compañía naviera. Al principio, ella había pensado que formaría parte de aquellos planes. ¡Qué tonta había sido!

Granger había querido al bebé. Solo al bebé. Para él, ella no era más que una yegua. Pero ahora, al pensar en cómo ignoraba Jesse a la pobre criatura, se preguntaba si no habría estado mejor con un padre que quisiera tener un hijo más que nada en el mundo.

Asustada por aquella idea, intentó alejarla de sí y volvió a pensar en el presente. Observó el dibujo vegetal de la alfombra y las flores de lis que adornaban el cristal emplomado de la parte de arriba de la ventana. El cristal biselado proyectaba sobre la pared arcoíris que relucían con la viveza del color ilusorio. Pero era todo un efecto óptico, un truco de la luz. Cuando el sol se escondía detrás de una nube, los colores desaparecían y el mundo se volvía de nuevo gris.

Fiona aseguraba que no era así, pero Palina se empeñaba en que el estado de ánimo de la madre afectaba a su leche, haciéndola más o menos nutritiva. Mary acunó contra ella el cuerpecillo de Davy y pensó en la suerte que tenía por estar sana y a salvo.

Pero seguía durmiendo en el cuarto de abajo.

Se sobresaltó al oír el sonido leve de unos pasos en la escalera. Una mujer vestida con un abrigo ajado y un viejo sombrero de lana apareció en el descansillo.

—Hola —dijo Mary.

La mujer sofocó un gemido de sorpresa y retrocedió hasta chocar con la blanca barandilla de madera. Bajó un hombro, dio un respingo y se le torció el sombrero.

—No era mi intención de asustarla —Mary se ciñó el chal pudorosamente, tapando al bebé—. Soy Mary Morgan.

Apretándose contra la barandilla, la mujer bajó unos cuantos peldaños. Le temblaron las manos cuando se colocó el sombrero, pero no fue lo bastante rápida: Mary vio la sombra de un moretón en su mejilla.

—Tanto gusto —musitó la mujer, y pasó de largo a toda prisa.

Preguntándose quién sería, Mary acabó de amamantar al bebé y regresó al salón, donde la esperaba Jesse. Parecía fuera de lugar en casa de Hestia, enorme e incongruente sentado en el sofá con flecos, con una delicada taza de té apoyada sobre la rodilla.

—Y el voto de una mujer vale lo mismo cuando se trata de asuntos domésticos, esa es mi opinión, si de verdad le interesa —estaba diciendo Hestia con un soplido cargado de altivez—. Así pienso decírselo en persona al gobernador territorial, aunque tenga que ir a caballo hasta Olympia —tan pronto vio a Mary, su tono se volvió cariñoso—. ¡Ah, aquí está mi precioso bebé!

—¿A qué viene tanto jaleo? —Mary puso al bebé en los gruesos brazos de Hestia.

—Estaba hablando con su marido de un asunto sumamente desagradable. Mandé al sheriff a poner en su sitio a un canalla y no hizo nada, dijo que no había ninguna ley que impidiera a un hombre ocuparse de sus asuntos. Yo quería que echaran del pueblo a ese sinvergüenza y...

—¿A quién?

—Un leñador. Va por ahí emborrachándose y pegando a ciudadanos inocentes, pero el sheriff se niega a detenerlo.

—¿Por qué? —Mary sintió un arrebato de indignación.

—Porque la víctima es su esposa, ¿se lo puede usted creer? —dijo Hestia.

Mary se acordó de la mujer con la cara magullada. Sintió una punzada de rabia y se inclinó para abrazar a Hestia.

—Se está alojando aquí, ¿verdad?

—Livvie Haglund vive aquí. No va a volver con ese bruto. Sencillamente, no lo permitiré.

—¿Ollie Haglund no ha intentado verla? —inquirió Jesse.

Las mejillas sofocadas de Hestia palidecieron un poco.

—Pues sí. Nos dio un buen susto, pero dio la casualidad de que estaba aquí Fiona y consiguió echarlo usando el arpón para cazar ballenas del capitán Swann. Aun así estoy preocupada. ¿Y si vuelve ese canalla? Es del tamaño de un buey y el doble de fiero.

Jesse se levantó del sofá y dejó su taza.

—Ollie no volverá —salió de la habitación.

Se oyó un susurro y un golpe seco cuando abrió la puerta de la calle y volvió a cerrarla. Mary se quedó mirando el lugar por donde se había marchado.

—Va a ir a ver a ese tal Haglund.

—Sospecho que sí —Hestia sonrió, satisfecha.

—¿Qué cree que hará?

—Querida Mary, creo que es mejor que no lo sepamos.

Jesse tenía los nudillos en carne viva. Como le molestaban los guantes, decidió regresar a casa en el calesín con las manos expuestas al gélido aire de noviembre. Cuando regresó de guardar el carruaje, sintió los ojos de Mary fijos en sus manos.

—Será mejor que vaya a lavarme —dijo.

—La cena está lista. Abel Sky nos ha traído un salmón.

Mientras estaba de pie ante el palanganero, con las manos sumergidas en agua fría, pensó en lo asombroso que era aquello, tener una mujer hermosa que le pusiera la cena en la mesa. Tener a alguien con quien hablar, alguien a quien escuchar. Alguien de quien preocuparse, con quien reírse y a quien cuidar.

Cerró los ojos con fuerza y se echó agua por la cara y el cuello. Luego se frotó enérgicamente con la toalla. Bajó las escaleras con el ceño fruncido y ocupó su lugar a la mesa.

—Davy está dormido como un tronco —dijo Mary—. Debe de estar cansado por la salida.

Jesse no contestó. Nunca sabía qué decir cuando ella le hablaba del niño. Mary miró sus nudillos magullados mientras comía.

—No sé qué has hecho —dijo—, pero seguro que Hestia y la señora Haglund te lo agradecen.

—A Hestia no le conviene dar refugio a mujeres como Livvie Haglund.

—¿Ah, no? —preguntó Mary con un destello de su antiguo temperamento—. ¿Y qué querías que hiciera? ¿Dejar que se quedara con ese bruto de su marido hasta que le hiciera algo irreparable?

—Claro que no —repuso él—. Pero si Hestia empieza a acoger a mujeres que huyen de sus maridos, es probable que los maridos se enfaden. Y no puedo ahuyentarlos a todos.

—Nadie te ha pedido que lo hagas —pinchó un trozo de salmón asado—. Pero tiene que haber un lugar adonde una mujer pueda ir y saber que está a salvo —lo miró a los ojos—. ¿No crees?

Jesse no dijo nada.

—A veces, sentirse segura es lo que más ansía una mujer.

—Ajá.

—Es natural que se corra la voz de que Swann House es un lugar seguro para mujeres como Livvie Haglund.

—Ajá —Jesse miró las copas de los altos árboles a través de la ventana.

Sabía adónde quería llegar Mary y se preguntaba si lo estaba haciendo a propósito. Estaba atrayéndolo hacia la vida y el corazón de aquella comunidad. Durante años había vivido en sus márgenes, como una figura lejana y digna a la que se respetaba, pero con la que nunca se contaba. En apenas unos meses, sin embargo, Mary lo había persuadido para celebrar el centenario, para ayudar a crear el refugio de Swann House, para ahuyentar a un marido maltratador. Todo ello había ocurrido sin pedirle consejo. Sin buscar su aprobación. Sencillamente, así había sido.

Acabó de cenar y Mary se puso a fregar los platos.

—Déjame a mí —dijo Jesse hoscamente, apartándola—. Ve a sentarte un rato al cuarto de estar.

Procuró instintivamente no hacer ruido, no entrechocar los platos ni derramar el agua cuando llenó la pila. El bebé había cambiado su vida de incontables maneras. Pero, a pesar de sus esfuerzos, se oyó un leve gemido procedente del cuarto contiguo a la cocina.

—¿Puedes traérmelo? —preguntó Mary.

Siempre hacía lo mismo: buscaba excusas para que Jesse tomara en brazos al crío, para que lo oliera, lo tocara y sintiera agitarse dentro de sí un anhelo casi insoportable.

—Tengo las manos mojadas —contestó.

Mary se levantó del sofá y entró en el cuarto. Jesse oyó sus murmullos cuando tomó en brazos al niño, le dio de mamar y le cambió el pañal. Entretanto, Jesse no dejó de imaginarse lo que nunca se acostumbraría a ver, de lo que nunca se cansaría: Mary con el pecho desnudo, amamantando al bebé.

Salió al porche y comenzó a respirar profundas bocanadas de aire frío. Hacía una noche ventosa, pero despejada. Magnus estaba de guardia y la luz del faro describía su arco en intervalos regulares.

Había cosas que Jesse no recordaba respecto al hecho de enamorarse. Con Emily, había sido demasiado joven, demasiado ingenuo para experimentar la profundidad de sentimientos que experimentaba ahora. Para sentir cómo el dolor y el éxtasis se fundían hasta convertirse en una sola cosa. Para sentir un anhelo cortante como un cuchillo.

Cabía la posibilidad de que nunca hubiera sentido aquello por Emily. Con ella, todo era más sencillo. Procedían del mismo mundo. En aquella época él era un joven prometedor y ella una señorita de buena familia. No había habido escollos ni dificultad alguna. Solo un amor que había volado como un pájaro durante un par de años y luego se había estrellado en el mar.

Estaba sucediendo otra vez, solo que ahora era distinto. Él era distinto. Ahora sabía lo que era amar y perder lo que se amaba. Y lo que sentía por Mary no tenía nada de sencillo. Su situación no tenía nada de fácil. Ella quería que fuera un padre para el hijo de su rival. Creía que podía serlo. Quería que fuera más fuerte y más noble de lo que podía ser. Lo esperaba. Creía en él. Él intentaba demostrarle que era un hombre egoísta y amargado, que no merecía la fe que ponía en él, pero ella lo intentaba una y otra vez.

Cuando el viento frío caló sus huesos, volvió a entrar. Mary estaba en el sofá con el bebé en brazos. Jesse avivó el fuego de la chimenea, se puso sus gafas y abrió el libro que estaba leyendo: una deprimente novela francesa que estaba de moda.

Las noches en que no estaba de guardia, como aquella, eran las peores. No sabía qué hacer. Normalmente leía un rato, hasta que Mary le daba las buenas noches y se llevaba al niño a la cama, en el cuarto de abajo.

—Jesse... —dijo ella.

—¿Sí?

—Quiero pedirte un favor —se aclaró la garganta y esperó a que él la mirara. Luego añadió—: Me estaba preguntando si podrías enseñarme a leer.

Mary nunca dejaba de asombrarlo.

—A leer.

—Me gustaría aprender. ¿Es muy difícil?

—Nunca he enseñado a nadie a leer. ¿Por qué quieres aprender ahora?

—Solo quiero empezar —apoyó los pies en un escabel de madera y posó al bebé sobre sus muslos para que la mirara de frente.

Al ver la cara del niño, Jesse deseó tocarlo. No lo hizo, desde luego.

—¿Ahora mismo? —preguntó—. ¿En este preciso momento?

—No hay por qué dejarlo para más adelante —miró la cara seria del bebé—. Quiero poder leer cuentos a Davy algún día.

Jesse sintió una oleada de mala conciencia. Mary no creía que fuera a leerle cuentos al niño. Y tenía razón. Él, que durante doce años había tenido a los libros por únicos compañeros, no estaba dispuesto a compartir su única pasión con el crío. Importaba poco ahora, mientras el niño fuera tan pequeño, pero pronto, antes de que Jesse se diera cuenta, empezaría a importar.

—Puedo contarle cuentos, claro —añadió Mary—. Recuerdo todos los que solía contarme mi madre. Pero quiero leerle otros nuevos. ¿Me ayudarás?

Jesse sabía que acabaría odiándose por ello, pero se acercó a la larga estantería y bajó un volumen viejo y manoseado. Cuando lo abrió y se sentó junto a Mary, de las páginas del libro ascendió un olor a moho y a tinta.

—Este era uno de mis favoritos cuando era niño —pasó las páginas hasta llegar a las guardas y leyó la dedicatoria—: «Feliz Navidad para Jesse, de sus abuelos, los Morgan». Yo tenía cuatro años cuando me lo regalaron.

—¿De veras? ¿Y de qué trata?

—Es una colección de cuentos. El mejor es este, *El cuento de la cueva peligrosa.*

—¿Puedes leérmelo?

—¿Ahora?

—Sí, ahora.

Jesse se subió las gafas por el puente de la nariz y comenzó a leer. Tuvo la extraña sensación de que aquello había sucedido ya antes. Y en cierto modo así había sido. Recordaba vivamente a su padre entrando en el cuarto de los niños cuando él era pequeño y sentándose en la cama para leerle aquel libro. Seguramente por eso le gustaba tanto aquel volumen. No porque sus historias fueran especialmente buenas, sino porque estaba asociado con los recuerdos más dulces de su niñez.

Y ahora los estaba compartiendo con Mary y el bebé. Se sintió a gusto, a pesar de que sabía que era un error. No supo cuánto tiempo pasó leyendo, pero miró por el rabillo del ojo al bebé y vio que se había quedado dormido. Una ridícula satisfacción se agitó dentro de él, y se redobló cuando notó que la cabeza de Mary se apoyaba en su hombro. Se quedó quieto, disfrutando de aquel instante. Respiró el olor de su pelo, el aroma a leche del bebé y la fragancia a jabón de las mantas.

Y sintió dentro de sí algo extraño y desconocido.

Felicidad.

Su mente se reveló al instante. No debía sentirse feliz. Pero así era. Así era. Aquel sentimiento lo llenó de angustia. Dejó a un lado el libro y le quitó suavemente el bebé a Mary.

—Vamos, tesoros míos —susurró—. A la cama los dos.

Ella farfulló algo cuando la tomó de la mano y la llevó a la cama del cuarto de abajo. Antes de que pudiera refrenarse, se inclinó y la besó en la frente. Luego hizo lo mismo con el bebé.

Fue el beso lo que le perdió. Huyó de la habitación y se refugió en la suya, subiendo los peldaños de dos en dos. Cerró la puerta a su espalda. No había vela, no se había parado a tomar una. Solo la luz azulada y acuosa de la luna otoñal y las estrellas llenaba el vacío.

Se agarró al poste de la cama y estuvo largo rato respirando hondo, intento reponerse, volver a ser el de antes, aquel frío desconocido que se había acostumbrado a ser. Pero cada vez le resultaba más difícil.

Estuvo a punto de dar un salto de miedo cuando oyó que la

puerta se abría con un chasquido. Mary apareció con el bebé en un brazo y una palmatoria en la otra mano. Llevaba puesto el camisón. Iba descalza y se había soltado el pelo.

—¿Ocurre algo? —preguntó Jesse.

—Sí.

—¿Qué? ¿Te encuentras mal o...?

—No, nada de eso —levantó hacia él sus bellos ojos con expresión suplicante—. No queremos seguir durmiendo abajo. Queremos volver a tu cama, Jesse.

Sus palabras le sonaron como un latigazo. El pánico volvió a apoderarse de él en oleadas.

—La cama es muy pequeña —contestó.

Ella puso mala cara.

—No, no lo es.

—Podría hacer daño al niño, aplastarlo al darme la vuelta.

—Eso es una tontería —lo miró con enfado.

Jesse le sostuvo la mirada. Luego, Mary dejó caer los hombros.

—Lo dices en serio, ¿verdad? No nos quieres aquí.

Él no dijo nada. Si intentaba explicarse, solo conseguiría herirla aún más.

Mary se volvió agitando su larga melena roja, se acercó a la puerta y bajó la escalera. Jesse oyó su paso decidido hasta que llegó a su cuarto y después el chirrido de los muelles de la cama al tumbarse.

Dejó escapar un largo suspiro. No se había dado cuenta de que había estado conteniendo la respiración. Tuvo que preguntarse qué era más doloroso, si amar a una mujer u obligarse a no amarla. Pero ¿había algo más doloroso en el mundo que hacer daño a Mary?

Ella debería dejarlo. No debía quedarse allí y permitir que la atormentara. Necia mujer. Buscaba cosas en él que no podía darle. Le hacía desear ser mucho mejor de lo que era. Y aquello no conducía a nada, salvo a la frustración.

Sin embargo, al día siguiente, cuando se despertó con un plan temerario en la cabeza, se sacudió todas sus dudas.

CAPÍTULO 20

Mary fue de un lado a otro por la casa como una loca, frotando y sacando brillo, cortando verduras para hacer un estofado, haciendo pan fresco y golpeando la masa con los puños. Al ver que no le bastaba con eso, abrigó a Davy y salió con él a trabajar un rato en el jardín. Colocó al niño en la carretilla y siguió despotricando mientras cavaba los parterres y arrancaba malas hierbas.

—¡Menuda cara! ¡Desterrarnos al cuarto de abajo! —exclamó—. ¡Y encima largarse al amanecer sin despedirse siquiera! La verdad, hijo, tu padre tiene mucho que aprender sobre cómo ser un buen padre.

Lo que se negaba a decir en voz alta era que anhelaba a Jesse. Ansiaba que la abrazara, sentir sus labios sobre su piel. Quería notarlo dentro de ella y no sabía si volvería a estar tan cerca de él.

—¡El muy bruto! —dijo—. ¡Pero me va a oír! ¡Ya lo creo que me va a oír!

Trabajó con furia, limpiando los parterres y preparándolos para el invierno. La consuelda había dado semilla suficiente para volver a florecer, gloriosa, en primavera. Podó los rosales y los cubrió con una capa de astillas de madera. Una bandada de pájaros cruzó el cielo hacia el sur, camino de climas más cálidos.

En aquel lugar se sentía tan claramente el círculo de la vida, su ritmo, tan constante como el latido de un corazón... ¡Qué feliz podía ser allí, si Jesse derrumbara la muralla que él mismo había levantado!

Decía de sí mismo que era egoísta y sin embargo había abierto su casa a una desconocida. Se llamaba cobarde a sí mismo, pero montado en su caballo se había lanzado sin vacilar al oleaje para rescatar a varios hombres que corrían peligro de ahogarse. Se decía un ermitaño y sin embargo había echado a Ollie Haglund del pueblo por pegar a su mujer. Jesse Morgan estaba lleno de contradicciones, era un héroe que había jurado no serlo, un hombre que juraba que no volvería a amar y que se había enamorado no solo de su esposa, sino del hijo de otro hombre.

Mary sabía que era eso lo que estaba pasando. Y Jesse también. Por eso estaba de tan mal humor últimamente. Pero a Mary no le duraría mucho más la paciencia.

Oyó el chirrido de una sierra y un montón de golpes procedentes del establo. Ardía en deseos de saber qué estaba haciendo Jesse, por qué seguía serrando y dando martillazos y no había ido a comer, ni a decirle buenos días. Pero el orgullo le impedía bajar a ver qué hacía.

Cuando empezó a ponerse el sol, llevó dentro a Davy para darle un baño. Le encantaba bañarse, y sonreía constantemente, haciendo gorgoritos de alegría cuando Mary le enjabonaba el cuerpo suave y gordezuelo en la pila de la cocina. Oyó entrar a Jesse, pero no se volvió. Era él quien tenía que disculparse.

—Enseguida acabo aquí —dijo secamente—. Hay pan recién hecho y estofado si tienes hambre. Creo que esta noche Davy y yo vamos a irnos pronto a la cama.

Jesse no respondió.

Mary oyó un ruido sordo, pero se resistió a volverse. Sacó a Davy del agua, lo puso sobre la encimera, lo secó con esmero y le puso polvos de talco. El pequeño no dejó de patalear mientras le abrochaba el pañal y le ponía una camisita limpia. Por fin, cuando su hijo estuvo seco y abrigado y apoyado tranquilamente sobre su pecho, se volvió hacia Jesse.

Él estaba junto a la mesa de la cocina. Tenía una expresión solemne y estaba endiabladamente guapo. Encima de la mesa descansaba la cosa más extraordinaria que Mary había visto nunca.

—Es una cuna —dijo Jesse, azorado.

—¡Madre mía! —llena de asombro, se acercó a la mesa.

La cuna estaba hecha de madera bien pulida y tenía la forma de un barquito. Sus balancines estaban lijados a la perfección y el cabecero labrado con volutas.

—Es para el crío —añadió Jesse.

Mary no pudo disimular una sonrisa.

—Sí.

Por dentro, estaba eufórica. Era el primer regalo que Jesse le hacía a Davy. Siguió con el dedo la inscripción labrada en la madera.

—Entonces, ¿esto es su nombre?

—Sí. David Dare Morgan.

Su nombre. Jesse había grabado su nombre completo en la cuna.

—Y va a dormir aquí.

—Eso espero. Me ha costado un montón hacerla.

—Te damos mucho trabajo, ¿verdad?

Él levantó una comisura de la boca.

—Ajá.

—Nunca te prometí lo contrario.

Jesse levantó la otra comisura.

—Supongo que no me importa tanto.

—¿Estás segura de que no pasa nada? —susurró Jesse después de que hubieran acostado al bebé en su cuna.

Rechinó los dientes un momento, intentando no sentir el ansia que Mary agitaba en él. Ni siquiera la había tocado aún. Estaban de pie en su dormitorio (en el dormitorio de ambos), mirándose el uno al otro, más azorados que la primera vez.

¡Dios! Se estaba volviendo loco de deseo.

—Quiero decir —dijo atropelladamente— que si no voy a hacerte daño si...

—Lo que me hace daño es la espera —tomó su mano y la llevó hacia abajo, sobre su vientre.

Las fibras nerviosas de Jesse saltaron como llamas. Era la primera vez que la tocaba desde que había dado a luz. ¡Qué pequeña se había vuelto! Allí, al menos. Deslizó las manos hacia arriba, sobre la generosa hinchazón de sus pechos.

Estaba más sensual, más exuberante aún que antes. Su olor tenía una dulzura suave y nueva: un aroma a leche, a la piel del bebé y a la sutil mezcla de la sangre y la vida, los olores que lo habían abrumado la noche del parto.

Observó fascinado sus propias manos. Eran las manos de un desconocido, las manos de un recién casado. Se movían al margen de su razón y su voluntad. Uno a uno, los pequeños botones de nácar de la parte delantera del vestido cedieron bajo sus dedos. Abrió la camisa que ella llevaba debajo como si fuera un velo, dejando al descubierto las satinadas esferas de sus pechos, increíblemente hinchados. En la punta de uno de ellos brillaba una minúscula gota de leche. Jesse contuvo el aliento y cerró los ojos, intentando refrenarse.

Cuando volvió a abrirlos, le sorprendió ver que ella estaba llorando. Grandes lágrimas rodaban por sus mejillas, dándole la apariencia de un ángel lloroso y afligido para todo la eternidad.

—¿Qué ocurre? —preguntó, tenso—. ¿Te he hecho...?

—No —se agarró la camisa y la apretó con fuerza. No dejó de llorar mientras hablaba—. Me siento tan gorda y fea... Me gustaría ser pura como una novia para ti. Nunca hemos tenido ese momento, Jesse. Esa primera vez, libre del pasado. ¡Ah, cómo desearía haber venido a ti limpia y pura...! Debes de pensar...

Jesse puso los dedos sobre sus labios, mojados por las lágrimas.

—No me digas lo que pienso —dijo y, apretándola contra

la pared, le apartó las manos para que la camisa volviera a abrirse—. No me digas lo que pienso, maldita sea.

—Pero lo veo en tus ojos. ¿Por qué no te conocí a ti primero?

—Si no hubieras conocido primero a Granger, no habrías acabado aquí.

—Lo sé, pero escucha...

—No, escucha tú. No sé quién decidió que un hombre espera, desea o sueña con tener una novia virgen para sentirse satisfecho. Ignoro por qué iba a preferir ningún hombre a una mujer asustadiza y sin experiencia a una mujer que conoce el ardor del placer, a una mujer cuyo cuerpo lleva la prueba de la pasión. No tengo palabras para decirte lo que siento aquí, de pie, con la luz de la lámpara y tus pechos desnudos... —tuvo que detenerse para tomar aliento.

—Entonces ¿no te doy asco con este aspecto? —preguntó ella con una vocecilla.

—¿Asco? —repitió él, incrédulo—. ¿Eso es lo que crees?

—Hace un momento, cuando me miraste y cerraste los ojos, pensé que deseabas que las cosas fueran distintas. Que yo fuera virgen. Que fuera solo tuya.

—No voy a mentirte. Me gustaría que las cosas fueran distintas. Una parte de mí desearía haber sido el primero en tocarte. En besarte. En abrazarte y hacerte un hijo. Sin duda tú desearías lo mismo respecto a mí.

—Pero, en vez de eso, cuando nos encontramos estábamos los dos tan... dañados...

—Dañados, sí —la verdad le dejó un regusto amargo en la boca—. Pero cuando estamos juntos es mejor. Nos sentimos completos y nuevos. No he cerrado los ojos porque me dieras asco. Los he cerrado porque nunca en mi vida había visto nada tan bello, y quería disfrutarlo.

—Jesse...

—Nunca había deseado a una mujer como te deseo a ti —mientras hablaba, le bajó el vestido y la camisa por los hombros y los dejó caer al suelo.

Luego le quitó los pololos y las medias y la llevó a la cama. Retiró la colcha y la depositó sobre el colchón. Se apresuró a quitarse la ropa. Ella le tendió los brazos.

—Ven aquí, Jesse. Ya hemos esperado demasiado.

—Entonces podemos esperar un poco más —contestó él con un brillo malicioso en la mirada.

—No, ay, Dios...

—Solo un poco más —repitió, inclinándose sobre ella.

Su lengua trazó lentamente un sendero por un lado de su cuello, deteniéndose en la vena que palpitaba allí y deslizándose luego más abajo. Mary era tan evocadora como el propio mar, envolvía sus sentidos llenándolo con una belleza y una energía tan arrolladoras que por un instante se sintió desorientado, como si se hubiera despertado de pronto y hubiera visto ante sí una realidad mucho más colorida y maravillosa que todo cuanto podía imaginar. Sintió la dulzura de la leche y a continuación el sabor de la propia Mary, que tanto empeño había puesto en olvidar, en vano.

Ella dejó escapar un suave gemido cuando comenzó a hacerle el amor con la boca y las manos. Jesse sintió que clavaba los dedos en sus hombros, en su espalda, y se alegró al comprender que deseaba aquello tanto como él.

—Ahora, Jesse, ahora —dijo tan suavemente que él apenas la oyó—. Ya hemos esperado suficiente.

Solo la certeza de que antes de que acabara la noche volverían a amarse (y quizás otra vez después de la segunda) lo impulsó a acceder. La acarició suavemente y le tembló un poco la mano cuando se acordó del bebé un instante. Recordó aquella noche de terror, de éxtasis y de confusión, a la que había seguido la larga y lúgubre soledad de la separación.

Pero al oír sus jadeos susurrantes, regresó al presente, a la convicción de que entre ellos había sucedido algo bueno y poderoso, a la certeza de que aquello podía funcionar. Su piel sedosa, humedecida por el deseo, le hizo caer atenazado por un deseo insoportable. Casi temblando por el esfuerzo de refrenarse, se apoyó sobre ella, la penetró y esperó a que levantara las caderas.

¡Ah, sí! Aquella calidez... Aquella cercanía... Una intimidad tan honda que perdió la noción de sí mismo y de ella por separado; ya solo quedaban los dos juntos, unidos en un todo. La oscuridad de su alma comenzó a esfumarse. Sintió cómo el sol disipaba las sombras, llevando luz y calor a un lugar que durante años solo había conocido frío y tinieblas.

Con un gemido exultante, rayano en el dolor y el éxtasis, se derramó dentro de ella, la envolvió, la cubrió como en una crisálida. Aunque habían hecho el amor antes, sintió en ese instante una plenitud que no había sentido nunca.

—Jesse, Jesse —susurró ella en su oído. Solo eso, nada más. Su nombre—. Jesse... —su voz, sin embargo, estaba cargada de significado.

La noche pasó despacio. Jesse le hizo el amor de nuevo y luego la abrazó mientras ella dormía. Él, en cambio, no durmió. No pudo. Se sentía abrumado por lo que había sucedido entre ellos, por los cambios que se sucedían a cada momento. Seguía resistiéndose a la atracción que Mary ejercía sobre él, convencido aún de que amarla era peligroso, pero en una parte remota de su ser aceptaba que ella había vencido. Había logrado que deseara quererla.

Cuando el gris claro del alba bañó el cielo con un asomo de luz, se oyó un sonido leve procedente del cuarto de abajo. Era tan suave que pensó que Mary no iba a oírlo, pero ella se despertó al instante.

—Será nuestro hijo —dijo con una sonrisa soñolienta.

El débil llanto fue creciendo hasta convertirse en un alarido de rabia.

—Es igual que su padre. Tiene muy malas pulgas, pero se deja tranquilizar fácilmente —se inclinó para darle un beso en la boca; luego se envolvió en la colcha y bajó deprisa a amamantar al bebé.

«Es igual que su padre».

Jesse dio un puñetazo a la almohada vacía, a su lado.

Esa noche, mientras estaba de guardia en el faro, no pudo dejar de pensar en Mary. Estaría dormida en la cama que habían vuelto a compartir. Deseaba estar con ella, lo deseaba con un anhelo que lo atravesaba como un dolor físico.

¿En qué se había metido? ¿Qué había sido de su coraza?

Mary estaba consiguiendo que dependiera de ella. Que contara con su amor. No sabía si podía soportarlo. Pero en parte ya no le importaba. Sentía el temerario deseo de abrir su corazón a aquella mujer frágil, con su voluntad de hierro.

Nervioso, subió a la caseta de la linterna y se quedó mirando el mar y el cielo. Un frío cortante traspasó su chaqueta de lana y aulló bajo los aleros. La noche, sin embargo, era infinitamente diáfana. No había ni una sola nube que suavizara el filo de la fría y blanca rodaja de la luna. Las estrellas lo miraban con enojo desde su altura, con su belleza gélida y distante, y contemplaban las olas que mordían la línea de la playa. Aquella sensación de futilidad que llevaba consigo duraba aún. Vivía a orillas de una fuerza a la que no podía imponerse. El mar mandaba sobre él. Le había arrebatado a su capricho todo lo que amaba. Y también a su capricho le había devuelto algo. Le había dado a Mary y a Davy.

Pero ¿por cuánto tiempo?

Pasado un rato volvió a entrar. Encendió la lámpara y sacó el libro de incidencias. Lo abrió por la primera entrada que le había dictado Mary, la que se había empeñado en contar con sus propias palabras. Esa noche, Mary le había hecho reír.

No había ninguna otra mujer en el mundo que pudiera hacerle reír.

Después de aquello, le había dictado otras anotaciones. Las releyó como un viejo que revisara los recuerdos de su juventud, con melancolía pero también con cierta distancia. Mary se había empeñado en describir una enorme almeja de sifón (*¡y qué horrendo tubo de carne cruda era aquello!*) y en dar su versión del rescate de los pescadores rusos (*El Todopoderoso en persona estaría de acuerdo en que el peligro era espantoso, pero, sin pensar en sí mismo, el valeroso farero luchó por las vidas de los pobres rusos...*).

Un pájaro bobo era *un elfo pequeñito y torpón* y los leones marinos eran *selkies: lo sé por sus ojos. Veo dentro de ellos su alma humana.*

Mientras leía, Jesse se descubrió sonriendo. Nadie que él hubiera conocido veía el mundo como lo veía Mary. Su visión de las cosas, vivaz y desenfocada, era al mismo tiempo única y encantadora. Veía colores e imágenes como el ojo crédulo e inexperto de un verdadero creyente. Creía en la magia, en el destino y en el amor con tanta fuerza que sus certezas bastaban para los dos.

Y tenía el poder de hacerle creer a él también.

Llegó a la anotación que había hecho el día del nacimiento del hijo de Mary: *30 de septiembre de 1876, cinco de la mañana. La señora Mary Dare Morgan ha dado a luz sin contratiempos a un hijo varón.*

¡Qué intensidad de emociones había logrado ocultar tras aquella escueta anotación!

—¡Yuju! —llamó la voz de Mary por la escalera, y un instante después oyó el estruendo de sus grandes botas subiendo los peldaños de hierro.

Se levantó de un salto, asustado. Hacía semanas que Mary no iba al faro. ¿Habría pasado algo? ¿Le ocurría algo al bebé? Al pensar, sintió un hormigueo en la nuca. Corrió escalera abajo y se encontró con ella cuando subía. Un solo vistazo a su cara bastó para tranquilizarlo. Sonreía, radiante, y estaba especialmente guapa con un capote impermeable y un sombrero de ala ancha.

—¿Qué pasa? —preguntó Jesse.

—Nada grave —se abrió el impermeable y extrajo de él un hato—. Tengo que ir a casa de los Jonsson. Palina no se encuentra bien —antes de que Jesse pudiera contestar, le puso el hato en las manos.

Jesse distinguió el pelo finísimo de Davy y sus ojos azules, abiertos de par en par.

—Cuida del niño mientras voy. Erik dice que solo está un poco resfriada, pero no quiero que Davy se ponga malito.

—¿No puedes esperar a mañana?

—Está enferma. No voy a hacerla esperar —sin decir nada más, dio media vuelta y bajó la escalera.

—¡Maldita sea! No puedo cuidar del crío y del faro al mismo tiempo.

—No va a darte la lata —gritó ella, y su voz resonó por el faro—. Acabo de darle de comer y le he cambiado el pañal.

—Pero...

—Va a portarse de maravilla.

—No sé cómo voy a...

—¡Adiós! —la puerta de abajo se cerró.

Jesse se quedó inmóvil en la escalera de hierro. Miró al bebé que sostenía en brazos. El bebé lo miró a él.

—Dios de mi vida —mascculló en voz baja, copiando una de las expresiones que usaba Mary—. ¿Qué diablos voy a hacer contigo?

El bebé parpadeó despacio. Parecía un duendecillo, pálido como la luna, con la cara perfecta como el corazón de una rosa.

Jesse sintió que una sonrisa tironeaba de su boca contra su voluntad. La boca del bebé se movió también, pero no sonrió. Arrugó la carita y soltó un enorme alarido de angustia.

No era la primera vez que Jesse lo oía llorar, pero sí la primera que Mary no estaba cerca para consolarlo y hacerlo callar. Estaba solo, el niño estaba llorando y él no tenía ni idea de qué hacer. Su instinto lo impulsaba a salir corriendo del faro, alcanzar a Mary e insistir en que se llevara a Davy. Pero al ver pasar el rayo de luz del faro se acordó de su deber. Tenía que quedarse a cuidar de la linterna.

Exasperado, se fue al cuarto de la maquinaria y dio cuerda

al mecanismo. Resultaba difícil moverse con el bebé en un brazo y girar las ruedas con el otro, pero se las arregló de algún modo. Luego subió al entresuelo. El interior hueco de la torre amplificó los gritos de Davy hasta que empezaron a reverberar como truenos dentro de su cabeza. No podía escapar de ellos. No podía huir. Tenía que quedarse y capear el temporal.

—Vamos, vamos, grumete —dijo hoscamente—. Ya es suficiente.

Mary hablaba al bebé constantemente. El sonido de su voz solía calmarlo.

—Vale ya de llorar, pequeño —dijo.

El niño dejó de llorar y lo miró. Una sola lágrima brotó de un ojo redondo y azul. Jesse empezó a confiar en que hubiera pasado la tormenta.

Davy respiró hondo. Luego soltó otro alarido, más largo y fuerte que los anteriores.

—Te he asustado, ¿eh? —el corazón le latía con violencia en el pecho, pero a pesar de la angustia que sentía se puso a caminar en círculos por la pequeña habitación—. No estás acostumbrado a mi voz, ¿verdad? Es demasiado grave para ti —se sentía más desanimado y estúpido a cada momento—. Cálmate ya, pequeño. Cálmate.

El bebé lloró aún más fuerte, poniéndose tieso. Jesse creía saber lo que era sentirse impotente. Pero en realidad no sabía nada. En cierto modo aquello era peor que el mar, porque el bebé lloroso no era únicamente una amenaza física. Su pena amenazaba también el corazón de Jesse.

Tenía que comportarse de manera lógica, usar la razón. Dejó al bebé sobre la mesa, sujetando su cabecita con la mano. Desenvolvió la manta para ver si había algún imperdible o algún corchete suelto que le estuviera molestando. Pero, el pañal estaba seco y los imperdibles bien abrochados y acolchados para que no rozaran su piel delicada. Le sorprendió lo perfectamente formado que estaba el niño, a pesar de que pataleaba y chillaba como si le estuvieran atormentando todos los demonios del infierno.

Jesse volvió a envolverlo chapuceramente en la manta amarilla. Mary hacía que pareciera muy fácil: manejaba al niño y su manta con la misma facilidad con que amasaba el pan. Tal vez los niños fueran como los caballos, que sabían de manera instintiva si la persona que se ocupaba de ellos era torpe o inexperta.

¿Qué más?, se preguntó. Mary le había dicho que acababa de amamantarlo, así que no podía tener hambre. Un pequeño brasero mantenía caliente la habitación, así que tampoco podía tener frío. Los minutos que siguieron fueron los más largos de su vida. No conocía mayor sentimiento de impotencia que aquel: estar solo en una habitación con un niño que lloraba sin parar, hiciera lo que hiciese. Aquel era un problema al que no podía dar la espalda, del que no podía escapar. Davy dependía absolutamente de él. No podía convencerlo hablándole, no podía razonar con él, ni ignorarle.

¡Maldita Mary!, pensó. Maldita fuera por dejarlo a solas con el crío. ¿Y si había una emergencia? ¿Y si tenía que rescatar a alguien? Ella no parecía darse cuenta del riesgo que estaba corriendo: con el bebé, con él y con la vida de otras personas. Sabía que él no podía cuidar solo de un bebé. ¿Acaso aquello era una broma? ¿O una especie de prueba? Si pensaba que dejándolo a solas con el bebé iba a conseguir que se encariñara con él, estaba muy equivocada. En todo caso, ahora estaba más convencido que nunca de que no estaba hecho para ser padre, y menos aún de un hijo que no había engendrado.

Miró ceñudo al pequeño. Tenía la cara cada vez más roja. Mary le había dicho que los niños, al igual que los ancianos, tenían pocas lágrimas y que estas solo aparecían en momentos de angustia extrema.

—Por lo visto te he causado una angustia extrema —dijo Jesse.

El bebé respiró hondo y lloró aún más fuerte. Su cuerpecillo se sacudía de la cabeza a los pies. Jesse levantó los hombros casi hasta la altura de las orejas. No había ningún sonido en el mundo tan desconcertante como el llanto de un bebé.

—Para —dijo, consciente de que no serviría de nada—. Para, por favor. ¡Maldita sea, no sé qué hacer!

Unos años antes, la doctora MacEwan había atendido a un niño con graves hematomas en la cabeza. Fiona no lo había dicho claramente, pero había dado a entender que había sido el padre quien le había herido al intentar silenciar sus gritos. Jesse se despreció por pensar siquiera en aquel incidente. El llanto lo estaba volviendo loco, pero no hasta el punto de inducirlo a hacer daño a un bebé indefenso.

Cantar. A veces, Mary le cantaba y el niño se calmaba. Pero él no se sabía ninguna canción. Sin dejar de caminar de un lado a otro, sosteniendo a Davy por debajo de los brazos mientras el pequeño pataleaba sin cesar, miró su cara crispada. Se estrujó el cerebro. Tenía que saber alguna canción, alguna can...

—Ah, ya lo tengo. Es de mis tiempos en la universidad —dijo—. Aunque quizás cantártela podría considerarse una forma de maltrato —comenzó a cantar impetuosamente, desafinando y alzando la voz para imponerse a los berridos del niño—. «Príncipes y comadres, escuchad la balada de las malas artes del rey David. Estaba Betsabé, la esposa del pobre Urías, bañándose un día cuando el rey la vio por casualidad...».

El bebé se quedó callado. Su cabecita se bamboleó y sus ojos se abrieron de par en par. Su boca formó una «O» pequeña y roja. Jesse no supo si lo miraba con espanto o con felicidad, así que dejó de cantar.

Al instante, el pequeño se puso otra vez a llorar. Y Jesse comenzó a cantar de nuevo:

—«¿Qué hombre podía resistirse a esa tentación? Olvidando que era el rey del pueblo elegido...» —comenzó a mecerse de un lado a otro mientras cantaba.

El bebé se calmó y lo miró fijamente. Siguió meciendo la cabeza. Seguramente no era bueno que un niño tan pequeño meneara así la cabeza, se dijo Jesse. Se puso al bebé en el hueco del brazo, pero no pareció gustarle estar tendido, mirando al techo. Así que Jesse se lo apoyó sobre el pecho. Para que dejara de mover la cabeza, la sujetó con la mano y la apretó suavemente contra sí.

¡Qué frágil parecía el niño! Jesse se vio a sí mismo de pequeño, sosteniendo maravillado a un gatito. Davy parecía igual de pequeño, igual de delicado. Y gracias al cielo se había callado.

Jesse comenzó a cantarle una tonada marinera en voz baja y pasado un rato dejó que su voz se apagara hasta quedar reducida a un murmullo sin melodía. Al bebé no pareció importarle. Se mantuvo callado pero alerta, con la mejilla apoyada sobre su pecho y agarrándose con las manitas a su camisa.

—Me pregunto —dijo Jesse con voz ridículamente cantarina— cómo quiere tu madre que haga mi trabajo si tengo que sostenerte en brazos.

Probó a poner al bebé sobre su manta, en el suelo, pero un chillido le advirtió de que sería un grave error soltarlo.

—Está bien, está bien —dijo entre dientes—. Así que no quieres que te tumbe —recordó que había visto a Mary trajinando hábilmente por la cocina y el jardín con Davy en un brazo mientras usaba el otro para hacer sus quehaceres. Debía de ser una habilidad singular de las mujeres. Pero era hora de ocuparse del depósito de aceite, así que se llevó al niño consigo.

Con aquella voz ligera y cantarina que al niño parecía gustarle, le fue contando todo lo que hacía:

—Verás, tengo que comprobar el nivel de aceite del depósito y luego comprobar que los engranajes giran como deben... —aunque trabajaba despacio, logró hacerlo todo—. Vamos a revisar los indicadores —le sugirió al pequeño—. Este mide la presión y ese es un anemómetro, aunque me bastan los ojos para ver de dónde sopla el viento —subió con cuidado la escalerilla que llevaba al cuarto de la linterna.

El bebé abrió desmesuradamente los ojos al ver la gran lente giratoria.

—Parece un gigantesco diamante tallado, ¿verdad? —comentó Jesse—. Si lo miras desde cierto ángulo, se ven arcoíris en el cristal.

De pronto se sorprendió deseando que el niño fuera lo bastante mayor para ver los arcoíris en el cristal.

—También pasa cuando baja el sol. Cuando está justo encima de la línea del horizonte, los prismas reflejan la luz —se detuvo y observó al bebé a la luz blanquecina que desprendía la linterna. Era tan guapo como su madre, aunque de un modo totalmente distinto.

¿Cómo sería cuando creciera?, se preguntó. ¿Sería alegre y optimista como Mary, iría por la vida con una canción en los labios y agarrando el toro por los cuernos? ¿O le sucedería algo, una desgracia que le robaría la vida y lo convertiría en una persona temerosa, hermética y siempre a la defensiva?

Deseó más que nada en el mundo protegerlo de ese destino. Seguramente su padre, Horatio Morgan, había deseado lo mismo para él. Seguramente hacía muchos años, mientras acunaba a su hijo junto a su pecho, había querido darle la luna.

Jesse pensó en su padre con inesperada ternura. Tal vez Mary tuviera razón al decir que se había marchado demasiado pronto tras la muerte de Emily. Debería haberse quedado, debería haber afrentado su pena, haberla compartido con quienes lo querían. Pero les había dado la espalda y les había herido a todos con su alejamiento.

—Vamos —le dijo a Davy como si el pequeño pudiera elegir—. Puedes ayudarme a anotar las incidencias de esta noche —bajó con cuidado por la estrecha escalera y tomó asiento frente al escritorio, volviendo al pequeño para que pudiera ver la lámpara y la mesa—. Y nada de largos y dramáticos relatos como los que hace tu madre —le advirtió—. Con un cuentista en la familia es suficiente.

El bebé profirió una especie de murmullo de fastidio. Rápidamente, Jesse dibujó una cara con grandes ojos redondos y boca sonriente. El bebé lo observó atentamente. Luego, Jesse dibujó un pez y un caballo. Eran dibujos toscos, pero parecieron distraer a Davy.

Después anotó en el libro la temperatura y las condiciones atmosféricas. Se reclinó en la silla y contempló los escuetos renglones que contenía la página. Estuvo largo rato mirándolos. El golpeteo rítmico de la linterna giratoria armonizaba con el fragor incesante del mar bajo el promontorio.

Advirtió algo distinto en el bebé. Su cabecita se movió y luego cayó suavemente sobre su pecho. Al principio se alarmó, pero sus puñitos seguían aferrados a la camisa, y se dio cuenta de que se había quedado dormido. Lo embargaron el asombro, la desconfianza y, por último, un asomo de alegría. No había mayor triunfo que conseguir que un niño que lloraba a pleno pulmón se durmiera, se dijo mientras bostezaba. Tener un pequeño del que preocuparse a cada momento resultaba agotador.

Estuvo mirando las palabras anotadas en el libro hasta que la tinta comenzó a emborronarse. Sintió el suave subir y bajar de la respiración del niño, notó su dulce calorcillo. Y comprendió de pronto por qué veía borroso.

Las lágrimas abrasaron sus ojos, rodaron por su cara. Profundos y mudos sollozos sacudieron su cuerpo. El deseo de lo que nunca podría ser suyo formó un nudo en su garganta. El desplome fue tan total que no le habría sorprendido ver su cuerpo hecho pedazos por el suelo. Todos los deseos, todos los anhelos y la dicha que se había negado a sí mismo durante doce años gravitaban de pronto ante sus ojos. Fuera de su alcance. Sencillamente, no tenía la capacidad de amar a Mary como ella necesitaba que la amara. La capacidad de acoger al niño en su corazón y hacerlo suyo.

Pasó largo rato llorando en silencio mientras el bebé dormía apoyado sobre su pecho.

—¿Por qué no puedes ser mío? —dijo entre dientes—. Maldita sea, ¿por qué demonios no puedes ser mío?

CAPÍTULO 21

Mary se detuvo al pie de la escalera de hierro del faro y ladeó la cabeza. Oyó el quejido del viento en los acantilados. Oyó el batir incesante del mar al chocar contra la orilla, y el veloz silbido de la brisa subiendo por los peldaños de rejilla que llevaban a la linterna. Pero no oyó ningún ruido humano.

Tal vez Jesse había puesto fin a su guardia y vuelto a casa. No, no era propio de él. No descuidaría sus responsabilidades en el faro ni siquiera por tener que cuidar de un bebé. A no ser que...

El miedo se apoderó de ella. Tal vez le hubiera pasado algo a Davy. «Dios, no, por favor, no...». Subió corriendo las escaleras. Solo a Jesse le habría confiado la vida de su hijo, porque era lo que mejor se le daba. Proteger a los demás. A mujeres y niños indefensos. Tal vez no se diera cuenta de que eso le hacía especial, pero así era. Podía contarse con él para proteger a los demás.

O morir en el intento.

Cuando llegó a lo alto de la escalera estaba preparada para cualquier desastre. Para todo, salvo para lo que vio. Se detuvo en la puerta, respirando agitadamente, y se agarró al marco con una mano. Miró fijamente la escena que tenía ante ella como si fuera un cuadro colgado en una galería.

El sol naciente entraba de soslayo por las ventanas. La lente rotaba rítmicamente, encendida aún. El cuarto refulgía, inundado por los colores del amanecer. Sobre la mesa había papeles dispersos, extrañamente desordenados. Apresurados dibujos de un caballo, una gaviota y un velero. En otra hoja se veía una cara de tamaño natural con una sonrisa bobalicona.

La vela del escritorio se había consumido por completo. Encima del libro de incidencias había un par grandes pies cubiertos con calcetines, cruzados por los tobillos. Su mirada se deslizó a lo largo de las piernas de Jesse. Había apoyado la silla contra la pared, de modo que pudiera estirarse por completo. Acurrucado sobre su pecho estaba Davy. Dormía apaciblemente, con la carita pálida y perfecta a la suave luz del amanecer. ¡Qué diminuto parecía rodeado por las grandes manos de Jesse! Y Jesse...

Se atrevió a dar un paso adelante. La luz de la mañana le sentaba bien, suavizaba la aspereza de sus nítidas facciones, inundando su cara con una expresión apacible. Su ángel caído; así había pensado en él desde el principio.

Entonces algo llamó su atención. Una leve marca en su mejilla. El espectro salobre de una lágrima seca.

Contuvo la respiración. Algo había hecho llorar a Jesse Morgan. Se le encogió el estómago al pensarlo. Había querido que él aprendiera a llorar, a dejarse ir, a desprenderse de las cosas que lo envenenaban por dentro. Pero ahora que había ocurrido, ¿la odiaría?

—Santo cielo —dijo mirando a su hijo—. ¿Se puede saber qué le has hecho a tu papá?

Jesse se despertó. Su reacción instintiva fue sujetar con más firmeza al niño sobre su pecho.

—No pasa nada —se apresuró a decir Mary—. Ya me lo llevo —tendió los brazos hacia Davy.

Jesse miró hacia su pecho.

—Déjalo dormir. Está tranquilo así.

—¿Seguro?

—Ajá —bostezó y parpadeó—. ¿Palina está bien?

—Sí, solo es un poco de gripe. ¿Estás seguro de que...?

—Sí —se pasó la mano por la áspera mejilla—. Deja de alborotar como una gallina clueca. Se despertará cuando se despierte y lo llevaré a la casa.

Mary dio un paso atrás, luego otro y otro. Tenía la sensación de estar hablando con un desconocido. Pero era Jesse. Jesse, que se enfurecía con ella, ignoraba al bebé y estaba siempre ensimismado.

—Voy a hacer el desayuno, entonces —dijo por fin.

—Muy bien.

—Muy bien —dio media vuelta y bajó las escaleras sin hacer ruido.

Tenía ganas de dar gritos de alegría, de agarrarse al poste central de la escalera y girar a su alrededor.

No había sentimiento más dulce que la esperanza, se dijo mientras corría por el camino, hacia la casa.

—Si pudieras pedir una sola cosa, lo que más desearas en el mundo, ¿qué pedirías? —le preguntó Granger Clapp a su esposa.

Sorprendida, Annabelle dejó a un lado su costura.

—Me temo que me pillas desprevenida. No tengo respuesta para eso —observó atentamente sus ojos. Si se avecinaba una tormenta, lo vería primero en sus pupilas. Lo había aprendido hacía tiempo.

Pero Granger se limitó a sonreír y se recostó en su sillón orejero al tiempo que se llevaba una copa de oporto a los labios.

—Di lo primero que se te venga a la cabeza.

Ella tragó saliva. Últimamente, su marido había estado más tranquilo que de costumbre, casi amistoso. Casi como el hombre apuesto y simpático del que se había enamorado. No quería meter la pata.

—¿Qué podría desear? Tengo todo lo que quiero: un buen marido, una casa preciosa, amigas...

—¡Ah, tus amigas! Últimamente no las ves tanto como solías.

—Están ocupadas con sus hijos y...

—Y tú no tienes hijos —le recordó él.

Su voz sonó ligera, bromista. Pero se clavó en ella como un cuchillo. Ella recogió bruscamente su labor y clavó la aguja en la tela.

—Yo puedo darte uno —añadió Granger—. Puedo darte un hijo.

Las lágrimas enturbiaron sus ojos.

—Pero llevamos muchos años intentándolo.

—Un bebé —dijo él—. Hay un bebé que... necesita un hogar. He pensado...

—¡Granger! —se levantó y el bastidor cayó de su regazo—. ¿Quieres decir que por fin vamos a adoptar un niño? —se lo había suplicado durante años, pero él siempre se había resistido alegando que era antinatural criar a un hijo engendrado por extraños.

—Sí, pero las circunstancias son bastante... infrecuentes —clavó en ella aquella mirada imperiosa que había dominado el comportamiento de Annabelle desde su noche de bodas—.Voy a necesitar toda tu cooperación.

—Desde luego, Granger –«un bebé. Un bebé». Su corazón latía con violencia—. ¿Qué he de hacer?

—Me gustaría saber a qué viene esto —refunfuñó Jesse al detener el calesín delante del oficina del oficial del puerto de Ilwaco.

—Cuando se pasó por el faro, Judson solo dijo que tenías que venir enseguida —repitió Mary, seguramente por cuarta vez—. No sabía que Magnus y tú habíais salido a cazar y no podía quedarse a esperaros.

Jesse arrugó el ceño mientras ataba los caballos. Tanto misterio no era propio de Judson. Pero cuando Jesse rodeó el coche para ayudar a bajar a Mary con el bebé, su ceño desapareció. Había pasado un mes desde la larga noche que había pasado con Davy en el faro. Durante ese mes, había aprendido y madurado más de lo que creía posible. Se inclinó y depositó un tierno beso en la boca de Mary.

—¿A qué viene eso, muchacho?

—¿Hace falta una razón?

Ella se rio.

—Es agradable venir al pueblo. Hacía siglos que no veníamos.

—A mí no me gusta.

—Ya te gustará.

Jesse sacudió la cabeza, enlazándola con el brazo.

—Esto podría funcionar... Nosotros tres —dijo torpemente.

—¿No lo he dicho yo siempre?

—Siempre y cuando los demás mantengan las distancias —le advirtió a ella.

—No puedes mantener al mundo a raya.

—Llevo haciéndolo casi trece años.

—Pero ya no. Ahora tienes mujer y un hijo.

Jesse paseó la mirada por el pueblo, con su bullicioso puerto y sus casas pintadas de colores pastel.

—El mundo es nuestro hogar —dijo Mary.

—Nuestro hogar está donde mejor vivimos. Solos, en el faro —subió a la acera de tablones y la condujo apoyando la mano bajo su codo.

No podía explicarle lo que temía que ocurriera si de pronto comenzaba a frecuentar el pueblo. No podía hablarle de la sombra que atormentaba sus días, por más que intentara olvidarla. Davy era el hijo del marido de su hermana.

¡Qué milagro era aquello, querer al hijo de Granger!

Se detuvo en la acera, frente a la oficina del oficial del puerto. No supo qué lo impulsó a detenerse y a volverse hacia Mary, a mirarla fijamente mientras sostenía al niño en brazos, pero de pronto se descubrió acercándose a ella.

—Jesse... —dijo Mary, mirándolo.

Era aquella mirada la que tanto lo conmovía. Siempre aquella mirada. Desde el primer momento en que Mary lo había mirado, había visto su destino reflejado en sus ojos. Acercó la mano a su mejilla y acarició con el pulgar su pómulo y su labio inferior. Se inclinó y la besó en la frente. Luego besó la cabeza de Davy.

Habían pasado cosas extraordinarias desde que la conocía. Pero durante aquel último mes, desde que había hecho las paces con Davy aquella madrugada en el faro, todo se había precipitado, se había vuelto más intenso. Todo se había aclarado.

Había dejado de ver a su esposa como una especie de penitencia. Mary y Davy le habían enseñado que la vida era un festín de placeres y de penas, y que el placer se saboreaba más intensamente gracias al dolor. El amor era difícil; eso siempre lo había sabido, pero ya no lo temía. Porque con Mary era una dulce agonía. Y nunca se le hacía insoportable.

—¿Qué haces? —preguntó ella—. ¿Por qué me miras así?

—Hay tantas cosas por decir... —contestó pensativo mientras se fijaba en su rostro: en las pecas de su nariz, en las pintas doradas de sus ojos, que refulgían a la fría luz de diciembre—. Y no puedo decirte ni una sola de ellas. Soy hombre de pocas palabras.

Mary levantó la mano para cubrir la suya y se llevó sus dedos a los labios.

—Vamos dentro, a ver qué quiere Judson.

Entraron en la oficina, una sala grande y rectangular con cartas de navegación colgadas en las paredes y olor a tinta. Jesse no habría adivinado ni en un millón de años quién estaba esperándolo en la oficina. Se detuvo, paralizado, y sintió que Mary hacía lo mismo junto a él. Se le heló la sangre en las venas. Luego una oleada de calor inundó su cara y empezó a dolerle el pecho. Observó a la solitaria figura que aguardaba junto a la ventana.

Parecía de algún modo desvalida mientras contemplaba las

callejuelas del puerto y los muelles de carga cercanos. La áspera luz invernal silueteaba su frente perfecta y su impecable mejilla, su nariz atractivamente respingona y los rizos rubios que asomaban por debajo de su elegante sombrero.

Jesse recuperó por fin el habla.

—¿Annabelle?

Se volvió. El ala de su sombrero de terciopelo ensombrecía su rostro.

—Hola, Jesse.

—¿Qué haces aquí? ¿Dónde está Granger?

—He venido sola. Tenía que verte.

—Entonces recibiste mi telegrama.

—Sí, gracias, Jesse.

—Tu respuesta decía que todo iba bien.

—Sí, eso es... lo que decía —miró inquisitivamente a Mary.

Y Mary, como era propio de ella, sonrió encantada.

—Entonces tú eres Annabelle. Jesse me ha hablado de ti. Me enseñó una fotografía.

Annabelle esbozó una sonrisa. La visión de aquella sonrisa estuvo a punto de dejar sin aliento a Jesse. De repente su hermana volvió a ser una niña, la tímida Annabelle que sonreía furtivamente mientras sus ojos brillaban, rebosantes de las fantásticas ilusiones de una muchacha.

Salvo que en sus ojos ahora había tristeza.

—Entonces estoy en desventaja —contestó su hermana.

—Soy Mary, la esposa de Jesse. Y este es Davy, nuestro hijo.

Annabelle no lo sabía aún, pero estaba mirando al hijo ilegítimo de su marido. Dio un paso hacia Mary.

—Siempre he tenido la esperanza de que volvieras a casarte, Jesse —dijo—. Y el bebé... —contuvo la respiración al mirar a Davy, que dormitaba en brazos de Mary—. Es precioso. Es la cosa más bonita que he visto nunca.

Jesse vio con estupor que estaba llorando. Las lágrimas le corrían por la cara. Mary pareció percibir lo violento de la situación.

—Me voy a ver a Hestia —dijo enérgicamente—. Ya sabes lo mucho que les gusta que les lleve a Davy.

Jesse asintió con la cabeza sin mirarla. Tenía los ojos fijos en Annabelle.

—Nos vemos en Swann House —dijo.

Oyó que la puerta de la oficina se abría y se cerraba, pero no apartó la vista de su hermana.

—Ha pasado algo —dijo, notando una opresión en el pecho—. ¿Has tenido noticias de papá y mamá? ¿Hay malas noticias?

—No, al contrario. Europa les está gustando muchísimo —hurgó en su bolsito y sacó un pañuelo—. Se trata de Granger —respiró hondo—. Pero ya no te conozco, Jesse. No debería haber venido...

—Yo era tu hermano mucho antes de que Granger se fijara en ti. Maldita sea, Annabelle, ¿qué es lo que pasa?

Una sonrisa agridulce se dibujó en su boca.

—Siempre he sabido que podía confiar en ti. Siempre que tenía un problema, ahí estabas tú para ayudarme. Nunca te enfadabas cuando me portaba mal. Siempre cargabas con las culpas cuando hacía una travesura. Con razón estoy aquí. A ti puedo confiarte cualquier cosa. Tú nunca me traicionarías.

«El hijo de mi esposa es de tu marido».

Observó a su hermana. ¡Qué cambiada estaba! Se había convertido en una mujer adulta, cuando él siempre se la imaginaba con doce años, con las rodillas arañadas y trocitos de hojas en el pelo. Ahora era una dama delgada y elegante, vestida de terciopelo y encaje. Se miró las manos, cubiertas con guantes de cabritilla. Sus dedos temblaron. Luego, los entrelazó, apretándolos con fuerza.

—Sé que renunciaste a tu parte en la compañía, pero no tenía a nadie más a quien recurrir.

—¿De qué se trata?

—De un asunto que descubrí hace poco —tragó saliva audiblemente—. Estaba en el despacho de Granger, buscando una pluma, cuando encontré un libro de cuentas. No le di importancia. Granger siempre ha dicho que yo no tenía cabeza para los negocios. Pero no sé qué me impulsó a echarle un vistazo.

—¿Que no tienes cabeza para los negocios? —Jesse soltó un bufido—. ¿Tú? Pero si hasta cuando tenías seis años me cobrabas intereses si te pedía prestada una moneda. Cuando acabé la escuela, diseñaste un plan para financiar una expedición a las islas Sándwich.

—Granger no sabía nada de eso.

Jesse se preguntó cómo era posible que un hombre desconociera hasta ese punto la verdadera personalidad de su esposa.

—¿Qué viste en el libro?

—Solo tuve que echar un vistazo a las cifras para darme cuenta de lo que eran —se le quebró la voz—. Granger lleva años robando fondos a la empresa.

Jesse intentó enfurecerse. Había ayudado a construir la empresa, a convertirla en una gran compañía naviera. Ahora, sin embargo, todo aquello le parecía tan lejano, tan sin sentido...

—Pues díselo a las claras —dijo con sencillez—. O lo haré yo, si quieres. Dile que se enmiende, que aclare las cosas con la junta directiva.

Ella se mordió el labio.

—No creo que esté lista para hacerlo en este momento.

—¿Qué ha hecho con el dinero?

—Lo ha convertido en papel moneda. Encontré un cofre en el desván lleno de billetes. Los está... acumulando, Jesse. No sé por qué.

«¿Para robarle su hijo a otra mujer? ¿Para empezar una nueva vida?».

—Tendremos que hablar con él —dijo adustamente.

Annabelle se volvió y agachó la cabeza.

—Se ha ido. Ha desaparecido. Y el dinero también —comenzó a estrujar con nerviosismo la tira del bolso—. Al principio, pensé que podía seguir así una buena temporada. Sola. Decirle a la gente que estaba de viaje de negocios —le tembló de nuevo la voz—. Pero luego empezaron a llegar los apremios, los cobradores exigiendo que les pagara —se apoyó en el respaldo de una silla y por un instante pareció una anciana—. Todas sus deudas han vencido y no hay con qué pagarlas. He vendido casi todas mis joyas. Me he desprendido de los criados. Pero siguen llegando acreedores —exhaló un profundo suspiro—. Siguen llegando.

—¿Dónde está? ¿Tienes idea?

Ella sacudió la cabeza.

—En San Francisco, seguramente, pero no sé dónde. Una cosa sí sé. Que llevaba una doble vida.

—¿Qué?

—Tenía amantes y amigos de los que yo no sabía nada y... ¡Ay, Dios! — se llevó los nudillos a la boca y comenzó a sollozar entrecortadamente.

Jesse sintió una opresión en el pecho. El pasado había ido en su busca. De pronto comprendía que no podía vivir apartado, como si el resto del mundo no importara.

Annabelle lo miró con los ojos arrasados en lágrimas.

—Antes sentía lástima por ti, por vivir aquí, tan solo. Pero ahora tienes a Mary y a tu hijo, y tu vida es infinitamente más rica que la mía.

—Anna... —dijo, llamándola como cuando eran niños—. ¿Tan mal están las cosas?

Se rio con amargura.

—Yo, con mis amigos y mis relaciones, mi preciosa casa y mis vestidos... ¿Dónde están mis amigos ahora? Me abandonaron en cuanto me fue imposible ocultar mi situación —se estremeció—. He venido esperando encontrarte paralizado por la soledad y los remordimientos. Pero tienes una esposa encantadora. Y un hijo perfecto. ¡Qué afortunado eres, Jesse! ¡Qué afortunado!

Mary se asomó, nerviosa, a la ventana del salón de la casa de Hestia en el instante en que Annabelle y Jesse subían por la acera. El parecido de familiar se veía incluso desde lejos. Eran los dos altos e increíblemente agraciados, de facciones diáfanas, labios carnosos y ojos glaciales. Pero Mary advirtió algunas diferencias sutiles. Annabelle tenía el cabello rubio, mientras que el de Jesse era de un hermoso color castaño. Su porte tampoco se parecía al de su hermano. Jesse se movía como un hombre que se sentía cómodo consigo mismo. Poseía una agilidad natural, afinada por sus prácticas de salvamento marítimo. Annabelle poseía una extraña cualidad. A pesar de su belleza y su regia apostura, había en ella un algo de furtivo. Un algo esquivo, como la fragancia a gardenia con que se perfumaba. Quizá se estuviera dejando engañar por su imaginación, pero no se fiaba de su mirada inexpresiva, ni le gustó cómo bajaba el hombro cuando Jesse se volvió hacia ella para abrir la puerta. ¿Se lo habría dicho él? ¿Le había contado a su hermana quién era el padre de Davy?

Sintió un nudo de pánico en la garganta, pero, cuando abrió la puerta componiendo una sonrisa, sintió un poco de alivio. Jesse sacudió ligeramente la cabeza.

«Todavía no».

Advirtió la tensión de su marido, y se alarmó. Esa distancia, esa frialdad...

—¡Qué placer conocerla por fin! —exclamó Hestia, acercándose a ella con una sonrisa de oreja a oreja. Socialmente, aquello era un triunfo para ella, y saltaba a la vista que le entusiasmaba tener la oportunidad de recibir en su casa a la famosa señora Clapp de Pórtland—. ¡He leído tantas cosas sobre usted en los ecos de sociedad! Todas sus buenas obras en la ciudad... Es usted una gran señora.

—Gracias —dijo Annabelle.

—Todo esto debe de parecerle terriblemente provinciano. ¡Ah! —su cara se iluminó—. Aquí está Livvie con el té.

Livvie Haglund sonrió y saludó a Annabelle. Tímida como siempre, se sonrojó y se retiró tras dejar la bandeja.

—Su criada...

—No es mi criada —dijo Hestia—. Vive aquí. Swann House es un sitio bastante peculiar, único incluso.

—¿Qué le pasa en el ojo a la pobrecilla?

Hestia se sonrojó y desvió la mirada.

—Una herida de hace tiempo. Tuvo problemas con su mari... —se interrumpió y se sonrojó más aún.

—Ya no ve por ese ojo —se apresuró a explicar Mary—, pero se las arregla bastante bien.

Annabelle reaccionó de la manera más extraordinaria: se puso pálida como el mármol y se quedó quieta como una estatua. Sí, eso parecía, una estatua de mármol, fría y sin emociones. Luego pareció incrédula.

—¿Su marido le pegaba? ¿Fue él quien la hirió?

—No solemos hablar de esas cosas con extraños —dijo Hestia—. Pero usted es una invitada muy especial, señora Clapp. Algunas mujeres vienen a Swann House huyendo de los bestias de sus maridos.

—¿Y aquí... está a salvo? —preguntó Annabelle.

—Pues sí, en efecto. Estamos muy orgullosos de Swann House. ¿Quiere que le enseñe la casa? Quizá considere usted la posibilidad de apadrinarnos...

Cuando las dos señoras salieron del salón, Mary dejó escapar un largo suspiro, a pesar de que no se había dado cuenta de que estaba conteniendo la respiración. Pensó en Davy, que estaba en la cocina con la señora Clune, y se volvió hacia Jesse.

—Cuéntame —dijo—, ¿qué te ha dicho de Granger?

—Hay problemas. Su marido ha robado una gran cantidad de dinero y se ha esfumado.

Mary tardó un momento en digerir la noticia. Dentro de ella se agitó un tumulto de emociones. Miedo, angustia, incredulidad, alivio... Y también, perversamente, una punzada de mala conciencia. Había querido a Granger una vez. Por razones equivocadas, pero lo había querido y se había aferrado a él.

—¿Significa eso que se ha ido para siempre? —preguntó con cautela—. Seguramente sí. Solo un idiota se quedaría cerca, una vez descubierto el desfalco. Es probable que ya esté muy lejos de aquí.

—Nunca se va demasiado lejos —dijo Jesse.

Sus palabras fueron como una racha de viento que atravesó el corazón de Mary.

—¿Qué quieres decir? ¿Qué...?

—Mi hermana va a venir al faro a pasar una temporada —dijo él.

—Tenemos que decírselo, ¿verdad? —preguntó Mary—. Tenemos que decirle lo del niño.

Hestia no quiso ni oír hablar de que Annabelle fuera a alojarse en el faro. A fin de cuentas, en la casa del farero había muy poco sitio y la suya, en cambio, tenía un cuarto de invitados precioso, preparado y listo para recibir a un nuevo huésped. A Jesse no le quedó más remedio que reconocer que tenía razón, y Annabelle pareció alegrarse de no tener que abandonar el pueblo. Se despidieron en el jardín delantero de Swann House. Estaba atardeciendo, hacía frío y un frente nuboso procedente del oeste había cubierto el cielo.

Jesse dio un paso atrás y contempló a su hermana y su esposa. Annabelle tenía en brazos al bebé. Estaban muy guapos los tres juntos. El cabello rojo y las mejillas sonrosadas de Mary contrastaban vivamente con la elegante palidez de Annabelle. En otra vida, en otro mundo, tal vez hubieran sido buenas amigas.

Annabelle levantó a Davy por encima de su cabeza y se rio cuando el niño dejó escapar un gorjeo y sonrió. Pero a pesar de su risa estaba llorando, y se le quebró la voz cuando le devolvió el niño a Mary.

—Es tan guapo... —dijo—. Yo no puedo tener hijos.

Mary no intentó negarlo, ni mostrarse compasiva. La abrazó

y dejó que sostuviera al niño un rato más. Luego, de camino a casa, le dijo a Jesse lo que pensaba.

—He tenido al bebé que debería haber tenido tu hermana.

Esa noche, Mary fue a verlo al faro.

—He llevado a Davy a dormir a casa de Palina —dijo suavemente—. Ya duerme tan bien que no despertará hasta mañana.

Jesse asintió con un gesto. ¿Sabía Mary que a menudo se quedaba mirando la cuna de Davy, viéndolo dormir?

Esa tarde, su vida había dado un vuelco, como si el mundo le retara a tener esperanzas. Conocía el motivo. Había olvidado que era responsable de la muerte de Emily. Que estaba destinado a cumplir solo su condena de por vida. No debería haber pensado que podía tener lo que ansiaba su alma: una familia a la que amar.

Mary lo miraba con el corazón en los ojos. Llevaba puestos su camisón y su bata. El cabello le caía, suelto, sobre los hombros como una cascada de color rubí.

—Vamos a decírselo —dijo.

—Sí. Ya hemos quedado en eso.

«¿Y luego qué».

Ella cruzó el pequeño cuarto y tomó su cara entre las manos, fijando la mirada en él.

—Te estás alejando de mí. Lo noto.

—No puedo ser lo que quieres que sea —contestó, intentando hacer caso omiso de la frescura de sus manos, de su olor a flores, a leche y a primavera.

A vida.

—Eres mucho más, ojalá te dieras cuenta. Ojalá te permitieras mirarme. Verte en mis ojos. Eres más honrado y más tierno que mil hombres juntos, y ni siquiera lo sabes.

Antes de que él pudiera responder, ella se sentó a horcajadas sobre su regazo. La vieja silla giratoria gruñó bajo su peso... ¿o fue él quien gruñó?

Mary pareció envolverlo por completo: la suavidad de sus caderas sobre sus rodillas, la tersura de su cabello rozándole la cara cuando inclinó la cabeza, el tacto sedoso de sus labios al rozar ligeramente su boca, indecisos y luego insistentes. Nadie, excepto Mary, le había acariciado así. Nadie salvo ella conocía las dudas que torturaban su alma y era capaz de ofrecerle una respuesta.

Pareció cobrar vida bajo ella, ardiente y excitado. Su boca la buscó ansiosamente y, dejando escapar un áspero gruñido, metió los dedos entre su pelo y devoró sus labios. Sus bocas se amaron, compartiendo la cálida humedad de la pasión, y una oleada de ardor brotó del centro de su ser, de aquel lugar que durante tanto tiempo solo había conocido negrura. Mary era su luz en la oscuridad, y sin embargo sabía que sus tinieblas habían empezado a cercarla, a engullirla a ella también.

¿Lo notaba ella? ¿Tenía miedo?

Mary movió un poco las caderas... solo un poco. Él bajó las manos, retiró la bata y el camisón y tocó sus pechos redondos y pesados. No pudo refrenarse, no pudo contener el deseo ardiente de inclinar la cabeza, de saborearla, y cuando lo hizo una centella iluminó su corazón. Mary suspiró y echó la cabeza hacia atrás, dejando escapar un suave gemido de placer. Era tan sincera... Nunca intentaba ocultar o refrenar su pasión.

Jesse rozó su vientre: estaba otra vez tenso y plano, como si nunca hubiera estado embarazada. La acarició ligeramente con los dedos hasta que sus suspiros se convirtieron en jadeos ansiosos. Sentía dentro un anhelo que iba mucho más allá del acto amoroso. El ritmo constante del faro y del fragor del mar parecía un eco del estruendo de su sangre en los oídos. La apretó contra sí y la levantó. Luego la tumbó sobre la mesa y le abrió por completo el camisón para que quedara expuesta, desnuda, vulnerable.

—Jesse... —susurró con voz temblorosa y fascinada.

—Ssh. Déjame... —se inclinó y la besó larga y dulcemente mientras la acariciaba con las manos y los dedos. Se deslizó hacia abajo, le separó las piernas y probó su sexo. El mar y el olor de su sexo inundaron sus sentidos. Le encantaron sus gemidos de asombro y pasión, le encantó cómo se retorcía y se estiraba hacia él. Siguió y siguió, incluso cuando ella le suplicó que parara. Siguió hasta que su cuerpo tembló, exigiendo una descarga.

Se quitó los pantalones y ella le abrió la camisa. Entonces Jesse besó su boca, compartiendo con ella su sabor, la turbia dulzura de la pasión. Se unió a ella y Mary dejó escapar un grito, lo apretó con las piernas y susurró su nombre con urgencia. Jesse quería ir despacio, tomarse su tiempo, pero ella insistió, se levantó hacia él y comenzó a moverse hasta que él siguió su ritmo y se perdió. Se sintió absorbido por un vacío en el que no había más que puro placer. Ni razón, ni emociones, nada que complicara el éxtasis de aquel instante. Se dejó caer sobre ella, la piel cubierta de sudor y la respiración agitada. El placer fue refluyendo, dejándolo agotado.

Después de lo que le pareció largo rato, Mary se removió bajo él.

—¿Jesse?

—Umm.

—Te quiero, Jess...

—Ahora no. No lo digas ahora.

—Pero tengo que decirlo. Por el amor de Dios, si no puedo decirlo ahora, ¿cuándo voy a poder?

—Cuando también pueda decirlo yo.

Mary volvió la cabeza y Jesse se apartó de ella. Despacio. Suavemente. De mala gana. Su cuerpo quería quedarse, seguir amándola. Su corazón y su conciencia lo refrenaban.

Se puso los pantalones pero no la camisa, y Mary se sentó en la mesa y se ciñó el cinturón de la bata. Él echó una mirada a las lágrimas que tenía en las mejillas, se sentó en la silla y, apoyando los codos en las rodillas, se hundió las manos en el pelo.

Era inútil. Inútil intentar amar a aquella mujer, intentar colmar su corazón con todo lo que necesitaba. Levantó la mirada hacia ella y se obligó a ver sus lágrimas.

—Lo único que puedo hacer —dijo— es hacerte daño.

—Eso no es verdad. Me has hecho más feliz de lo que creía posible. Es solo que no confías en que las cosas puedan salir bien. Esperas que haya una desgracia a la vuelta de cada esquina.

Jesse pensó en Annabelle. ¿Sabía Granger que estaba allí?

—Y tengo razón —dijo—. Haré todo lo que pueda para protegeros a Davy y a ti. Pero sabe Dios si será suficiente.

—No seas tan descreído. Claro que estaremos a salvo contigo.

—Soy un hombre, nada más. No un héroe.

Mary se mordisqueó el labio. Se limpió una lágrima de la mejilla.

—Davy es mío. Jamás renunciaré a él. Por nadie. Annabelle no tiene derechos sobre mi hijo. Ningún derecho.

—No, no lo tiene —Jesse respiró hondo—. Pero sí sobre mí. Es my hermana. La sola existencia del niño es para ella como una bofetada, porque no puede tener hijos.

—¿Estás diciendo que tienes que elegir entre tu lealtad hacia Annabelle y tu lealtad hacia mí y hacia Davy?

—¿Vas a obligarme tú a elegir?

—Tu hermana es una mujer inteligente, Jesse. Cuando le contemos lo ocurrido, lo entenderá.

—Tú no conoces a mi hermana.

—Ni tú tampoco. Lleváis muchos años separados.

Jesse no dijo nada más, y Mary se dio cuenta de que era inútil discutir. Mientras iba a casa de los Jonsson para recoger a Davy, comprendió que con Jesse las cosas nunca serían sencillas. Ni indoloras. Era así de exasperante. ¿Acaso no entendía lo desesperadamente que se necesitaban entre ellos?

Esta vez, sin embargo, tenía razón: no había solución fácil.

CAPÍTULO 22

Preocupada, Mary sostuvo a Davy con un brazo y empujó con el otro la puerta. Tan pronto entró en la casa, arrugó el ceño y ladeó la cabeza. Olía a flores. A gardenias.

—¿Annabelle? —cruzó el cuarto hacia el sofá, donde esperaba la hermana de Jesse—. ¡Qué agradable sorpresa!–dijo, poniéndose muy colorada. ¡Qué desaliñada debía de estar, con el pelo revuelto por el viento! Y por los abrazos de Jesse—. Me encanta que hayas venido a visitarnos.

Annabelle sonrió desde las profundas sombras de su sombrero de terciopelo.

—La casa es encantadora —dijo—. ¿Dónde está mi hermano?

—Ha estado de guardia en el faro, y a veces hace un par de tareas antes de volver.

Annabelle la recorrió con la mirada de la cabeza a los pies y fijó los ojos en el niño.

—Tareas. Entiendo.

—¿Quieres darme la capa? —preguntó Mary, azorada.

Annabelle se tocó el echarpe de piel con una mano enguantada.

—No, gracias. Estoy muy cómoda así.

Mary dejó a Davy en su cuna. Le había dado de comer en casa de Palina para no hacerle esperar y estaba saciado y soñoliento, listo para su siesta matinal.

—Voy a calentar agua para hacer té y luego iré a vestirme —tras avivar el fuego del fogón, comenzó a subir las escaleras.

—¿Cómo es Davy? —preguntó Annabelle, inclinándose sobre la cuna.

Mary ignoraba por qué reaccionaba con tanta frialdad ante Annabelle.

—Es un sol. Un niño buenísimo —subió aprisa al dormitorio, con el ceño fruncido. Cada segundo que pasaba ocultándole la verdad a Annabelle, la tensión crecía. Confiaba en que Jesse regresara pronto.

Sacudió las faldas de su vestido más abrigado, un vestido de cachemira azul, procedente del arcón de Emily. Jesse se lo había dado hacía poco, y la tristeza no se había apoderado de él, como solía ocurrir cuando algo le recordaba a su primera esposa. Se peinó y se recogió el pelo en una trenza. Luego bajó aprisa las escaleras.

Annabelle estaba sentada a la mesa. Su echarpe de finísima piel de foca relucía a la luz de la mañana. Mary decidió no enfadarse. Annabelle era una dama; ignoraba como preparar el té o cómo echar un leño al fuego.

—Ya está —dijo alegremente cuando llevó el té a la mesa—. Esto nos hará entrar en calor.

Annabelle levantó su taza. Mary se sorprendió al ver que su mano temblaba casi incontrolablemente. Un poco de té salpicó su echarpe.

—¿Estás bien, querida? —preguntó, corriendo a la encimera en busca de un paño. Se inclinó para secar la mancha.

Annabelle contuvo un gemido, como si su contacto le doliera. Mary retrocedió de un salto.

—Lo siento. ¿Te has quemado?

—No —la voz normalmente ligera, casi infantil, de Annabelle, sonó de pronto afilada como una cuchilla—. Es solo que tengo un moratón ahí. Un moratón de hace tiempo —como una niña que se acordara de pronto de sus buenos modales, sonrió cordialmente y tomó un sorbito de té. No había nada de infantil, sin embargo, en su mirada gélida cuando añadió—: Era lógico que recibiera un castigo. No hacía más que estropearlo todo.

—Annabelle, querida, no entiendo. ¿Un castigo? ¿Un castigo de quién? ¿Y por qué? Tú no has estropeado nada —le aseguró. «Date prisa, Jesse»—. Nada de lo que ha pasado es culpa tuya...

—¡Por amor de Dios! —exclamó Annabelle—. La culpa siempre es mía —moviéndose mecánicamente, como si no se diera cuenta de lo que hacía, comenzó a ponerse azúcar en el té. Una, dos, tres cucharadas—. Pero yo siempre escarmiento. ¡Qué idiota he sido por huir de Pórtland! —tres cucharadas más. El té estaría imbebible—. Mi sitio está en casa. Mi sitio está con Granger.

—Pero dijiste que había estafado a la empresa. Que había escapado llevándose un montón de dinero robado. Es lógico que recurrieras a tu hermano —Mary le quitó la taza y la dejó a un lado.

Annabelle se quedó mirando la taza. Luego miró el azucarero y después a Mary, con ojos fríos y muertos.

—Granger me dijo lo que hicisteis —dijo—. Me dijo que tu bebé es suyo. Que iba a dármelo. Que iba a ser mío.

La sangre de Mary se heló en sus venas al tiempo que las lágrimas quemaban sus ojos.

—¡Ay, Annabelle! —susurró—. Lo siento muchísimo. Jesse y yo queríamos decírtelo juntos...

—El bebé tenía que ser mío —afirmó Annabelle secamente. Aunque su voz carecía de expresión, Mary comprendió que ocultaba un anhelo y un dolor infinitos.

—Sé lo desesperadamente que debes de desear tener un hijo —dijo—. Pero Davy es mío. Me pertenece. A mí y a Jesse.

—Has tenido un hijo de Granger. Iba a ser mío —repuso Annabelle tercamente.

—Escucha, por favor. Lo que hice con Gran... con tu marido estuvo mal. Muy, muy mal. Yo no sabía que estaba casado, pero eso no es excusa. Debería haber sido más fuerte, en vez de dejarme vencer por la soledad, por la debilidad de la carne. Pero el bebé pertenece a quienes lo trajeron a este mundo, a quienes más lo quieren —afirmó mientras intentaba conservar la calma—. Davy es mi hijo. Mío y de Jesse.

—Ahí es donde te equivocas —dijo una profunda voz masculina.

Mary se levantó tan bruscamente que volcó la silla con estrépito. Entonces lo vio, vio a Granger, guapo, rubio y corpulento. Vio la determinación reflejada en sus ojos. Vio el anhelo desesperado de Annabelle cuando su marido cruzó la puerta y se colocó tras ella, apoyando las manos sobre sus hombros.

Parecía un gesto cariñoso, pero Mary vio cómo clavaba los dedos. Y de pronto lo entendió todo. Recordó todo lo que le había extrañado en Annabelle: su astucia, sus sobresaltos, sus cambios de humor, de la euforia a la desesperación.

Granger la maltrataba. Mary lo vio con toda claridad. Quizá no fuera tan burdo como Ollie Haglund cuando se emborrachaba y golpeaba a su mujer con un cinto, pero era igual de severo.

Annabelle levantó la mano enguantada y temblorosa y la posó sobre la de Granger. Seguía siendo su esclava.

«¡Dios del cielo! ¿Dónde estás, Jesse?». Logró conservar la calma mientras aquella pregunta resonaba en su cabeza. Quizá fuera mejor que Jesse no estuviera presente. Cuando se enterara de la situación de Annabelle, trataría a Granger Clapp mucho peor de lo que había tratado a Ollie Haglund.

—¿Dónde está? —preguntó Granger con aspereza—. ¿Dónde está mi hijo?

Mary corrió a la cuna y tomó en brazos al bebé dormido, envuelto en su manta.

—No es tu hijo —dijo, poseída por una oleada de fiero desafío.

Dio un paso atrás, hacia el cuarto de estar. Tenía que llegar a la puerta. Tenía que tocar la campana, dar la voz de alarma.

—No tienes ningún derecho sobre él —dijo con calma—. Nunca te ha pertenecido. Es mío, nunca te pertenecerá.

—Es absurdo discutir —repuso él—. Siempre me salgo con la mía.

Mary recordó cómo había ansiado hacía tiempo sus visitas. Cómo había anhelado sus besos, cómo había estado pendiente de cada una de sus palabras. Ahora se sentía asqueada. ¿Por qué no se había dado cuenta de cómo era?

—Lo aclararemos todo cuando nos hayamos marchado —añadió Granger.

—Marcharos —susurró Mary—. ¿Adónde...?

—No se lo he dicho —dijo Annabelle con voz chillona.

Pero Granger no parecía estar escuchando. Cruzó la habitación con paso decidido.

—Vamos, señoras. Es hora de irse.

El pánico se apoderó de Mary. Agarró el arma que tenía más a mano: la esfera de cristal de la repisa de la chimenea. Recordó como un fogonazo el día en que se la había regalado Jesse. Se había comportado hoscamente, y sin embargo su empeño en llevarle algo que el mar no hubiera dañado le había parecido enternecedora.

«Lo siento, Jesse».

Arrojó el flotador de cristal a Granger. Hizo un ruido espantoso al estrellarse contra su cabeza. El cristal estalló, haciéndose añicos. Granger cayó al suelo y un hilillo de sangre corrió por su sien. Annabelle dejó escapar un sollozo.

—¡Dios mío! ¡Lo has matado!

Mary se dirigió hacia la puerta. La campana. Tenía que alcanzar la campana.

En el instante en que cruzó corriendo el porche, una sombra cayó sobre ella y le cortó el paso. Era Granger. Sangraba y estaba furioso. Levantó el puño:

—Es hora de ponerse en camino, señoras.

Sentado en la cabina de la chalupa del práctico, Jesse miraba fijamente la carta de la Comisión de Faros. Se acercaba la fecha de la inspección anual y había estado todo el día atareado. Había acabado de calafatear la chalupa y de revisar las jarcias de las velas. Había engrasado las poleas para sacar la embarcación al estuario, había corregido la orientación de la caña del timón y comprobado las luces.

Sabía por qué había sentido el impulso de hacer todo aquello ese día. Se había pasado toda la mañana luchando a brazo partido con su conciencia hasta que finalmente había llegado a una decisión: había que hacer algo.

Había que decir algo.

«Te quiero, Mary».

Tres palabras. ¡Qué necio había sido al resistirse tanto tiempo a decirlas!

Conociendo a Mary, ya habría adivinado que le había robado el corazón. Que lo había cautivado nada más despertarse en su casa y arrojarle una jarra a la cabeza. No, antes incluso. Antes siquiera de abrir los ojos. Era como había dicho Palina meses antes: Mary era su destino. ¿Y quién era él para resistirse a una fuerza tan poderosa como el mismo mar?

Quería también a Davy con una vehemencia para la que no había estado preparado. Mary le había enseñado que ser padre no era cuestión de sangre, sino de amor.

Miró al cielo y masculló una maldición al darse cuenta de que estaba a punto de ponerse el sol. Los días de invierno eran cortos, el sol se ponía antes de las cuatro. Había dejado que se le escapara el día entero, y esa noche le tocaba a él montar guardia. Subió apresuradamente por la cuesta, encendió la linterna, dio una vuelta a los engranajes y bajó corriendo por la escalera.

Tenía el tiempo justo para llegar a casa y decirle a Mary lo que, por cabezonería, no le había dicho antes. Tal vez volviera a acompañarlo al faro. Con solo recordar lo que habían hecho la víspera se le encendía la sangre.

Subió por el espigón, hacia la casa, y se sorprendió corriendo. Últimamente lo hacía con frecuencia. Siempre tenía prisa por ver a Mary y al bebé.

En cuanto la casa apareció ante su vista, advirtió en el ambiente una diferencia sutil, pero insoslayable. Una pesadez del aire que le recordó a la calma que precedía a las tormentas. Algo iba mal. No salía humo de la chimenea. No olía a guisos. No había luz en la ventana.

Perplejo, se preguntó si tal vez Mary se habría quedado en casa de los Jonsson. Debía de estar más enfadada de lo que creía. «Lo único que puedo hacer es hacerte daño». No podía creer que le hubiera dicho aquello... ¿cuándo? ¿Aquella misma mañana?

La compensaría. Le diría que la amaba. Le diría que siempre la había querido, que siempre la querría. Irían juntos a ver a Annabelle y le contarían lo del bebé. Y después ya verían lo que hacían.

Entró en la casa sólo para cerciorarse. Olía a gardenias. ¿Había estado Annabelle allí? Algo crujió bajo sus botas. Arrugando el ceño, miró hacia abajo. Cristales rotos. De color aguamarina. El flotador de cristal.

Tal vez se había pasado de la raya con ella. Tal vez Mary lo había abandonado al fin. ¿Tanto lo odiaba, entonces? ¿Hasta el punto de destruir el único regalo que le había hecho?

Acongojado, corrió al establo, montó en D'Artagnan sin ensillarlo y corrió colina abajo a casa de los Jonsson. Su lámpara lanzaba locos rayos de luz por el bosque en sombras. Un viento refrescante agitaba las copas de los árboles. Se acercaba una buena tormenta.

Cuando llegó al jardín de los Jonsson, Palina salió al porche.

—¿Jesse? —levantó la voz para hacerse oír por encima del aullido del viento—. ¿Ocurre algo? ¿Dónde está Mary?

Empezó a oír un extraño y desagradable zumbido en los oídos, como el ruido de un enjambre de abejas furiosas.

—Creía que estaba aquí, contigo.

—Vino a buscar al bebé por la mañana, pero no la hemos visto desde entonces.

El zumbido fue creciendo. Jesse pensó en el cristal roto. En el perfume de Annabelle. Había pasado algo malo. Algo espantoso.

Se oyó el golpeteo de los cascos de un caballo. Al volverse, Jesse vio una lámpara que oscilaba vertiginosamente a través de la oscuridad. Clavando los talones, aguijoneó al caballo para que cruzara el jardín. Quería ver quién se acercaba.

Era Judson Espy, el oficial del puerto. Cuando Jesse llegó a su lado había empezado a llover. La lluvia fustigaba el cielo, empujada por el fuerte viento, y cortaba como un cuchillo. Judson le estaba gritando algo. Jesse solo alcanzó a oír las últimas palabras:

—No autoricé al remolcador a sacarlo del puerto, pero se fue de todos modos. Debió de sobornar al piloto. Empezarán a cruzar la barrera en cualquier momento.

—¿Quién? —preguntó Jesse.

—Un tipo de la ciudad, muy elegante.

El pasado se estaba repitiendo. Jesse había fallado de nuevo a quien amaba. Debería haber imaginado que Granger acabaría por aparecer. Debería haber protegido a Mary.

El miedo lo embargó mientras Judson ponía una carta garabateada en sus manos. Granger y Annabelle habían salido al mar con Mary y Davy.

Solo que Granger no llamaba al niño «Davy». Lo llamaba «mi hijo».

Un agujero se abrió en su pecho y todas las fuerzas lo abandonaron. Todas salvo la rabia. El odio debió de reflejarse en su rostro, porque Judson pareció preocupado.

—Vamos a trazar un plan y a encontrar un modo de detener...

Jesse no esperó a oír el resto. Hincando los talones en los flancos de D'Artagnan, partió al galope entre la lluvia y subió hasta la cima del promontorio, donde se alzaba el faro.

El caballo estaba nervioso. Los caballos siempre se alteraban cuando había tormenta. No tenían miedo. Jesse los había entrenado para no tenerlo. Al contrario: disfrutaban de la sensación de peligro que palpitaba a través de su cuerpo. Él mismo se había sentido así en algún momento. Pero eso había sido antes de conocer a Mary. Antes de aprender a querer.

Subió los escalones de tres en tres y entró en la sala de la linterna. Agarró su catalejo, abrió la puerta de hierro y cristal y salió a la pasarela. El viento chillaba entre los barrotes de hierro y el suelo de rejilla. El oleaje restallaba con tanta fuerza que Jesse sintió su espuma salobre en los labios. La lluvia lo azotó de costado.

Se llevó el catalejo al ojo. Vio el barco de Granger. Era el *Tridente*, la goleta de la Compañía de la Bahía de Shoalwater. Estaba solo a un cuarto de milla de distancia, pero para el caso podría haber estado en otro mundo. Veía el *Tridente*, pero no había modo de alcanzarlo.

A no ser que...

A no ser que fuera tras él. Se acobardó al pensarlo. Pero ¡Dios! Mary... Tenía que salvarla. La chalupa del práctico estaba abajo, al pie del espigón. Con aquel viento, avanzaría velozmente.

Un miedo paralizador se apoderó de él. No podía hacerlo, no podía salir a navegar en aquellas aguas turbulentas, no podía permitir que se lo tragara una tormenta... Pero aquel terror fue seguido de inmediato por la certeza de que tenía que afrontarlo, batallar con él, arrebatarle el poder que tenía sobre él.

El sentido común lo aguijoneó. La goleta le llevaba mucha ventaja. Aunque fuera a toda velocidad, la chalupa no podría alcanzarla.

A menos que...

Una idea descabellada lo recorrió como un rayo. De pie en la pasarela, bajo la lluvia, oyó el ruido de la lente giratoria y el bramido de la tormenta, y supo visceralmente lo que tenía que hacer. Era el farero de cabo Desengaño. Era él quien controlaba la baliza, la cual, a su vez, controlaba el rumbo del barco. Siguiendo sus señales, el barco atravesaría el canal y saldría sano y salvo a mar abierto. A menos que se perdiera. Como se había perdido el barco de Emily...

—Lo lamentamos muchísimo, señor Morgan —le había dicho el farero anterior—. Esa noche estaba de guardia mi ayudante. Se puso a beber con no sé qué tipo de Pórtland y dejó que la linterna se apagara. Sencillamente dejó que se apagara.

Sintió un eco de la rabia que se había apoderado de él aquella noche lejana. Aquel eco creció hasta convertirse en un grito dentro de su cabeza. Porque de pronto se daba cuenta de quién era aquel tipo de Pórtland: Granger Clapp.

La furia lo había impulsado a hacer despedir al farero. En cambio, nunca había descubierto la identidad del hombre de Pórtland... hasta esa noche. Había prometido no dejar que la luz se apagara. Que ningún barco al alcance de la luz de su baliza sufriera el destino que había corrido el de Emily, yéndose a pique por un descuido del farero.

Tomó una decisión no con descuido, sino con frío cálculo.

Sabía a lo que se arriesgaba. Pero también sabía de lo que era capaz. Sabía lo que le habían enseñado aquellos años. Años viendo entrar y salir a los barcos, años observando cómo se cruzaba la barrera. Sabía dónde estaban los bajíos y dónde se abría el canal a alta mar.

Tenía que hacerlo.

Se quedó un momento bajo la fuerte lluvia, en medio del bramido del viento, perplejo por la magnitud de su decisión. Entró y miró la lente giratoria, las capas y capas de cristal que durante tanto tiempo lo habían mantenido preso, igual que encerraban el fulgor de la lámpara dentro de sus frías facetas. Luego, con mano firme como una roca, alargó el brazo y apagó la linterna.

CAPÍTULO 23

En un camarote del *Tridente*, Mary y Annabelle se abrazaban con fuerza mientras el implacable oleaje zarandeaba la goleta. Davy estaba dormido en un camastro, envuelto en su hato de mantas.

—Lo siento —decía Annabelle una y otra vez—. Lo siento.

—Shh —le ordenó Mary—. Sé lo que Granger es capaz de hacerle a una mujer. No te culpo, y tampoco te culpará Jesse.

Pero mientras la tormenta zarandeaba al barco, se preguntó si alguna vez volverían a ver a Jesse. La tripulación, formada por cuatro hombres, hacía todo lo que podía, pero sus gritos por las cubiertas se habían vuelto frenéticos, desesperados.

—Estuve loca por escucharle —Annabelle hizo una mueca cuando el barco se escoró. Las bujías de latón del camarote tintinearon—. Hacía que pareciera perfectamente razonable. Dijo que podíamos reclamar al niño porque era su padre. Que nos acompañarías hasta que el niño se destetara y que luego te mandaríamos a algún lugar, lejos.

«O más bien os desharías de mí», pensó Mary, pero no lo dijo en voz alta.

—Tenía tantas ganas de tener un hijo que no pensé en lo que significaba arrancar a un bebé de brazos de su madre.

—Y de su padre —dijo Mary—. Jesse y nadie más es el padre de Davy.

Una ola embistió el barco, volcando una mesita y un baúl de madera. Mary miró a su hijo, pero Davy siguió durmiendo, acunado por el movimiento de la nave. Annabelle dejó escapar un grito y se aferró a ella mientras el contenido del baúl se desparramaba por el camarote. El suelo quedó cubierto de fajos de billetes. Un objeto metálico y reluciente resbaló por el suelo. Annabelle lo recogió.

—Una pistola.

Mary reconoció la Smith & Wesson con sus cachas de nácar. Había sentido el frío mortífero de su cañón pegado a su sien la noche en que Granger le dijo que nunca podría dejarlo.

Fuera, en algún lugar, comenzaron a sonar campanas de alarma. Temiendo un incendio o algo peor, llegó a duras penas a la puerta. En la cubierta media, el piloto le estaba gritando a Granger:

—¡Señor, el faro de cabo Desengaño se ha apagado!

Mary se llevó la mano a la boca y sofocó un gemido. Jesse jamás permitiría que el faro se apagara.

—¡Sigan sin él, entonces! —vociferó Granger.

—Pero, señor, es imposible. No tenemos punto de referencia para guiarnos a través de la barrera. Acabaremos en los bajíos, seguro.

Mary cerró la puerta bruscamente. No tenía sentido decírselo a Annabelle; ya estaba al borde de la histeria. Cerró los ojos para rezar, pero solo pudo pensar en Jesse. Tal vez debería haberle prestado más atención. Siempre había intentado hacerle entender que debía olvidarse de sueños e ilusiones y darse cuenta de que la vida era una lucha, de que a veces hacía falta mucho más que ingenio y sentido del humor para salir del paso. Tal vez, si lo hubiera creído, no habría sido una presa tan fácil para Granger.

—Tenías razón, amor mío —susurró—. Pero lo he descubierto demasiado tarde.

Unos segundos después, Granger irrumpió en el camarote.

—El imbécil de tu marido quiere jugar conmigo —dijo.

Mary lo miró a los ojos, como había hecho la víspera de su huida de San Francisco.

—Eres hombre muerto —dijo.

La agarró del pelo.

—Entonces te llevaré conmigo al infierno.

La lámpara de la proa de la chalupa parpadeó. Tirando del timón, Jesse dirigió la pequeña embarcación hacia mar abierto. Había hecho aquella travesía cientos de veces... pero solo en sueños.

La realidad era mucho más aterradora, porque jamás había soñado con lo que estaba en juego. El miedo que sentía era un monstruo mucho más poderoso que las olas que se alzaban a su alrededor como montes de cristal.

El terror amenazaba con engullirlo, con hacerle hundirse. Pero no podía darse por vencido. Mary estaba allí, perdida en los bajíos. Aquel era el viaje más pavoroso de su vida, pero por Mary y su bebé era capaz de arriesgarlo todo.

Cubierto con su capote impermeable y su sombrero, largó velas y avanzó a brazo partido hacia los traicioneros bajíos de la orilla norte. Entre el bullir de las enormes olas, podía vislumbrar las luces del *Tridente*. La goleta tenía el casco hundido a medias. A pesar del rugido del viento, oyó el chirrido de sus maderos. Pronto comenzaría a partirse. El viento viró y el oleaje cambió de dirección. Las rompientes envolvieron al *Tridente*, hundiendo uno de sus botes salvavidas. Con cada ola, el navío se alzaba y sus dos mástiles gemelos se estiraban como los brazos de un hombre en trance de ahogarse.

El tiempo pareció detenerse mientras avanzaba hacia la goleta. Luego, cuando la tuvo a la vista, todo pareció precipitarse de pronto. Solo tenía unos segundos para sacar la maroma con los garfios, para arrojarla por encima del agua turbulenta. Arrojó el garfio una docena de veces y falló. Una vez estuvo a punto de caer al agua cuando una ola se encabritó de pronto y lo arrojó contra el casco de la chalupa.

Por fin, el garfio se enganchó firmemente. Apretando los dientes, se izó hacia la goleta.

—¡Señor Clapp! —gritó alguien en cubierta—. ¡Tenemos compañía!

Granger lanzó a Mary una mirada de desprecio y salió del camarote. Annabelle yacía sobre el pequeño camastro, sollozando inconsolablemente.

Mary tomó en brazos al bebé, hizo una cabestrillo con las mantas y ató al niño contra ella. Le temblaban las manos y respiraba agitadamente. El miedo la recorría, la apuñalaba, frío como el hielo. Salió a cubierta a trompicones. Prefería enfrentarse a la tormenta a poner sus vidas en manos de Granger.

El agua salada laceró su cara tan pronto salió a cubierta. Envolvió bien a Davy en su manta. Allá donde mirara, el barco tenía vías de agua. Las olas se estrellaban contra los parapetos e inundaba la cubierta de popa. El agua le llegaba hasta la rodilla. El único bote del barco yacía sobre la cubierta con el casco hacia arriba. Una afilada barra de hierro atravesaba la madera astillada.

—Dios mío —dijo agarrándose a una gruesa cuerda. El instinto la impulsó a mirar hacia el faro, pero su luz se había extinguido. ¿Dónde, en nombre del cielo, estaba Jesse?

Granger y la tripulación se habían reunido junto a la borda de estribor. Pasado un momento, Mary entendió por qué. La chalupa del práctico los había encontrado.

Sintió un primer destello de esperanza y luego de asombro cuando el práctico, un hombre corpulento, con capote impermeable y sombrero de ala ancha, subió a la goleta.

—¡Traed las poleas! —gritó el práctico.

No tuvo que repetirlo. Los tripulantes colocaron una polea y empezaron a descender por la maroma hasta la chalupa del práctico.

Mary volvió corriendo al camarote.

—¡Annabelle! —gritó—. ¡Un barco ha venido a rescatarnos! ¡Ven, rápido!

Annabelle cruzó precipitadamente el camarote. Protegiendo aún al bebé de la tormenta, Mary la ayudó a salir. Cuando llegaron a cubierta, toda la tripulación había abandonado el *Tridente*. Solo quedaban Granger y el recién llegado.

Pero en lugar de manejar la polea, se habían enzarzado en una lucha a vida o muerte. El viento había arrancado el sombrero al práctico, cuyo cabello largo se agitaba alrededor de su cara.

—¡Jesse! —gritó Mary, y el miedo y la perplejidad estallaron dentro de ella.

Jesse, que había jurado no volver a salir al mar, había ido en su busca. Pero el odio de aquellos dos hombres era más fuerte que la tormenta. Haciendo caso omiso del vendaval y el oleaje, luchaban lanzándose puñetazos y patadas.

—Santo cielo —dijo Mary sin soltar la mano de Annabelle—. Conseguirán que muramos todos —agachando la cabeza para defenderse del viento, avanzó hacia ellos. El bebé, despierto por fin, comenzó a llorar.

—¡Jesse! —gritó de nuevo.

La miró. Fue una mirada fugaz, duró apenas un parpadeo, pero Granger aprovechó aquel instante para empujarlo contra la borda del barco. Sacó algo de su bota y levantó el brazo. La larga hoja de un cuchillo brilló en la penumbra.

Mary se abalanzó hacia Jesse, a pesar de que sabía que no llegaría a tiempo. Los segundos parecieron detenerse y fundirse en un solo instante de horror. Vio descender la hoja del cuchillo. Su punta iba derecha al cuello de Jesse.

Una explosión hendió el aire, como si hubiera restallado un trueno o alguien hubiera disparado un cañón. En ese mismo momento, Mary vio que Granger se sacudía, impulsado por la fuerza de una mano invisible. Después distinguió una mancha oscura en su pecho. Lo vio morir antes incluso de que se tambaleara y cayera hacia atrás sobre la borda del barco.

Temblando de asombro, se volvió despacio. Annabelle estaba apoyada contra un puntal. Sujetaba entre las manos la Smith & Wesson.

La luz tenue de un amanecer lluvioso cuarteó el horizonte, iluminando la playa con sombríos tonos de gris. Magnus y Judson habían movilizado a todo el mundo y sacado los caballos y los botes de salvamento. Avanzaron desde la orilla para salir al encuentro de la chalupa del práctico, llena de supervivientes agotados.

Había una sola baja.

El cadáver de Granger Clapp yacía en la popa, cubierto por una lona acribillada por la lluvia.

Fiona y Hestia, ataviadas con impermeables y botas, se acercaron a Annabelle y se alejaron a toda prisa con ella. Jesse sabía que la llevarían a Swann House. Confiaba en que allí se recuperara. Mientras se alejaba, su hermana se volvió y el brumoso amanecer iluminó su rostro enjuto. Miró a los ojos a Jesse, se llevó una mano trémula al corazón y luego se la acercó a los labios. Jesse reconoció la mirada de quien se había enfrentado a los demonios más mortíferos y había sobrevivido. Y comprendió que, esa noche, él había hecho eso mismo.

—Se pondrá bien —dijo Mary, con el niño en brazos, y se apretó contra su costado como si quisiera asegurarse de que era real.

—Sí —dijo él, tocando su mejilla—. Se pondrá bien.

—¿Y nosotros? —susurró Mary—. ¿Nosotros también estaremos bien?

—Eso espero —se le quebró la voz y besó un momento su pelo apelmazado por el salitre—. Si me perdonas —añadió.

Mary se echó un poco hacia atrás para mirarlo a la cara. Trazó ligeramente con los dedos la línea de su pómulo, magullada por los puñetazos de Granger, y luego su labio inferior, que estaba partido y empezaba a hincharse.

—Un hombre no le pide perdón a una persona a la que le ha salvado la vida... dos veces —dijo—. Te has arriesgado tanto... No puedo creer que salieras al mar, de noche y en medio de una tormenta, solo para buscarnos.

—Vale la pena correr cualquier riesgo por tenerte conmigo —a pesar de su agotamiento, se sentía más vivo que nunca. Había dominado lo que más lo paralizaba: el miedo a perder a sus seres queridos, engullidos por el mar. Había librado aquella batalla y había vencido.

—Mary... —pronunció en voz alta las palabras que se habían formado dentro de su corazón hacía tiempo, las palabras que se resistían a desaparecer por más que intentaba borrarlas. Había llegado al final de un largo viaje: una travesía del alma que había tardado doce años en concluir—. Cuanto más saco del pozo que ha creado nuestro amor, más encuentro un manantial de fortaleza que no sabía que estaba ahí.

Una bandada de gaviotas giraba en el cielo. Sus gritos quejosos parecían señalar el fin de la tormenta. Una lágrima escapó por la comisura del ojo de Mary.

—¡Ah, Jesse! Nunca te había oído hablar así. Eres como un poeta. Yo...

—Es mi turno —dijo, sellando sus labios con un dedo—. Me toca a mí decirlo. Te quiero, Mary.

Ella asintió con la cabeza y su risa se mezcló con sus lágrimas.

—Lo sé. ¿Acaso no lo he sabido siempre?

—Siempre —reconoció él y, enlazándola por la cintura, la llevó por el sinuoso camino que llevaba al espigón—. Ven, llevemos a nuestro hijo a casa.

E P Í L O G O

Estado de Washington, 1889

El domingo, el mar arrastró algo hasta la playa.

El día había amanecido como tantos otros: el sol mortecino se ocultaba detrás de una fría bruma, las olas del color del hierro cobraban fuerza lejos de la orilla y a continuación se arrojaban contra las afiladas rocas de cabo Desengaño.

Todo ello lo veía el joven Davy Morgan desde la pasarela de lo alto del faro, adonde había ido a apagar la lámpara de aceite de esperma de ballena y dar comienzo a la tarea diaria de recortar las mechas y limpiar las lentes.

Y para ver de nuevo los arcoíris que se formarían en los cristales cuando el sol atravesara la neblina. Su padre se lo había enseñado cuando era muy pequeño: le había enseñado a ver los arcoíris.

Pero aquella cosa en la playa llamó su atención. No supo qué le hizo detenerse, darse la vuelta y mirar. Miraba a menudo las olas de barba blanca que lamían la fina arena marrón o se estrellaban contra las rocas. Y con frecuencia pensaba que era una maravilla vivir allí, donde se encontraban la tierra y el mar.

Amma Palina le contaba historias de extraños seres y aventuras engañosas. A la tía Annabelle también le gustaba leer cuentos. Hasta había fundado una biblioteca de préstamo en el pueblo, y enseñaba a leer y escribir a los pequeños que vivían en Swann House.

Davy creía todas y cada una de aquellas leyendas. Creía en ellas con todo su corazón. Aquel día, sintió el hormigueo se le producían siempre las historias de *amma* Palina. Sintió una turbulencia en el aire, como el soplo de un desconocido invisible sobre su nuca. Estaba sacando el aceite de linaza y los paños de sacar brillo, y un instante después se descubrió de pie en medio del fuerte viento. Mirando.

Nunca entendería qué lo impulsó a acercarse a la barandilla, a agarrarse fuerte con una mano y a inclinarse sobre su borde para mirar más allá del espigón y de los acantilados, hacia la playa barrida por la tormenta.

Un amasijo de algas. Largos mechones de algas pardas envolviendo una figura alargada. Podía ser una maraña de hierbajos o quizás una foca muerta, una foca vieja, con los bigotes encanecidos y los dientes romos.

Mientras miraba aquella forma sobre la playa, sintió... algo. Una súbita punzada de... ¿qué? De fatalidad. Destino, lo llamaría su madre.

Aunque a aquella hora tan temprana no había allí nadie que pudiera verlo, se enderezó el ala del sombrero. Formaba parte del uniforme del Retén de Salvamento Marítimo de Klipsan Beach, que su padre había organizado el año en que nació él.

Hizo sonar la bocina de niebla para alertar a los demás y bajó corriendo las escaleras. Siguió el sendero hasta la playa, llenándose los pulmones con el aire salobre mientras el sol traspasaba por fin las nubes matutinas.

Aflojó el paso al acercarse al montón de algas. Era redondeado por un extremo: la forma de una cabeza humana. Se estremeció un instante, asustado. El mar no siempre era amable. Llevaba doce años viviendo allí: lo sabía de sobra.

Se acercó despacio al amasijo maloliente y lo tocó con la puntera de la bota. En ese momento, oyó voces. La voz profunda de su padre y la de su madre, mucho más alegre y cantarina, seguida por las risas de Shannon y Malcolm. Montecristo, su perro, ladró y comenzó a correr en círculos alrededor de su familia.

Davy se puso de rodillas y comenzó a hurgar entre las espesas algas. Si escondían algo horrible, quería ocultárselo a sus hermanos pequeños. Las algas eran esponjosas y frías al tacto, se aferraban tercamente a...

¿A qué?

Encontró una gruesa red de cuerda entretejida. Una especie de rejilla unida... ¿A qué?

Escarbó frenéticamente alrededor de aquel bulto redondeado semejante a una cabeza y descubrió un objeto duro y frío, envuelto en la red de cuerda. Tiró con fuerza y la soga podrida cedió, dejando al descubierto algo extraordinario.

Una esfera de cristal perfectamente redonda. Intrigado, la llevó a la orilla y se agachó sin apenas notar lo fría que estaba el agua. Sirviéndose de arena y agua marina, le quitó el limo al cristal hasta que brilló con un claro color aguamarina.

Su padre le había descrito una vez cómo eran los flotadores de pesca japoneses, pero nunca había visto ninguno con sus propios ojos. Haber encontrado algo tan raro y perfecto lo llenó de orgullo. Sonriendo, se levantó y se volvió para recibir a su familia. Cuando se acercaron, sintió un extraño nudo en la garganta. Un arrebato de amor.

Estaban tan guapos, con el sol naciente detrás. Mamá parecía una niña con sus ojos risueños y su boca sonriente. La pequeña Shannon, que corría hacia él con sus piernas gordezuelas, tenía el pelo tan rojo como él. Malcolm, que era alto y demasiado serio para su edad, era el vivo retrato de su padre, con su cabello largo y oscuro y sus ojos del color del pájaro favorito de Davy.

Y su padre... En fin, era simplemente «papá». Risueño y rebosante de elevadas ideas y pensamientos íntimos que solo compartía con mamá. De vez en cuando su mirada se volvía distante y Davy percibía en él una extraña tristeza. Pero luego volvía con ellos, riendo, y estiraba sus enormes brazos para estrecharlo en un abrazo.

Aquellos mismos brazos (los mismos que lo habían estrechado cuando había tenido pesadillas o cuando había estado enfermo) se estiraban en ese instante hacia él.

—¿Qué has encontrado, hijo? —preguntó su padre.

La sonrisa de Davy se hizo aún mayor cuando le mostró el tesoro. El sol de la mañana atravesó, radiante, la esfera de cristal.

Su madre sofocó un gemido de sorpresa.

—¡Jesse! ¡Mira lo que ha encontrado!

Su padre la rodeó con el brazo. Por un instante volvió a poner aquella mirada melancólica. Luego besó en la coronilla a su mujer y la apretó contra sí.

—Ten, agárrala —dijo Davy, pasándole la esfera. Quería prestar un poco de atención a Montecristo, que pedía frenético que alguien jugara con él. Agarró un trozo de madera y lo lanzó a las olas para que el perro fuera a buscarlo. Entonces miró a sus padres. Ignoraba por qué su madre se había echado a llorar al ver la esfera de cristal, pero así era: apretando la cara contra el pecho de su padre, sollozaba.

Davy vio, sin embargo, que en sus labios comenzaba a formarse una sonrisa, oyó que sus sollozos se convertían en risas. Con ellos siempre era así, se dijo mientras agarraba otro trozo de madera arrastrada por el mar hasta la orilla.

Siempre encontraban algún motivo para la alegría.

Siempre.

Nota de la autora

Hoy día, cuesta apreciar lo traicionera que era la barrera del Columbia en el siglo xix. Debido a los diques construidos por el hombre, la ubicación de la antigua barrera, que causó más de quinientos naufragios, solo puede identificarse por la aparición de leve rizos del agua y por las balizas. El empleo de caballos en labores de salvamento marítimo está basado en hechos reales. Antes de la creación de un servicio de salvamento formal, se entrenaba a caballos para que cruzaran a nado la rompiente y dejaran que las víctimas de los naufragios se agarraran a sus colas. De este modo podían llevar a la orilla hasta a seis personas. El célebre retén de salvamento que aparece recreado en esta novela lo organizó el farero Joel Munson en 1877. El primer puesto de salvamento marítimo en la desembocadura del Columbia se erigió en Fort Canby en 1878. Su lema era: «Tienes que salir, pero nadie dice que tengas que llegar».

Con perseverancia y mucha suerte, todavía pueden encontrarse antiguos flotadores de cristal en las playas de los alrededores del cabo Desengaño, después de una tormenta.

Últimos títulos publicados en Top Novel

El precio del honor – Rosemary Rogers
Sin nombre – Suzanne Brockmann
Engaño y seducción – Brenda Joyce
Una casa junto al lago – Susan Wiggs
Magnolia – Diana Palmer
Luna de verano – Robyn Carr
Amor y esperanza – Stephanie Laurens
Secretos de sociedad – Candace Camp
10 secretos de seducción – Varias Autoras
El legado Moorehouse – J.R. Ward
Tras la traición – Brenda Joyce
A merced de la ira – Lori Foster
Palabras prohibidas – Kasey Michaels
El regreso del rebelde – Linda Lael Miller
Víctima de una obsesión – Deanna Raybourn
Los Cordina – Nora Roberts
Tierras salvajes – Diana Palmer
Algo más que vecinos – Isabel Keats
Sueños de verano – Susan Wiggs
Tiempo de traiciones – Rosemary Rogers
Nuevos comienzos – Robyn Carr
Pasión de contrabando – Brenda Joyce
Los Montford – Candace Camp
Tentando a la suerte – Suzanne Brockmann
De repente, un verano – Robyn Carr
Empezar de nuevo – Isabel Keats